An Essential History of
American Literature

HASHIMOTO Yasunaka
FUJII Hikaru
SAKANE Takahiro
[editors]

アメリカ文学史への招待

豊饒なる想像力

橋本安央
藤井　光
坂根隆広
編著

法律文化社

はしがき

いまを生きる

　日本の文学史を紡ぐ際，通常は中国大陸から漢字が伝来したのち，文字文化が成熟した奈良時代の上代(じょうだい)文学から始めることになる。本書もそれにならい，アメリカ文学の歴史をヨーロッパ人が入植して文字で記録を残し始めた17世紀頃から語ることになるが，各国の文学史を扱う書物としては比較的新しい時代から始まる部類に属するだろう。アメリカには，規範とすべき古典古代の文学がないのだ。小説というジャンルの起源には諸説あるが，たとえばそれを物語性があり，人間関係を描きつつ，登場人物の性格や心理を浮かび上がらせるもの，と捉えるならば，近代市民階級が勃興して読者層が拡大した18世紀半ばのイギリスに始まる。アメリカ革命の季節が訪れる直前のことである。したがって，アメリカ文学がもつ特徴の1つに，始まりから近代文学として立ち現れたという点が挙げられる。そこにあるのは，いまを生きる私たちの文学なのだ。

　18世紀後半にイギリスから独立したアメリカは，南北アメリカ大陸内の基盤を固めたのち，19世紀後半頃から太平洋や東南アジアに進出する。そうして第2次世界大戦後の新秩序構築を契機として，世界に君臨する超大国の座に登りつめた。敗戦国である戦後日本は，憲法や法律といった国家的次元から，映画，音楽，ファッションなどの大衆文化に至るまで，良かれ悪しかれアメリカの影響を大きく受けて今日に至る。アメリカ文学は敗残者を描くことが多いといわれるが，だからこそ，それはアメリカナイズされた敗戦国家に生きる人々の苦しみを映し出す鏡にもなった。アメリカの物語は，日本の物語でもあるのだ。戦後日本の様々な文学者が，長い歴史を有する他国の文学をおいて，アメリカ文学の翻訳や批評に取り組んできた理由の1つに，この内なる〈アメリカ〉というねじれた感覚があるのだろう。

アメリカ文学史の現在

　歴史が浅いということは積み重ねられた過去や伝統に縛られないということでもあり，自らのアイデンティティを過去ではなく未来に求める傾向を生み出

す。先例にとらわれないアメリカの国民性は，文学においても様々に実験的な作風を生み出した。この革新的精神は，差別撤廃と自由や権利を求める公民権運動が勢いを増した1960年代に，一元的な原理や歴史観に異議を申し立てるポストモダニズムと呼ばれる思考方法を創出し，それが80年代にかけて浸透することで文学史観も変容させた。その結果，文学史から学ぶべき内容が，理念的にはきわめて多岐にわたることになった。他方で社会が提供する娯楽が多様化し，各種の情報通信技術が発達した結果，文学離れ，活字離れが加速した。

かくして内容の多様化と文学離れという両立困難な現実を前にして，アメリカ文学史をめぐる書物も二極化の方向に向かうことになる。すなわち学際性を前面に押し出し，あるいは事典的な構成をとり，テーマ論的解説に重点を置くものが増える一方で，視覚資料などを援用して「文学」の概念を拡大解釈する傾向も生まれたということである。だが，いずれの方向にせよ，本来最も重要であるべき文学作品をめぐる視点が後退しつつある感は否めない。くわえて便利なデジタル時代が到来した結果，読者は逆に過剰な情報の洪水に溺れ，全体像が見えづらくなってもいる。私たちは，そうした複雑な時代にいる。

日本語読者のための，世界の中のアメリカ文学史

こうした現状を踏まえ，本書はあらためて文学史の原点に立ち戻り，狭義の文学を文学作品として読む姿勢を基軸としている。新しい文学観，歴史観がもたらした知見を踏まえながらも，長きにわたって読まれることが可能である，日本語読者を対象とした，コンパクトながらも本格的な，読み物としてのアメリカ文学史である。情報過多を避け，文学史のエッセンスを読者に伝えることを目的としており，大学レベルでの教科書として使用されることも想定している。

本書のもう1つの特徴として，世界（文学）の中のアメリカ（文学）という視点，日本とアメリカの文学的関連，および21世紀の移民文学や翻訳文学など現代文学をめぐる記述を積極的に導入している点がある。本書を経由することで，アメリカの「古典」や現代文学の翻訳を読んでいる読者が，さらに幅広くアメリカ文学や世界文学，日本文学に関心を広げることができ，かつ他の外国文学や日本文学に親しむ読者がアメリカ文学への理解を深めることができる書物を目指した。

はしがき

　本書は全体の要約であるダイジェストに加えて，3部構成の形式を採っている。第Ⅰ部の各章では，冒頭にアウトラインを置き，歴史的背景や芸術一般も含めてそれぞれの時代を概説した後，重要な文学者やトピックをめぐる各論が続く。各章は，1820年（ロマン主義時代の到来），1865年（南北戦争終結），1914年（第1次世界大戦勃発），1945年（第2次世界大戦終結），1963年（ケネディ大統領暗殺事件），2001年（新世紀）を，とりあえず時代区分にしている。だが，あらゆる歴史と同様に，時代の流れを厳密に区切ることは本来的に不可能であり，各章の内容が硬直的にこの区分けに則しているわけではない。また，それぞれの章のアウトラインは，歴史や宗教，社会をめぐる記述を多くしたり，文学その他の芸術表現に多くの頁を割いていたり等様々であり，形式的な統一は図っていない。同様のことは，その後に続く各論で扱われる文学ジャンルについてもいえる。これらはそれぞれの時代の特性に応じて執筆したためであり，全体として，アメリカ文学のダイナミックな変遷が，読者に伝わることを最優先にした結果である。

　第Ⅱ部では紙幅の関係上，全部で30点の代表的作品を取り上げ，具体的な引用箇所と関連づけながら，各作品の特徴と魅力を解説している。だがもちろん，アメリカ文学の代表作は他にもたくさんある。第Ⅲ部は資料編であり，さらに理解を深めるための文献リストと，世界（文学）史も含めた年表，および文学作品の関連地図を置いている。本書を通じて読者の皆さんを新しい文学体験に誘うことができれば，編者にとってこれに勝る喜びはない。

　執筆のみならず，編集作業の過程でも様々にご協力いただいた執筆者の皆様に，この場を借りて篤くお礼申し上げます。また，脱稿するまでずいぶん時間を要しましたが，長きにわたり暖かく見守ってくださった法律文化社編集部の田引勝二氏に，心よりお礼申し上げます。

　　　　　　　　　　　　　　　　　　　　　　　　　　　橋本安央
　　　　　　　　　　　　　　　　　　　　　　　　　　　藤井　光
　　　　　　　　　　　　　　　　　　　　　　　　　　　坂根隆広

目　次

はしがき

　　いまを生きる　　アメリカ文学史の現在
　　日本語読者のための，世界の中のアメリカ文学史

序　章　ダイジェスト アメリカ文学史 …………………………… 1

　1　ピューリタン文学と小説の始まり　1
　2　アメリカン・ルネサンス　2
　3　リアリズムと自然主義　3
　4　アメリカン・モダニズムの展開　5
　5　冷戦の時代と文学　6
　6　ポストモダニズムから多文化主義の時代へ　7
　7　新世紀のアメリカと世界　8

第 I 部　アメリカ文学史

イントロダクション──邂逅（かいこう）の衝撃 ……………………………… 10

　1　アメリカ大陸の「発見」　10
　2　新世界と活版印刷術　11
　3　「発明」されるアメリカ　12

第 1 章　起源と始動──植民地時代〜1820年 ……………………………… 13

　1　アウトライン　13
　　(1) バージニア植民地の始まり　(2) ニューイングランドとピューリタン　(3) マサチューセッツ湾植民地と説教文学　(4) 理神論と啓

v

蒙主義　(5) カルヴィニズムの抵抗　(6) アメリカ革命と政治的独立

2　ピューリタン文学　23

(1) 予型論という発想　(2) ピューリタンと日記　(3) アメリカ最初の詩人，アン・ブラッドストリート　(4) エドワード・テイラー，あるいは最後の形而上詩人

3　理神論の18世紀　27

(1) マザー王朝　(2) 近代人フランクリン　(3) フランクリンと明治日本

4　アメリカ小説の誕生　31

(1) 感傷小説，あるいは誘惑と美徳と破滅の物語　(2) ローソンとフォスター　(3) C・B・ブラウン，あるいはアメリカン・ゴシック

第2章　ロマン主義の時代——1820～1865年　37

1　アウトライン　37

(1) アメリカの知的独立　(2) 孤立主義と拡張主義　(3) ユニテリアン主義と超絶主義　(4) 社会改良運動と南北対立

2　ロマン主義文学の誕生　42

(1) ロマン主義とは何か　(2) アーヴィングとノスタルジー　(3) クーパーと自然の美徳　(4) ブライアントと炉辺詩人たち　(5) ハドソン・リバー派の風景画

3　アメリカン・ルネサンス　49

(1) 黄金期の到来　(2) あらゆる文学ジャンルの源泉にポーがいる　(3) 詩人エマソンと思想の環　(4) 理念と行動の人ソロー　(5) ホイットマンの自由（詩）と民主主義　(6) 心の探求者ナサニエル・ホーソーン　(7) メルヴィルと海　(8) ディキンソンと「白の選択」　(9) ルイザ・メイ・オルコット——少女小説家の仮面の陰で　(10) ポー，エマソン，ホイットマンの日本的受容

第3章　リアリズムと自然主義——1865～1914年　64

1　アウトライン　64

(1) 変容するアメリカ社会　(2) 技術革新とホワイト・シティ　(3) 多民族社会の形成　(4)「金メッキ時代」から革新主義の時代へ

　　　　　　　　　　　　　　　　　　　　　　　　　　　　目　次

　　　(5)「新しい女性(ニュー・ウーマン)」とギルマンの「黄色い壁紙」　(6) 南部における人
　　　種隔離と『黒人のたましい』　(7) フロンティアの消滅と帝国への道
　2　リアリズムの勃興　71
　　　(1) リアリズムとは何か　(2) ハウエルズとリアリズム　(3) マー
　　　ク・トウェイン——生きることとは書くこと　(4) 意識の探求者ヘ
　　　ンリー・ジェイムズ　(5) ローカル・カラーの文学　(6) ジュエッ
　　　トとショパンの女性たち　(7) マイノリティ作家の登場
　3　リアリズムから自然主義へ　80
　　　(1) 自然主義とは何か　(2) ノリスのロマンス　(3) スティーヴ
　　　ン・クレインと主観的な戦争　(4) ロンドンの犬　(5) ドライサー
　　　と欲望の声　(6) ウォートンとアメリカ／ヨーロッパ　(7) ダイ
　　　ム・ノヴェル——商品としての物語

第4章　モダニズムの時代——1914〜1945年 …………………………89
　1　アウトライン　89
　　　(1)「狂騒の20年代」から大恐慌へ　(2) 第1次世界大戦とインフル
　　　エンザ・パンデミック　(3) 大量消費社会と大衆文化の到来
　　　(4) 消費する／されるフラッパー　(5) 排外主義(ネイティヴィズム)の時代　(6) 大恐
　　　慌とニューディール　(7) 第2次世界大戦と日系人の強制収容
　2　モダニズムの幕開け　95
　　　(1) モダニズムとは何か　(2) 諸分野におけるモダニズム　(3)「リ
　　　トル・マガジン」と新しい詩の誕生　(4) ロバート・フロストとア
　　　メリカン・モダニズム　(5) パウンドとウィリアムズ　(6) モダニ
　　　スト詩人T・S・エリオット
　3　モダニズム小説の展開　102
　　　(1)「失われた世代」の文学　(2) キャザーのモダン・ノスタルジー
　　　(3) スタインと環大西洋モダニズムの形成　(4) アンダーソンとルイ
　　　スの中西部　(5) フィッツジェラルドと結婚という謎　(6) ヘミン
　　　グウェイの恋と戦争　(7) ウィリアム・フォークナーと南部
　4　複数のモダニズム　110
　　　(1) ハーレム・ルネサンス——運動の多様性　(2) 1930年代の文学
　　　(3) サザン・ルネサンスの作家たち　(4) オニールとアメリカ近代劇
　　　の発展

第5章　冷戦と体制の動揺——1945〜1963年 ……………… 117

1　アウトライン　117

(1) 戦後体制の盟主として　(2) 冷戦と文化外交　(3) 赤狩りの時代へ　(4) 公民権運動の本格化　(5) ケネディ登場と暗殺

2　時代の空気と戦後文学　122

(1) サリンジャーと純粋さの追求　(2) 自由を求めるビート・ジェネレーション　(3) ユダヤ系アメリカ文学　(4) ウラジーミル・ナボコフと冷戦期アメリカ　(5) 黒人作家たちにとっての実存　(6) 新たな南部作家たちの声　(7) 戦後の2大劇作家——ウィリアムズとミラー　(8) 告白詩とシルヴィア・プラス

第6章　ポストモダニズムと多様化の時代——1963〜2001年 ………… 136

1　アウトライン　136

(1) ケネディの死を乗り越えて　(2) カウンターカルチャーの世代へ　(3) フェミニズム運動のうねり　(4) 超大国の動揺　(5) アメリカの復権を目指すレーガン時代　(6)「歴史の終わり」から世紀転換期へ

2　ポストモダニズムの勃興　142

(1) ポストモダニズムとは何か　(2) ポストモダン文学の展開　(3)『キャッチ＝22』と現実の（無）意味　(4) ポストモダン文学第1世代の作家たち　(5) ヴォネガットと戦争の語り　(6) トマス・ピンチョンと現代の科学技術　(7) ベトナム戦争とティム・オブライエン　(8) アメリカと暴力，マッカーシーとオーツ　(9) カーヴァーと「アメリカの夢」の後　(10) トニ・モリスンと黒人の声なき声　(11) 多様化する声とジャンル　(12) ポストモダン第2世代　(13) 自然とアメリカと詩人たち

第7章　21世紀——2001年〜 ……………………………………… 158

1　アウトライン　158

(1)「テロとの戦い」の時代へ　(2) 拡大する経済格差と社会の分断

2　アメリカ文学の現在　160

(1) テロの時代のアメリカと小説　(2) 創作環境と移民文学　(3) 翻訳文学と広がる「文学」の定義

目　次

第Ⅱ部　作品解題

1　エドワード・テイラー『準備のための瞑想』(1682-1725執筆)　166
2　ベンジャミン・フランクリン『フランクリン自伝』(1818-19)　168
3　ワシントン・アーヴィング「リップ・ヴァン・ウィンクル」(1819)　170
4　ラルフ・ウォルドー・エマソン『自然』(1836)　172
5　エドガー・アラン・ポー「モルグ街の殺人」(1841)　174
6　ナサニエル・ホーソーン『緋文字』(1850)　176
7　ハーマン・メルヴィル『白鯨』(1851)　178
8　ヘンリー・デイヴィッド・ソロー『ウォールデン――森の生活』(1854)　180
9　ウォルト・ホイットマン『草の葉』(1855-92)　182
10　エミリー・ディキンソン「わたしは見ることが好き，それが何マイルも舐めていき――」(1862)　184
11　ヘンリー・ジェイムズ『ある婦人の肖像』(1881)　186
12　マーク・トウェイン『ハックルベリー・フィンの冒険』(1885)　188
13　セオドア・ドライサー『シスター・キャリー』(1900)　190
14　イーディス・ウォートン『歓楽の家』(1905)　192
15　シャーウッド・アンダーソン『ワインズバーグ，オハイオ』(1919)　194
16　T・S・エリオット『荒地』(1922)　196
17　ウィラ・キャザー『迷える夫人』(1923)　198
18　F・スコット・フィッツジェラルド『グレート・ギャツビー』(1925)　200
19　アーネスト・ヘミングウェイ『武器よさらば』(1929)　202
20　ウィリアム・フォークナー『八月の光』(1932)　204
21　J・D・サリンジャー『ライ麦畑でつかまえて』(1951)　206
22　フラナリー・オコナー『賢い血』(1952)　208
23　ジェイムズ・ボールドウィン『山にのぼりて告げよ』(1953)　210
24　ジャック・ケルアック『オン・ザ・ロード』(1957)　212
25　シルヴィア・プラス『エアリアル』(1965)　214
26　トマス・ピンチョン『重力の虹』(1973)　216

ix

27　レイモンド・カーヴァー『大聖堂』(1983)　218
28　コーマック・マッカーシー『ブラッド・メリディアン あるいは西部の夕陽の赤』(1985)　220
29　トニ・モリスン『ビラヴド』(1987)　222
30　コルソン・ホワイトヘッド『地下鉄道』(2016)　224

第Ⅲ部　資　料

アメリカ文学を読む日本語読者のための読書リスト　228
関係年表　263
関連地図　284

人名索引　287
作品索引　295

[凡例]
・本文中では関連記述がある部分への参照指示を記している。たとえば「⇒Ⅰ-1-3-(1)」は「第Ⅰ部第1章第3節(1)」を、また「Ⅱ-2」は「第Ⅱ部2」(作品解題)を示している。
・本書で取り上げた作品の引用文中には、今日の人権意識に照らして不適切と思われる語句・表現も見られるが、時代的背景と作品価値に鑑み、文学作品の原文を尊重する立場からそのままにしている。

序　章
ダイジェスト アメリカ文学史

1　ピューリタン文学と小説の始まり

　15世紀末以降中南米で莫大な利潤を得ていたカトリック国スペインに対抗するため，イギリスは16世紀末から17世紀初頭にかけて，北米大陸東海岸で植民地建設に着手した。その後全部で13地域にまで広がった植民地はそれぞれ独立性を保っていたが，18世紀後半，連帯してイギリスから独立し，アメリカ合衆国を名乗ることになる。それからおよそ80年後の1861年に勃発した南北戦争の結果，南部の歴史はアメリカの正史から追放され，北部の物語が神話化されるに至った。それはすなわち，17世紀北東部ニューイングランド地域のピューリタンと呼ばれる敬虔なプロテスタント宗教運動体こそが，アメリカ社会の基盤を形成した，という物語である。

　ピューリタンは，ルターとともにヨーロッパ初期宗教改革を先導したカルヴァンの教義，とりわけ個人が救済されるか否かはあらかじめ神が決めており，現世における行いは無関係であるとする予定説を信じていた。ニューイングランドの植民地人はこの信条に基づき，神からもたらされた救済のしるしを確認するために，日常生活のちょっとした出来事や奇蹟のごとき現象を，神学的，象徴的に解釈する習慣を身につけた。17世紀のピューリタン文学は，このような解釈を記録する内省的な営みから生まれたもので，日記や歴史書，捕囚体験記などのサブジャンルが多いのもこのためである。そこからアン・ブラッドストリートやエドワード・テイラーといった詩人が現れた。もちろん聖職者による説教が最も人気を博したジャンルであったことはいうまでもない。

　17世紀のヨーロッパで起きた科学革命を経て，イギリスでは人間が有する理性の力を通じて宗教を理解しようとする理神論という宗教思想が生まれた。17世紀後半以降，イギリス本国と北米植民地の間では，モノだけでなくこうした

知の交流も盛んになる。18世紀のニューイングランドには，近代自然科学の発展と理神論という後ろ盾をもつ啓蒙主義思想も流れ込み，ピューリタニズムの影響力を衰退させた。理性の時代の到来である。この時期にニューイングランドの宗教的基盤を再構築しようとした保守派の牧師コットン・マザーは，天然痘の流行を抑えるために初めてワクチン接種を導入するなど，科学の領域においては先進的であった。しばしば18世紀を代表する人物と評される万能人ベンジャミン・フランクリンは，公共に尽くすことが神への奉仕であるという合理主義的な信仰心に基づいて活動した。その『自伝』は明治日本の若者たちにも多大な影響を及ぼしている。

1783年のパリ条約をもって，北米大陸東海岸沿いに位置する13植民地は正式にアメリカ合衆国として独立するが，それとともにアメリカ文学に小説の時代が訪れた。かつての本国イギリスで勃興していた感傷小説の枠組みを借りて，ウィリアム・ヒル・ブラウンやスザンナ・ローソン，ハナ・ウェブスター・フォスターなどによる小説作品が刊行され，ベストセラーになった。同じくイギリスで流行していたゴシック・ロマンスも大西洋を横断し，今日アメリカン・ゴシックと呼ばれるサブジャンルが生まれた。その代表的作家がチャールズ・ブロックデン・ブラウンであり，その後ポーやホーソーン，メルヴィル，ジェイムズ，フォークナー，カポーティ，ピンチョン，ヴォネガットなど，現代まで続く太い水脈が形成されることになる。 (橋本)

2　アメリカ・ルネサンス

19世紀の前半は，国土を西方に拡張するとともに，東部のエリートを中心とした社会から，西部の農民なども含めた民主主義的な体制に，国家全体が移行していく時期である。第2次独立戦争とも呼ばれる1812年の米英戦争を契機として，国家意識や愛国心が育まれ，国民文学の創生を求める声が高まった。宗教思想の文脈では，個人を厳格なピューリタニズムの束縛から解放する，自由主義的なユニテリアン主義と呼ばれる神学や，個人の情動と直感を重視する超絶主義が広まってゆく。それと同時に禁酒運動，刑務所や精神病院・学校などの改良運動，女性や先住民の権利運動，黒人解放運動のような革新的精神が潮流となった。自由と民主主義を旗印にして社会の歪みを正さんとする，希望に

満ちた時代である．だが，こうした動向の裏側では，西洋文化と異なる価値観を有する先住民が駆逐された．奴隷制や国家体制をめぐる南北対立も激化して，1861年，ついに南北戦争が勃発，国家分裂の危機が訪れた．

　この激動の時代の文学を突き動かしたのは，主としてドイツやイギリスから流入してきたロマン主義と呼ばれる芸術思潮であった．1820年前後から始まる初期ロマン主義を代表する作家として，歴史をもたぬアメリカの土壌にヨーロッパ産の神話の種を植えつけたワシントン・アーヴィング，開拓地を舞台として荒野に消えゆく先住民の悲哀を描いたジェイムズ・フェニモア・クーパーがいる．その後に訪れる本格的なロマン主義の時代は，アメリカン・ルネサンスとも称される．アメリカ文学史上最初の黄金期と呼んでもよい．超絶主義を先導したラルフ・ウォルドー・エマソンおよびその弟子ヘンリー・デイヴィッド・ソローが自己信頼の思想と実践を世に問い，詩人ウォルト・ホイットマンが宇宙規模まで自我を拡張させつつアメリカの民主主義を高らかに謳い上げる一方で，ナサニエル・ホーソーンとハーマン・メルヴィルはカルヴィニズムに由来する罪意識の深奥を掘り下げ，人間精神の闇を追究した．今日，古典的文学者とされるこれら北東部の男性ロマン主義者は，1850年から55年というきわめて短い期間に次々と代表作を発表しており，狭義のアメリカン・ルネサンスはこの時期のことを指す．

　他方で広義のアメリカン・ルネサンスはロマン主義的特性，地域，性，人種の枠を取り払い，時代的には1820年代から60年代までを包含する．この文脈でいえば，上記5人に加えて，推理小説やSF小説の創始者である奇才エドガー・アラン・ポー，没後に作品が発見されて圧倒的な評価を得た詩人エミリー・ディキンソン，奴隷体験記で知られるフレデリック・ダグラス，フェミニストの超絶主義者マーガレット・フラー，リンカーンが南北戦争を引き起こした作家と讃えたハリエット・ビーチャー・ストウ，『若草物語』で名高いルイザ・メイ・オルコットなど，そうそうたる顔ぶれが並ぶ．　　　　　（橋本）

3　リアリズムと自然主義

　北部が主導権を握った南北戦争後のアメリカは，農業国から工業国へと変容し，急速な都市化を遂げる．工業化を支えたのは移民労働であり，現在に至る

までアメリカを特徴づける多民族社会が形成される。巨大化した企業が市場を独占する一方,労働運動が活発化し労使間の対立が深まった。拝金主義的な風潮や政治腐敗が広がるこの時期は「金メッキ時代」とも呼ばれるが,世紀転換期には深まる社会問題の改善を目指す改革の動きが大きなうねりとなって革新主義と呼ばれる潮流を生み出す。その流れのなかで女性問題に対する意識も高まり,1920年の女性参政権実現への素地を作る。他方,南部では,名目上は奴隷から解放された黒人の実質的な隷属化と人種隔離政策が進められ人種状況は著しく悪化した。フロンティアの消滅とともに先住民は駆逐され,米西戦争の勝利によってアメリカは帝国化を進めることになる。

　社会の急激な近代化に対応する形で,文学では同時代を生きる「普通」の人々の日常を写実的に描くリアリズムが定着する。セアラ・オーン・ジュエットを筆頭に地方色(ローカル・カラー)を打ち出す作品において女性作家の活躍がめざましく,工業化のなかで失われる地方独自の風景,習慣,方言を記録するという動機にも支えられながらリアリズムの浸透に大きく貢献した。リアリズムの理念を体現すべく中産階級の日常に焦点を当てたウィリアム・ディーン・ハウエルズのような作家は例外で,この時期の作家はリアリズムを大まかな前提としながらも多様な,ときには少なからずロマンス的な主題を描いたというのが実情であり,少年のいきいきとした語りによってアメリカ文学の1つの源流を作り上げたマーク・トウェイン,アメリカとヨーロッパの文化的差異をめぐる諸作品を残したヘンリー・ジェイムズなどが代表的作家として挙げられる。黒人,移民や先住民などいわゆるマイノリティ作家が独自の文化習慣を描く作品を書き始めると同時に,読者市場の拡大を背景にダイム・ノヴェルと呼ばれる廉価な大衆向けの小説が量産され始めるのもこの時期である。

　世紀転換期になると,フランスの作家エミール・ゾラの影響のもと自然主義と総称される一連の作品が発表される。貧困を主とする社会問題に向きあう姿勢はリアリズムの延長上にあるが,運命,自然,本能,欲望,資本といった卑小な人間をふりまわす「大きな力」を強調することは物語のロマンス的・メロドラマ的な傾向を強め,その後のアメリカ文学の展開にも大きな影響を及ぼすことになる。フランク・ノリス,スティーヴン・クレイン,ジャック・ロンドン,セオドア・ドライサーといった代表的な作家がいずれも背景にジャーナリスティックな仕事を有することは,アメリカ自然主義の色濃い社会改良的動機

を物語る。ニューヨークの上流社会に育ったイーディス・ウォートンは決定論的なプロットに傾倒しつつも狭義の自然主義にとらわれない多彩な小説を残した。

(坂根)

4　アメリカン・モダニズムの展開

　第1次世界大戦後の1920年代に未曾有の好景気を謳歌するアメリカは，次の10年間には未曾有の恐慌に苦しむという振れ幅の大きな時代を経験する。その振れ幅の大きさは，移民の制限や共産主義者の弾圧に顕著な保守的な排外主義（ネイティヴィズム）がはびこる共和党政権の20年代から，知識層を中心に人民戦線が支持を得るニューディール期民主党政権の30年代という変化にも見てとれる。

　大量消費社会・大衆社会の到来と第1次世界大戦という総力戦を通して進んだ既存秩序の解体，経験の断片化，文明に対する幻滅や喪失感は従来の表象形式の限界をめぐる危機意識をもたらし，ヨーロッパ芸術を中心に大きな変革が起きる。20世紀前半を通して起きた変革を総称してモダニズムと呼ぶが，特に実験的な初期モダニズムはアメリカ文学では詩において展開する。T・S・エリオットやエズラ・パウンドなど，環大西洋的・環太平洋的・亡命的ともいえる足跡を残した詩人とは対照的に，ロバート・フロストやエドガー・リー・マスターズ，ウィリアム・カーロス・ウィリアムズといった詩人は土着性を重視した詩作を実践し，アメリカ独自のモダニズム的展開を見せる。以下の本文では触れられていないが，H. D.（Hilda Doolittle, 1886-1961）やマリアン・ムーア（Marianne Moore, 1887-1972）といった女性詩人もこの時期に活躍した。

　小説では郷愁豊かに中西部の開拓民の生活を描きつつもモダニスト的な感性も示すウィラ・キャザーのような作家が過渡期的な役割を果たし，より言語をめぐる実験性を打ち出すガートルード・スタインや，スタインに深く影響されながら中西部の田舎の人々の孤独を描くシャーウッド・アンダーソンといった作家が続く。「狂騒の20年代」の寵児といわれたF・スコット・フィッツジェラルドや短編小説のあり方を一変したともされるアーネスト・ヘミングウェイ，さらには南部を舞台に一大サーガを築いて日本文学を含む世界文学に多大な影響を与えたウィリアム・フォークナーといったいわゆる「失われた世代」の作家をもって小説のモタニズムは1つの頂点を迎えるが，それはあくまで

「1つ」の頂点に過ぎず，モダニズム小説はその複数性によってこそ特徴づけられる。ハーレム・ルネサンスとも呼ばれるニューヨークを中心に隆盛した黒人文化ではクロード・マッケイやネラ・ラーセン，ゾラ・ニール・ハーストンらが活躍し，30年代にはジョン・スタインベックの『怒りの葡萄』をはじめとする自然主義的傾向の強い小説，ヘンリー・ロスら移民による小説，大衆向けの犯罪小説などが書かれ，それぞれに「もう1つの」モダニズムを提示する。それまで娯楽性の高かったアメリカ演劇がユージーン・オニールによって1つの芸術ジャンルとして「自立」したことも特筆に値する。 (坂根)

5　冷戦の時代と文学

　第2次世界大戦において，アメリカを中心とする連合軍はヨーロッパと太平洋の両方面で勝利を収め，戦後のアメリカは民主主義陣営を軍事的にも経済的にも牽引する役割を担った。軍事体制から平時への復帰に伴い，消費活動が活発化した国内は好景気に沸き，未曾有の経済成長が始まる。アメリカはドルを基軸通貨とした国際経済体制を率い，ヨーロッパの西側諸国の復興も主導するほか，日本の占領統治も成功させた。その後，ソ連を中心とする共産主義陣営との間で，朝鮮戦争や核開発競争などの対立が深刻化し，冷戦の時代が始まると，アジアやアフリカなどの地域では文化外交を含めた東西陣営の勢力争いが激しくなる。国内では赤狩りをはじめとする思想統制が強化され，核家族における性別役割分業がモデルとして打ち出されるなど，社会の保守化が大きな特徴となった。その一方で，公民権運動が大きなうねりとなり，アメリカ南部において維持されていた人種隔離体制を大きく動揺させていくことになる。

　保守的な風潮に異議を申し立てる若い世代の台頭ともあいまって，文学でも自由を求める若者の姿を描く新たな世代の作家たちが続々と登場する。J・D・サリンジャーの『ライ麦畑でつかまえて』の主人公であるホールデン・コールフィールドが若い読者の心をつかんだのは，その代表例であろう。ジャック・ケルアックやアレン・ギンズバーグは硬直した社会規範への批判的な立場から，より解放的な生き方を希求してビート・ジェネレーションの登場を告げた。演劇でも，アーサー・ミラーがアメリカの現状を寓話的に批判する代表作を発表している。

この時期には，アングロサクソン系白人以外の作家も多く登場する。アメリカ社会に定着した移民作家の中でも，ユダヤ系作家たちの活躍はめざましく，ソール・ベロー，バーナード・マラマッド，フィリップ・ロスらが，ユダヤ系市民の経験を題材としながらも広くアメリカ社会を射程に収める小説によって登場した。黒人作家では，パリを拠点としたリチャード・ライトやジェイムズ・ボールドウィン，あるいはラルフ・エリスンらが，人種差別や信仰などを主題として黒人の実存を掘り下げる小説を発表していった。一方，南部の白人作家フラナリー・オコナーやトルーマン・カポーティらはゴシック的な要素をもつ小説で注目された。 (藤井)

6　ポストモダニズムから多文化主義の時代へ

アメリカの若きリーダーであったケネディ大統領の暗殺という衝撃的な出来事を経て，ベトナム戦争が泥沼化していく1960年代のアメリカは，様々な面で激動の時代を迎えた。ベトナム戦争介入への批判が高まり，公民権運動が進展するとともに，主流文化に疑問を突きつけるカウンターカルチャーがヒッピー世代を中心として広がり，ロック音楽からアメリカン・ニューシネマまで，新たな表現を模索する。また，第2波フェミニズム運動の展開は，女性の社会進出や中絶の権利獲得など，社会全体に大きな変化をもたらし，アドリエンヌ・リッチら女性詩人たちもその代弁者となった。

この時期に花開いたポストモダニズムは，そうした風潮と無縁ではない。記号論が火付け役となり，哲学や精神分析学において旧来の思考の枠組みを問い直すポスト構造主義の思想的な試みが続々と現れた。ポストモダニズム小説においてはメタフィクションという手法がしばしば用いられ，歴史の客観性や主体の統一性への挑戦，さらには作者(オーサー)という権威(オーソリティ)の相対化などが積極的に推進された。小説においてはジョン・バースやトマス・ピンチョンといった作家たちが，形式と内容の両面で様々な実験を行い，こうした動きを牽引していく。戦争文学でも，ジョーゼフ・ヘラーからカート・ヴォネガットまで，虚構と現実の境界を探究する作家たちが現れた。ただし，そうした新たな手法と同時に，リアリズムの作風でアメリカの本質を描き出そうと試みるジョイス・キャロル・オーツやコーマック・マッカーシーらが，長期にわたって活躍を続けたこ

とは見逃されるべきではない。

　ベトナム戦争は米軍撤退と北ベトナム勝利という結果に終わり，国際的な経済競争の激化や不況もあいまって，西側諸国におけるアメリカの絶対的な地位は次第に見直しを迫られていく。国家としての威信を取り戻すべく，1980年代のアメリカは積極的な軍拡を導入し，ソ連との冷戦において優位性を確立した。また，新自由主義に基づく政策が導入され，経済構造の大規模な転換が目指された。その一方で，レイモンド・カーヴァーの短編においては，アメリカン・ドリームの敗残者がしばしば描かれるなど，アメリカ作家の多くは時代を批判的に見つめる視点を保持した。そのなかで，ドン・デリーロやリチャード・パワーズなど，ポストモダニズム文学の手法を受け継ぎつつアメリカに内在する矛盾に分け入ろうとする作家たちも現れた。また，黒人作家ではトニ・モリスンを筆頭とする女性作家が存在感を増し，人種とジェンダーの主題が追求されたほか，移民2世を中心とした書き手が多く登場するなど，多文化主義が大きな進展を見せたことは重要である。　　　　　　　　　　　　（藤井）

7　新世紀のアメリカと世界

　冷戦の勝者となったアメリカは，唯一の超大国として「新世界秩序」の誕生を謳い，湾岸戦争に勝利したことに加えて長期的な好景気にも恵まれた。対照的に，アメリカにとっての21世紀は，同時多発テロ事件という衝撃とともに始まった。直後に対テロ戦争が開始され，イラク戦争が長期化する一方で，リーマン・ショックによる大幅な景気後退が発生する。

　そうした世相と連動するように，小説ではポストモダニズム小説の実験精神と同時に，ジョナサン・フランゼンに代表される，リアリズムに近い作風で社会と個人の倫理を問う動きも目立った。黒人作家ではコルソン・ホワイトヘッドなどが人種の問題を新たな視点で描き出し，21世紀になっても残り続ける社会的矛盾を見つめようとしている。また，移民文学では英語への同化を問い直す動きとして，スペイン語を大幅に取り入れた小説がジュノ・ディアスによって実践されたほか，非英語圏の文学を積極的に評価するなど，他言語・多文化との対話姿勢が定着しつつある。ロベルト・ボラーニョや村上春樹といった作家たちは，英訳を通じて若いアメリカ作家たちにも大きな影響力をもつようになっている。　（藤井）

第 I 部

アメリカ文学史

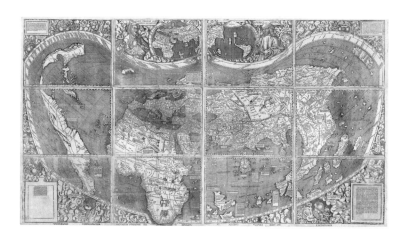

ヴァルトゼーミュラーの世界地図（1507）／Wikimedia Commons
左端の細長い南米大陸の下の方に，AMERICA と記されている。1507年時点で北米大陸はほぼ「未知の地」だったため，フロリダ周辺しか描かれていない。この地図が歴史的に重要なのは，ドイツにいた一人の地図学者の知と想像力がアメリカ大陸を初めてアジアから切り離し，かつ上部中央の縮図において，南北アメリカ大陸を（まだ「発見」されていない）地峡でつなぎ，後にマゼランが太平洋と呼ぶ大海原を「創造」した点にもある。〈アメリカ〉は始まりから，ヨーロッパ人の想像力をかくも掻き立てた。（橋本）

イントロダクション
——邂逅(かいこう)の衝撃——

1　アメリカ大陸の「発見」

　アメリカ文学史という物語を語るにあたり，どこから始めるのかという問題は，実のところ簡単ではない。ヨーロッパを基軸にするならば，イスラム教に対するイベリア半島再征服運動(レコンキスタ)を完了したキリスト教のスペイン王室が，地中海貿易の権益をもたないため，アジア大陸に到達する西回り航路の開発を目指すコロンブスに資金を援助した結果，1492年にアメリカ大陸が「発見」されたとされることが少なくない。だがすでに1000年頃，北欧の武装船団ヴァイキングが北米のニューファンドランド島に到達していたという記録もある。この意味で，コロンブスによる「発見」は，「再発見」と呼ぶほうがふさわしい。
　他方でコロンブスが西インド諸島に到達した15世紀末の時点で，推計上諸説あるが，南北アメリカ大陸には4300万から7200万人程度の先住民が暮らしていたという。彼らの起源は先史時代にまで遡る。シベリアに暮らしていた狩猟採集民が，海面の低下によってベーリング海峡に出現した約1600kmにもおよぶ陸橋(ベーリンジア)を横断してアラスカに渡ったのは，一説に拠れば2万5000年以前のことだという。その後温暖化の到来とともにアラスカの氷河が後退すると，そこから分岐した集団がカナダ以南へ（2万6000～1万1500年前），中米へ（1万4000～1万2000年前），さらに南米へ（1万4000～1万年前），さらなる分岐を繰り返して移動し，定住する。彼ら最初の発見者の視点から見れば，アメリカ大陸はヨーロッパ人によって「侵略」されたことになる。コロンブスがアジア大陸（すなわち「インド」）の島嶼(とうしょ)に到達したと誤認したために，インディアン（スペイン語ではインディオ）と呼ばれることになったこれら先住民族の言語は，1500種類ほどあったという。彼らは部族ごとに様々な口承の物語をもっていた。

2　新世界と活版印刷術

　文字による物語は，ヨーロッパ人によってもたらされた。文学史の始まりを文字文化に見る立場を採る本書は，イギリス人植民者の手による読み物から話を始めるが，その前提として，主としてアメリカ大陸を意味する「新世界」という概念そのものが，書物の流通を革命的に促した活版印刷術の賜物(たまもの)であったことを確認したい。

　1507年，ドイツの地図学者マルティン・ヴァルトゼーミュラーが発行した世界地図（第Ⅰ部中扉）とその解説書的書物『宇宙誌入門』は，初めて「新世界」を〈アメリカ〉と名づけたことで知られるが，彼に霊感を与えたアメリゴ・ヴェスプッチ（アメリカという語はこの名に由来する）の書簡『新世界』(1503)および『ソデリーニへの手紙』(1505)は，活版印刷術のおかげでヨーロッパ中に流通したものである。1439年頃に実用化され，1455年のグーテンベルク聖書以後，急速にヨーロッパ各地に広まったこの印刷技術は，ルターの「95ヵ条の論題」(1517)の普及にも一役買って宗教改革運動を下支えし，ピューリタンの誕生を用意した。スペインとポルトガルが先導した大航海時代の地理学上の「発見」は，火薬，羅針盤と並びルネサンス期の3大発明の1つとされるこのテクノロジーが，旅行記や地図の普及を容易にしたからこそ可能であった。さらにいえば，植民者が「新世界」において神の国の価値観を共有するためには，誰もが容易に聖書や賛美歌集を入手できるという条件が重要であったし，説教集が植民地時代のニューイングランドで最も人気が高いジャンルであったという事実もまた，神の国と活版印刷術が親密な関係にあったことを示している。アメリカも，その文字文化である文学も，活版印刷術という親から産み落とされた子どものようなものなのだ。

　大航海時代に起きた「新世界」と「旧世界」の邂逅(かいこう)以後，まず中南米に進出したスペインは，アステカ王国とインカ帝国を征服した。北米でも17世紀以降，イギリスが先住民族を殲滅(せんめつ)し，独立後のアメリカも彼らを強制的に保留地(リザベーション)に隔離してゆく。2つの世界の出会いは，こうして先住民族側に衝撃的な悲劇を引き起こした。他方で「旧世界」は「新世界」に小麦やサトウキビといった農作物，家畜，天然痘などの病原菌をもたらし，「新世界」は「旧世界」にイ

モやトウモロコシを移植した。このようにしてモノとヒトだけでなく，生態系や病原微生物も混ざり合い，拡散するという，不可逆的変化が生じたのであった。

3　「発明」されるアメリカ

　「新世界」発見の衝撃は，「旧世界」の思考方法や自己認識も変容させた。人間中心的価値観に転換したルネサンスの時代，近代ユートピア文学の始祖トマス・モアの『ユートピア』が公刊されたのは，スペインが中南米から北米大陸に探険の足を伸ばし始めた1516年のことである。『ユートピア』は旅人ラファエルが「新世界」に向かうヴェスプッチの航海に参加し，アメリカ大陸（当時の知識では南米大陸のこと）の先に理想の島を発見する，という設定で紡がれる。自然に基づく素朴な生活が営まれるユートピア島は，周囲から隔絶された孤島である。そこは理想社会である以上，時間の流れが止まっている。さらには全体主義的統治や財産共有制，農本主義に基づく平等精神といった特徴をもつ。過去のくびきを捨てて孤島に辿りついた者の眼には，はるか遠くに眺められる「旧世界」の文明が，過度な個人主義や経済至上主義に染まっているように映る。囲い込み(エンクロージャー)によって農村が破壊され，市場至上主義が富裕層の横暴を許しているように見える。そうしてユートピアの牧歌的(パストラル)な理想社会を鏡として，既存社会が相対化されるのだ。このような枠組みが後続のユートピア文学の様式を定め，17世紀に入るとイタリアのカンパネッラによる『太陽の都』(1623)や，シェイクスピアの同時代人フランシス・ベーコンの『ニュー・アトランティス』(1627没後出版) が執筆されることになる。

　大西洋を横断して，「旧世界」の人々が「新世界」に旅立った大移動は，広い意味ではこうした潮流における具体的な行動の1つである。新しい印刷技術に支えられたユートピア文学の想像力が，堕落した文明社会と牧歌的自然という対立的なイメージを産み落とし，宗教が統率する平等精神や，科学を基盤とする進歩的社会という理想像を，「旧世界」の中に植えつける。そしてそれが〈アメリカ〉という抽象概念に投射される。アメリカは，「発見」された後に，あらためて「発明」されたのだ。そしていまも，アメリカはつねに「発明」され続けている。本書がアメリカの物語をめぐる書物であるのと同時に，アメリカをめぐる想像力をめぐる書物でもある所以である。　　　　（橋本・藤井・坂根）

第1章
起源と始動
―― 植民地時代～1820年 ――

1 アウトライン

(1) バージニア植民地の始まり

16世紀後半，エリザベス1世の治世（1558-1603）になり，国教会による統治体制を確立して主権国家として体制を整えつつあったイギリスは，先行するスペインやポルトガルなどに対抗し，商業的な利潤獲得を目指して新大陸の植民計画に着手する。これらのカトリック国がまだ進出していない北米の大西洋沿岸に狙いを定めた。女王の寵愛を受けていた美貌の軍人ウォルター・ローリーが出資して，1585年と87年の二度にわたって派遣された植民者は，現在のノースカロライナ州に位置するロアノーク（Roanoke）島で恒久的植民地の建設を試みた。だが，「無敵艦隊」のスペインと交戦（英西戦争，1585-1604）していたため支援が遅れ，90年の時点で120名前後の入植者全員が行方不明になっていた。その経緯はいまだに解明されておらず，ロアノーク植民地は「失われた植民地」（Lost Colony）と呼ばれることになる。なお，この開拓地周辺は「処女王」（the Virgin Queen）エリザベス1世にちなみ，ローリーによってバージニアと命名された。

17世紀に入って捲土重来が図られ，1607年，再びバージニアに**ジェイムズタウン植民地**（Jamestown Colony）が建設される。結果としてこの植民地が北米大陸におけるイギリス最初の恒久的植民地になった。国王ジェイムズ1世から特許状を発行されたロンドン商人は，国王の名にちなんだこの地に104名のイギリス人を入植させ，自給自足を目指した。入植者の大半はイングランド国教会の男性信徒であったが，マラリアや飢餓，先住民との抗争等により，最初の冬を生き延びたのはわずか38名にすぎなかった。だが，先住民のポウハタン族から援助を受け，14年にジョン・ロルフ（John Rolfe, 1585?-1622）がタバコ栽培に成功すると，19年以降アフリカ黒人を年季奉公人として入植させ経済的

第 I 部　アメリカ文学史

図 1　スミス『バージニア、ニューイングランド、サマー諸島総史』(1624) より／Wikimedia Commons

自立を果たすことになる。タバコは当時、スペインが西インド諸島からヨーロッパに輸出することで莫大な利益を得ていた、「新世界」の重要な生産品であった。ジェイムズタウン植民地の成功が、奴隷労働力に支えられた貴族主義的プランテーション経済を発達させ、独立後のアメリカ南部社会が進む方向性を定めることになる。なお、アメリカ南部における**プランテーション**（plantation）とは黒人奴隷の安価な労働力に支えられた大規模農園のことであり、その経営者をプランターと呼ぶ。18世紀末以降は主として綿花を栽培し、工業化社会に転換した産業革命期のイギリス等に供給することで、莫大な利益を得ていた。

　ジェイムズタウン植民地が建設された頃、ロンドンではウィリアム・シェイクスピア（1564-1616）がまだ現役劇作家として活躍しており、入植者にとってシェイクスピアは文字通り同国人かつ同時代人にあたる。だが、厳しい環境の中で生き抜かねばならない彼らに、観劇にいそしむ余裕などあるはずもなかった。くわえて経済的利潤を主目的とするこの植民地では、世俗的な関心が強いため、文学的創造を試みる意欲もあまり生まれなかった。そうした中でも、**ジョン・スミス**（John Smith, 1580-1631）という名は記憶に値するだろう。

　スミスは開拓当初から 2 年半ほどジェイムズタウン植民地に滞在し、指導者の 1 人として建設と発展に尽力した。1609年にイギリスに帰国した後もアメリカ大陸に関心を抱き続け、全部で 9 種類の「新大陸」報告書を執筆したが、なかでも『バージニア、ニューイングランド、サマー諸島総史』（*The Generall Historie of Virginia, New-England, and the Summer Isles*, 1624）に収録された 1 枚の挿絵（図 1）が、彼の名を歴史に刻むことになる。ポウハタン族に捕まり処刑されかけたスミスの命を、酋長の娘の幼いポカホンタスが身を挺して救った様子を描くこの版画こそが、いわゆる「ポカホンタス神話」の始まりであ

14

る。これは現在ではスミスの作り話と見なすのが定説だが、「**ほら話**」（tall tale）が後にアメリカ文学の1つの伝統になることに鑑みれば、スミスをアメリカ文学の始祖の1人に数えることもできるだろう。次に記すピューリタンも、渡航前にスミスのニューイングランド探検報告書を読んでおり、貴重な情報源としていた。
(橋本)

(2) ニューイングランドとピューリタン　農業ビジネスに根差した南部のバージニアとは異なり、主として宗教的な理由で建設された**ニューイングランド**（New England）の植民地が、現在ではアメリカの起源として神話化される傾向にある。そこにはむろん、〈始まり〉から奴隷制的要素を抱えていた南部の闇が関わっている。ちなみにニューイングランドとは、現在のメイン、ニューハンプシャー、バーモント、マサチューセッツ、ロードアイランド、コネチカット各州を包摂する、スミスによって1614年に命名された北東部の地域のことである。そこに1620年に分離派の会衆派が**プリマス植民地**（Plymouth Colony）を、30年に非分離派の会衆派が**マサチューセッツ湾植民地**（Massachusetts Bay Colony）を、それぞれ建設した。分離派がイングランド国教会から分離・独立することで独自の教会建設を目指したのに対して、非分離派は国教会の内部にとどまり教会改革を目指したが、「新大陸」に渡った彼らはいずれも、宗教運動体としては**ピューリタン／清教徒**（Puritan）と呼ばれる人々である。

ピューリタンの信条は、宗教改革期のイングランドにおいて、国教会に批判的であった**カルヴィニズム／カルヴァン派**（Calvinism）のプロテスタントに由来する。カルヴィニズムの特質は、1618年のドルトレヒト会議で定められた信仰基準に拠れば、以下の5点にまとめられる。英語の頭文字をとって TULIP（チューリップ）とも呼ばれる。

1. **全的堕落**（Total Depravity）　聖書教理の前提として、アダムとイブの堕落以来、すべての人間が原罪によって全的に堕落している。原罪説。
2. **無条件的選び**（Unconditional Election）　神は堕落した人間の中から救いの恩恵を与える者を選ぶ際、その人の徳や信仰に関係なく、天地創造の前に決めている。予定説。
3. **限定的贖罪**（Limited Atonement）　イエス・キリストの十字架上での贖いの死は、全人類ではなく、選ばれた者のためだけのものである。
4. **不可抗的恩恵**（Irresistible Grace）　神に選ばれた救われるべき人間の救

いは，その人の意志にかかわらず，かならず成就される。

5．**聖徒の堅忍**（Perseverance of the Saints）　一度救いにあずかった者は，永久に信仰を離れないため，罪に問われることはない。

　国王ヘンリー8世の離婚問題を契機に，1534年にローマ教皇庁から独立して成立したイングランド国教会は名目上プロテスタントに分類されるが，メアリー1世等がカトリック再興を試みた時期もあり，実態として典礼や主教制などカトリック的要素を数多く残していた。それに対して16世紀後半以降，フランスのカルヴァン派ユグノーから影響を受けた人々が，カトリック的階級組織を否定し，聖書中心主義を唱え，徹底した宗教改革を主張するようになる。彼らは「潔癖主義者」を意味するピューリタンという蔑称で呼ばれたが，彼ら自身もこの呼び名を採用し，徐々に一般的な呼称となった。ジェイムズ1世の治世（1603-25）になると，国教会の改革を主張する分離派のピューリタンに対してとくに厳しい弾圧が加えられた。

　絶対王政を推進するジェイムズ1世から迫害を受けた分離派は，イギリスから脱出し，信仰の自由が保障されているオランダに逃げた。だが，言語や職業，子どもたちの教育といった問題に加えて，オランダがカトリック国スペインの脅威に晒されていたこともあり，彼らは1620年，信仰の自由を求めてイギリス経由で「新大陸」を目指した。ロンドン商人に雇われた一般人を含む総勢102名は，メイフラワー号に乗り組み，バージニア植民地の北端を目指したが，荒天のせいで予定していた航路から外れてケープ・コッドに到着，最終的にプリマスに上陸し，そこに植民地を建設することになる。ウィリアム・ブラッドフォード（William Bradford, 1590-1657）を指導者とする分離派ピューリタン35名は，独立後の19世紀以降，**ピルグリム・ファーザーズ／巡礼始祖**（Pilgrim Fathers）と呼ばれて神話化されるのだが，上陸に先駆けて彼らと一般人との間で生じた対立を解決するために結ばれた**メイフラワー誓約**（Mayflower Compact）は，社会契約説に基づくアメリカ的理念の原型として名高い。公正かつ平等な契約を定め，全構成員が自分の自由意志でそれに従い協力して植民地を建設することを誓約するこの精神は，後に連邦制国家というアメリカ合衆国の基盤的理念に流れ込んでゆく。

（橋本）

(3) マサチューセッツ湾植民地と説教文学　10年後の1630年，プリマス植民地よりもはるかに大規模な約1000名もの入植者が，アーベラ号に率いられた

総勢4隻からなる船団でボストンに到着し,マサチューセッツ湾植民地を建設した。彼ら非分離派の植民計画の根底には,「新世界」において理想的な神の国を建設し,プロテスタントの砦にするという理念があった。入植者の大半は家族単位で移住してきた中産階級の人々であり,職業的には商人,地主,学者,自作農が多い。彼らの指導者ジョン・ウィンスロップ (John Winthrop, 1588-1649) は,上陸前に「キリスト教的慈愛の模範」("A Model of Christian Charity," 1630) と呼ばれる説教を行い,慈愛(チャリティ),個人と共同体の関係,多からなる統一を説いた。ウィンスロップは説教の最後に,新約聖書「マタイによる福音書」5.14の山上(さんじょう)の垂訓(すいくん)から「丘の上の町」("a City upon a Hill") という言葉を引用し,神が全世界を導くために彼らを選んだのだとして,「万人の目が我々に注がれている」からこそ,「丘の上の町」に立つ自分たちは世界の模範にならねばならないと,仲間たちを鼓舞した。この言葉はその後,自国を特別視するアメリカ例外主義のひな形として神話化され,20世紀の大統領ケネディやレーガンも言及することになる。

　初期のマサチューセッツ湾植民地では,教会員の前で自分の回心体験を告白し,それを認められた者だけが正式な教会員に認定された。ピューリタンという一般名詞には「極端に厳格で堅苦しい人」という語義があるが,回心体験を必須とするこの制度に見られるように,彼らは外部に対する要求よりもさらに厳しいものを,自分たちの内部に求めた。したがって,ピューリタニズムは本質的に娯楽や快楽を戒める。また,文学は創造行為に関わるため,創造主たる神に対する冒瀆として敵視された。牧師コットン・マザー (⇒Ⅰ-1-3-(1)) は教養として叙事詩を読むことや,文体訓練のために詩作を勧める一方で,詩神ミューズを売春婦と呼び,魂が汚(けが)れるため過度に詩にのめりこまないよう警告さえしている。したがって,ニューイングランドのピューリタンによる書き物の大半は,植民地の歴史,旅行記,報告書,日記,説教,教義論争に関わるものであった。それらはいずれも,ニューイングランドとその住民が神と特別な関係にあること,および神の摂理を証明することを目的としたものである。とりわけ説教は最も人気のあるジャンルであり,1639年から1729年の間にアメリカ植民地で出版された書物の40%を占めていたという。その形式は一般信徒に容易に伝わるよう定型化されており,教義の提示 (doctrine),論拠の説明 (reason),人生への応用 (use) という三段論法で構成されるニューイングランド独

自のものであった。華美を戒める宗教上の特性と，神の言葉に装飾は不要との考え方から，表現上も通常は平明体が採用された。

物事には光と陰の両面がある。マサチューセッツ湾植民地は会衆派教会を中心に，タウンと呼ばれる自治的な村落共同体の基礎単位を構築し，住民の代表が参加するタウン・ミーティングにおける多数決の決定事項が共同体全体を拘束するという独自の民主制を採用した。他方で**神政政治**（theocracy）という政教一致政策のもと，会衆派教会を実質上国教化するが，その結果，そこから外れる信条の持ち主や，クエーカー派など他の教派を迫害することになる。牧師**ロジャー・ウィリアムズ**（Roger Williams, 1603-83）は神政体制を批判し，政教分離と信仰の自由を主張したためにセイラムから追放され，1635年，先住民族から譲られた土地にプロヴィデンス植民地（現ロードアイランド州）を建設した。自宅で家庭集会を開催していた**アン・ハッチンソン**（Anne Hutchinson, 1591-1643）は，正統的聖典解釈が女性の権利を排除し，先住民に対する人種的偏見をもっているとして，家父長主義的な牧師の権威を否定したため，教会と統治機関が定めた律法を否定する無律法主義者（antinomian）の烙印を押され，1638年に異端者としてマサチューセッツ湾植民地から追放，ウィリアムズがいるプロヴィデンスに逃れた。こうした厳格で排他的なピューリタンの世界観は，無実の19名を処刑したセイラム魔女裁判（Salem witch trial, 1692）も引き起こした。

(橋本)

(4) 理神論と啓蒙主義 17世紀後半から18世紀半ばにかけて，植民地人の生活は大きく変貌した。人口増加に伴い内陸の開拓が進む一方で，南部ではタバコ，米，砂糖の生産量が増大し，イギリス本国との交易が盛んになった。初期は林業や漁業で栄えた北東部ニューイングランドでは，ラム酒，その原料の糖蜜，および黒人奴隷を交換する三角貿易が行われるようになり，ボストンを中心にめざましい経済的発展が進行する。生活全体が派手になり，酒場や売春宿が繁栄し，世俗化の波が押し寄せるとともに，大西洋上での交易は知と情報の交換も促し，新聞，雑誌，書籍といった活版印刷物が大西洋両岸を行き来した。かくして植民地人は容易にヨーロッパの最先端の知や学問に触れることができ，ボストンやフィラデルフィアは学術都市のようになっていく。ヨーロッパの啓蒙主義思想は，こうした流れの中で植民地に浸透していった。

啓蒙主義（the Enlightenment）とは，語源的にいえば「内部に光（light）を照

らす」という意味であり，合理的・批判的精神に基づいて迷信や偏見という蒙昧の闇を打破して新しい社会や思想を構築することを目指す，進歩主義思想の総称である。主として英仏独を中心に，17世紀末から18世紀のヨーロッパにおいて展開した。イギリスは，自然現象を物体と運動の関係から捉える機械論的自然観を提示したニュートン力学，人間の心は「白紙」(タブラ・ラーサ)で始まり，経験を介して初めて知識が成立するとしたロックの経験論を基盤として，ヒュームの懐疑哲学やスミスの経済学をはじめとするスコットランド啓蒙主義を生み出した。フランスには専制政治と教会の腐敗を批判したヴォルテール，三権分立論を唱えたモンテスキュー，ディドロやダランベールたち百科全書派，社会契約説と人民主権を主張したルソーがいる。ドイツ啓蒙主義を代表する詩人かつ劇作家レッシングは，フランス古典主義からの解放を主張し，ゲーテやシラー，カントに影響を与え，その後のドイツがロマン主義に向かう方向性を定めた。なお，日本における啓蒙主義とは，西洋文明を導入することで近代化を達成しようとした明治初期の動向を指す。典型的な例として明六社の活動が挙げられるが，自然科学に関心をもたず国家主義的である点が西洋とは異なる。

　こうした思想の背景には，先述のニュートンや天体の運動を理論的に説明したドイツのケプラー等が，古代・中世を通じて哲学と宗教に縛られていた「自然哲学」(natural philosophy) を解放し，自然科学を急速に発展させた，17世紀科学革命という後ろ盾があった。さらに理性の時代が訪れるとともに，イギリスは信仰と理性を調停する合理主義的神学を生み出した。どのような宗教上の教義であっても，それが真理であるかどうかの判断は，理性によってなされねばならないし，理性に反する矛盾したものであってはならない。したがって，啓示，奇跡，預言，秘儀は科学的実証に堪えない以上，否定されねばならない。神は宇宙の創造者であるが，いったん創造した後は介入せず，宇宙はそれ自身の法則に基づいて運行する。信仰者はそうした神の意図を，理性の力を行使して理解しなければならないのだ。こうした宗教思想は**理神論**（Deism）と呼ばれるのだが，このようにして近代自然科学と理神論という理性的思考に支えられた啓蒙主義が，18世紀になると大西洋を渡ってアメリカ植民地に上陸する。その結果，次に触れるような反動的事象は起きるのだが，全体としてピューリタニズムは衰退してゆくことになる。

（橋本）

(5) カルヴィニズムの抵抗　17世紀末以降，初期入植者から植民地生まれの人へと世代交代が進むとともに，ピューリタンとは異なる価値観をもつ移民が多数入植してきた。さらに理神論やアルミニウス主義（Arminianism）が浸透し，文化風習も世俗化する。多くの聖職者は民衆の宗教的情熱が変質しつつあることに気づいていた。17世紀初期のオランダに由来するアルミニウス主義とは，啓蒙主義の追い風を受けて発展した，カルヴィニズムの修正派神学のことである。キリストが十字架に磔(はりつけ)となって処刑された贖(あがな)いの犠牲をもって，人には神による救いの恩寵を受け容れるか拒むかの自由意志が与えられたとする点に特徴がある。このような潮流の中で，1730年代半ば以降，（第1次）**大覚醒**（the [First] Great Awakening）と呼ばれる信仰復興運動(リヴァイヴァル)が始まった。

ニューイングランドでこの運動を主導し，正統派カルヴァン主義者としてアルミニウス主義と対決したのが，神学者ジョナサン・エドワーズ（Jonathan Edwards, 1703-58）である。母方の祖父ソロモン・ストダード（Solomon Stoddard, 1643-1729）は，回心体験をもたない準教会員の子どもに幼児洗礼を授け，洗礼対象を増やすことで教会の影響力を保持することを意図した**半途契約**(はんと)（Half-Way Covenant）をさらに緩和し，回心体験の有無にかかわらず聖餐(コミュニオン)に参加することを認めるオープン・コミュニオン方式を導入したリベラル神学者であった。だが，祖父の跡を継ぎ，若くしてマサチューセッツのノーサンプトン教会主任牧師となったエドワーズは，1734年頃から恐怖の説教を通じて黙示思想を説き，聴衆の心を大きく揺さぶり始める。高名な説教「**怒れる神の御手(みて)にある罪びと**」（"Sinners in the Hands of an Angry God," 1741）では，父祖の信仰心を失い堕落した住民に対して神による審判の日が迫っていることを説き，悔い改めるよう警告し，人種や年齢，性別を問わず多くの人を回心させた。同じ頃イギリスでは，エドワーズと同年生まれのジョン・ウェスリー（1703-91）がメソジズムと呼ばれる同様の信仰復興運動を展開していたが，その説教者ジョージ・ホイットフィールド（1714-70）は1740年，アメリカ植民地に渡り，各地で悔い改めによる救済を説く野外説教（camp meeting）を行って，人々を熱狂の渦に巻き込んだ。

環大西洋規模で展開したこの信仰復興運動は，アメリカではエドワーズがノーサンプトン教会から解任された1750年以降急速に下火になるが，一定期間ピューリタニズム復興に貢献した。また，ほぼ接触がなかった各植民地間にお

いて回心という共通体験を通じた精神的連帯を促進したことで，後に独立戦争で植民地側が団結する条件を整えた。文学史的にいえば，霊的な美や原罪，良心をめぐる論考や，カルヴィニズムの立場から啓蒙主義を超克し，人間の意志を限定的かつ多層的に捉えた論文『自由意志論』（通称 The Freedom of the Will, 1754）を著したエドワーズを，本章の最後に取り上げるアメリカン・ゴシックの源流と見ることもできる。 (橋本)

(6) **アメリカ革命と政治的独立**　こうして時代は18世紀後半に至り，13植民地が連帯して本国イギリスに抵抗運動を起こし，新しい共和制国家を建設することになる。これら一連の流れを**アメリカ革命**（American Revolution）と呼ぶ。神による救済を追求する営みが，政治的自由の追求に取って代わられた時代である。

　北米大陸における支配権をめぐり，イギリスとフランスは先住民族も巻き込んで，17世紀末以降たびたび武力衝突を繰り返していた。そのクライマックスがフレンチ・インディアン戦争（1754-63）であり，そこにヨーロッパ，インド，アフリカを舞台とした七年戦争が連動する（1756-63）。この結果イギリスは北米大陸のフランス領とスペイン領を獲得し，ミシシッピ川以東を支配することに成功した。他方で戦争によって生じた莫大な債務を返済し，新たに獲得した領土を維持する軍隊駐留経費を確保するために，1765年に**印紙法**を制定して植民地に課税した。だが，本国議会に代表を送っていない植民地側は，「代表なくして課税なし」というイギリス立憲主義の原則に反するとして，抗議行動やイギリス製品輸入ボイコット運動を展開した。印紙法は翌66年に撤回されたが，代わりに本国は67年にタウンゼンド諸法を制定して新たな課税制度を導入したため，植民地側はイギリス製品不買運動で対抗し，同法は茶税を除いて70年に廃止された。

　本国と植民地の間で緊張が高まりつつあるなか，1773年12月，サミュエル・アダムズたちが**ボストン茶会事件**（Boston Tea Party）を起こす。本国は軍事力で対応し，港を閉鎖してボストンの自治権を剥奪した。植民地側は74年，フィラデルフィアで第1次大陸会議を開催し，強圧的措置が撤回されるまで本国との交易を停止した。さらに1775年4月，レキシントンとコンコードで軍事衝突が起きると，直後にフィラデルフィアで開催された第2次大陸会議は大陸軍の設立を決議した。この時点で独立問題は賛否が拮抗していたが，ベンジャ

ミン・フランクリンの紹介でイギリスからフィラデルフィアに移住していた**トマス・ペイン**（Thomas Paine, 1737-1809）が76年1月に小冊子『**コモン・センス**』（*Common Sense*）を刊行し，民主主義思想に基づいて君主制を否定，独立が必然であることを平易な文体で説くと，植民地人の世論は独立支持の方向に大きく傾く。大陸会議は激論の末に独立を決議，同年7月4日にトマス・ジェファソン（Thomas Jefferson, 1743-1826）たちが起草した**独立宣言**（Declaration of Independence）が採択され，アメリカ革命は独立戦争へと性質を変えた。フランス，スペイン，オランダは，大国イギリスに対抗するためにアメリカ側を支援した。他方で先住民族の大半は，自らの土地と自由を守るためにイギリス側についたが，大陸軍に徹底的に報復された。81年，イギリスの最終拠点ヨークタウンにおいてアメリカ・フランス連合軍がイギリス軍を降伏させ，戦争は事実上終結する。83年のパリ条約で，イギリスはアメリカ独立を正式に承認した結果，ミシシッピ川以東がアメリカ領となり，西半球初の主権国家が誕生した。

　1776年の第2次大陸会議にて独立が決議された際，独立後も植民地間の連帯を維持するために，同盟関係の樹立も図られた。81年に発効したアメリカ最初の成文憲法**連合規約**（Articles of Confederation）は，連合の名称をアメリカ合衆国と定めたが，13邦が通貨発行や通商規制，外交などにおいて絶対的な主権を握っていたため，内政は混乱状態になった。87年，世界初の共和政原理に基づく近代憲法たる**合衆国憲法**（Constitution of the United States）が制定され，アメリカは新たな連邦制を始動させる。だが，連邦政府と州の権限をめぐる**連邦派／フェデラリスト**（連邦政府の権限推進派，北部が地盤）と**反連邦派／反フェデラリスト**（人民の自由を優先する憲法反対派，南部が地盤）の対立は，その後も続いた。アレグザンダー・ハミルトンを中心とする連邦派は89年に連邦党を結成し，大陸軍総司令官を務めた超党派的なジョージ・ワシントン将軍を初代大統領に据えて国家経済の礎を築くとともに，連邦政府に強力な権限を与え，商工業政策と都市化を推進した。

　だが，当時のアメリカ人の大多数は農民であり，1800年の大統領選挙では，州政府の権利を重視し，自然法思想と農本主義的民主主義を掲げるバージニアのトマス・ジェファソンが率いる民主共和党（1792-1825，反連邦派の後身）が勝利を収める。新大統領ジェファソンは**ルイジアナ購入**（1804）など西部開拓を

推進し，農業の基盤となる自由土地を確保して，自作農や一般大衆を重視する一方で，商人や製造業者のエリートを敵視する，ジェファソニアン・デモクラシー（Jeffersonian democracy）と呼ばれる一連の共和主義政策を牽引した。

こうした独立後の混乱期に，徐々にアメリカ独自の文学作品が姿を現すのだが，まずは源流たる17世紀のピューリタン文学の特徴から確認したい。（橋本）

2　ピューリタン文学

(1) 予型論という発想　ピューリタンによる聖書解釈の特徴として，予型論（typology）が挙げられる。新約聖書に記述されている事柄が，すでに旧約聖書の中に予示，あるいは象徴されているとする教理のことである。この立場からいえば，たとえば旧約における出エジプトの際の過越の小羊の犠牲は，新約におけるキリストの犠牲としての死や聖餐式の予型（type）と解釈される。あるいは飲み込まれて大魚の腹の中に3日3晩いた旧約のヨナが，神の命によって海岸に吐き出されて救われることは，新約において3日後に復活するイエスの姿（原型 antitype）を予示していると解釈される。

このような比喩的な聖書解釈法に基づいて，彼らは「新大陸」のことを聖書に記述される荒野（wilderness）やエデンと表現するなど，象徴的な言葉を好んで用いた。ピューリタンにとっては，〈アメリカ〉という言葉そのものに，ユートピアの建設，牧歌的理想郷への回帰，道徳社会の完成といった意味合いが伴うのだが，それを支えるのは，「ヨハネの黙示録」にある最後の審判の日に，反キリストを打ち負かしてキリスト再臨の準備をする，神によって選ばれた共同体であるという予型論的自己解釈である。こうした象徴主義的な観念形態は，脱ピューリタニズムから生まれたものでありながらも，19世紀中葉に花開く，ロマン主義文学の大きな特徴になってゆく。　　　　　　　　　　　（橋本）

(2) ピューリタンと日記　ニューイングランドのピューリタンによる神政体制のもとでは，17世紀を通じて大量の説教や歴史書，伝記が書かれ，激しい教義論争が交わされた。植民地人は自らのアイデンティティを言葉によって「発明」し，修正し，言葉による自己定義を試み続けたといってもよい。今日，アメリカの国民性の1つに，言論を通じて激しく議論を交わす点を挙げることができるが，その起源は多民族国家でありかつ階級移動が激しく生じるという

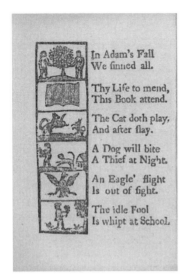

図2 『ニューイングランド初等教本』
より／Wikimedia Commons

社会構造に加えて、こうしたピューリタン文化そのものにもある。

マサチューセッツ湾植民地では、早くも1642年に初等教育が義務化されたが、それは誰しもが直接聖書を読むことができるよう、読み書き能力が重視されたからである。1680年代に発行された『ニューイングランド初等教本』(*The New England Primer*)（図2）は、18世紀半ばまで、当地唯一の初等教育用教科書であったが、識字教育という目的に加え、たとえばアルファベットを教える際に、Aの項目で「アダムが堕落して／みなが罪びとになった」("In Adam's Fall/We sinned all.") という文を音読させることで、原罪説が子どもたちの心に染みこむよう、宗教教育の側面も兼ねていた。

このような文化の中で、1人ひとりの個人は、自身の真摯な内省の記録として、日記をつけることを習慣にしていた。それは人生の様々な出来事の中に、自分が救済されるべく選ばれていることを示すパターンを見出すための、予型論的手法に基づく、神学的に正統な慣習であった。プリマス植民地のブラッドフォードが遺した日記『**プリマス植民地について**』(*Of Plymouth Plantation*, 1651) は、1608年のオランダ移住から始まり、20年のメイフラワー号による船旅も含めて、植民地建設初期の47年までの日々を記録した貴重な史料である。会衆派牧師の妻メアリー・ローランソン (Mary Rowlandson, 1637?-1711) は、フィリップ王戦争 (1675-76) 中、子どもと一緒に先住民族に捕らわれて人質になった際のことを日記に遺している。自身の記録を「神の至高にして善なること、および神が約束を守りたまうことの証し」と位置づける『**メアリー・ローランソン夫人の捕囚と救済の物語**』(*A Narrative of the Captivity and Restoration of Mrs. Mary Rowlandson*, 1682) は、植民地時代の**インディアン捕囚体験記**（Indian captivity narrative）の代表的作品である。このサブジャンルには、フランスと先住民の連合部隊によるディアフィールド奇襲 (1704) にて、家族ととも

に捕虜になった牧師ジョン・ウィリアムズ（John Williams, 1664-1729）が解放後に著した記録『救われし捕虜』（*The Redeemed Captive*, 1707）というベストセラー作品もある。ピューリタンのこうした内省的傾向は，後にアメリカ文学が発展する際の特性となる，強靭な自己意識の基盤を形成した。　　　（橋本）

(3) アメリカ最初の詩人，アン・ブラッドストリート　　ニューイングランドにおける最初の詩集といえば，初期入植者の手による旧約聖書「詩篇」の英語韻文訳**『賛美歌集』**（*The Bay Psalm Book*, 1640）になるのかもしれない。これはアメリカ植民地で印刷された最初の活版印刷物で，幾度も版を重ねたベストセラーであり，公的詩集と呼んでもよい。

　私的な詩は，実父も夫もマサチューセッツ湾植民地総督を務めた詩人アン・ブラッドストリート（Anne Bradstreet, 1612-72）に始まる。イギリスのノーサンプトンシャーで生まれ，父親の指導のもと，幼少期から厳格なピューリタン的宗教教育と優れた人文主義的教養教育を受けて育った。16歳で結婚し，1630年，18歳の時に父や夫，ウィンスロップとともにマサチューセッツ湾植民地の建設に参画する。文化不毛の荒野において厳しい生活を送るなかで，彼女は慰みを求めて読書をし，移住の2年後から詩を紡ぎ始めた。義弟が無断でロンドンの出版者に原稿を持ち込み，50年に詩集**『アメリカに最近現れた十番目の詩神』**（*The Tenth Muse Lately Sprung up in America*）が刊行されると，英（米）文学史上初の女性詩人として注目されることになる。生理学，解剖学，天文学，宇宙論をめぐる知がふんだんに盛りこまれた形而上詩の系譜をひく詩集である。女性の天職は家事であり，詩は現世の美や快楽に魂を迷わせ，破滅を招くとしてきた家父長主義的ピューリタン社会の中で，ブラッドストリートは8人の子どもを育てながら，霊感を求めて詩神ミューズに祈りを捧げる詩人という自覚をもち，限られた時間の中で思索と詩作を続けた。

　1672年に敬虔なピューリタンとしての60年間の生涯を閉じた後，『十番目の詩神』拡大版としてボストンで出版された『いくつかの詩』（*Several Poems*, 1678）には，夫への率直な愛情を詠う「私の親愛なる愛情深い夫へ」（"To My Dear and Loving Husband"），自宅が火事で焼け落ちた時の複雑な気持ちを綴る「私たちの家が焼けたときの詩」（"Verses upon the Burning of Our House"）といった抒情詩や，晩年の瞑想生活から生まれた長詩「観想」（"Contemplations"）が新たに収められている。瞑想（meditation）とは，17世紀のカトリック国やイ

ングランド国教会の信徒の間で広く実践されていた，言葉を通じた神との霊的交わりを意味するが，「観想」はこの宗教的瞑想詩の系譜に位置づけられる。ニューイングランドの美しい自然を詠う自然詩であり，かつそこに神の御業(みわざ)の成就を読み取る予型論的作品でもある。自然の四季には春という再生の季節が訪れる。だが，人間は老いてゆくほかない。そうした宿命に心を動かされながらも，絶対的な神の恩寵に想いを馳せつつ，私的な感情と揺れる信仰心が緊張感を伴ってぶつかりあう。そこにブラッドストリートの本質がある。 （橋本）

(4) エドワード・テイラー，あるいは最後の形而上詩人　会衆派牧師エドワード・テイラー（Edward Taylor, 1642?-1729）は，ジョン・ダンやジョージ・ハーバート以降のイギリス形而上詩の系譜における最後の重要な詩人と呼ばれる。だが，その生涯は資料が散逸しておりよくわかっていない。イギリス国内がピューリタン革命による内戦状態で混乱するなか，レスターシャーで非国教徒の自営農家の家庭に生まれ，比較的裕福な環境で育ったが，10代半ばの時に続けざまに両親をなくしたようである。教職に就くも，1660年の王政復古後，ピューリタン弾圧を意図した62年の礼拝統一法を拒否して資格を喪い，学問と牧師の道が閉ざされたため，68年，26歳の時にマサチューセッツ湾植民地に渡る。インクリース・マザーの面識を得てハーバード大学に編入，71年に卒業後，請われてマサチューセッツの西の果てウエストフィールドに牧師として赴任，教会を組織した。以後，半途契約やオープン・コミュニオン（⇒Ⅰ-1-1-(5)）に反対する厳格なピューリタンとして，簡単な医業も行いながらこの農村で生涯を過ごした。

知的風土から遠く離れたフロンティア（⇒Ⅰ-2-1-(2)）でひそかに多くの詩を紡いでいたが，公になった数編を除き，子孫が日記や詩を公刊することを禁じたと伝えられている。だが，子孫の1人によってイェール大学図書館に寄贈されていた手稿が1937年に発見され，39年に『エドワード・テイラー詩選集』（The Poetical Works of Edward Taylor）が出版されると，瞬く間に評判になった。ときはT・S・エリオットの評論「形而上詩人」（"The Metaphysical Poets," 1921）を契機に，英文学界にて17世紀形而上詩再評価の気運が高まっていた時期である。没後230年を経て，1960年に全詩集が刊行された。

テイラーにとって詩作の営みは，説教という牧師の職務と密接に関わっていた。主要作品は2つに整理されている。1つは1682年頃に完成したと推測され

る『神の予定』(God's Determinations touching His Elect)で,様々な詩形が用いられた36編の連作からなる宗教詩である。予定説,創造,原罪,恩寵,償いなどの信仰上の根本問題をめぐり,ときに正義と慈悲,聖徒,サタン,魂が登場人物となる道徳劇的対話も援用しながら,選ばれし者が悪魔との闘いに勝利して神の栄光を現すことを説いている。代表作とされる,瞑想詩の伝統を受け継いだ『準備のための瞑想』(Preparatory Meditations, 1682-1725執筆,⇒Ⅱ-1)は,毎月行われる聖餐式での説教を準備する際の瞑想を詩にしたもので,聖書を題材にした217編の詩が2巻構成でまとめられている。自身もまた罪深き者との深い自覚とともに,神の栄光と慈悲と怒り,キリストとの霊的交感,神に選ばれしことを知る恍惚とした甘美な感覚が,『瞑想』全編を貫いている。イギリスでは調和や中庸を重視してギリシア・ローマの古典様式を規範とする新古典主義が主流になりつつある時代であったが,北米植民地のフロンティアに暮らしていたテイラーの詩は,機知や綺想,パラドクス,地口,アクロスティックなどを自在に操り,緊密な思考を経て官能的高揚に至る17世紀形而上詩の系譜にある。

　テイラーは,想像力や独創性を罪と見なす17世紀ニューイングランドにおける正統派カルヴァン主義者であり,かつ啓蒙主義思想を生み出したニュートンとロックの同時代人であった。他方で,神学的な抽象概念を農場や田園での素朴な生活の中に引き寄せながら,人間的な想像力を駆使して神の恩寵を紡ぐ,牧師詩人でもあった。その予型論的指向と,苦悩と官能を伴いながら観念的に自然を捉える知性は,論争相手であったストダードの孫ジョナサン・エドワーズの中に地下水のごとく流れ込み,19世紀のロマン主義文学に受け継がれてゆく。

(橋本)

3　理神論の18世紀

(1) マザー王朝　テイラーはマサチューセッツのフロンティアに暮らす牧師であったが,同じ時期,ボストンのピューリタニズムの中心にいたのは,**マザー王朝**(Mather Dynasty)と呼ばれる会衆派牧師の一族であった。初代リチャード・マザー(Richard Mather, 1596-1669)はイギリスで牧師を務めていたが,国教会の祭服着用を拒否して咎められたため,1635年にマサ

チューセッツ湾植民地に移住し，会衆派教会の基盤構築に努めた。アメリカ初の活版印刷物『賛美歌集』は，リチャードが中心になって旧約聖書のヘブライ語原典から英訳したものである。

　植民地生まれのその末子，第2世代のインクリース・マザー (Increase Mather, 1639-1723) は，半途契約導入をめぐる論争，先住民族との抗争やマサチューセッツ湾植民地の王領化といった様々な困難に直面したが，「災いの日は近い」("The Day of Trouble Is Near," 1673) などの「エレミヤの嘆き」(Jeremiad) の説教を行うことで，衰退傾向にあったニューイングランドの宗教意識の再覚醒と教会組織の引き締めに尽力した。なお「エレミヤの嘆き」とは，1660年代から80年代にかけて多数行われた，植民地の堕落に対して警鐘を鳴らす一連の説教を意味する。旧約聖書「エレミヤ書」における，神の言葉の実現が遅れることで民から嘲られる預言者エレミヤの嘆きに由来する，アメリカ固有の表現様式である。牧師マイケル・ウィグルズワース (Michael Wigglesworth, 1631-1705) が最後の審判をめぐるカルヴィニズムの教義を嘆きの修辞を用いて説いた宗教詩『最後の審判の日』(*The Day of Doom*, 1662) は，初版刊行後，1世紀もの長きにわたりベストセラーになった。

　インクリースの長男である第3代コットン・マザー (Cotton Mather, 1663-1728) は，「エレミヤの嘆き」の時代にボストンで生まれ育ち，聖職者となった後は父祖が荒野に築いたピューリタンの伝統を堅持することに努めた。ボストンのノース教会で生涯牧師として活動しながら，400点以上の著作を遺しており，ニューイングランドの知的・道徳的風土の基盤形成に多大な貢献をした人物である。とりわけセイラム魔女裁判をめぐる論文『見えざる世界の驚異』(*The Wonders of the Invisible World*, 1693) や，ニューイングランド教会史『**アメリカにおけるキリストの大いなる御業**』(*Magnalia Christi Americana*, 1702) で知られる。『見えざる世界』では，神と悪魔が実在する以上，魔女裁判を擁護する保守的な見解を示した。主著『大いなる御業』は，主として植民地の歴代総督や牧師の伝記からなるが，たとえばニューイングランドの初期指導者ブラッドフォードとウィンスロップの偉業を，旧約聖書「出エジプト記」における，神の摂理に従いイスラエルの民を約束の地カナンに導くモーセの原型として，予型論的に解釈している。ピューリタン時代の終焉期にあって，あらゆる諸現象を神の摂理として，すなわち「見えざる世界の驚異」，「大いなる御業」

として解釈する，ピューリタンの正統的世界観に基づき，その最たる例としてアメリカにおける神の国の建設事業のプロセスと意義を子孫やヨーロッパに伝えるために執筆されたものである。他方で聖職者になる以前，医学の道に進むことを考えていた時期もあったことから，17世紀半ば以降たびたび植民地内で猛威をふるった天然痘の流行を抑えるため，1721年に初めてワクチン接種を行うなど，医学的には先進的であった。様々な科学的功績が認められ，晩年の1723年，ロンドン王立協会会員に選ばれている。 (橋本)

(2) 近代人 フランクリン　18世紀の合理主義的理神論を代表する人物として，ベンジャミン・フランクリン（Benjamin Franklin, 1706-90）の名を挙げる人は多いが，その全体像を捉えることは難しい。印刷工，ジャーナリスト，出版者，政治家，外交官，物理学者，気象学者，発明家，哲学者など，肩書きは実に多岐にわたる（ただし，詩人ではなかった）。個人の努力で身を立てて成功する，「たたき上げの人」(self-made man) というアメリカ的理念に最もふさわしい1人である。

マザー王朝のインクリースとコットン父子がノース教会で説教を行っていたボストンで，ろうそく・石けん製造職人の子として生まれたフランクリンの人生は，マザー一族とは異なって，ピューリタニズムを変質させる方向に向かった。小学校を中退して10歳の頃から家業を手伝い，12歳で兄の経営する印刷所兼新聞社にて年季奉公と文筆修業を始めたが，1723年，17歳の時に威圧的な兄と衝突して家を飛び出し，仕事を求めてフィラデルフィアに転居，新聞の編集と印刷に携わる。『フランクリン自伝』（*The Autobiography of Benjamin Franklin*, 1791, ⇒Ⅱ-2）に拠れば，父と兄にボストン脱出を邪魔されたため，たちの悪い女を妊娠させてしまい結婚を迫られていることにして，友人の援助でひそかにニューヨーク行きの帆船に乗り組ませてもらったという。ちなみに『自伝』の愛読者であったカフカの『アメリカ』（1927没後出版，1983『失踪者』に改題）は，主人公が年上の女中に誘惑されて子どもを孕ませた結果，ドイツを追われてアメリカに向かうという，フランクリンへのオマージュで幕を開ける。

翌1724年から1年半ほどロンドンに滞在してヨーロッパの啓蒙主義思想（⇒Ⅰ-1-1-(4)）に触れたのち，帰国後の1729年に独立して印刷所を開業，かつての雇用者から新聞を買い取って発行を始める。1732年から約25年間，リチャード・ソーンダーズという架空の恐妻家を作者として，教訓的なことわざや金言

を綴った『貧しきリチャードの暦』（*Poor Richard's Almanack*）を毎年刊行，評判になった。とりわけ最終の1758年版に付された序文は，『富に至る道』（*The Way to Wealth*, 1758）という表題で知られるが，それまでの『暦』に記した勤勉と節約を勧める格言を使って1つの小咄になるよう再構成した，フランクリン思想のエッセンスである。44年，アメリカで初めて小説を印刷・出版したのもフランクリンである。選ばれた作品は，近代小説の父と呼ばれるイギリスのサミュエル・リチャードソンによる書簡体小説『パミラ』であったが，小説というよりも道徳的教訓が綴られた実用書として評判になった。

　生活が安定してきた1748年，印刷業から引退し，政治家および科学者としての活動に軸足を移す。道路の舗装や照明の設置，町の衛生改善，消防団の組織化など，フィラデルフィアの様々な公共事業に貢献する一方で，イギリスから取り寄せた歴史書や科学書を共同利用できる会員制図書館や，科学研究学術団体のアメリカ哲学協会，貧民救済病院，奴隷制廃止推進協会，高等教育機関などを設立している。発明家としてはオープン・ストーブやグラスハーモニカの考案が，科学者としては海流や避雷針の研究が有名だが，雷雨のさなかに凧をあげ，雷電と電気が同じものであることを証明したのもフランクリンであった。この雷の帯電研究における功績が認められ，53年にロンドン王立協会会員に選ばれている。これらの公共事業や発明，研究は，人に善を施すことで神に奉仕せんとする，世俗化した宗教性の文脈で理解されねばならない。

　政治家としては，1736年にペンシルベニア植民地の議会書記に就任したことを皮切りに，フィラデルフィア郵便局長，植民地議会議員，植民地郵政長官など様々な要職を務めた。アメリカ革命初期は本国と植民地の関係改善に努めたが，交渉が決裂すると独立支持に回り，第2回大陸会議の代表や独立宣言起草委員の1人に選出され，フランスを味方につけるために尽力した。独立後はペンシルベニア州知事や連邦憲法会議代表も務めている。

　フランクリンはおびただしい量の文章を書いているが，それらはピューリタンの伝統に則り明晰かつ平明な文体で書かれており，ユーモアをちりばめながら，世俗的な常識と功利主義を説くところに特徴がある。信仰復興運動の嵐が吹き荒れる一方で，確実に理性の時代が訪れつつある過渡期を生きたフランクリンの肖像画は，いまも100ドル紙幣に印刷されている。

　　　　　　　　　　　　　　　　　　　　　　　　　　　　　（橋本）

(3) フランクリンと明治日本　封建時代の身分制度を廃止し，西洋文明を吸収することで急速に近代化へと舵を切った明治日本の青年が，近代人フランクリンを勤勉立志のモデルとしたことに，さして不思議はないだろう。明治期だけで『自伝』の翻訳は10点以上出版されており，その熱狂ぶりが窺われる。和歌に堪能であった昭憲皇太后による「弗蘭克林十二徳の歌」(1876/ 明治9) は，「純潔」が除かれ，徳目の順序も若干異なるが，フランクリンの「13の徳目」(⇒Ⅱ-2) の翻案である。設立を援助した東京女子師範学校（現お茶の水女子大学）および華族女学校（現学習院女子中・高等科）の校歌にもなった。前者に下賜されたのは明治11年（「みがかずば」），後者は明治20年（「金剛石・水は器」）のことである。これらはその後尋常小学唱歌に選定され，大正期から昭和の敗戦期まで，全国の子どもたちが口ずさんだ。宝塚音楽学校の入学式では，いまでもこの歌が唱われている。明治期以降の日本が，本来的に世俗化していたフランクリンの理神論をさらに脱色させ，実際的な倫理教育の一環として受容したのであった。

　福沢諭吉は『西洋事情』（明治3）や『学問のすすめ』（明治5-9）でフランクリンに言及しているが，イソップ寓話など，西洋の修身道徳に関する例話を集めたイギリスの教材を翻訳した『童蒙をしへ草』（明治5）にも，フランクリンの略伝とともに，『貧しきリチャードの暦』から勤労に関わる実際的な処世術の格言が紹介されている。『武蔵野』で知られる小説家国木田独歩は民友社時代，徳富蘇峰に『自伝』を翻案する仕事を与えられ，『フランクリンの少壮時代』（明治29）を刊行し，フランクリン理解を深めた。後にフランクリンと福沢がもつ職人風で律儀な気質という類似性を指摘している（『福沢翁の特性』，明治36）。多芸な万能人フランクリンは，たしかに生涯，一印刷工を自認していた。

(橋本)

4　アメリカ小説の誕生

(1) 感傷小説，あるいは誘惑と美徳と破滅の物語　ワシントン将軍が初代大統領に就任した1789年，アメリカ小説の歴史もまた，ウィリアム・ヒル・ブラウン (William Hill Brown, 1765-93) の感傷小説『共感力』(*The Power of Sympathy*) とともに始まった。

31

感傷小説（sentimental novel）とは，恋愛や結婚という身近な主題をめぐり，薄幸のヒロインが様々な危機に直面し，苦難を乗り越え成長してゆく様子に，読者がはらはらしながら共感の涙を流して読む類いの小説のことである。その主たる読者層は女性であった。本格的な近代小説の歴史は，18世紀半ばのイギリスで，このサブジャンルに属するサミュエル・リチャードソンの『パミラ』（1740）から始まった。イギリスで感傷小説が生まれ，流行した背景として，社会が農業から工業を中心とする構造に転換するいわゆる産業革命が進行し，植民地から莫大な富が流入することで新しい中産階級層が勃興したという時代性がある。人口が農村から都市部に流入し，人々が血縁や地縁から切り離された結果，かつては義務や財産，地位に基づいていた婚姻についても，個人の自由意志，すなわち恋愛に基づくほうが望ましいという考え方が，新興富裕層の間で急速に浸透する。くわえて余暇の時間が増加し，教育水準が向上するとともに，コーヒーハウスの人気とジャーナリズムの発達が新しい読者層を生み出した。さらに工業化の現象は，職場と生活の場を分離し，男女の性別に基づく分業社会を成立させた。男性は家庭の外で経済活動に従事する一方で，女性は「家庭の天使」として，家庭内で信仰と道徳を護る担い手とされた。男性の女性に対する経済的支配構造が成立したということでもある。

　感傷（sentiment）とは，「様々なものに共感できる，洗練された感受性」を意味するが，感傷小説は慎ましやかで無垢でか弱いが，自己犠牲も厭わないヒロインを描くことで，新興中産階級の女性を啓蒙し，「家庭の天使」にふさわしい共感能力を高め，道徳性を向上させる機能を果たした。そのためのツールが男からの誘惑である。『パミラ』では，召使いの少女が若主人の誘惑をはねのけ，様々な苦難を乗り越え貞操を守り通すことで，彼女の美徳に心を打たれた若主人から正式に結婚を申し込まれるに至る。女性の美徳や貞節は生まれつきの社会的地位よりも価値があるとするこの作品は，新興中産階級が支持するピューリタン的倫理観を基盤とした，家父長制社会における貞淑な女性の立身出世物語であるともいえる。

　18世紀末のアメリカにおいて，イギリスの影響下で始動した感傷小説は，イギリスと同様，男の誘惑を手がかりに展開する。ピューリタニズムの牙城ボストンにて匿名で出版された『共感力』は，作者ブラウンの隣人であった富裕家族に実際に起きた近親相姦スキャンダルを素材として，65通の手紙からなる書

簡体小説（epistolary novel）の枠組みで書かれた作品である。主人公の青年が，事実を知らず，かつて実父が誘惑して孕ませた女性の娘（つまり異母妹）と大恋愛の末に結婚しようとする。だが，2人はそれぞれの身内から反対されたあげく，間接的に事実を知らされる。2人の関係が近親相姦というタブーに触れることを知った娘は，ショックのあまり亡くなる。絶望した青年も，ピストルで後追い自殺する。その傍らにはゲーテの『若きウェルテルの悩み』が置かれていた，という物語である。『共感力』は『パミラ』の感傷性と『ウェルテル』の苦悩に対するオマージュであるともいえるだろう。作者による序文に「性的誘惑の危険な結果」を明確に示すことで「女性教育に資する」とあるように，パミラとは異なって，ヒロインの母親は男の誘惑に負けた結果，娘の破滅を招く。そこにニューイングランド・ピューリタニズムの残像的宗教倫理を見て取ることは，さして難しくないだろう。 　　　　　　　　　　　　　　　　　（橋本）

(2) ローソンとフォスター　イギリスに生まれ，1793年以降夫とともにアメリカに定住したスザンナ・ローソン（Susanna Rowson, 1762-1824）は，詩作や劇作など多彩な活動を展開したが，とりわけ1791年にイギリスで出版した小説『シャーロット・テンプル』（*Charlotte Temple*）はアメリカでも3年後に刊行され，瞬く間に評判になった。しばしばアメリカ初のベストセラー小説と呼ばれる。15歳のイギリス人少女シャーロットが海軍中尉に誘惑され，誘われるままに結婚するつもりで一緒にアメリカに渡るのだが，身重の状態で男に捨てられ，出産後，哀れにも貧困生活の中で絶命する。貞操を守ることを促す道徳的啓蒙書という看板ではあるが，アメリカの女性読者は彼女の苦しみの中にキリスト的受難を読みとり，同情の涙を流した。

ハナ・ウェブスター・フォスター（Hannah Webster Foster, 1758-1840）の書簡体小説『コケット』（*The Coquette*, 1797）もまた，刊行当初から評判になり，幾度も版を重ねたベストセラーの1つである。アメリカ生まれの女性が発表した最初の小説とされており，『共感力』と同様，実際にあったスキャンダル事件を素材にしている。牧師の娘である主人公エライザが，保守的な親から独立し，自由恋愛と独身生活を謳歌するも，かつて恋仲にあった既婚者の男に誘惑されて私生児を身ごもり出産し，その結果自身が亡くなることになる。表題の「コケット」とはエライザを指し，「浮気女」「艶めかしい女」を意味する。『コケット』はアメリカ的な自立心の強い女性を描いており，その意味で文学史上

特筆に値するのだが,「家庭の天使」という枠組みから外れた女性は破滅するという感傷小説の定石を崩すことはなかった。

　アメリカの感傷小説は,ピューリタン的家父長主義に基づき教訓や道徳を説きつつ,家庭生活を中心とした日常や恋愛を描き,フォスターのように登場人物の個性を浮かび上がらせながら,文学史的にはリアリズム文学に連なる基盤を作ったといえる。他方でその主たる読者層であった中産階級の若い女性たちは,表向きには教訓と道徳を学びながらも,秘めやかに悪の誘惑を想像し,煽情的な内容に興奮して楽しんでいた。なお,誘惑される乙女という感傷小説のモチーフは,迫害される乙女に姿を変え,英米のゴシック・ロマンスに引き継がれてゆく。

(橋本)

(3) C・B・ブラウン,あるいはアメリカン・ゴシック　　アメリカ最初期の職業作家チャールズ・ブロックデン・ブラウン (Charles Brockden Brown, 1771-1810) は,ペンシルベニア州フィラデルフィアでクエーカー派の商人の家に生まれた。生来虚弱体質で,内向的な幼少期を過ごしたが,家族の希望で15歳の頃から法律家になるため徒弟修業を積んだ。だが1793年,21歳の時に法律事務所を辞め,文学を志してニューヨークに向かい,若手知識人サークルに出入りしながら創作に取り組むことになる。この頃リチャードソンの感傷小説,同時代作家アン・ラドクリフのゴシック・ロマンス,ウィリアム・ゴドウィンのアナキズム思想などに影響を受けた。

　ゴシック・ロマンス／ゴシック小説 (Gothic romance) とは,18世紀後半から19世紀初頭のイギリスで,反理性主義と想像力を特性とするロマン主義とも連動して大流行した恐怖小説のことである。主に中世風の古城や廃墟と化した修道院を舞台とし,超自然的で不気味な怪奇現象や幽霊が無垢な乙女を迫害し,ヒロインと読者を戦慄させる。今日の怪奇小説やホラー映画の起源である。理性に偏重した18世紀啓蒙主義が蔑ろにした,人間の内面にある非合理性を探求し,社会秩序の崩壊を描きながらも,最終的には多少強引な合理的説明をもって物語が閉じられる傾向にあり,その意味で推理小説の登場を用意した側面もある。イギリスで生まれたこのサブジャンルはホレス・ウォルポールの『オトラント城奇譚』(1764) に始まるが,アメリカにおける先駆者がブラウンであった。アメリカン・ゴシックはたんに超自然的な怪異現象を捉えるだけでなく,人間関係や社会から切り離された空間の中で,孤立した人間が自然や

神，幽霊や怪物といった抽象的概念と対決し，超自然性を寓話的象徴の次元にまで高めるとともに，人間の深層心理を掘り下げるという特徴をもつが，その立役者がポーであり，その後ホーソーン，メルヴィル，ジェイムズ，フォークナー，カポーティ，ピンチョン，ヴォネガットという太い水脈が形成されることになる。イギリスでは19世紀初頭以降，幽霊や怪奇現象を視覚化したファンタスマゴリアや大衆雑誌が勃興したことで下火になるが，20世紀フランスのシュルレアリスム運動が文学，絵画，写真，映画などで再興させた。

　ブラウンは1790年代の大半，書簡体小説を発展させ，友人との対話を実験的に語りに援用するなど習作を続けるが，1798年から1802年にかけて矢継ぎ早に発表した小説『ウィーランド』（*Wieland*, 1798），『オーモンド』（*Ormond*, 1799），『アーサー・マーヴィン』（*Arthur Mervyn*, 1799），『エドガー・ハントリー』（*Edgar Huntly*, 1799）の4作品が，今日では代表作とされている。他方で創作のみならず，文芸，政治，地理，歴史，美学など様々なジャンルで精力的に評論活動を続けた。故郷に戻り，結核のため39歳の若さで亡くなるまでの期間も，奴隷問題や病院，刑務所などの諸改革に関心を抱き続けた。

　ブラウンの一連の作品はイギリスの同時代小説や急進的進歩主義思想から影響を受けているが，他方でブラウン自身がゴドウィンの後期作品や詩人パーシー・ビッシュ・シェリーに影響を与えてもいる。ゴドウィンの娘かつシェリーの妻メアリ・シェリーは，ゴシック・ロマンスの傑作『フランケンシュタイン』（1818）やディストピア的SF小説『最後のひとり』（1826）を執筆する際に，ブラウンの小説を読み返したという。環大西洋で双方向的な影響関係を構築した最初のアメリカ作家である。イギリスとは異なって，古城も修道院の廃墟ももたないアメリカの作家として，先住民や西部の荒野といったアメリカ固有の素材を用いた。

　だが，ブラウン文学の最大の特徴は，ジャンル混淆的な性質にある。自然哲学や進歩主義思想，感傷小説，インディアン捕囚体験記（⇒Ⅰ-1-2-(2)）といった様々な知とジャンルを取り込み，また腹話術や夢遊病といった奇怪なモチーフを扱うことで，まだ読者の数が限られており，かつ貴族の庇護をもたぬ共和制社会において，職業作家として自立を試みた。代表作の1つ『ウィーランド』は，ブラウンの故郷フィラデルフィア郊外の農場を舞台として，狂信的な信仰心に囚われ自然発火の末に超自然的な死を迎えた父親をもつ，セオドア

とクララというウィーランド兄妹をめぐる物語である。高い知性と徳性をもち，共感力にも秀でた妹クララが事後的に友人たちに宛てて綴る書簡体形式で紡がれるが，その内容はあくまで事件の渦中にあった彼女の限定的な知識と主観的推測に基づいており，その結果，不可解，不気味，迫害と恐怖といったゴシック的効果が生み出される。

　『ウィーランド』は，悪魔のごとき謎の囁き声が閉鎖空間に侵入することで，乙女が迫害され，死の恐怖に囚われるというゴシック的要素を取り込むとともに，知の根源を経験に求めるクララたち経験論者の限界を示唆し，科学では説明がつかない人間心理の非合理的な暗黒面，異常心理を探究した。商業的にはあまり成功しなかったが，現実と虚構が混淆する領域に真実を求める**ロマンス**（romance）という，アメリカ小説固有とされる1つの伝統の先駆けとして，次世代のポーとホーソーンに直接的な影響を与えた。　　　　　　　　　　（橋本）

第2章
ロマン主義の時代
―― 1820〜1865年 ――

1 アウトライン

(1) アメリカの知的独立　「自分自身の足で歩きましょう。自分自身の手で仕事をしましょう。自分自身の心を語りましょう」,「人間ひとりびとりが, 万人にいのちを吹きこむ「神聖な魂」によって, 自分もいのちを吹きこまれていると信じる」ことで,「人間寄りつどうひとつの国が初めて出現することになるでしょう」(酒本雅之訳)。1837年, ハーバード大学の学生を前にして行われたエマソンの講演「アメリカの学者」は, このように閉じられる。後にオリヴァー・ウェンデル・ホームズがアメリカの「知的独立宣言」と評したこの講演は, アメリカ文化のヨーロッパからの自立を謳い, 宗教に縛られてきたアメリカの知的, 芸術的生命の解放を唱えたもので, 19世紀前半期における, とりわけニューイングランドの時代精神を, 的確に要約している。独立前後の25年間アメリカで暮らした経験を基に編纂した, 先駆的なアメリカ論『アメリカ農夫の手紙』(*Letters from an American Farmer*, 英語版1782)の中で, フランス人クレヴクールが「新しい人間」と呼んだアメリカ人は, 19世紀に至り, たしかに自分の足で歩き始めた。

　北部の大商工業者と南部のプランター (⇒I-1-1-(1)) が主導したアメリカ革命は, 前近代的な奴隷制度という矛盾を抱えつつ, 君主を戴かない近代的な共和制国家の誕生に帰結した。その後, 第2次独立戦争とも呼ばれる**米英戦争／1812年戦争** (1812-14) を契機に社会の工業化が進行し, 国内の産業と市場が活性化して, 経済的独立を果たすことになる。戦争は愛国心の高揚をもたらし, 後に国歌に採用される愛国詩「星条旗」(1814) も生まれた。新国家で採用された民主制は, 個人に自由と可能性を約束した。人口が増加するとともに都市化が進む一方で, 交通革命のおかげで人口移動と物流が容易になり, 都市

37

部の限界を超えた無限の眺望が西に向かって開かれた。個人主義に根差した希望に満ちあふれるこの潮流の中に，個人の情感や想像力を飛翔させ，自然に帰依し，無限なるものを憧憬するロマン主義という芸術思潮が流れ込む。個人の精神をカルヴィニズム（⇒Ⅰ-1-1-(2)）の束縛から解放し，神聖視して宇宙の秩序の中心に置く新しい神学や思想が浸透してゆく。流通が発達して活字文化が花開く。こうして19世紀も半ばになると，アメリカン・ルネサンスと呼ばれる文学の黄金期が到来した。アメリカの文学的独立の時代である。　　（橋本）

(2) **孤立主義と拡張主義**　様々な矛盾を抱えたまま独立した若き国家にとり，この時期の政治情勢はとても緊迫していた。内政としては民主共和党がジェファソン後も続けざまに大統領を誕生させ，ジェファソニアン・デモクラシーを継承したが，国際的には1815年以降，ヨーロッパ諸国がウィーン体制のもとで絶対王政に回帰しており，ロシアはアラスカから太平洋沿岸地域にかけて勢力拡大を狙っていた。そうしたさなかの23年，ジェイムズ・モンロー大統領が教書の中で発表した**モンロー・ドクトリン**（Monroe Doctrine）は，アメリカとヨーロッパの相互不干渉を宣言，ヨーロッパの南米に対する干渉を非友好的行為と見なすと表明した。この**孤立主義**宣言の狙いは，国内体制の強化に加え，南北アメリカ大陸の独占支配を図ることにもあった。

民主共和党は1825年に解党状態になり，そこから全国共和党が分裂したが，残った勢力が28年の大統領選挙でアンドリュー・ジャクソンを当選させ，現在まで続く民主党（Democratic Party）を名乗るようになる。ジャクソンは独立時の13州ではないテネシー州出身の軍人であり，米英戦争や先住民制圧で名を馳せた「たたき上げの人」である。ジャクソンが当選した背景には，この頃有権者資格が拡大され，全州で成年白人男性による普通選挙が実施されたことがある。ジャクソンは機会均等を掲げ，農民，職人，労働者，プランター，起業家，地方銀行家など「生産者」の利益を代弁し，南部の権益を保護するとともに，政権党が公職任命権を有するスポイルズ・システムを導入するなど，「特権階級」の利権を奪っていった。**ジャクソニアン・デモクラシー**（Jacksonian democracy）と呼ばれるこれらの一連の政策は，あくまで白人を対象としたものであり，1830年に制定された**インディアン強制移住法**は広大な土地を「占有」する先住民を暴力的に保留地(リザベーション)に囲い込んだ。

19世紀は**拡張主義**の時代でもある。建国当時ミシシッピ川以東にしか領土を

もたなかったアメリカは，ルイジアナ購入（1803），フロリダ購入（1819），テキサス併合（1845），オレゴン協定（1846），メキシコ割譲（1848）などにより西海岸まで領土を拡張し，現在本土と呼ばれる地域の支配権を確立した。アラスカ購入は1867年，ハワイ併合は98年のことである。アメリカ史では未開拓地と既住地域の境界線を**フロンティア**（frontier）と呼ぶが，本土の領土が西に向かって拡張するに従って，フロンティアも西に移動することになる。**西漸運動**(せいぜん)（westward movement）と呼ばれるこの人口移動は，1890年のフロンティア消滅まで続くのだが，歴史家フレデリック・ジャクソン・ターナーは，フロンティアの存在がアメリカ人の開拓者精神を形成し，個人主義，平等精神，民主主義の発達を促したと論じている（⇒Ⅰ-3-1-⑺）。ホーソーンの友人であった民主党系編集者ジョン・オサリヴァンが1845年，テキサス併合を肯定するために用いた**マニフェスト・デスティニー／明白な運命**（Manifest Destiny）という言葉は一躍流行語となり，こうした一連の拡張主義政策を支えた。　　　（橋本）

(3) **ユニテリアン主義と超絶主義**　宗教思想の文脈では，理神論とアルミニウス主義が席巻した18世紀も後半に至り，1785年，ボストンの会衆派内部でさらに自由主義的な神学**ユニテリアン主義**（Unitarianism）が提唱されて転換期を迎えた。1820年代になると，会衆派教会とハーバード大学を中心に大きな影響力を有する宗教運動体となり，半途契約を採用した教会の多くがユニテリアンになった。この神学はその名の通り，三位一体説(さんみいったい)を否定して神の唯一性を強調し，キリストの神性を否定，原罪説や予定説を退ける一方で，合理主義的なルネサンス流の人文主義を重んじた。人間理性を信頼しながらも，創造者たる神を人格的存在と見なす点において，神を非人格的存在と捉える機械論的世界観に根差した理神論（⇒Ⅰ-1-1-⑷）とは一線を画する。その指導者として名高い牧師**ウィリアム・エラリー・チャニング**（William Ellery Channing, 1780-1842）は，1819年頃から華々しく活動を始めたが，エドワーズと正統派カルヴィニズムを批判した説教「反カルヴィニズム道徳論」（"The Moral Argument against Calvinism," 1820）をはじめとして，理性主義の立場から，アメリカ人はカルヴィニズムの束縛を解いて精神を自由に発展させるべきであり，自らの内に神を見るよう人々に説き，後に超絶主義が登場する条件を整備した。

1830年代半ばから60年頃にかけてニューイングランドを席巻した**超絶主義／トランセンデンタリズム**（Transcendentalism）は，ユニテリアンの知識人が中

心になって展開した思想運動である。18世紀のドイツ観念論哲学を背景にして，イギリスのコウルリッジやカーライル，フランスのスタールなどのロマン主義思潮の影響を受けながら，ユニテリアン的理性主義や経験に基づく認識ではなく，個人の情動と直感的認識によって五感と現実の壁を超え，真理を捉えることを提唱した。

　霊的なものを重視する神秘主義的傾向にあるこの思想の起源は，エマソンが1836年に評論『自然』（⇒Ⅱ-4）を発表するのと同時に，ユニテリアンの牧師フレデリック・ヘンリー・ヘッジやジョージ・リプリーたちと始めた会合にある。彼らがカント哲学の用語「トランセンデンタル（先験的／超越論的）」を頻繁に用いたため揶揄的に呼ばれた「トランセンデンタル・クラブ」が，その通称となった。この会合に出入りしていた自由思想家として，小説家オルコットの実父である哲学者エイモス・ブロンソン・オルコット，社会運動家マーガレット・フラー（Margaret Fuller, 1810-50），後にホーソーンの義姉となる教育者エリザベス・ピーボディ，ソローなどがいる。彼らは40年から44年にかけて機関誌『ダイアル』を6号まで発行し，講演壇が説教壇に取って代わった時代にあって，ライシーアム（lyceum）と呼ばれる文化教育活動や講演を通じて様々な啓蒙活動を行った。リプリーが中心となって実験的ユートピア共同体ブルック・ファーム（Brook Farm, 1841-47）を設立したり，オルコットが理想主義的共同農場フルートランズ（Fruitlands, 1843）を設立して菜食主義を導入したりするなど，彼らは自身の思想を積極的に実践に応用した。　　（橋本）

(4) **社会改良運動と南北対立**　社会が急激に変化した19世紀前半期は，かつてのアメリカの美徳が失われ，ヨーロッパと同じく堕落した国になるとの危機感も生まれた。メソジスト派を中心に1790年代から1840年代にかけて全米規模で展開した第2次大覚醒や，超絶主義者とクエーカー派による運動から進展し，20世紀の禁酒法制定（⇒Ⅰ-4-1-(5)）に結実する禁酒運動，刑務所や精神病院，学校の諸改革運動，先住民の権利運動など，様々な社会改良運動が展開した。1848年には女性解放運動の幕開けとなるセネカ・フォールズ会議が開催され，男女平等と女性の参政権・財産権を要求する「所感宣言」（Declaration of Sentiments）を採択した。

　奴隷制廃止運動（abolitionism）が興隆したのもこの頃のことである。**地下鉄道**と呼ばれる秘密組織が逃亡奴隷を自由州に逃がす援助をした。ナット・ター

ナー（Nat Turner, 1800-31）の反乱（1831）やジョン・ブラウン（John Brown, 1800-59）の蜂起（1859）など，黒人の奴隷や運動家による実力行使の抵抗運動も頻発した。元奴隷の奴隷制廃止運動家**フレデリック・ダグラス**（Frederick Douglass, 1818-95）による『フレデリック・ダグラス自伝』（*Narrative of the Life of Frederick Douglass*, 1845）は，この時期の代表的な**奴隷体験記**（slave narrative）である。北部人**ハリエット・ビーチャー・ストウ**（Harriet Beecher Stowe, 1811-96）の小説『**アンクル・トムの小屋**』（*Uncle Tom's Cabin*, 1852）は国内外でベストセラーとなり，反奴隷制の世論を高揚させた。黒人女性は白人男性プランターによる性的搾取の対象であったが，**ハリエット・アン・ジェイコブズ**（Harriet Ann Jacobs, 1813-97）が約7年間祖母の小屋の屋根裏に隠れて抵抗した日々を基に著した黒人女性初の奴隷体験記『**ある奴隷少女に起こった出来事**』（*Incidents in the Life of a Slave Girl*, 1861）は，奴隷制廃止運動のネットワークを通じて米英双方で評判になった。

　奴隷制をめぐり建国当初から内在していた国家的矛盾は，社会経済上の対立を契機に表面化した。繊維産業を中心とした工業化と交通革命を背景に，北部はイギリスに対抗するため，高い保護関税を導入して国内市場の活性化を目指すようになる。他方で南部ではタバコの価格が下がり，1808年に奴隷貿易も禁止されたため，代わって機械化された綿花のプランテーション経営が拡大し，工業化社会の到来によって綿花の国際的需要が高まったことで，自由貿易が望ましいとされた。また，南部ではプランターが利潤を独占していたため貧富の差が大きく，国内市場が成熟することもなかった。こうして南北対立が先鋭化したため，西部に新しい領土を獲得すると，それを自由州と奴隷州のどちらの体制に組み込むのかをめぐって争いが起きた。国家分裂の危機を前にして様々な妥協が図られたが，植民地時代に由来する経済体制と平等の理念をめぐる矛盾は，もはや隠しようがなかった。

　1860年の選挙で奴隷制拡大反対を掲げたエイブラハム・リンカーンが共和党（Republican Party）初の大統領として当選すると，反発した南部諸州が61年2月に**アメリカ連合国／南部連合**（Confederate States of America）を結成，合衆国からの離脱を決議する。連邦政府はそれを違法と見なしたため，南北対立は暴力的な帰結を迎え，**南北戦争**（the Civil War, 1861-65）が勃発した。開戦当初は英仏の支援を受けた連合国側が有利に戦いを進めたが，工業生産力に秀で

た北部は抵抗を続けた。リンカーンが戦争の目的を分裂回避から奴隷制廃止に転換し，63年1月に奴隷解放宣言を発出すると，国内外の世論も北部支持に傾き形勢が逆転する。同年7月のゲティスバーグの戦いに敗れた連合国軍は，65年の首都リッチモンド陥落をもって敗北，幻の国家アメリカ連合国は消滅した。それとともに，合衆国の礎を築いた南部プランター貴族が国家権力から追放された。その後，法的には1865年，憲法修正第13条によって奴隷制度は廃止されたが，人種差別は貧困や多民族化といった問題とも絡み合い，さらに複雑な形をとっていまもなお残っている（⇒I-5-1-(4)）。 (橋本)

2　ロマン主義文学の誕生

(1) ロマン主義とは何か　19世紀前半から半ばにかけてのアメリカ文学における最大の特徴である**ロマン主義**（Romanticism）とは，18世紀末から19世紀前半における，独英仏を中心としたヨーロッパの文芸思潮に端を発する芸術運動のことである。個々の国やジャンルを超えて，包括的かつ国際的な精神運動として発展した。その混沌とした巨大な全体像を捉えることは不可能だが，恐怖政治に帰結したフランス革命（1789-99）の挫折という絶望から，個人の自我と感受性を支柱にして立ち上がろうとする精神が，その根底にはある。あえて単純化すれば，ギリシア・ローマ文化の普遍性と調和を理想とする18世紀の新古典主義や既存の社会体制に背を向けて，自然を崇め，個人の感受性と想像力が理性に優越することを主張，夢や意識下にあるような不合理で神秘的な世界を探求し，時間的，空間的に遠いもの，無限なるものを憧憬する，といった特徴が挙げられる。なお，ロマン主義は理性に対して想像力を，普遍に対して特殊を，形式に対して内容を志向する傾向にあるが，ロマン主義と新古典主義は対立概念ではなく，たとえばロマン主義の古代に対する憧憬の土壌は，新古典主義によって用意されていた側面がある。

　ヨーロッパにおけるロマン主義の展開を牽引したのはドイツである。1770年頃以降，若き日のゲーテとシラーが理性に偏重した啓蒙主義に決別し，自由な情感，想像力の解放を主張する反体制運動「疾風怒濤（シュトゥルム・ウント・ドラング）」を始動させたのち，おおよそ20年後にそれを継承したシュレーゲル兄弟の弟フリードリヒやティークが初期ロマン主義を理論化した。観念論哲学に由来する，神秘主義的なドイ

ツのロマン主義は，ノヴァーリスやホフマンによる幻想文学を生み出した。シュレーゲル兄弟の兄アウグストによる『演劇芸術と文学に関する講義』(1809-11)は出版後すぐに蘭語，仏語，英語に翻訳され，ロマン主義の文学理論を諸外国に広めた。シェイクスピアの翻訳者でもあるアウグストは，個人的にもコウルリッジやスタールと親交を深めた。

　イングランドとスコットランドが「合同」した1707年以降，国民意識が育れつつあったイギリスでは，18世紀後半にスコットランドの詩人マクファーソンが英訳と称して発表した古代ケルト伝説の英雄詩『オシアン』(1761-63，実際は偽書)が，『若きウェルテルの悩み』(1774)で引用されるなどヨーロッパ中で評判になり，ギリシア・ローマとは異なる新たな古代文化に対する情熱を高揚させてロマン主義の登場を用意した。その後18世紀末の詩人ブレイクなどの登場とともに，本格的に始動する。ワーズワスとの共著で『抒情民謡集』(1798)を発表したコウルリッジは，直後にドイツで観念論哲学とロマン主義理論を学び，帰国後の1800年頃からロマン主義を唱道し，想像力を通じた有機的統一などの芸術理論を展開してシェイクスピアを神格化した。1810年代にバイロン，シェリー，キーツといった詩人が登場するなど，イギリスのロマン主義は詩を中心に発展するが，詩人から小説家に転じたウォルター・スコットは，スコットランドの中世騎士道風精神を賛美し，失われた過去を蘇らせる歴史小説「ウェイヴァリー」シリーズで人気を博した。

　ラテン文化を継承したフランスには，ギリシア・ローマの古代文化を規範とし，理性・形式・道徳的効用を重視する古典主義の伝統があった。啓蒙主義の18世紀に個人の感受性を理性主義から解放しようとしたルソーやディドロによって下地は用意されていたが，本格的なロマン主義の始動は，ドイツとイギリスから影響を受けた19世紀初頭のことである。その先駆者に，ナポレオンと対立したスタール，およびシャトーブリアンがいる。スタンダール，ユゴー，バルザックが後に続き，個人の自我を古典主義の制約から解き放った。

　日本で浪漫主義（ロマン主義）文学が勃興したのは，時代的には19世紀末から20世紀前半のことである。日本近代小説論の始まりである坪内逍遙の『小説神髄』(1885-86／明治18-19)に端を発し，写実主義（リアリズム）の時代が訪れると，その対立軸としてロマン主義思想が導入された。明治20年代に森鷗外が『国民之友』に発表した『舞姫』(1890／明治23)などの初期小説，文芸誌『文

学界』における島崎藤村の詩や北村透谷の評論を中心として発展した明治浪漫主義は，美と自由を主張するとともに，ヨーロッパ文化とキリスト教の受容を通じて前近代的な儒教倫理に反逆し，人間性を封建体制から解放することで自我の確立を目指した。明治30年代になると与謝野鉄幹，晶子たちの雑誌『明星』を中心に，短歌と詩のジャンルで全盛期を迎えた。星菫派とも呼ばれたこの時期の浪漫主義には，奔放な情熱による自我の解放，恋愛至上主義と空想的唯美主義という特徴がある。写実主義を受け，明治末期から自然主義が一世を風靡すると，浪漫主義の潮流はそれに抗う形で異国情緒とデカダンスを特色とする永井荷風，谷崎潤一郎といった耽美派に引き継がれる。15年戦争に突入した昭和10年代になると，保田與重郎を中心とする日本浪曼派が登場し，近代批判と日本的古典美の称揚を展開した。

　自然を神話化する特性があるアメリカでは，ワーズワスを愛する詩人ブライアント（⇒Ⅰ-2-2-(4)）が牽引し，1820年頃から北東部で根づき始めた。ヨーロッパと比べると，封建体制や古典主義的伝統といった束縛をもたないアメリカのロマン主義には健全な側面がある一方で，カルヴィニズムという地下水脈の中から，自我の深層にひそむ闇と悪を追求する独自の文学が生まれた。19世紀半ばになると，強靭な個性が有する想像力を通じて，超絶主義とも連動しつつ，ロマン主義はアメリカン・ルネサンスと呼ばれる黄金時代を到来させることになる。だが，まずは初期ロマン主義の文学と風景画のことから始めたい。

（橋本）

(2) アーヴィングとノスタルジー

ニューヨーク市マンハッタンの裕福な商人の家に，11人きょうだいの末子として生まれたワシントン・アーヴィング（Washington Irving, 1783-1859）は，病弱のため15歳で学校教育を打ち切り，独学で弁護士資格を取得して開業した。その間，兄たちの影響で文筆修業を重ね，1809年，間の抜けたオランダ系移民の歴史学者ディードリッヒ・ニッカーボッカーという架空の人物を著者とする歴史書のパロディ『ニューヨーク史』(*A History of New York*) を刊行する。「世界の始まりからオランダ支配の終わりまで」という副題をもつこの作品は，大袈裟な修辞，馬鹿らしい学識とユーモアを交えつつ，表向きにはオランダ統治時代のことを描きながら，実際にはジェファソニアン・デモクラシーと物質中心主義に染まった現実のニューヨークを風刺しており，大評判になった。

1815年に渡英後，兄がリバプールで経営する貿易業が傾いたため，滞在を延長して手伝うも，会社は18年に倒産した。生活上必要に迫られたアーヴィングは文筆活動を再開し，結果的にヨーロッパでの生活は17年続く。この間，ヨーロッパ各地の歴史スポットを訪れて歴史に対する関心を深め，また長年憧れていたスコットと知り合った。

アメリカでは1819年に4分冊で，イギリスでは20年に2巻本で刊行された『**スケッチ・ブック**』(*The Sketch Book of Geoffrey Crayon, Gent.*) は，アーヴィングの名声を確立し，商業的にも大成功を収めた代表作である。感傷的で憂鬱で，好古趣味のジェフリー・クレヨンという架空の人物を著者に立て，短編小説や紀行文，随筆などを収録したこの作品集は，すぐに独語と仏語に翻訳されてヨーロッパ中で評判になり，クレヨンことアーヴィングはアメリカ初の国際的作家として認められた。ただし，クレヨンはイギリス英語を用い，民主主義よりも貴族主義を，都市よりも田園を好むという意味で，古き良きイギリスの系譜にある色合いが濃い。アーヴィングはその後もスペイン史や，帰国後はアメリカ西部に素材を求めて執筆した。ハドソン川沿いのサニーサイドで晩年を過ごし，自身の名の由来でもある人物の伝記『ジョージ・ワシントンの生涯』全5巻 (*The Life of George Washington,* 1855-59) を死の直前に完成させた。

アーヴィングは独自の文学的遺産や約束事をもたないアメリカの作家として，創作することの困難に直面した最初の1人である。ユーモアに包まれた，小気味よい風刺の効いた軽妙な文章が特徴であるが，他方で物事の移ろいやすさに対するはかない哀愁が，いずれの作品からも滲み出ている。現実から逃避し，遠く離れた過去をノスタルジックに想起するロマン主義者であった。『スケッチ・ブック』の中でも，ニッカーボッカーの遺稿という枠組みでアメリカを舞台とする短編小説「**リップ・ヴァン・ウィンクル**」("Rip Van Winkle," ⇒Ⅱ-3) と「**スリーピー・ホローの伝説**」("The Legend of Sleepy Hollow") の2作品が，とりわけ人口に膾炙している。歴史をもたないアメリカにヨーロッパの伝説を持ち込み，独立戦争という背景や，アメリカ人の実利主義と上昇志向，田舎町の地方的性格といった要素を風刺的に用いることで，リップ・ヴァン・ウィンクルとイカボッド・クレインというアメリカ神話の原型的人物や「ほら話」の伝統を創造したことで名高い。

(橋本)

(3) クーパー と自然の美徳　ジェイムズ・フェニモア・クーパー（James Fenimore Cooper, 1789-1851）は，C・B・ブラウンに続き，意識的にアメリカ固有の素材を用いて執筆した作家である。30年にわたる執筆活動を通じて長編小説32点，旅行記，評論書などを刊行しているが，なかでもフロンティアに生きるナッティ・バンポーが登場する革脚絆物語（Leather-Stocking Tales）と呼ばれる歴史小説5部作で知られている。クーパーはニュージャージー州に生まれ，1歳の時に父親が開拓したニューヨーク州クーパーズタウンに家族で居を移した。開拓当初は原生林の大自然に囲まれたフロンティアであったこの地で，幼少期と晩年の計15年間を過ごしている。13歳でイェール大学に入学するも放校処分を受け，その後海軍に入隊して海洋生活を送った。20歳の時に父親が亡くなり兄弟とともに多額の遺産を相続後，資産家の娘と結婚する。その後兄たちの死が相次ぎ，30歳ですでに没落していた一族の世継ぎになった。

　この頃から創作を始めるのだが，そのきっかけとなったエピソードはよく知られている。ある晩，同時代の女性作家の家庭小説を妻に読み聞かせていた際，自分だったらもっとうまく書くことができると豪語したところ，妻に乗せられて筆を執ったのが，イギリス風の家庭小説『用心』（*Precaution*, 1820）であった。この後，クーパーはアメリカ作家という自覚をもって創作に取り組むことになる。独立戦争時のワシントン将軍に仕えるスパイの葛藤と苦悩を描いたアメリカ初の歴史小説『スパイ』（*The Spy*, 1821）など，愛国心や騎士道精神を描くことで，しばしば「アメリカのスコット」と呼ばれた。

　1822年にニューヨーク市に転居して執筆した第3作『開拓者たち』（*The Pioneers*, 1823）が革脚絆物語の第1弾である。故郷クーパーズタウンをモデルにしたフロンティアの崇高かつ壮大な自然を背景に，白人と先住民双方の美徳を兼ね備えた高貴な野蛮人ナッティ・バンポーが，老猟師として初登場する。彼は鹿革の靴と脚絆を身につけているため，開拓民の間で「革脚絆」と呼ばれている。ピューリタン的道徳を保持しつつ，文明を離れ森の中で先住民族と暮らすバンポーの自然の倫理と，クーパーの父親がモデルとされる開拓地のテンプル判事が象徴する文明の論理が衝突し，バンポーは最終的に文明に背を向け森の中に消えてゆく。アメリカ初の本格的なフロンティア小説『開拓者たち』は驚異的な売り上げを記録した。以後，この連作は『モヒカン族の最後』（*The Last of the Mohicans*, 1826），『大草原』（*The Prairie*, 1827），『道を拓く者』（*The*

Pathfinder, 1840),『鹿撃ち』(*The Deerslayer*, 1841) と続く。自然の美とその価値に寄り添うクーパーのロマン主義的感性は，美術の分野でハドソン・リバー派（⇒Ⅰ-2-2-⑸）の風景画に霊感を与えた。一連の革脚絆物語は当時11ヵ国語に翻訳され，ゲーテやバルザックも称賛した。

　海を愛するクーパーは，フロンティア小説に続いて海洋小説という新たな領域に乗り出して『赤い海賊』(*The Red Rover*, 1828) を発表，メルヴィルやイギリスのコンラッドといった海の大家の先駆者になる。社会評論も著しており，『アメリカの民主主義者』(*The American Democrat*, 1838) では，ジェファソン流の農本主義こそがアメリカ民主制の基盤であると主張した。だが，地主階級の民主主義者という矛盾は「反動的貴族主義者」という批判を招くことになり，クーパー自身もその矛盾に苦しむ晩年を送った。　　　　　　　（橋本）

⑷　ブライアントと炉辺詩人たち　　ウィリアム・カレン・ブライアント（William Cullen Bryant, 1794-1878）は，母方の祖父がピルグリム・ファーザーズの１人である，マサチューセッツ州カミントンの厳格なピューリタン家庭に生まれ，聖書と18世紀英文学に親しみながら，若い頃から詩人を志した。「自然を愛し／目に見える形象と通じ合う者に　自然が／様ざまな言葉を語りかける　彼の楽しかった頃を／自然が喜びの声で語り　微笑み／美しい雄弁をふるって　滑りこむように／彼の暗い瞑想のなかへ入る」（渡辺信二訳）で始まる「**タナトプシス（死への瞑想）**」("Thanatopsis," 1817) は，17歳の時に創作したとされ，雑誌『ノース・アメリカン・レヴュー』に掲載されて天才詩人と称された。死を前にした者が自身の運命を瞑想し，救済されずにこの世を去る恐怖と不安，すなわちピューリタン的な死生観を紡ぎながら，そこに癒しの自然崇拝を重ねている。「果てしない大空の端から端へと／君の飛翔を確かに導き賜う方は，／わたしのひとりたどらねばならぬ細い道でも／正しい歩みを示し賜うだろう。」で終わるもう１つの代表作「水鳥に寄せる」("To a Waterfowl," 1821) や，「森は神の社(やしろ)であった」と詠う(うた)「森の聖歌」("A Forest Hymn," 1825) も，ワーズワス的自然詩に近づく一方で，厳格なピューリタン的倫理と教訓性というブライアントの特徴を示している。アメリカにロマン主義的感性を根付かせる先導的な役割を果たした。晩年には『イーリアス』(1870)，『オデュッセイア』(1871) といった古代ギリシアの叙事詩の英訳を完成させてもいる。

　さしてロマン主義的ではないが，ブライアントと同時代のニューイングラン

図3 コール『キャッツキルの枯木の湖』(1825),
アレン記念美術館所蔵／Wikimedia Commons

ド詩人として,「人生讃歌」や民話詩「ハイアワサの歌」,悲恋の叙事詩「エヴァンジェリン」で知られるヘンリー・ワズワース・ロングフェロー (Henry Wadsworth Longfellow, 1807-82),詩よりも『朝食テーブルの独裁者』をはじめとする随筆「朝食テーブル」シリーズで国際的名声を得た守旧派オリヴァー・ウェンデル・ホームズ (Oliver Wendell Holmes, 1809-94),反奴隷制詩「イカボド」を著したジョン・グリーンリーフ・ホイッティア (John Greenleaf Whittier, 1807-92),詩集『ビグロー・ペーパーズ』で奴隷制やメキシコ戦争を風刺したジェイムズ・ラッセル・ローウェル (James Russell Lowell, 1819-91) がいる。彼らは詩の慣用表現を重視して伝統的な形式と韻律,押韻を採用し,家庭の炉辺にて家族で読んだり子どもたちが教室で音読したりするのに適した詩を書いたため,ブライアントも含めて炉辺詩人(ファイヤーサイド・ポエツ)と称された。20世紀に入り,哲学者詩人ジョージ・サンタヤーナ (George Santayana, 1863-1952) が「お上品な伝統」(the genteel tradition) と呼んで批判した後,急速に読まれなくなったが,19世紀全体を通じて国内外で大衆的な人気を誇った国民的詩人たちである。　　　　　(橋本)

(5) ハドソン・リバー派の風景画

アメリカのロマン主義には,汚(けが)れなき自然を礼賛しながらも,西漸運動や交通革命の結果,環境破壊を目の当たりにする時代に発展したという逆説的な側面がある。この逆説を例証するのが,当時文学とも連動して展開した美術の分野である。19世紀のアメリカでは風景画が大流行し,**トマス・コール**を始祖とするハドソン・リバー派 (Hudson River School) がロマン主義的な作品を次々に生み出した。コールが本格的に創作活動を始めた1825年は,エリー運河が開通し,東部とフロンティアとの間での物流が格段に便利になった交通革命の始まりの年である。自然破壊が始まるとともに,彼ら風景画家はアメリカの壮大な自然の景観を描き始めたのだが,そこには汚れなき自然が失われつつあるからこそ,それを風景画の中に保存し

ようとする無意識が窺われる（図3）。

　彼らは無垢なる自然の風景の中に神意を読み込み，アメリカが神の国であることを再確認することで，愛国心を高揚させ，拡張を続ける国家を団結させる役割も担った。歴史を有するヨーロッパの文明に対抗するために，天地創造の際の汚れを知らぬ無垢なる自然がそのままの状態で残っているアメリカの風景を，特権的に美化することで，起源神話を構築し，アメリカの独自性と優位性を打ち立てることに貢献した。

　こうした国家主義的自然礼讃の空気のもとで，アメリカのロマン主義文学は自然と自我意識の関係を問う古典的作品を生み出すことになる。　　　　（橋本）

3　アメリカ・ルネサンス

(1) 黄金期の到来　　ブライアントやアーヴィング，クーパーが牽引する形で，1820年前後からアメリカでもロマン主義文学が勃興し，イギリスのワーズワスによる自然詩もよく読まれた。ボストンやコンコードを中心に，ヨーロッパのロマン主義に関わる理論や思想が浸透した。そうした空気を吸いながら思春期を過ごした者たちが成長し，今日古典と見なされる作品を続けざまに発表することになるのが，50年代のことである。しばしば**アメリカン・ルネサンス**（American Renaissance）と呼ばれる時代である。

　この呼称を定着させた，20世紀の批評家 F・O・マシーセンによる大著『アメリカン・ルネサンス』（*American Renaissance*, 1941）は，1850年から55年の間を特権化して，アメリカ文学の黄金期と見なしている。たしかにこの6年間で，ホーソーンの『緋文字』(1850)，エマソンの『代表的人間』(1850)，メルヴィルの『白鯨』(1851)，ソローの『ウォールデン』(1854)，ホイットマンの『草の葉』(初版1855) といった不朽の名作が百花繚乱のごとく現れた。ヨーロッパのルネサンスがギリシア・ローマの古典を復興させることで，神中心の中世文化を人間中心の世界観に転換させたことを踏まえ，マシーセンは19世紀半ばのこの時代に，脱カルヴィニズムを経て民主主義の可能性を追求する本格的な近代文学がアメリカに登場したという趣旨で，アメリカン・ルネサンスという呼称を採用した。

　マシーセンは北東部のこれら白人男性作家5人に限定して論じているが，

1970年代以降、文化研究や人種・階級・ジェンダーをめぐる関心が高まるにつれて、この概念は拡大解釈され、女性、黒人、先住民、南部作家を含めた上で、1820年代から60年代までを包摂する大きな概念に修正されている。本章では上記5人に加えてポーとディキンソン、オルコットを取り上げるが、それ以外にも小説『ホボモク』(*Hobomok*, 1824) や『共和国のロマンス』(*A Romance of the Republic*, 1867) を著した奴隷・先住民・女性解放論者の小説家リディア・マリア・チャイルド (Lydia Maria Child, 1802-80)、奴隷体験記のダグラスとジェイコブズ、エッセイ『五大湖の夏』(*Summer on the Lakes*, 1844) と評論『19世紀の女性』(*Woman in the Nineteenth Century*, 1845) で知られるフェミニストの超絶主義者フラー、リンカーン大統領が南北戦争を引き起こした作家と讃えたストウなどがいる。他にも先住民族ピークォト族の作家ウィリアム・エイプス (William Apess, 1798-1839) による自伝『森の息子』(*A Son of the Forest*, 1829)、南部文学としては、ウィリアム・ギルモア・シムズ (William Gilmore Simms, 1806-70) の先住民をめぐる歴史小説『イェマシー族の最後』(*The Yemassee*, 1835)、ポーの友人であった小説家ジョージ・リッパード (George Lippard, 1822-54) のゴシック小説『クエーカー・シティ』(*The Quaker City*, 1844)、女性文学としてはキャサリン・マリア・セジウィック (Catharine Maria Sedgwick, 1789-1867) の先住民をめぐるフェミニズム的歴史小説『ホープ・レスリー』(*Hope Leslie*, 1827)、スーザン・ウォーナー (Susan Warner, 1819-85) のベストセラー感傷小説『広い、広い世界』(*The Wide, Wide World*, 1850) などが重要な作品である。　　　　　　　　　　　　　　　　　　　　　　（橋本）

(2) あらゆる文学ジャンルの源泉にポーがいる

エドガー・アラン・ポー（Edgar Allan Poe, 1809-49）は、旅役者であった両親のもと、マサチューセッツ州ボストンに生まれた。生まれて間もなく父が失踪し、母は病死したため、バージニア州リッチモンドの裕福な貿易商ジョン・アランに引き取られた。養父母とともに6歳で渡英し、ロンドンの寄宿学校に通い、11歳で帰米する。バージニア大学では語学に秀でた才能を発揮したが、賭博により退学を余儀なくされる。退学後はアメリカ陸軍に入隊し、後にミステリー小説「黄金虫」("The Gold-Bug," 1843) の舞台となったサウスカロライナ州サリヴァン島に駐留する。1830年にウエスト・ポイント陸軍士官学校に入学するも放校され、各紙誌に詩と小説を投稿する生活に入る。SF小説「壜から出た手記」("MS.

Found in a Bottle," 1833）が懸賞に当選したのを契機に，雑誌編集者としての仕事の傍ら，ゴシック小説の金字塔「アッシャー家の崩壊」("The Fall of the House of Usher," 1839），分身(ドッペルゲンガー)小説「ウィリアム・ウィルソン」("Wiliam Willson," 1839），風刺小説「鐘楼の悪魔」("The Devil in the Belfrey," 1839），推理小説「モルグ街の殺人」("The Murders in the Rue Morgue," 1841，⇒Ⅱ-5）などを次々と執筆する。36歳で発表した詩「大鴉(おおがらす)」("The Raven," 1845) で一躍有名になるが，晩年は妻の病死，貧困，健康と経済状況の悪化などで苦しみ，49年10月，後に様々な憶測を呼び起こす謎の死を遂げた。

　ポーはジャンル横断型の文筆家であり，「詩人・小説家・批評家」と評されているが，まずは詩人として文壇デビューした。13歳頃から詩作を始め，18歳の時に第1詩集『タマレーンとその他の詩』(*Tamerlane and Other Poems*, 1827) を発表した。初期の詩はシェイクスピア，ミルトン，ポープ，トマス・ムア，とくにバイロンの作品から影響を受けているといわれる。詩人としての名声を確固たるものにしたのは，詩節に繰り返される「もはやない」("Nevermore") の語りで有名な物語詩「大鴉」である。翌1846年には「詩作の哲学」("The Philosophy of Composition") の中で，ポー自身がこの詩について意図，創作過程，詩体について手の内を明かす分析を行っている。詩においても小説においても，彼は「言葉の音楽性」や「単一の効果」を重視した。リズムに乗って一気に読める長さを追求したため，彼が残したいわゆる長編小説は，捕鯨船への密航から始まる海洋冒険小説『アーサー・ゴードン・ピムの冒険』(*The Narrative of Arthur Gordon Pym of Nantucket*, 1838) のみである。

　「単一の効果」を重視するポー文学の特質は，19世紀半ばの雑誌産業の興隆の中で醸成された。ポーが活躍した1830年代から40年代は，機械技術の向上による印刷工程の革新，交通革命による物流システムの促進などにより，雑誌文化が読者の拡大に邁進した黄金期であった。雑誌編集者として，読者が「簡明で，凝縮されて，適切に要約されたもの」を求めていると分析し，常に新しい情報や知見を取り入れて，人々を魅了する文学商品を生み出そうと挑戦し続けた。そして後に「文学ジャンルの開拓者」と評されるようになった。また，ポーは不条理や異常心理，理性で説明不可能な領域を描き出すことを得意とし，アメリカン・ゴシックの伝統においても重要な位置を占める。「こころの科学には不可思議なる謎が数多くある」(「ライジーア」"Ligeia," 1838) という一

文は，ポー文学の原点を巧く言い表しているといえよう。　　　　　(池末)

(3) 詩人エマソンと思想の環　　ラルフ・ウォルドー・エマソン (Ralph Waldo Emerson, 1803-82) は，19世紀半ばにマサチューセッツ州コンコードを中心に席巻した超絶主義運動を代表する詩人，哲学者である。エマソンは，ユニテリアン派でボストン第1教会の牧師の三男として，ボストンに生まれる。父が急逝したことにより，経済的に厳しい幼少期を過ごすが，ボストンの教会から奨学金を得て，ハーバード大学へ進学し神学を専攻する。そこでギリシア神話，哲学，イギリス古典文学などに没頭し，エマソンの詩的想像力の素地が形成された。

ハーバード大学を卒業後，教師の職を経て，ボストン第二教会の牧師として聖職に就くが，聖餐の儀式に信仰の根拠を見出せないことを理由に3年余りでその職を辞すことになる。1833年にエマソンはヨーロッパを旅し，カーライル，コウルリッジ，ワーズワスといったドイツ・ロマン主義の系譜を受け継ぐイギリスの文豪たちと交流を深めた。世界を包含する生を内向的に認識する彼らの思想との邂逅は，エマソンにとって霊的な交渉（コミュニオン）となり，後の彼の超絶主義思想の萌芽となったのである。

同年8月に帰国したエマソンは，神の霊を宿す自然の礼讃，自然と等しく人間の魂が分有する霊の認識，またそれによる人と神との融合を提唱する『自然』(*Nature*, 1836, ⇒Ⅱ-4) を出版，その後ニューイングランドを中心に精力的に講演を行った。そこにはオリヴァー・ウェンデル・ホームズによって「アメリカの知的独立宣言」と称された「アメリカの学者」("The American Scholar," 1837) や，形式主義的な教会を批判し，人間の魂に根ざした民主的信仰復興を唱導する「神学部講演」("An Address, Delivered before the Senior Class in Divinity College, Cambridge," 1838) などが含まれる。その間エマソンは，マーガレット・フラー，ジョージ・リプリー，エイモス・ブロンソン・オルコットなどと，同じ思想で繋がったトランセンデンタル・クラブと呼ばれる新たなコミュニティの環を形成し，機関紙『ダイアル』(*The Dial*) を刊行した。

F・O・マシーセンによって，アメリカン・ルネサンスの巨匠の1人にエマソンとともに挙げられたソローとの師弟関係は有名である。そのリストに続くように，ホーソーン，メルヴィル，ホイットマンの名前を挙げるマシーセンは，エマソンを雌牛に喩え，「他の作家たちは，この雌牛からミルクをあや

かったのである」と述べる。19世紀のアメリカ・ロマン主義文学の特徴として人間の想像力への志向性と宗教的な神秘主義への傾倒を挙げるならば，これらを特徴とするエマソンの思想は，アメリカン・ルネサンス期の作家たちの詩的想像力の骨子となったといっても過言ではないだろう。現実世界の事象を仮象と見なし，その背後にある「何か」に真理を読み取ること，またそれを文字として紙面に表現することは，エマソンをはじめ同時代のアメリカ・ロマン主義作家たちに共通する挑戦であった。これらの作家の思想が全く同じ文学的軌道を辿ったわけではないものの，エマソンの思想の環は彼らの詩的想像力に波及し，多大な影響を与えたのである。 (大川)

(4) 理念と行動の人ソロー　ヘンリー・デイヴィッド・ソロー (Henry David Thoreau, 1817-62) は，アメリカ独立戦争勃発の地でもあるマサチューセッツ州コンコードに生まれた。ハーバード大学を卒業後，実家の鉛筆製造業を手伝ったり，兄のジョンと私塾を開いて教育に携わったり，さらには測量技師の仕事をこなしたりと，様々な職についた。14歳年上のエマソンの影響を受け，超絶主義思想に傾倒する。

1845年，ソローはウォールデン湖畔に小屋を建て，自然の中での独居生活を始める。この生活実験は2年2ヵ月にわたって続けられ，その間に亡き兄ジョンとの川旅を綴った『コンコード川とメリマック川の一週間』(*A Week on the Concord and Merrimack Rivers*, 1849) の執筆に勤しんだ。また，この時期の生活と思索は『ウォールデン──森の生活』(*Walden; or, Life in the Woods*, 1854, ⇒Ⅱ-8) にまとめられ，彼の代表作として知られる。さらにソローは地元コンコードでたびたび講演を行い，その講演に基づいたエッセイを出版した。

ソローは文筆を通じて理念を説くだけではなく，行動の人でもあった。19世紀中葉，アメリカは国外では領土拡張を目指してメキシコ戦争 (1846-48) へ突入し，国内では南部において奴隷制度を維持していたが，ソローは政府への抵抗として人頭税の支払いを6年間にわたって拒否した。その結果，一晩だけではあるが刑務所へ投獄されることになり，この顛末は「市民の反抗」("Civil Disobedience," 1849) において語られている。そこでソローは，不正を行う政府を前にした時，人は地上の法ではなく個人の良心，あるいは「より高い法」に従って行動するべきであると説いている。また，ソローは政府へ異議を唱える方法として納税拒否という形を取ったわけだが，非暴力による抵抗という理念

は，インド独立の父ガンジー，そしてアメリカ公民権運動の指導者キング牧師にも受け継がれることになった。

「マサチューセッツ州における奴隷制度」("Slavery in Massachusetts," 1854) では，奴隷制の維持に間接的に手を貸す州政府だけでなく，巨悪を目の前にしながら行動しない同時代人たちをも痛烈に批判している。1859年には奴隷制廃止論者ジョン・ブラウンらによるハーパーズ・フェリー兵器庫襲撃事件が勃発。蜂起は失敗に終わり，首謀者のブラウンは絞首刑に処されて奴隷制廃止という大義に殉じた。その後，ソローは「ジョン・ブラウン大尉を弁護して」("A Plea for Captain John Brown," 1860) でブラウンの行動を擁護した。こうしてソローは執筆活動を通じて社会制度の変革だけでなく，個人による自己改革と行動の必要性を訴え続けた。奴隷制をめぐる南北の緊張は高まり続け，1861年にはついに国を二分する南北戦争に至ったが，ソローは戦争終結と奴隷制廃止を見届けることなく44歳の若さで1862年に没した。

ソローは自然を愛する人でもあり，著作を通じて自然保護の重要性を説いた。死後150年以上経った現在，ソローの環境思想が注目を集めており，環境破壊が進む現代において彼の作品の重要性はさらに増している。　　　　　（古井）

(5) **ホイットマンの自由（詩）と民主主義**　ニューヨーク州ロングアイランドに生まれ，4歳からはブルックリンで育った**ウォルト・ホイットマン** (Walt Whitman, 1819-92) は，9人きょうだいの貧しい家庭環境のなか，11歳から印刷所の植字工見習として社会に出た。その後，小学校での教師なども経験しながら，19歳にして自身の新聞『ロングアイランダー』を創刊する。高学歴のエリート文学者とは一線を画すホイットマンの庶民性と労働者感覚は，こうした生い立ちと無縁ではありえない。政治活動にも積極的だった彼は，1848年，ニューオーリンズで奴隷の競売を目にしており，奴隷制拡大に反対する自由土地党（Free Soil Party, 1848-54）の新聞『ブルックリン・フリーマン』の編集者としてマーティン・ヴァン・ビューレンの選挙支援を行うなど，ジャクソニアン・デモクラシーの流れを汲む民主党進歩派の立場を貫いた。しかし，彼の情熱は次第に政治から詩作へと向かい，1855年に代表作『草の葉』(*Leaves of Grass*, ⇒II-9) の初版が発表される。

この画期的詩集は，伝統的な韻律や押韻を排した自由詩（free verse）のスタイルを確立し，その形式がとりもなおさず，あらゆる束縛からの解放を求める

アメリカ的な主題を体現するものとなった。個人と民衆，身体と精神，女性と男性を等しく賛美する詩人は，ソローの言葉を借りるなら，「見た目は風変わりで粗野」だが「本質的には紳士」であり，「この世界が生み出した最も偉大な民主主義者」であった。当初100頁足らずだった『草の葉』は，幾度も加筆と改訂を施され，何十年もかけて生長を続けることになる。後年追加された詩群のうち，当時は禁忌だった同性愛の主題を扱う「カラマス」("Calamus," 1860) と，南北戦争の従軍看護師として戦地へ赴いた体験に基づく『軍鼓の響き』(*Drum-Taps*, 1865) は特筆に値する。

　詩と散文の間を往還したホイットマンの全貌を捉えるには，1871年に刊行された評論『**民主主義の展望**』(*Democratic Vistas*) も無視できない。南北戦争後の「金メッキ時代」(⇒ I-3-1-(4)) に広まった物質主義を批判する本書は，真の意味で国を導くのは詩人であり，政治や経済といった社会の上部構造を支える土台とは，身体的かつ大衆的なものであると訴えた。1873年，脳出血で半身麻痺となってからは，療養先のニュージャージー州カムデンが彼の生活拠点となり，『自選日記』の邦題で知られる『**見本の日々**』(*Specimen Days*, 1882) が出版される。これは，自身の生い立ちを振り返る文章や，南北戦争当時，戦地で「血まみれの小さなノート」に書きつけた備忘録に加え，日々の自然観察の記録，さらにはカーライル，ポー，エマソンその他，同時代の文学者をめぐる随想などを集めたものである。

　1892年，カムデンの地で72歳の生涯を閉じた『草の葉』の詩人は，死の直前まで彼の代名詞となった詩集の加筆を続け，400頁を超える分量となったいわゆる「臨終版」が，いまなお広く世界中で読まれている。ホイットマンの没年に弱冠25歳だった夏目漱石は，「詩法に拘泥せざる所」や「劣情を写して平気なる所」に「共和国の詩人」が「平等主義を代表する」意味があると述べ，非凡なるアメリカ国民詩人の文学的本質を鋭く言い当てている（⇒ I-2-3-(10)）。

(舌津)

(6) 心の探求者ナサニエル・ホーソーン　**ナサニエル・ホーソーン**（Nathaniel Hawthorne, 1804-64）は，1804年7月4日，マサチューセッツ州セイラムのピューリタンの家系に生まれた。17世紀マサチューセッツ湾植民地の指導者ウィリアム・ホーソーンは，クエーカー教徒を迫害し，また，その息子ジョンは1692年のセイラム魔女裁判の判事として名を馳せた。魔女の呪い伝説が，長

編『七破風の屋敷』(*The House of the Seven Gables*, 1852) に継承されているように，作家ホーソーンが19世紀の時代思潮を意識しつつ，作品の中でアレゴリーを多用し，ピューリタンの歴史や原罪を主題とするのは，彼の出自に関係している。

ホーソーンが4歳の頃，船長だった父親が航海中に客死したため，一家は母方の実家に移り住み，叔父ロバート・マニングが彼の父親代わりとなった。1821年，ボードン大学に入学し，25年に卒業後，再びセイラムに戻る。第14代大統領フランクリン・ピアスと詩人ヘンリー・ワズワース・ロングフェローは，大学の同級生であった。

1828年に匿名で『ファンショー』(*Fanshawe, A Tale*) を自費出版し，後に自ら回収した。30年から短編を匿名で雑誌に発表し始めるが，当時の文学市場においては「家庭小説」が台頭し，文学作品の芸術的価値を重んじるホーソーンの作家としての葛藤は続く。一般大衆，特に女性読者の心を捉え続けた「家庭小説」は，主に家庭を題材とした教訓的かつ感傷的な物語であり，次々にベストセラー小説が誕生した。ホーソーンは，文壇に進出する女性作家たちを「インクまみれのアマゾンたち」("the ink-stained Amazons") という言葉で痛烈に批判している。後にメルヴィルが称賛した傑作**「ヤング・グッドマン・ブラウン」**("Young Goodman Brown," 1835) 等も，この時期出版には至らなかった。ホーソーンが実名による出版を果たしたのは，短編集『トワイス・トールド・テールズ』(*Twice-Told Tales*, 1837) である。その後は児童文学も手がけるが，職業作家としての道は容易でなく，生活のために生涯で二度も税関の職に就いた。

1841年，ソファイア・ピーボディとの結婚資金の投資目的で，ホーソーンはユートピア建設を目指す超絶主義の実験共同体「ブルック・ファーム」に7ヵ月間参加した。そこでの挫折や失望の経験は，当時の社会改良運動の問題に迫る長編『ブライズデイル・ロマンス』(*The Blithedale Romance*, 1852) に結実する。

1842年からコンコードの旧牧師館で新婚生活を送り，この時期エマソンら超絶主義者たちとの親交を深めた。49年，セイラム税関での失職と母親の死が重なり，失意のなか長編**『緋文字』**(*The Scarlet Letter*, 1850, ⇒Ⅱ-6) を発表すると，好評を博し，ついに作家としての名声を得た。その後，転居先のレノック

スでメルヴィルとの交流が始まる。ホーソーンの「暗黒の力」に共鳴していたメルヴィルは，『白鯨』(1851) を彼に捧げた。52年，ホーソーンはコンコードに終の棲家となる「ウェイサイド」を購入し，作品を立て続けに発表する。選挙用の伝記『フランクリン・ピアス伝』(*The Life of Franklin Pierce*, 1852) の報酬として53年から57年までリバプール領事職に就き，60年に帰国するまで，一家5人はヨーロッパを歴訪した。その年，イタリアを舞台とした最後の長編『大理石の牧神』(*The Marble Faun*, 1860) が出版される。健康状態が悪化したホーソーンは，64年5月19日，病状の快復を願い友人ピアスと出かけたニューハンプシャー州プリマスでその生涯を終えた。　　　　　　　　　　　　(稲冨)

(7) メルヴィルと海　ニューヨーク市マンハッタンで生まれた**ハーマン・メルヴィル** (Herman Melville, 1819-91) は，独立戦争時の英雄である祖父を父母両系にもつ名家にて，宗教的には母親の厳格な正統派カルヴィニズム信仰の影響下で育った。父親がマンハッタンで営んでいた服飾雑貨輸入業が傾いたため，一家は1830年に親族を頼りニューヨーク州都オールバニーに転居する。だが32年，12歳の時に，ストレスに悪性の風邪が重なった父親が莫大な負債を残して早世した。

その後，断続的に中等教育や職業教育を受けながら，銀行事務，臨時教員，商船員などの仕事を経た後，1841年，21歳の時に平水夫として捕鯨船アクシュネット号に乗り組む。後に『白鯨』の語り手イシュメールが「捕鯨船こそは，おれのイェール大学であり，おれのハーバード大学であったのだ」と語るように，この体験がメルヴィルの人生を大きく変えた。仲間と船から脱走し，人喰い族に軟禁された経験に基づいて，帰国後執筆したデビュー作『タイピー』(*Typee*, 1846) は，堕落した西洋文明と，南太平洋の高貴な野蛮人の原始的な無垢を対比させたロマン主義的エキゾティシズムが評判になり，ベストセラーになった。その後も『オムー』(*Omoo*, 1847) や『レッドバーン』(*Redburn*, 1849) など海洋体験に基づく小説を次々と発表して人気を博した。だが，生来のカルヴィニズム的性向に加えて，独学で古今東西の書物を渉猟したメルヴィルは，単純な海洋小説では飽き足らず，次第に海の象徴性や宇宙の謎，人間精神の深層と闇を探り始める。

1850年夏，避暑のため逗留していたマサチューセッツ州ピッツフィールドで出会ったホーソーンとの交流から霊感を受け，脱稿直前であった南洋捕鯨をめ

ぐる冒険ロマンスに心血を注いで大幅な加筆を施し、翌51年晩秋、叙事詩のごとき渾身の第6作『白鯨』(*Moby-Dick*, ⇒Ⅱ-7) を発表した。自身の片脚を刈り取った白鯨を根源的な悪の象徴と見なし、アダム以来の人類の苦しみと哀しみを背負い、偏執狂的復讐の怨嗟に囚われた近代人エイハブによる破滅への航海を、圧倒的に饒舌でユーモラスな語り手イシュメールが綴る悲喜劇的小説である。翌52年、一族に破滅をもたらす真理探求者を主人公に据え、近親相姦的欲望とキリスト教の偽善性というタブーをめぐる長編小説『ピエール』(*Pierre*) を刊行するも、読書界と宗教界から「狂気」の烙印を押されて酷評される。その後発表の場を文芸誌に移し、20世紀のボルヘスがカフカの先駆けと呼んだ不条理小説「バートルビー」("Bartleby," 1853) など優れた中短編小説を書いた後、偽善と金銭至上主義に塗れたアメリカ社会をあざ笑う風刺小説『詐欺師』(*The Confidence-Man*, 1857) をもって小説の筆を折った。

　『詐欺師』脱稿後に半年間のヨーロッパ旅行に発ち、聖地エルサレムを巡礼、帰国後はニューヨーク港税関検査官を務めながら詩作に転じた。南北戦争を主題とする『戦争詩集』(*Battle-Pieces*, 1866)、聖地巡礼の旅を素材にした長大な物語詩『クラレル』(*Clarel*, 1876) などを発表するも、アメリカではほぼ黙殺される。1891年に亡くなるが、晩年以降イギリスを中心に再評価が進行し、1920年代になって英米双方でアメリカを代表する作家と見なされるようになった。遺稿『ビリー・バッド』(*Billy Budd, Sailor*) は1924年にイギリスで出版された。フランス革命期の不穏なイギリス海軍を舞台とした、善と悪、自然と法の相克をめぐる、悲劇的で美しい中編小説である。　　　　　　　　　　(橋本)

(8) ディキンソンと「白の選択」　ホイットマンと並び、19世紀アメリカを代表する詩人と謳われるのが、マサチューセッツ州のアマーストという小さな田舎町に生まれたエミリー・ディキンソン (Emily Dickinson, 1830-86, ⇒Ⅱ-10) である。生前にわずか10編ほどの短い詩を発表しただけという、異色の女性詩人である。

　敬虔なピューリタンの名家に育ったディキンソンは、信仰告白を強いるマウント・ホリヨーク女学校の厳格な校風に馴染めず、1年で退学したのち、自宅で家事を手伝う生活に入った。1860年頃からは白い衣服を身にまとい (「白の選択」)、知人たちとは文通による交流を続けながらも自宅から出ることがほぼなくなった。この頃から本格的に詩作に取り組み始めたとされている。地方紙な

第2章　ロマン主義の時代

どに匿名で詩が掲載されたこともあったが，詩人としては無名のまま，この世を去った。

　ディキンソンの詩が評価され始めるのは，その死後のことである。小冊子(ファシクル)に綴じた形でしまわれていた膨大な量の詩を妹が発見したことを機に，ディキンソンが1800編近い詩をものしていたことが判明する。その後，『エミリー・ディキンソン詩集』（*Poems by Emily Dickinson*）が1890年に出版され，詩人ディキンソンの存在が一躍世間に知られることになった。ただし，この詩集には編者による修正が加えられており，1955年に出版されたトマス・H・ジョンソン編『エミリー・ディキンソン詩集』（*The Poems of Emily Dickinson*）によって初めて，ディキンソンの詩の全貌が，その制作年代とともに明らかになった。1998年にはジョンソン版を修正したR・W・フランクリン編『エミリー・ディキンソン詩集』（*The Poems of Emily Dickinson*）が，2016年には引き出しに入れられていたままの形で詩人の草稿を復元したクリスタン・ミラー編『エミリー・ディキンソンの詩——彼女が保管した形のままで』（*Emily Dickinson's Poems: As She Preserved Them*）が，それぞれ出版された。

　自由な韻律，ダッシュの多用，語の省略や破格的な文法など，ディキンソンの詩は当時の慣例から大きく逸脱した異形のものである。その独自性は内容面でも同様であり，主として日常的で微細なものを詩材としながら，自らの意識と五感による知覚を介し，その詩的世界を短い詩行に凝縮して表現した。たとえば「蠅がうなるのが聞こえた——わたしが死んだとき——」("I heard a Fly buzz — when I died —," 1862)では，臨終の床に舞い込んできた蠅の羽音を通して，キリスト教的な救済としての死ではなく，現実的な肉体の死を描き，「わたしが「死」のために止まれなかったので——」("Because I could not stop for Death —," 1863)では，擬人化された死が馬車に乗って語り手を迎えにくるという綺想(きそう)でもって，死と永遠の主題を詠っている。言葉の海に分け入り，詩的創造に無限の可能性を見出した，稀代(きたい)の詩人であった。　　　　　　　（小南）

(9) ルイザ・メイ・オルコット
　　——少女小説家の仮面の陰で

　ルイザ・メイ・オルコット（Louisa May Alcott, 1832-88）といえば，いまなお世界中に愛読者をもち，映像化され続けている『若草物語』（*Little Women*, 1868-69）で有名だが，作家の人生や数多の著作を紐解けば，そこには良妻賢母育成のために道徳規範を導入する少女小説あるいは家庭小説のジャンル的要請を遥かに凌駕(りょうが)する

葛藤の力学が盤踞している。

　オルコットは，哲学者の父エイモス・ブロンソン・オルコットとニューイングランドの名門家系の血を引くアビゲイル（アッバ）・メイのもと，ペンシルベニア州フィラデルフィアで4人姉妹の次女として誕生する。自身の理想を貫く教育者であったブロンソンは，超絶主義や社会改良思想に傾倒していたが，生活力がなく，稼ぎ手たる父を欠く一家は，経済的に常に苦労を強いられた。敬愛されつつも実質的には不在の父親像は『若草物語』にも反映されている。一方，小説で描かれる母親マーミーの温和さに似つかぬアッバの強烈な個性は，現代作家ジェラルディン・ブルックス（Geraldine Brooks, 1955- ）の『マーチ家の父』（*March*, 2005）の中で遺憾なく示されている。挫折や悲劇に対峙しながらもアッバは娘たちを養育し，社会改良運動を実践した。母方の急進的気質を受け継いだオルコットもまた，奴隷制廃止，禁酒，移民への福祉，刑務所改革，女性参政権を支持した。若い頃より針子や家政婦，家庭教師や付添同伴など数多の仕事をこなし，同時に雑誌社への作品投稿を続け，文字通り一家の大黒柱として，筆の力で家計を支えた。

　マーチ家の4姉妹物語によってオルコットは揺るぎなき地位を獲得したが，子女教育のための金字塔でその名を世に知らしめる以前から，大衆雑誌に匿名で，あるいはA・M・バーナードなる性別不明のペンネームで，「毒々しい」内容の物語を数多く発表していた。たとえば「暗闇の囁き」（"A Whisper in the Dark," 1863），「V. V. あるいは策略には策略で」（"V. V. or, Plots and Counterplots," 1865），『仮面の陰に――あるいは女の力』（"Behind a Mask: or A Woman's Power," 1866）などは，復讐，詐欺，陰謀，監禁，狂気，洗脳，偽装，殺人といった刺激的な要素満載で，これらの煽情小説をオルコットは「流血と落雷の物語」と呼び，家族が食べていくために金銭目当てで執筆した不道徳な作品であると認めている。しかし彼女自身は，規範的な家庭小説よりも背徳的スリラーの創作を好んでいた。自身の分身ジョー・マーチに，父親的ベア教授の説諭に従って煽情小説執筆を断念させ，規範への従順ぶりを演出する一方で，著作の中でも最も煽情的と感じていた『現代のメフィストフェレス』（*A Modern Mephistopheles*, 1877）を匿名で発表し，「子供だましの訓話には飽き飽きしていたので，今回の作品は楽しかった」と日記に本音を吐露している。オルコットのこうした姿勢を，女性の独立を阻害し，自我を抑え込む父権制社会に

対する作家的抵抗精神の発露と見なすことができるだろう。

　だが，オルコットの文学ジャンルへの貢献は，少女向けの家庭小説や煽情的スリラーだけにとどまらない。南北戦争中に看護師として奉仕した際の経験に基づく『病院のスケッチ』(*Hospital Sketches*, 1863；合冊版1869)はドキュメンタリー・フィクションとも見なしうるし，『気まぐれ』(*Moods*, 1864；改訂版1882)や『仕事——経験の物語』(*Work: A Story of Experience*, 1873)にリアリズム小説の萌芽となる要素を看破する研究者もいる。作家の日記もまた既存ジャンルとして確立されている。なるほど，死後のプライバシーを懸念したオルコットは，晩年，生涯書き続けた詳細な日記を手ずから大幅に削除・要約したけれども，取捨選択されたとはいえ，作家による同時代の記録や見識が文学的に価値をもつのは間違いない。

　文学的豊穣の地コンコードやボストンの知識人と広く交際したオルコットの人生には，今日，正典作家と見なされているエマソン，ソロー，ホーソーンはもとより，フラー，チャイルド，ストウらの女性作家に加え，セネカ・フォールズ（⇒Ⅰ-2-1-(4)）にて女性の所感表明をしたエリザベス・ケイディ・スタントンとルクレチア・モット，さらには，奴隷制廃止論者のセオドア・パーカー，ウェンデル・フィリップス，ウィリアム・ロイド・ギャリソン，ジョン・ブラウン，果ては，彼女の作品を酷評した若き日のヘンリー・ジェイムズに至るまで，まさしくアメリカ文学史上の重要人物が群居して関わっている。アメリカン・ルネサンスの「地脈」を担うと同時に，南北戦争体験を経て，「金メッキ時代」のリアリズム興隆期に至るまで，オルコットは自らの理想である独立，自律の精神を全うし，雄々しく執筆し続けた作家であったといえるだろう。

(白川)

⑽ **ポー，エマソン，ホイットマンの日本的受容**　近代日本の形成期において，アメリカン・ルネサンス文学は社会の変遷と連動しつつ，知識人や文学者，民衆に熱く読まれた。明治政府が採用した欧化主義政策は，啓蒙主義運動と自由民権運動の展開を受け，明治10年代に西洋翻訳文学の興隆をもたらすが，20年代になるとその反動が訪れる。日清戦争（1894-95／明治27-28）に勝利すると国粋主義はますます高揚し，伝統文化への回帰が謳われるとともに，外国文学にも芸術的洗練を求める傾向が強まった。このとき審美主義的なポーに知識人の注目が集まる。他方で国粋主義に対抗した徳富蘇峰の民友社が明治20

(1887) 年に雑誌『国民之友』を発刊，自由民権思想を引き継ぐ平民主義を唱えるのだが，この流れを牽引したのがエマソンとホイットマンであった．

　明治20年代，ポーの翻訳は短編小説から着手されるが，30年代になると詩や評論の紹介が始まり，フランス象徴主義(サンボリスム)の先駆者，あるいは SF と探偵小説の始祖というポー理解が進んでゆく．専門誌『英語青年』が生誕100年にあたる明治42 (1909) 年に発行したポー特集号における夏目漱石の談話「ポーの想像」は，スウィフトと比較した上で，ポーの緻密な数学的想像力に対する驚愕を記録している．大正期に入ると森鷗外が『諸国物語』(1915／大正4) で「十三時」(「鐘楼の悪魔」)など3編を翻訳して自然主義の行き詰まりを打破しようと試み，谷崎潤一郎と佐藤春夫(さとうはるお)は分身(ドッペルゲンガー)の主題を追求した．大正期後半以降，急速に都市化が進むにつれて，筆名をポーから採った江戸川乱歩(えどがわらんぽ)を筆頭に，日本でも探偵小説がめざましい発展を遂げる．昭和初期になるとフランス文学者を中心にして『ユリイカ』(*Eureka*, 1848) や創作理論が紹介され，横光利一(よこみつりいち)たち新感覚派のモダニズム理解に貢献した．

　日本とエマソンの出会いは早く，明治5 (1872) 年，友好親善と不平等条約改正の予備交渉を目的とした岩倉使節団の歓迎会がボストンで催された際，ホームズ(⇒Ⅰ-2-2-(4)) とともに招待されたエマソンが一行を前に講演を行ったという．自由民権運動が弾圧された明治20年代という危機の時代は，逆説的にエマソンを渇望する心性を生み出した．この頃各種の文明論を通じて紹介が始まったエマソンの思想面における影響は，下からの近代化を目指すことで政府主導の表面的な西洋受容の限界を超え，個人の内面に自己を中心とした世界を構築せんとする精神を生み出す．その最たる例である北村透谷は，エマソンの理想主義を吸収し，評論「内部生命論」(1893／明治26) および評伝『エマルソン』(同年)を著した．人間の精神的独立を説き，個人と宇宙の大霊との交感を説くエマソンの超絶主義的汎神論は，自我を確立することで時代の壁を突き破らんとする者にとり，きわめて切実なものであった．

　明治20年代後半から大正期にかけてのホイットマンは，カリスマ的存在であった．詩人が逝去した明治25 (1892) 年，夏目金之助(漱石)が評論「文壇に於ける平等主義の代表者「ウオルト，ホイツトマン」Walt Whitman の詩について」(⇒Ⅰ-2-3-(5)) を著したのち，続々と崇拝者が現れる．自己の存在を懐疑し，精神的危機にあった彼らは，ホイットマンの自我中心主義を再生の

拠り所にした。日清戦争後に国粋主義が高揚した時代，国民的詩人の出現を求めた高山樗牛は，ホイットマンの中に文明批判の予言者詩人という理想の姿を見た（「ワルト，ホイットマンを論ず」，1898／明治31）。ポーを讃えたラフカディオ・ハーン（小泉八雲）は，非芸術的で洗練されていないとしてホイットマンの無定型自由詩を批判したが，内村鑑三は無定型こそがホイットマンのアメリカ的本質であることや，自由と真理の予言者詩人という姿を正しく捉え，アメリカが神と自由ではなく「土と金」を求めて堕落していることを批判して，汚れなき正直な精神と高き理想を掲げるホイットマンにしか希望はないと断じた（「詩人ワルト　ホヰットマン」，1909／明治42）。

　大正時代，文壇の主流が重視したアメリカ作家はポーのみであったが，大正デモクラシーを背景にして，反自然主義の陣営から人道主義を謳う白樺派や民衆詩派が台頭すると，文壇の外でホイットマンが熱く読まれるようになる。白樺派はホイットマンを人道主義と民主主義の理想的偉人として受容した。アメリカ留学中にホイットマンに傾倒した有島武郎は，他の白樺派とは異なって，ホイットマンの楽観主義と自我主義を苦悩の中から導き出されたものとして捉え，『草の葉』に霊感を受けた評論「惜みなく愛は奪ふ」（1917／大正6）を著した。民衆の生活や精神を日常的言葉で平易に表現した民衆詩派詩人は，トルストイとともにホイットマンを神聖視した。こうしたブームは詩人の生誕100年にあたる大正8（1919）年頃にピークを迎える。

　だが，大正デモクラシーの終焉とともに，日本における個人主義と民主主義の発展は行き詰まる。昭和期に入るとモダニズム文学とプロレタリア文学が勃興し，エマソンとホイットマンへの関心も下火になってゆく。その後戦時体制が強化されるに従って，英米文学は敵性視され，あるいは戦争協力に利用され，苦難の時代を迎えることになった。

（橋本）

第3章
リアリズムと自然主義
―― 1865〜1914年 ――

1　アウトライン

(1) 変容する
　アメリカ社会

南北戦争と第1次世界大戦という2つの戦争に挟まれたこの時代，商工業の発展と大量の移民流入を主な契機として，アメリカ社会はかつてない規模と速度で変容した。たえまなく増える移民を安価な労働源としながら，卓越した起業家によって創業され巨大化した独占企業と「ビジネス」の論理が社会を支配し動かしていくという，今日でも見られるアメリカの姿（あるいはアメリカの典型的なイメージ）があらわになるのがこの時期であり，それは同時に近代資本主義社会が抱える様々な矛盾が露呈した時期でもあった。急激に変化する社会とそこに生きる人々の生活や葛藤を活写すべく，ヨーロッパにおける風潮を前提にして文学ではリアリズム（Realism）という新たな思潮が広まり，ほどなくしてその延長線上に自然主義（Naturalism）と呼ばれる，社会の矛盾とその改良の必要を強く意識した作品群が世紀転換期を中心に生まれる。しかしヘンリー・ジェイムズの後期作品や次章で扱うガートルード・スタインの小説など，第1次世界大戦後に花開くことになる言語をめぐる実験意識を伴ったモダニズム作品と呼ぶにふさわしい作品も，1910年をまたずして発表される。社会の変化と同様に，文学表象のモードもめまぐるしく変遷する50年間である。
　　　　　　　　　　　　　　　　　　　　　　　　　　　　　　（坂根）

(2) 技術革新と
　ホワイト・シティ

工業化を推進する北部の勝利に終わった南北戦争後のアメリカは，30年たらずの間に世界一の工業国へと躍進した。その中核をなしたのは，五大湖周辺で発見された豊かな鉱脈を資源に発展した鉄鋼業である。スコットランド系移民アンドリュー・カーネギーは，イギリス人技師によって考案された製鋼法を取り入れて巨大な鉄鋼会社を築き上げた。鉄鋼業の発展とともに急速に進展したのが鉄道建設事業であり，1869年に

は最初の**大陸横断鉄道**が完成して全国的な流通網が形成される。発明家であると同時に実利的な企業家でもあったトマス・エジソンによって蓄音機や白熱電球が世に広まった。南北戦争前に発明されていた電信は戦後普及し、電話もまもなく実用化され、通信手段の飛躍的な発展をもたらした。自転車が広まったのも19世紀後半であり、20世紀に入ると1903年には自動車会社のフォードが設立され、同年にライト兄弟が有人動力飛行を初めて成功させる。写真ではコダック社がロールフィルムカメラを発売し、量産体制に入り、写真撮影が身近なものになる。移動通信手段の拡充や生活への新しいメディアの浸透は、人々の知覚のあり方に深く影響し、文学作品における時間や空間の表象も大きく変容することになる。急速な産業化は、J・P・モーガンにより設立されたモーガン商会に代表される金融資本によって可能となった。それと同時に、ジョン・D・ロックフェラーによる石油市場の独占に典型的な企業合同（トラスト）や企業連合（カルテル）もまた、金融資本の力によって進み、強大でしばしば強権的な独占企業が誕生する。

　この時期の技術革新を象徴する催しが、1893年にシカゴで開かれたコロンブスによる新大陸「発見」400年を記念する**万国博覧会**（World's Columbian Exposition）である。広大な敷地に白塗りのパビリオンが並んだことから「ホワイト・シティ」とも称される催しでは、ダイナモ（発電機）や電球を含む最新技術が陳列され、巨大な観覧車（現在の観覧車の英語名「フェリス・ウィール」はその考案者の名に由来する）の人気も手伝って3000万人近い観客を集めた。万博を見物し新技術の陳列に強い印象を受けた**ヘンリー・アダムズ**（Henry Adams, 1838-1918）は、「シカゴは統一としてのアメリカの思想の最初の表現であって、人はそこから出発しなければならない」と述べた（刈田元司訳）。祖父と曾祖父を大統領にもつ政治家の家系に生まれたアダムズだが、政治の道には進まず歴史家となり、1907年に私家出版された自伝『**ヘンリー・アダムズの教育**』（*The Education of Henry Adams*, 1918）で今日では知られる。三人称で書かれたその特異な自伝において、シカゴ万博と1900年に開催されたパリ万博で彼が目にしたダイナモは、近代を象徴する混沌とした「力」（force）の象徴として捉えられている。

（坂根）

(3) 多民族社会の形成　　農業国から工業国への変貌は、アメリカ社会に急激な都市化をもたらした。地方から多くの人々が機会を求めて都会へと移住

したが，それを上回る数でアメリカの大都市に流入して工場労働を支えたのが外国からの大量の移民である。19世紀前半までは北・西ヨーロッパからのアングロサクソン系かつプロテスタントの移民が多くを占めていたが，南北戦争前にはジャガイモ飢饉を背景にアイルランドから数多くのカトリック系移民が移住し，19世紀後半になるとイタリアやギリシャ，ポーランドやロシアなど南・東ヨーロッパの貧困層出身のカトリック系・ユダヤ系移民が急増した。1870年から50年間の間に2500万人を超える移民がアメリカに流入したとされる。彼らは「約束の地」であるはずのアメリカにやってきたが，定期的に恐慌に振りまわされる資本主義社会の現実は厳しく，その多くは大都市の工場労働者にとどまり，ニューヨークのロウアー・イースト・サイドに象徴されるような劣悪な住環境での暮らしを強いられ，都市にはスラム街が形成されるようになる。

　中国系移民は西部における鉱山発掘や大陸横断鉄道建設で貴重な労働力となったが，多くが鉄道完成後に帰国した。残った移民はカリフォルニア州に集中し，低賃金で働く彼らは白人労働者の脅威となって排斥運動が広がる。1882年には中国人排斥法 (Chinese Exclusion Act) が連邦議会で成立して中国からの移民は禁止された。その後に増加して多くはカリフォルニアで農業に従事した日系移民もまた排斥運動に遭い，1920年代における日系移民の禁止 (⇒ I-4-1-(5)) へと帰結する。継続的に受け入れられたヨーロッパからの移民と，アジアからの移民への対応には，かくも明確な差別があった。

　軋轢や緊張を抱えつつ多様なエスニック集団によって構成されることになったアメリカでは，19世紀まで主流だった，移民のアングロサクソン系文化への順応を説く同化論，20世紀に入ってからのるつぼ論(メルティング・ポット)に代表される融和論から，しばしばサラダボウルの比喩で説明され，多様性 (diversity) をキーワードにマイノリティ集団のアイデンティティを重んじる多文化主義 (⇒ I-6-1-(5)) に至るまで，その共存のあり方についての議論が今日まで続くことになる。

(坂根)

(4)「金メッキ時代」から革新主義の時代へ　南北戦争後は共和党政権のもとで政治腐敗が進み，資本主義社会における浅はかな投機的関心に翻弄される人々を風刺したマーク・トウェインとチャールズ・ダドレー・ウォーナー (Charles Dudley Warner, 1829-1900) による小説の題名から (⇒ I-3-2-(3))，この時期は「金メッキ時代」(the Gilded Age) とも呼ばれる。産業化とともに労

働条件の悪化と貧富の差の拡大が進行し，それに対応して労働運動も活発化して1880年代半ばには熟練労働者を主体とするアメリカ労働総同盟（AFL）が結成される。労働争議に対する弾圧も激しく，86年にはストライキ中に起きた警官による労働者殺害に抗議する集会において爆弾が投じられ複数の警官や労働者が死亡し，無政府主義者や労働組合員が証拠不十分のまま逮捕され，処刑される者も出た**ヘイマーケット事件**（Haymarket Affair）が起きた。

同時期に農村部でも政治運動が展開し，1892年の人民党（People's Party, 1892-1909）結成に結実する。インフレによる農産物価格上昇を見込んだ銀貨の無制限鋳造などを訴えて，人民党は92年の大統領選挙で100万票を獲得した。しかし96年の選挙では民主党大統領候補ウィリアム・ブライアンが金銀複本位制を唱えて農村重視の態度を打ち出したため，人民党は独自の大統領候補を立てられずに運動は挫折する。選挙はウィリアム・マッキンリー擁する共和党が金本位制堅持を掲げて勝利した。L・フランク・ボーム（L. Frank Baum, 1856-1919）の**『オズの魔法使い』**（*The Wonderful Wizard of Oz*, 1900）は，しばしば農民の金本位制に対する反発をめぐる寓話として読まれる。

人民党は瓦解したが，政治腐敗や都市の貧困問題の解決を求める声は高まり，世紀転換期から州政治レベルで改革のうねりが起きる。マッキンレーが暗殺されたことで大統領に昇格したセオドア・ローズヴェルト大統領はその流れを敏感に察知して，悪質なトラストの解散や労働問題の改善に積極的に取り組んだ。第1次世界大戦が始まる頃まで続くこの流れを**革新主義**（Progressivism）と呼ぶが，そこで大きな役割を果たしたのが当時「マックレーカー」（Muckraker）と呼ばれた，社会の不正を暴露する記事や物語を書いたジャーナリストや作家である。とりわけ有名な作品として**アプトン・シンクレア**（Upton Sinclair, 1878-1968）による小説**『ジャングル』**（*The Jungle*, 1906）がある。実地調査に基づいてシカゴの食肉加工会社の杜撰な衛生管理や腐敗を，不当な労働に苦しむリトアニア系移民を主人公として描き出した本作はベストセラーとなり，ローズヴェルト政権下で関連する法律が制定される契機となった。後述する自然主義小説も同様の改革的・暴露的動機を含んでおり，本作のようなマックレイキングの小説をその1つとして捉えることもできる。1888年に発表されてベストセラーとなった，エドワード・ベラミー（Edward Bellamy, 1850-98）の未来ユートピア小説**『かえりみれば』**（*Looking Backward: 2000-1887*）もま

た改革的な動機の色濃い作品として重要である。　　　　　　　　　　　（坂根）

(5) 「新しい女性」と
ギルマンの「黄色い壁紙」

革新主義思想の担い手には教会や慈善団体で奉仕する中流階級の女性も多く，女性キリスト教禁酒同盟（WCTU）は後に禁酒法へと結実する活動を行う。セツルメント運動（settlement）と呼ばれる貧しい移民労働者を対象とした福祉活動も女性により主導され，なかでも1889年にシカゴでハル・ハウスと呼ばれる大規模な慈善福祉施設を設立したジェーン・アダムズ（Jane Addams, 1860-1935）の功績は大きく，後にノーベル平和賞を受賞した。南北戦争後は多くの女子大学が創設され，高等教育を受け教員などの専門職に就く女性も増加し，新しい価値観を体現する女性たちは「新しい女性」と呼ばれた。女性クラブ（women's club）も多く作られて社会問題や本についての意見交換がなされたが，人種や階級，エスニシティを超えた広がりをもつには至らなかった。

文学では早くから，レベッカ・ハーディング・デイヴィス（Rebecca Harding Davis, 1831-1910）が，移民の悲惨な工場労働をジェンダー問題との関係で描いた，リアリズムおよびマックレーカー的暴露小説の先駆けとなる短編「製鉄工場の生活」（"Life in the Iron Mills," 1861）を発表している。革新主義思想を担う女性には家事や育児を重視する保守的な意見をもつ者も少なくなかったなかで，シャーロット・パーキンズ・ギルマン（Charlotte Perkins Gilman, 1860-1935）は『女性と経済』（*Women and Economics*, 1898）において性役割のより根本的な排除を主張した。自身の経験をもとにして書かれたゴシック風短編「黄色い壁紙」（"The Yellow Wallpaper," 1892）は，神経衰弱と診断された女性が医師の夫に「安静療法」（rest cure）を施され，仕事をすることも許されず家に1人残されて狂気に陥るさまを描いた作品である。ケイト・ショパンの『目覚め』と並んで20世紀後半のフェミニスト批評によって「再発見」され，いまや古典と見なされている。　　　　　　　　　　　　　　　　　　　　（坂根）

(6) 南部における人種隔離
と『黒人のたましい』

60万人を超える死者を出した南北戦争が終結し，一連の憲法修正（第13〜15条）により奴隷制は廃止され，黒人に市民権および黒人男性に参政権が認められた。それらが実際に履行されるべく南部諸州は連邦政府の管轄下に置かれ，いわゆる**再建期**（Reconstruction）が始まるが，共和党の弱体化を主因とする政治的妥協によって1877年に連邦軍が南部から撤退し，狭義の再建期は中途半端に終わる。再建期

においては各地で白人至上主義者によって結成された秘密結社**クー・クラックス・クラン**（Ku Klux Klan, 略称 KKK）による黒人のリンチや投票妨害などが横行したが，連邦軍による制圧も功を奏して組織はいったん消滅する。だが，再建期後の南部では「**ジム・クロウ**」（Jim Crow）と呼ばれる人種隔離による差別が合法化され，学校，列車やバス，レストランなど各所で黒人と白人の空間が分離されて黒人は粗悪な環境に置かれる。識字テストの導入などにより南部では黒人の投票権が実質的に奪われ，リンチによる黒人殺害も増加した。さらに，土地や農具を地主が耕作者に貸し付けて，その代金を耕作者が収穫の一部で支払うシェアクロッピング制度（sharecropping）により黒人の隷属状態は続いた。96年には「プレッシー対ファーガソン」判決により「**分離すれども平等**」（separate but equal）の原則が最高裁によって示されて，隔離政策は公式に容認される。

　「どん底」（nadir）とも呼ばれる悪化した人種状況のなかで中心的な役割を果たした黒人指導者が，**ブッカー・T・ワシントン**（Booker T. Washington, 1856-1915）である。奴隷としてバージニアで生まれたワシントンは，南北戦争が終わると，苦学の末に教員資格を得て，1881年にはアラバマ州タスキーギーに設立された黒人学校の初代校長に任命され職業訓練教育を拡充した。奴隷体験記（⇒Ⅰ-2-1-(4)）でもある自伝『奴隷より身を起こして』（*Up from Slavery*, 1901）にも収録された，彼の名を全国に知らしめた95年のアトランタにおけるスピーチで，黒人は社会的平等を求めるのではなく，自助努力と職業訓練によって経済的な機会を追求するべきだと説き，広く白人にも支持された。

　北部で生まれ，黒人として初めてハーバード大学で博士号を取得した**W・E・B・デュボイス**（W. E. B. Du Bois, 1868-1963）はその主著『**黒人のたましい**』（*The Souls of Black Folk*, 1903）において，人種隔離を容認するともとれるワシントンのスピーチを痛烈に批判し，より積極的に平等を求める姿勢を鮮明にした。「20世紀の問題はカラーラインの問題である」という慧眼でも知られる同書だが，そこで彼が示した，アメリカにおける黒人は「アメリカ人」であると同時に「黒人」（Negro）であるという「二重意識」を抱えており，常に他者の目を通して自己を見ることを余儀なくされるという指摘は，その後のアフリカ系アメリカ文学や思想の展開に多大な影響を及ぼすことになる。

　デュボイスは1909年には全米有色人地位向上協会（NAACP）の創設にも関

わり，機関紙の編集長としても長らく積極的に活動したが，その創設者の1人に黒人女性活動家アイダ・B・ウェルズ（Ida B. Wells-Barnett, 1862-1931）がいた。マックレーカーでもあるウェルズは南部におけるリンチの現状を調査して新聞でその不正を訴え続け，女性参政権運動にも貢献した。　　　　　（坂根）

(7) フロンティアの消滅と帝国への道　万博が開催中の1893年，当地のシカゴで開かれた学会において，歴史家フレデリック・ジャクソン・ターナー（Frederick Jackson Turner, 1861-1932）は「アメリカ史におけるフロンティアの意義」("The Significance of the Frontier in American History") という論文を発表する（⇒ I - 2 - 1 - (2)）。そこでターナーは，未開と文明の境界であるフロンティアこそが個人主義，民主主義，慣習や規制への反発といったアメリカ的気風を醸成したのであり，1890年にフロンティアが国勢調査上消滅したことは，アメリカ史の最初の時代の終わりを意味すると主張した。しかしフロンティアの消滅とは，裏を返せば先住民の駆逐を意味する。先住民側は南北戦争期以後も抵抗を続けていたが，徐々に追い詰められ，87年に制定された一般土地割当法（通称ドーズ法）によって農民化とアメリカ人化を強制された。まさにフロンティアが消滅したとされる90年，サウスダコタ州で数百人もの先住民が無差別に殺害されるウーンデッド・ニーの虐殺が起き，西部征服は完了を告げた。

　フロンティアの消滅は同時に，アメリカが国外にフロンティアを見出して帝国主義的外交を開始する時期とも重なっていた。キューバでスペインに対する反乱が起こるとアメリカ国内でキューバへの人道的同情が広がり，1898年に政府はスペインとの開戦に踏み切り**米西戦争**が勃発する。フィリピンで行われた実際の戦闘は短期間で終わり，勝利したアメリカはスペイン領だったフィリピン，プエルトリコおよびグアムを領有し，キューバはアメリカの保護下で独立することになる。同じ年にはハワイも併合し，翌年に起きたフィリピンでの独立運動も武力で鎮圧して多くのフィリピン人が死亡した（米比戦争，1899-1902）。ローズヴェルト大統領もパナマ運河建設のために画策し，棍棒外交とも呼ばれるアメリカによるカリブ海地域への干渉が続く。フィリピン領有には反対の声も大きく，1898年に結成されたアメリカ反帝国主義連盟にはトウェインやハウエルズ，ウィリアム・ジェイムズといった文学者や哲学者も名を連ねた。　　　　　　　　　　　　　　　　　　　　　　　　　　　　　　（坂根）

2　リアリズムの勃興

(1) リアリズムとは何か
　社会の急激な変化に対応し，またロマン主義に対する反動もあって，アメリカ文学の新たな潮流として**リアリズム**が浸透する。現代の読者にとっては当たり前の枠組みとなっているリアリズムを厳密に定義し，その始まりを歴史的に特定することは難しい。模倣をリアリズムの指標とするなら，ホメロスの文学や聖書にもそのような性格はすでに見られるということになるし，写実性や日常的な描写を全く欠いた寓話やロマンスなど存在しえないといえる。しかし，同時代を生きる「普通」の人々の生活を，理想化や歪曲なしに忠実に描くという機運が西洋における芸術や文学において広く行き渡ったのが19世紀半ばであるというのは，衆目の一致するところである。とりわけ重要なメルクマールとされるのが，フランスの画家ギュスターヴ・クールベによる一連の絵画であり，死と埋葬という伝統的な主題を，宗教的荘厳さを剝ぎ取り写実的に描いてサロンで話題となった『オルナンの埋葬』(1849-50)などが画期的な作品とされる。フランスにおけるリアリズム絵画の文学上の対応物が，『人間喜劇』(1829-48)で知られるバルザックの小説や『ボヴァリー夫人』(1857)に代表されるフローベールの小説であり，日常生活を背景としながら，普通の，ある意味では凡庸ともいえる個人の生を主題化して成功を収めた。

　イギリス文学では18世紀という比較的早い時期に『ロビンソン・クルーソー』や『パミラ』など，リアリズム小説の始まりとなる作品が発表されたが，こうした一連の流れの背景にあるのは，近代科学や経験主義哲学の発展，世俗化，中産階級の拡大，資本主義の進展，個人主義の浸透といった，社会の大きな変化である。広い意味での近代の始まりと同時にリアリズムを基調とする近代小説が登場したということであり，南北戦争以降劇的に変化したアメリカ社会においてリアリズムが本格的に根付いたのは偶然ではない。アメリカ文学の本質はロマンスにあるとする見方は根強く，国の成り立ちや「アメリカン・ドリーム」という「神話」そのものがロマンスの要素を多分に有している以上，それはあながち間違いではないが，リアリズムもまた自然主義的傾向と結びついて現代に至るまでアメリカ文学の重要な要素となっている。

そうして西洋で広がったリアリズム小説は，それまでに広く読まれていたロマンスと対比的にノヴェル（novel）と一般的に称される。日本では坪内逍遙が『小説神髄』（1885-86／明治18-19）においてその訳語として「小説」という語を採用し，「小説の主脳は人情なり，世態風俗これに次ぐ」とした。逍遙の理念を受け継ぎ，言文一致で書かれた『浮雲』（明治20-23）を発表した二葉亭四迷が，一般に日本における近代小説の創始者とされる。　　　　　　　　　（坂根）

(2) ハウエルズとリアリズム　主に女性作家によって書かれ家庭生活を主題とした感傷小説がリアリズム小説の土壌を準備したことには前章でも触れたが（⇒ I -1-4-(2)），アメリカでリアリズムを理論的に打ち出してそれを最も純粋に実践したのは，**ウィリアム・ディーン・ハウエルズ**（William Dean Howells, 1837-1920）であり，皮肉にもその実践は感傷小説的なレトリックの痛烈な批判という形を取った。

オハイオ州マーティンズヴィルに生まれたハウエルズは，若い頃から印刷工の見習いや記者として働き，精神的不調に継続的に悩まされつつも，独学で文学への造詣を深め，詩や短編を書くようになった。20歳の頃に地方紙の編集者となり，リンカーンについての選挙活動用の伝記を書き上げた報酬でニューイングランドなどを旅行して著名な文学者と知り合う一方，伝記の功績が認められ南北戦争中はアメリカ領事としてベネチアに滞在した。帰国後は有力な文芸雑誌『アトランティック・マンスリー』の編集長となり，トウェインやジェイムズの作品を世に出すなど編集・批評活動に従事し，自らも旅行記や小説を次々と発表した。1881年には編集の職を辞めて創作に専念し，多産な生涯を送った。

ツルゲーネフ，ジョージ・エリオット，ジェーン・オースティン，トルストイといったヨーロッパの小説家から影響を受けたハウエルズは，題材を「誠実に」扱い「人生をありのままに描く」ことを創作原理として標榜し，中産階級の家族の日常的な生活を題材とする多くの小説を書いてその原理の実践を試みた。代表作**『サイラス・ラパムの向上』**（*The Rise of Silas Lapham*, 1885）は，田舎での塗料事業で成功しボストンに移住してきた新興の資産家サイラス・ラパムの倫理的成長を描いた物語である。ラパムのもとで働く，ボストンの名家だが経済的に落ち目のコーリー家の息子が，ラパムの長女と恋愛し結婚するまでのそれぞれの家の苦悩やドタバタが物語の縦軸をなすとすれば，横軸をなす

のは，事業が傾き窮地に陥るラパムが，過去に決別した共同経営者がもちかける詐欺まがいの取引を受け入れるかどうかという倫理的葛藤である。前者の結婚プロットでは，ラパムの娘たちが影響を受けて陥る感傷小説的な自己犠牲への陶酔が批判される。それはハウエルズの優れたバランス感覚を示す一方で，「女性的」な感傷小説の枠組みを利用しつつ批判するという「男性的」リアリズムの1つの典型的なあり方を映し出している。

普通の人物の日常的な言動を過剰なまでにつぶさに描くという，リアリズムの原理を忠実になぞるがゆえの退屈さを免れないハウエルズの作品は，20世紀に入ってモダニズムの時代を経ると急速に読者を失った。彼の功績はもっぱら，ジェイムズやトウェインに加えて，ノリス，ジュエット，クレイン，ハート，ケイブル，チェスナットなど，幅広い作家の才能を見出した編集者・批評家としての業績に帰せされることが多い。しかし『近ごろよくあること』(*A Modern Instance*, 1882) という当時では珍しく離婚を正面から扱った作品や，ニューヨークで文芸雑誌を創刊・編集する人物を主人公とし，ヘイマーケット事件（⇒I-3-1-(4)）を下敷きにした自然主義的性格の色濃い『新興階級の危機』(*A Hazard of New Fortunes*, 1889) など重要作を残している。アメリカにおけるリアリズムの定着とその困難を考える上で，ハウエルズの著作は必須の資料であり続けている。

次に，「リアリズム」という大枠を一応は踏襲しつつも，既存の枠組みをはるかに凌駕する数々の名作を残した作家として，トウェインとジェイムズに触れておきたい。

(坂根)

(3) マーク・トウェイン——生きることとは書くこと

マーク・トウェイン（Mark Twain, 1835-1910），本名サミュエル・クレメンズ（Samuel L. Clemens）は，ミシシッピ川以西出身で初の主要アメリカ作家である。大河ミシシッピに接する町，ミズーリ州ハンニバルで育った。新聞発行所も兼ねた印刷所の見習いとして12歳から働き始め，活字を組む中で魅力的な文章術を身につけた。20代半ば，ミシシッピ川を航行する蒸気船の水先案内人の職を得るも，南北戦争の煽りを受けて失業。移り住んだ先の西部ネヴァダの鉱山町で，「マーク・トウェイン」の筆名の下，地元紙の記者として活躍。1865年，カリフォルニアの鉱山町で耳にした小話を土地言葉と独特のユーモアで再現した「ジム・スマイリーの跳び蛙」("Jim Smiley and His Jumping Frog," 1865) が

第Ⅰ部　アメリカ文学史

ニューヨークの新聞に発表されるやたちまち東部でも知られる存在となった。

　ハワイ滞在の経験をユーモラスに語った講演も大当たりし，以後，巡回講演は執筆と並ぶ重要な収入源となる。その後，地中海旅行の経験を綴った旅行記『イノセンツ・アブロード』（*The Innocents Abroad*, 1869）が大評判となり，好意的な書評を書いたハウエルズとは生涯の知己となる。結婚後は文化人が多く暮らすコネチカット州ハートフォードに豪邸を構え，隣人のチャールズ・ダドレー・ウォーナーと共著で発表した長編小説『金メッキ時代』（*The Gilded Age*, 1873）は，その題名が19世紀後半の軽佻浮薄（けいちょうふはく）なアメリカの世相を表す言葉としても定着した。

　その後も，アメリカを代表する少年小説『トム・ソーヤーの冒険』（*The Adventures of Tom Sawyer*, 1876），瓜二つの少年が王子と乞食の身分を入れ替える歴史小説『王子と乞食』（*The Prince and the Pauper*, 1881），ミシシッピ川での水先案内人時代と川への再訪を綴った『ミシシッピ川での生活』（*Life on the Mississippi*, 1883）など名作を次々と手掛けた後，代表作『ハックルベリー・フィンの冒険』（*Adventures of Huckleberry Finn*, 1885, ⇒Ⅱ-12）を発表。少年ハックが逃亡奴隷の黒人ジムとミシシッピ川を筏で下る同作は，ハックが一人称で語る俗語と方言を駆使した革命的な文体と相まって，アメリカ小説の新たな扉を開く作品となった。

　その一方で，エリザベス朝の著名人が性にまつわる際どい話を擬古体の英語で繰り広げる『1601年』（*1601*, 1880）や，19世紀のアメリカ人がアーサー王時代のイギリスの近代化を試みる空想小説『アーサー王宮廷のコネチカット・ヤンキー』（*A Connecticut Yankee in King Arthur's Court*, 1889）といった作品も手掛けており，トウェインの多才ぶりが分かる。

　ただし，50代半ば以降のトウェインの人生は苦難の連続であった。経営する出版社の倒産，発明品への投資の失敗などで多額の負債を抱えただけでなく，最愛の長女に続き，妻と末娘にも先立たれている。しかし，そういった苦難を通して，晩年のトウェインは人間や社会への洞察をさらに深めていく。若者と老人の哲学的対話『人間とは何か？』（*What is Man?*, 1906），アメリカの帝国主義政策を糾弾するエッセイや寓話，死後100年を経て完全版が出版された『自伝』（*Autobiography of Mark Twain*, 2010-15）など，晩年においてもなお大量の作品を著している。生きることとは書くこと。作家としての生を貫いた74年

に及ぶダイナミックな生涯であった。　　　　　　　　　　　　（石原）

(4) 意識の探求者　　ヘンリー・ジェイムズ（Henry James, 1843-1916）は，
　　ヘンリー・ジェイムズ　アイルランド系移民の祖父が一代で財を成した資産家
2代目の次男で，ニューヨーク市生まれである。著名な心理学者ウィリアム・ジェイムズを兄にもち，宗教哲学者である父の教育方針により，生後1歳に満たないときから渡欧し，以後欧米間を往来する生活を送った。1862年にはハーバード大学法学部に入学するも1年で中退し，ハウエルズの支援を得て，本格的な執筆活動を始める。75年にヨーロッパ永住の決意を固め，パリでツルゲーネフやフローベールやゾラの知遇を得て，翌年からはロンドンを拠点にした。89年からはイギリスのライにあるラムハウスを終生の住処とし，死の前年にはイギリス国籍を取得している。

　ジェイムズの執筆活動は主として初期，中期，後期に大別でき，初期には，幼少からの異国経験を反映した「国際状況」をテーマとする作品を多く発表している。長編小説『ロデリック・ハドソン』（*Roderick Hudson*, 1875）を皮切りに，事業に成功したアメリカ人がフランスの閉鎖的な上流社会の壁に阻まれる『アメリカ人』（*The American*, 1878），奔放な振る舞いゆえにヨーロッパ社交界から拒絶され，悲劇的な死を迎えるアメリカ娘を活写した『デイジー・ミラー』（*Daisy Miller*, 1879）を執筆したが，初期最大の傑作は，ヨーロッパ的陥穽に落ちるも，自らの運命に立ち向かう女性を描いた『ある婦人の肖像』（*The Portrait of a Lady*, 1881．⇒Ⅱ-11）であろう。

　中期は模索の時代といえる。劇作に熱中し，『アメリカ人』の戯曲化や戯曲『ガイ・ドンヴィル』（*Guy Domville*, 1894）を発表するも不評であった。小説では，女権拡大運動をテーマとした『ボストンの人々』（*The Bostonians*, 1886）やイギリスの無政府主義運動を描いた『カサマシマ侯爵夫人』（*The Princess Casamassima*, 1886）といった社会小説にも挑戦している。幽霊と作中人物の意識を巧みに組み合わせた幽霊物語の執筆もこの時期の特徴であり，『ねじの回転』（*The Turn of the Screw*, 1898）はその代表作である。

　後期には再び「国際状況」を主題とするが，初期と異なり，視点の手法を徹底し，作中人物の意識の動きを丹念に辿り，ジェイムズを「意識の流れ」を特徴とするモダニズム文学の先駆的作家に位置づけた。特に「後期3部作」は夏目漱石がジェイムズのことを「哲学のような小説を書く」と評するほど難解で

あるが，若き女相続人をめぐる人間の複雑な心理を描いた『鳩の翼』(*The Wings of the Dove*, 1902) や，パリを舞台に初老男性の視点から人生の意味を問う最高傑作『使者たち』(*The Ambassadors*, 1903)，アメリカの大富豪父娘とそれぞれの伴侶の心理模様を精緻な文体で綴った『黄金の盃』(*The Golden Bowl*, 1904) は，心理的リアリズムの極致といえる作品である。3部作出版後には，所収作品全てに「序文」を付し，26巻からなる『ニューヨーク版全集』を刊行している。終生独身を貫き，常に小説の芸術／技法(アート)を追求した作家であり，長編21編，110編を超える中・短編に加えて，習作を含む10以上の戯曲や数多くの作家論，文芸論，旅行記を残した。2000年代に入ると，デイヴィッド・ロッジの『作者を出せ！』(2004) やコルム・トビーンの『巨匠』(2004) をはじめ，ジェイムズ自身を小説化した作品が出版され，彼の執筆活動や作品は現代作家たちをも魅了している。

(中村)

(5) ローカル・カラーの文学　ハウエルズやトウェイン，ジェイムズといった作家と並んで，アメリカにおけるリアリズム文学の隆盛を支えた存在として，地方色(ローカル・カラー)の作家あるいはリージョナリストと総称される作家たちにここで触れておきたい。南北戦争後のアメリカにおいて，ニューイングランドや西部，中西部，南部などの地方を舞台とし，その地方独自の習慣や地理的特性，方言を積極的に取り込んだ魅力的な小説が次々と発表された。背景にあったのは社会の急激な変化である。急速な産業化と都市化は失われる牧歌的風景への郷愁を喚起した。大陸横断鉄道の完成によって普及したツーリズムも地方への関心を高めた。また，内戦により分裂した国家の再統一，再定義には，国内諸地域の多様性を包括的に理解する必要があった。識字率の高まりと印刷技術および流通網の発達により，ボストンとニューヨークを中心に多くの雑誌や新聞が創刊された。そこに掲載された地方を舞台とする数々の物語は，都市の読者の地方の生活への関心を満たすと同時に，包摂的な国家像を提供した。これらの作品の一般的な特徴としては，長編の物語よりプロット性の薄い短編や連作短編形式のものが多いこと，都市（標準的な英語）と田舎（方言）という対立の主題化，自然風景描写の頻出，年老いた女性や子ども，マイノリティなど社会的弱者への着目などが挙げられる。

トウェインの作品もローカル・カラー文学の一種だといえるが，ここでは何人かの代表的な作家を紹介しておきたい。いわゆるローカル・カラー文学の隆

盛のきっかけとなったとされるほど人気を博したのが，ブレット・ハート (Bret Harte, 1836-1902) による西部を舞台とした一連の短編小説である。ニューヨーク州出身だが若くしてカリフォルニア州に移り住んだハートは，トウェインと同様に西部におけるユーモアや「ほら話」（⇒Ⅰ-1-1-(1)) の伝統を活かして優れた作品を残した。彼を一躍有名にした「ロアリング・キャンプのラック」("The Luck of Roaring Camp," 1868) は，ゴールドラッシュ時代のカリフォルニアにある男ばかりの鉱山町を舞台とし，娼婦のもとに生まれて出産で母を失った子を男たちが「ラック（幸運）」と名付けて育てると，彼らの運が上向いていく，という寓話的な物語である。中西部ウィスコンシン州の開拓農家出身のハムリン・ガーランド (Hamlin Garland, 1860-1940) は，中西部の貧農の暮らしを描いた短編を多く残した。代表作「獅子にふまれて」("Under the Lion's Paw," 1889) は厳しい労働に耐える真面目な小作人が横暴な地主によって窮地に陥る惨状を，方言や会話文を多用して描いた佳作である。**メアリー・ウィルキンズ・フリーマン**（Mary E. Wilkins Freeman, 1852-1930) はニューイングランドを舞台に「ニューイングランドの尼僧」("A New England Nun," 1887) や「「母」の反乱」("The Revolt of 'Mother,'" 1890) などの代表作をはじめとする結婚や家庭を主題とした作品を残し，ジェンダー規範にささやかながらも力強く抵抗する女性の姿を描いた。

　南部では後述するショパンの他に，ジョージ・ワシントン・ケイブル (George Washington Cable, 1844-1925) が再建期における旧南部と新南部の対立の寓話として読める傑作歴史小説『グランディシム一族』(*The Grandissimes*, 1880) をはじめとする著作を残した。ジャーナリストでもあったジョエル・チャンドラー・ハリス (Joel Chandler Harris, 1848-1908) は，自らが集めた黒人のフォークロアを，リーマス爺や (Uncle Remus) という黒人奴隷が白人の少年に黒人英語で語る，という形式を用いて多数出版し，イギリスなどでも広く読まれたが，白人による黒人文化の盗用ともいえる点で評価が分かれる。

(坂根)

(6) ジュエットとショパンの女性たち　セアラ・オーン・ジュエット (Sarah Orne Jewett, 1849-1909) の『とんがりモミの木の郷』(*The Country of the Pointed Firs*, 1896) は，ローカル・カラー文学の最高傑作といわれる。メイン州の海沿いの田舎町に逗留する匿名の女性作家を視点人物とし，滞在先の家主

である未亡人との交流を中心に，錆びれゆく町で静かな日常生活を営む人々の姿が，穏やかな共感とともに描かれる。都市からやってきた作家が豊かな自然に佇む田舎町を外部から観察すると同時にそこに住む人々と交流しコミュニティの一員にもなるという，その両義的な立ち位置が，作品に奥行きを与えている。そのコミュニティを構成するのは主として女性であり，男性はノスタルジーに浸る老人や他者との交流が苦手な隠遁気味の人物といった形で周縁化されている。メイン州の医師の元に生まれ育ち，ニューイングランドの豊穣な自然を背景とする写実的な作品を残したジュエットは，キャザーなどにも大きな影響を与えた。

ミズーリ州セントルイスの裕福な家庭に生まれた**ケイト・ショパン**（Kate Chopin, 1850-1904）は，幼い頃に列車事故で父を亡くした。1870年に結婚後はルイジアナ州に住むが，82年に夫をマラリアで亡くし，セントルイスの母の家に戻る。母も病気で失ってからは執筆活動に専念し，ルイジアナを舞台としてクレオール（当時の文脈においてはスペイン系もしくはフランス系移民の子孫を指す）の人々を描いた多くの短編を執筆する。しかし2人の子をもつ母の情事を描いた『目覚め』（*The Awakening*）を99年に発表すると，母性欠如と子育て放棄の描写が不道徳だとして激しく批判されて作家としての地位を失った。『目覚め』はルイジアナ州の島グランド・アイルとニューオーリンズを舞台に展開する。グランド・アイルを休暇で訪れたエドナ・ポンテリエは，ロバートという若い青年と親密になるなかで，良妻賢母という社会規範から解放されていく。エドナとの仲が一線を越えるのを危惧したロバートがメキシコへ行くと，打ちひしがれたエドナは絵画の創作に傾倒し，夫が商用で町を離れている間に家を借りてそこで独り暮らし始める。そのようななか，彼女は別の男性に言い寄られて深い仲になるが，そこにロバートがメキシコから帰ってくる。規範に進んで従う女性や，より自由な暮らしを営む女性芸術家など，多様な女性が描かれてジェンダーをめぐる問いは立体的な様相を帯びる。

エドナの「目覚め」は，理性的な思考や葛藤の結果というよりは突発的な衝動や欲望の発露として描かれており，この小説が次節で取り上げる自然主義小説として分類される一因をなしている。本作は20世紀後半に批評家により再発見され，フェミニズムにおける記念碑的作品として広く読まれている。（坂根）

(7) マイノリティ作家の登場　ローカル・カラー文学の隆盛と並行する形で、移民や黒人、先住民の作家もまたそれぞれの文化的アイデンティティとそれをめぐる葛藤を刻印する重要な作品を残した。ユダヤ系移民による作品では、イディッシュ語による新聞の創刊と編集にも携わったリトアニア出身のエイブラハム・カーハン (Abraham Cahan, 1860-1951) が『イェクル』 (*Yekl: A Tale of the New York Ghetto*, 1896)、後には『デイヴィッド・レヴィンスキーの向上』 (*The Rise of David Levinsky*, 1917) などを著し、ニューヨークの貧しいユダヤ系移民がアメリカ化していく過程で経験する困難や疎外を、イディッシュ語と英語の緊張関係を前景化しながら描いた。イギリスで白人の父と中国人の母の間に生まれたスイシンファー (Sui Sin Far, 本名 Edith Maude Eaton, 1865-1914) は、短編集『スプリング・フラグランス夫人』 (*Mrs. Spring Fragrance*, 1912) で、中国系移民のアメリカ化という経験をジェンダーの主題と絡めて写実的に描いた。先住民の権利擁護を訴える活動家となり、音楽活動をするなど多彩な才能を発揮した先住民作家ジトカラ＝シャ (Zitkala-Ša, 1876-1938) は、「アメリカ人」の文化に同化する先住民の暮らしやその葛藤を描いた自伝的な作品群を残した。

黒人では、ポール・ローレンス・ダンバー (Paul Laurence Dunbar, 1872-1906) が黒人英語を活かした多くの詩や、リンチを主題とした短編などを発表した。混血の作家**チャールズ・チェスナット** (Charles W. Chesnutt, 1858-1932) の代表作『伝統の真髄』 (*The Marrow of Tradition*, 1901) は、1898年にノースカロライナ州で実際に起きた白人至上主義者による黒人虐殺をモチーフにしながら、貴族的な南部白人の家と北部で医学を修得した黒人の医師の家の対立と和解を描き、当時の人種問題をめぐる様々な葛藤が織り込まれた傑作となっている。女性作家では、フランシス・E・W・ハーパー (Frances E. W. Harper, 1825-1911) の『アイオラ・リロイ』 (*Iola Leroy, or Shadows Uplifted*, 1892) やポーリーン・ホプキンズ (Pauline E. Hopkins, 1859-1930) の『競いあう力』 (*Contending Forces*, 1900) など、人種問題を扱った作品が多く書かれ、そのメロドラマの使用の政治的戦略性を重視する再評価が進んでいる。　　　　　（坂根）

3　リアリズムから自然主義へ

(1) 自然主義とは何か　ハウエルズは、生をありのままに描くことを提唱する一方で、悲劇的、悲観的傾向の強いヨーロッパの作家とは異なり、アメリカの作家は「人生のより微笑ましい側面」（"more smiling aspects of life"）を扱うべきだと説いた。ヨーロッパのように厳しい階級対立といった悲惨な現実がないアメリカでは、悲観的な題材はふさわしくない。そう彼が主張した1886年の時点では、楽観主義の余地があったのかもしれない。しかし後続する作家が直面したのは、巨大な独占企業の横暴と虐げられる労働者、急速に拡大する貧富の差、広がるスラム街という、「微笑ましい」という形容からは程遠い社会的現実である。

そうして貧富の差の拡大を生み出す社会のあり方を擁護する人々の思想的な拠り所となったのが、イギリスの哲学者ハーバート・スペンサーによって提唱された社会進化論（social Darwinism）である。1859年に出版されたチャールズ・ダーウィンの『種の起源』が提示した進化論的な発想を、「適者生存」（survival of the fittest）を鍵語に応用し、社会は未開から文明へ進化するとしたスペンサーの思想は、その本来の自由主義的な意図を離れて、ロックフェラーやカーネギーなどの資本家が大企業による中小企業の淘汰を正当化する根拠として利用された。

進化論および社会進化論の衝撃を背景として、世紀転換期を中心に共通した傾向を有する作品群が発表された。これらは後に**自然主義／ナチュラリズム**の文学と総称され、リアリズムと大きく重なりつつも独自のジャンルとして論じられることになる。その源流は、（クロード・ベルナールの『実験医学序説』に影響を受けた）フランスの小説家エミール・ゾラの作品や思想にあるとされる。理論的エッセイ『実験小説論』（1880）において、ゾラは科学的態度を小説に適用し、小説家を環境や遺伝の人間への影響を探る科学者になぞらえる。ゾラの理論に触発されつつ、アメリカの作家は自国の風土に合わせて独自の小説世界を生み出した。

共通する大まかな特徴としては、人間は自由で主体的な存在ではなく、環境や遺伝、本能的な欲望、資本主義や自然によってふりまわされ破滅する存在で

あるという悲観的決定論（pessimistic determinism）に立脚する。その背景には，当時進化論とともに広がり，「衰退」や「先祖返り」といった概念を流行させた退化論（degeneracy theory）もあった。小説の主人公は無教養な下層階級の人物が多く，リアリズム小説の1つの軸ともいえる倫理的な葛藤や深みのある内面は不在で，作品を通して人物が成長することもない。そういった人物が，科学者を想起させる全知の三人称的な，ときに冷徹な視点から，偶然を多用したメロドラマティックかつロマンス的な手法を用いて描かれる。リアリズム小説ではプロットに加えて事物や風景の描写に重点が置かれるが，自然主義小説はこの傾向を推し進め，過剰ともいえる描写によって自然（環境）やモノ（商品）が人間以上に主体性を有する空間を演出する。

　民主主義的，平等主義的理想が根強いアメリカにおける自然主義は社会の不正を暴く告発的な性格が強く，後述するノリス，クレイン，ロンドン，ドライサーを含め，ジャーナリストとしても活動した作家が多かったこともその特徴を物語る。狭義の自然主義小説はモダニズムの時代に入ると影を潜めることになるが，社会改良を訴える告発的要素を主とする自然主義的な動機や傾向は1つの継続する流れとなって，スタインベックの『怒りの葡萄』やリチャード・ライトの『アメリカの息子』といった問題作を生み出していく。

　日本でもゾラは早くに紹介されたが，事実性こそを真実と見なす思潮として受け止められた。自然主義文学は島崎藤村の『破戒』（1906／明治39）や田山花袋の『蒲団』（明治40）に始まるとされる。ただ，部落差別という社会問題を扱った前者ではなく，妻子ある小説家の女弟子への欲望を描いた後者の，その後の私小説の展開へと通じる自己告白的な要素こそが「自然主義」と見なされるようになった。このような二元論的な通説には批判も多いが，ヨーロッパから「輸入」された思潮が，その土地における「自然」概念の独自性ゆえに「本場」とは異なった展開をするという事情はアメリカ文学でも同様であり，フロンティアという自然の征服と失われた無垢なる自然への憧憬という二律背反を特徴とする19世紀末アメリカの風土にあって，自然主義は独自の展開を見せることになる。
　　　　　　　　　　　　　　　　　　　　　　　　　　　　　　　　（坂根）

(2) ノリス　　エミール・ゾラから多大な影響を受けた典型的に自然主義文学
のロマンス　　らしい，同時にそのアメリカ性もまた浮き彫りにする作品を残
したのが，**フランク・ノリス**（Frank Norris, 1870-1902）である。イリノイ州シ

カゴの裕福な宝石商の家に生まれ，その後サンフランシスコに移ったノリスは，芸術学校に入学してからまもなくパリに留学し数年間を絵画の勉強に費やした。帰国後はカリフォルニア大学に入学して進化論に触れるかたわら，小説の執筆を本格的に開始する。ハーバード大学にも1年間在籍した後は，ジャーナリストとして活動しながら新聞や雑誌に記事を書きつつ小説を出版した。1899年に発表され，後にシュトロハイムによって映画化（Greed, 1924）されたことでも知られる代表作『**マクティーグ**』（McTeague）は，サンフランシスコを舞台とし，無免許で歯医者を営むマクティーグと，その妻であり結婚直前に宝くじに当たったトリナの破滅をめぐる物語である。大金を得たトリナとの結婚に嫉妬した，友人マーカスの密告によって廃業に追い込まれたマクティーグは，もともと彼に遺伝的・本能的に備わっていたとされる暴力的傾向やアルコール依存を深める。他方でトリナは宝くじの金を夫と共有することを拒んで極端な節約に走り，貨幣への倒錯的な欲望にとりつかれる。最後はデスヴァレーの広大で厳しい自然を背景にマクティーグとマーカスとの決闘が描かれる。

　人間を圧倒しその営みや争いの卑小さを浮き彫りにする広大な自然は，ジャック・ロンドンなどにも見られるアメリカの自然主義文学特有の関心事であるが，ノリスが構想した「小麦3部作」の第1作となる『**オクトパス**』（The Octopus, 1901）でも重要な要素となっている。カリフォルニアを舞台に強権的な鉄道会社と小麦を栽培する農民との土地の権利をめぐる抗争が描かれる本作の実質的な主人公は，人間をはるかに凌駕する小麦という自然である。何度も「力」と形容される自然は，「蛸」あるいは「怪物」として表象される近代の象徴としての鉄道と通底するものとして描かれており，結果的に機械文明は批判されつつも崇拝の対象にもなっている。ノリスはシカゴで小麦市場の買い占めを企んで財産を失う夫とその妻を描いた小麦3部作の第2作『**ピット**』（The Pit, 1903）を完成させたが，32歳という若さで病死し，3部作の完成はならなかった。ノリスは自然主義についての独自の理論を提唱し，ハウエルズ的な「上品」なリアリズムを批判して「ロマンス」を擁護したことでも知られ，アメリカ文学における自然主義の独自性を説明する一助となっている。（坂根）

(3) スティーヴン・クレインと主観的な**戦争**　スティーヴン・クレイン（Stephen Crane, 1871-1900）は，ノリス同様に夭折しながらも，自然主義文学に連なる重要な作品を残した。ニュージャージー州ニューアークに住む牧師の家

に生まれたクレインは，若くして創作を始め，大学も早々に中退して新聞に記事を投稿しながら最初の小説『街の女マギー』(*Maggie, A Girl of the Streets*, 1893) を書き上げる。マンハッタンのスラム街を舞台に，アルコール依存症の両親に育てられるが無垢な心をもったマギーが娼婦へと堕ちるさまを描いた本作は，実際にクレインがニューヨークのスラム街や酒場を取材も兼ねて転々とする以前にすでに書かれていたとされる。そのセンセーショナルな内容ゆえに出版社を見つけられずに自費出版し，ガーランドやハウエルズから高い評価を得た。

　すぐさまクレインは次作に取りかかり，彼の名を一躍有名にした，戦争小説の傑作として名高い『勇気の赤い勲章』(*The Red Badge of Courage*, 1895) を発表する。南北戦争を扱った作品としては，日本では『悪魔の辞典』(*The Devil's Dictionary*, 1906) で知られ，自身従軍を経験した**アンブローズ・ビアス** (Ambrose Bierce, 1842-1914?) が「アウルクリーク橋の出来事」("An Occurrence at Owl Creek Bridge," 1890) といった名品を書いていたが，長編小説として本格的に南北戦争を描いたものは本作が最初である。南北戦争に北軍の一員として参加する貧しい農家出身の若者ヘンリー・フレミングは一時恐怖のために戦線から脱走するが，戦いによる負傷という「勲章」をもたない恥の意識に苛まれて元の戦場に戻って戦う。戦争の大義やその正当性といった社会的次元をあえて捨象して，1人の卑小な若者の主観的かつ感覚的な心象風景として戦闘を描いたところに本作の新しさはあり，その視覚的色彩や主観性を強調する手法はしばしば印象主義的と評される。　　　　　　　　　　　（坂根）

(4) ロンドンの犬

　その波乱に富んだ人生もあって国民的人気の高い自然主義小説家に，**ジャック・ロンドン** (Jack London, 1876-1916) がいる。心霊術者の母親のもとにカリフォルニア州サンフランシスコで生まれたが，占星術師であった生みの父親は，彼女の妊娠がわかると去り，ロンドンという姓は母の再婚相手に由来する。貧しくサンフランシスコの湾岸エリアを転々とする生活の中で読書に慰みを見出したロンドンだが，缶詰工場での労働，牡蠣の密猟，漁業パトロールなどに携わってから，1893年にアザラシ漁の船に乗り7ヵ月にわたって航海する。帰国後は全米各地を放浪し，浮浪罪のかどで刑務所に1ヵ月間入れられる。釈放後は高校で勉強する一方，ダーウィンやスペンサー，マルクスの著作に共感し，工場の不当な労働環境に憤りを感じ

ていたロンドンは社会主義政党の一員となる。熱心に勉強してカリフォルニア大学バークレー校に入学するがまもなく中退し，アラスカ周辺の極寒の地クロンダイクでのゴールドラッシュに参加，おおよそ1年間を過ごす。帰国後は短編小説を書いて雑誌に掲載されるようになり，1903年には実地調査したロンドンのスラム街の惨状を伝えるノンフィクション『どん底の人びと』(*The People of the Abyss*) を発表した。

クロンダイクでの経験をもとに発表した犬を主人公とする物語『野生の呼び声』(*The Call of the Wild*, 1903) は一躍ベストセラーとなり，彼の名を世界的に広めた。カリフォルニアの裕福な家で飼われる雑種犬バックが誘拐されてクロンダイクで橇犬として働くうちに，眠っていた本能が目覚めて環境に順応していく。ゴールドラッシュと広大な自然を背景に，欲望に振り回される卑小な人間の姿が風刺的に描かれる。ノリスの描く歯医者マクティーグが本能に目覚めて暴力性を深め，いわば動物へと「退化」するとすれば，犬のバックは本能に目覚めることでむしろ強固な自我を獲得し，過酷な自然の中で生き抜く術を取り戻していく，という形で退化論的枠組みが逆転される。ソーントンという自然の厳しさを心得た男性とバックとのはかなくも美しい友情も作品の醍醐味となっている。翌04年に発表された『海の狼』(*The Sea-Wolf*) でもロンドンは商業的成功を収めた。その後は，オークランド市長選に立候補して落選し，自身の船で遠洋への航海を試みるが途中で挫折するなど苦い経験を重ねつつ，40歳で死ぬまで，優れた自伝小説『マーティン・イーデン』(*Martin Eden*, 1909) を含め，精力的に作品を書き続けた。　　　　　　　　　　(坂根)

(5) ドライサーと欲望の声　1871年，インディアナ州テレホートにて，10人きょうだいの9番目の息子として生まれたセオドア・ドライサー (Theodore Dreiser, 1871-1945) は，後にアメリカ自然主義文学を代表する小説家となるが，彼の第一言語は英語ではなく，移民である父親の母語ドイツ語だった。貧困家庭に育ったドライサーは，16歳にて，単身でシカゴに上京する。しばらく皿洗いなどの日雇い労働を経たあと，1892年に『シカゴ・グローブ』紙の記者となる。以降，雑誌の編集など，マスメディアに深くコミットする。

ジャーナリストとしての修行を積むかたわら，ドライサーは小説執筆に励んだ。1900年，ノリスからの熱心な後押しを受けて，ダブルデイ社より，『シスター・キャリー』(*Sister Carrie*, ⇒II-13) を出版し，作家デビューを果たす。

田舎から上京した若い女性が看板女優になるまでの道程を綴る本作は，〈聖女〉でもなければ〈悪女〉でもない，どちらともつかない女性像を提示する。当時，女性を主人公とした小説は，結婚に至るまでのプロセスを描くことが主眼であったが，本作のヒロインは，そうしたお定まりのストーリーラインから外れた道を歩む。出版社は本作のプロモーションをろくに行わず，その結果，ドライサーはしばらく神経症に苦しむこととなるが，11年に第2長編『ジェニー・ゲアハート』（*Jennie Gerhardt*）を出版。やはり女性を主人公とした長編だが，こちらはドライサー自身の生い立ちが如実に感じられる作品となっており，優れた家族小説であるのみならず，先駆的な移民文学として位置づけることができる。

1925年，『**アメリカの悲劇**』（*An American Tragedy*）を出版。下層階級に属する青年が，美しい令嬢と結婚直前にまで進むが，もう1人の妊娠中の恋人を溺死させたとして，死刑囚となる。本作はまぎれもない悲劇だが，原題にあるように，あくまでも「ある」悲劇にすぎない。いわゆる「アメリカン・ドリーム」が，誰しも人生の勝者になりえるという民主主義的サクセスストーリーであるとすれば，本作は，同じくアメリカでは，誰でも悲劇の主人公になりえることを示す。ドライサーの著作では最高の売り上げを示した本作は，51年，『陽のあたる場所』（*A Place in the Sun*）として映画化された。

他の重要作としては，いわゆる「欲望の3部作」（"Trilogy of Desire"）が挙げられる。『資本家』（*The Financier*, 1912），『巨人』（*The Titan*, 1914），『禁欲の人』（*The Stoic*, 1947）は，いずれも，実業家として名をなす男性に焦点を当てる。この世を絶え間なき生存競争の場と見なす主人公クーパーウッドは，ダーウィンやスペンサーの思想に決定的な影響を受けたドライサー自身の世界観を色濃く反映する。

ドライサーは，〈欲望〉という，口に出すことはためらわれるが，つねに心の中でくすぶる声をくまなく拾おうとする。しばしば悪文と称されるドライサーの文章だが，それは彼が明確な指向性をもたない，未文化な状態の〈欲望〉に声を与えることに取り憑かれた作家であることを示すのだ。　　（小林）

(6) ウォートンとアメリカ／ヨーロッパ　ニューヨーク市の名門の家系に生まれた**イーディス・ウォートン**（Edith Wharton, 1862-1937）は，幼少の頃からヨーロッパをたびたび訪れ，ヨーロッパ文学などによって文化的感性を

養った。自ら詩を書き，短編小説を雑誌に発表していたが，建築家オグデン・コドマンとのインテリアに関する共著『家の装飾』(*The Decoration of Houses*, 1897) を出版後，本格的に小説を書き始める。ウォートンは，ニューヨーク社交界の人間模様と，結婚によって上昇を図ろうとする若い女性たちを描いた作品群でよく知られている。良家の娘であったリリーが孤児になり，アメリカの社交界での結婚を逃し，最後には労働者となり孤独のうちに死ぬヒロインの気高さが描かれる『歓楽の家』(*The House of Mirth*, 1905, ⇒ II-14)，中西部出身のアンディーンがアメリカ社交界にもぐり込み，新興成金のアメリカ人実業家やヨーロッパ貴族との結婚離婚を繰り返し，上流階級へと登り詰めていく様を描いた『お国の風習』(*The Custom of the Country*, 1913) などがある。

ウォートンの代表作『無垢の時代』(*The Age of Innocence*, 1920) は，旧世界ヨーロッパと新世界アメリカの文化と世界観の違いを，エレン・オレンスカとメイ・ウェランドという2人の女性を通して浮き彫りにする。男性主人公の視点を通して，エレンに象徴されるヨーロッパ（旧世界，伝統，歴史，文化）と婚約者メイのアメリカ（新世界，若さ，富，変化）を対置することで，アメリカの新興勢力に代表される経済的成功のみを追い求める浅はかな人々や，未成熟の社会を批判する。本作は1921年にピューリッツァー賞を受賞した。その後に発表された作品ではヨーロッパを舞台にすることも多くなったが，他の場所について書きながらも，その根底には常にアメリカという国への意識――古き良き時代へのノルタルジーと批判――が垣間見える。

一般に広く読まれている作品の中には，『イーサン・フロム』(*Ethan Frome*, 1911)，『夏』(*Summer*, 1917) といった比較的短い中編小説がある。ニューイングランド地方を舞台にして，裕福ではない普通の働く人々が描かれる。『イーサン・フロム』は，小さな寒村で病弱な妻ジーナと暮らすイーサンが手伝いにやってきたマティーに惹かれ，悲劇へと導かれる物語である。『夏』では山岳地帯に住むプア・ホワイトが，『樹の果実』(*The Fruit of the Tree*, 1907) では新しく建設された工業地帯の経営者や労働者階級の人々が登場する。

ウォートンは1912年からパリに拠点を移し，執筆活動を続けながら，第1次世界大戦中にはフランスで慈善活動にも携わった。イタリアやフランスの建築や生活様式に関する著作や，モロッコ旅行やフランス旅行のガイドブック，戦時中のフランス最前線のルポなど，数々の幅広いノンフィクション作品も執筆

している。幅広いテーマを扱った作家であるが，今日評価されているのは，自身が慣れ親しんだオールド・ニューヨークを舞台とする小説群である。生まれ育ち，内側を知り尽くしたニューヨーク上流階級を描き，その複雑な人間模様を浮き彫りにする風俗小説を極めた。1860年代から1920年代という，アメリカの産業化と都市化，「新しい女性（ニュー・ウーマン）」と呼ばれる女性の登場など，社会の変化に富んだ20世紀転換期を舞台に数多くのベストセラーを世に出した。1990年代に入ると，93年には『イーサン・フロム』と『無垢の時代』が映画化，95年には没後出版された未完の小説『ブッカニア家の人々』（The Buccaneers, 1993）がBBCによってドラマ化され，作品は広く読まれ続けている。　　　　（水口）

(7) ダイム・ノヴェル
　　——商品としての物語

ダイム・ノヴェルは19世紀後半にアメリカに普及した大衆文化の1つである。そもそも「ダイム・ノヴェル」はビードル社という出版社の商品名だった。同社は大衆の娯楽となる読み物を1ダイム（10セント）で売ることに商機を見出し，ペーパーバック版で1作品読み切りの「ビードルのダイム・ノヴェル」を刊行し，成功を収めた。同社の方針は，この読み物にアメリカらしい冒険や対立，（白人にとっての）健全な道徳性を含むことだった。1860年に第1弾としてアメリカ人の人気女性作家**アン・S・スティーヴンズ**（Ann S. Stephens, 1810-86）による『**マラエスカ——白人猟師のインディアン妻**』（Malaeska: The Indian Wife of the White Hunter）が刊行された。これは1839年に女性誌に連載された作品を改訂したものだったが，この後ダイム・ノヴェルのための安価な大衆向け読み物が大量に書かれ，他のダイム・ノヴェル出版社もできた。

　ビードル社のダイム・ノヴェルとして初のベストセラーとなったのは，1860年に刊行された**エドワード・S・エリス**（Edward S. Ellis, 1840-1916）による『**セス・ジョーンズ——辺境の捕虜たち**』（Seth Jones; or, The Captives of the Frontier）だった。その舞台は独立戦争直後のニューヨークのフロンティアである。アメリカの西部発展と重なる時期にダイム・ノヴェル作家たちが書いた類型的な物語にはフロンティアの生活がよく取り上げられた。バッファロー・ビルやビリー・ザ・キッドといった実在の人物が伝説的に描かれもした。類型的な登場人物が事件に遭遇し，最後に悪者は罰せられ，善人が報われる西部ものは，西部小説や西部劇の原型となった。

　ホレイショ・アルジャー（Horatio Alger, 1832-99）の代表作『**ぼろ着のディッ**

ク』(*Ragged Dick*)は，ダイム・ノヴェルとして知られているが，まず1867年に子ども向け雑誌に連載され，68年に単行本として出版された。ニューヨークの路上で暮らす主人公は快活で，自立心が旺盛で，弱い者を助ける靴磨きの少年だ。彼は日常を変えるきっかけを捉えて部屋を借り，貯金を始め，読み書きを学び，仕事を探す。向上心あふれる少年の物語は中流階級の読者に好評だった。続編でディックは支援者に恵まれ，財産を増やしてゆく。6作にわたる「ディック・シリーズ」は，マッチ売りや新聞売りの物語を通して，家がなく，金がなく，拠り所のない少年の苦境を伝えた。主人公たちの善良さや真剣さは報われ，彼らは安定した暮らしを得る。

　アルジャーの死後，ダイム・ノヴェルを出版するストリート・スミス社がアルジャー作品をダイム・ノヴェルの形で刊行し，アルジャー作品はより広い読者層を得たという。ちなみに「ディック・シリーズ」第5巻『荷物運びのベン』(*Ben, the Luggage Boy,* 1870)第13章に，主人公がときどきセンセーショナルなダイム・ノヴェルを1人で読み，ときに他の宿無し少年たちに頼まれて朗読もすることが記されている。主人公は家出少年で，多少読み書きができる。ダイム・ノヴェルという廉価な物語は，路上で生きる少年にも届きえたのだ。

(畔柳)

第4章
モダニズムの時代
——1914〜1945年——

1 アウトライン

(1) 「狂騒の20年代」から大恐慌へ　1931年,フィッツジェラルドは「ジャズ・エイジのこだま」("The Echoes of the Jazz Age")と題されたエッセイを発表,20年代への「ノスタルジー」を表明する。過ぎたばかりの20年代だが,31年には遠い過去のように感じられた。

本章で扱う2つの世界大戦に挟まれた時期に,「狂騒の20年代」("the Roaring 20s")とも呼ばれる繁栄の1920年代と大恐慌の30年代という2つの対照的な10年をアメリカは経験した。この時期の文学や芸術作品に流れる思潮はモダニズムと呼ばれる。パリやロンドンを中心とするヨーロッパにおける思潮と環大西洋的な交渉を築きながら,アメリカでは独自のモダニズムが形成されるが,20年代と30年代で文学作品の主題や形式は大きく変容する。単純化すれば,20年代のエリート主義的ともいえる難解な実験性や抽象的・自律的な言語空間への志向は30年代には影をひそめて,社会的・階級的・歴史的広がりを押し出した,長く,一面ではわかりやすい作品が多く書かれるようになる。しかしフォークナーの『アブサロム,アブサロム！』をはじめ,30年代に書かれた傑作の多くは20年代における実験を土台として成り立っている。20年代と30年代,その断絶と連続性の両方を把握することが,この時代の文学に対する理解の鍵となる。
(坂根)

(2) 第1次世界大戦とインフルエンザ・パンデミック　1914年にヨーロッパで第1次世界大戦が勃発すると,当初アメリカは中立を宣言するが,ドイツ潜水艦による無差別攻撃開始などを契機として,戦後の国際秩序への影響力も見据えたウッドロー・ウィルソン大統領が17年4月に参戦を決意し議会で可決される。初めて全国的な徴兵制を導入した政府は計画経済を実施し,反ドイツ的

89

な宣伝活動によって愛国心を高揚させ，大規模な動員による戦時体制を敷いた。連合国の勝利後，議会に残る根強い孤立主義の影響もあってウィルソンは自らが提唱した国際連盟にアメリカを加入させることに失敗し，20年の大統領選で民主党は敗れて共和党政権が誕生する。

大戦中に世界を襲った**インフルエンザ・パンデミック**（いわゆるスペイン風邪）では，戦争による兵士の大西洋間の移動が大きく作用して，1918年から19年にかけてアメリカでも瞬く間に感染が広がり，全米で60万人以上が死亡，10万人を超えるアメリカの戦死者の多くも，戦闘ではなくインフルエンザによって命を落としたとされる。このパンデミックは戦争および戦勝の陰に隠れて20年代に入ると急速に忘却され，文学作品に明らかな痕跡をほとんど残さなかったが，その重要な例外が，トマス・ウルフとキャサリン・アン・ポーター（Katherine Anne Porter, 1890-1980）である。兄をインフルエンザで失ったウルフは『天使よ故郷を見よ』(1929) でその死を，同じく南部作家であり自身罹患して生死をさまよったポーターはその経験を『蒼ざめた馬，蒼ざめた騎手』(*Pale Horse, Pale Rider*, 1939) という実験的な作品で小説化した。　　　　　　（坂根）

(3) **大量消費社会と大衆文化の到来**

大戦後に債権国となり国際金融体制の中心となったアメリカは，1920年代に未曾有の好景気を経験する。フォーディズムとも呼ばれる移動組立方式を中心とする生産様式によって可能となったT型フォード車の量産に代表される大量生産が電気の普及によって実現，また家庭の電化も急速に進展し，電気洗濯機や電気掃除機が使用されるようになった。大量生産が必要とする大量消費は，新聞や雑誌を利用した広告の活用や分割払い制度の拡充，新職種としてのセールスマンの登場などによって支えられた。1899年にソースティン・ヴェブレンは『有閑階級の理論』において「顕示的消費」(conspicuous consumption) という概念を提示し，社会的地位を顕示する象徴的行為としての消費の役割に光を当てたが，そうして成立した消費社会は20年代に一気に拡大する。

大量消費社会の到来とともにアメリカは本格的な大衆社会へと移行し，大衆文化が花開いた。定期的な番組を組んだラジオ放送が1920年から開始され，ニュース，音楽，ドラマなど多彩な番組が放送されるようになった。ボクシングや野球などのプロスポーツのラジオ中継も開始され，ベーブ・ルースの国民的人気にもつながる。ニューヨークのブロードウェイではミュージカルや

ヴォードヴィル（vaudeville）の劇場が並び，レコードの流通を背景に「ティン パン・アレー」と呼ばれるポピュラー音楽が主にユダヤ人の作曲家によって量産され，「ラプソディ・イン・ブルー」（1924）で知られるジョージ・ガーシュウィンのような才能が現れる。黒人音楽としての狭義のジャズが発展する一方で，新たなポピュラー音楽をゆるやかに総称する語として「ジャズ」という用語が広まり，20年代は「ジャズ・エイジ」とも呼ばれた。自動車の普及や映画館，ダンス・ホールなどの娯楽施設の広がりとともに若者文化が形成されると当時に，大量消費を基底に有する文化は急速に全国的な画一化をもたらすことになる。

また，この時期にハリウッドが映画産業の中心地となり，スタジオ・システムの確立によって映画の効率的な量産が可能となる一方，スター・システムは今日まで続くセレブリティの文化を生み出した。1927年には初のトーキー作品『ジャズ・シンガー』（*The Jazz Singer*）も公開される。映画という視覚メディアが文学にもたらしたインパクトは大きい。ブルックリン橋をめぐる思考に端を発する壮大な叙事詩『橋』（*The Bridge*, 1930）への序詩「ブルックリン橋に」（"To Brooklyn Bridge"）において，**ハート・クレイン**（Hart Crane, 1899-1932）は映画を「ぱっと現れる場面に群衆が熱中する／パノラマ的手品」（"panoramic sleights/With multitudes bent toward some flashing scene"）と表現する。この頃から詩や小説は大衆を魅了する「手品」たる映画との絶え間ない緊張，影響関係に置かれようになると同時に，フォークナーやフィッツジェラルドなど，実際にハリウッドで脚本を書く作家も現れる。　　　　　　　　　　（坂根）

⑷ 消費する／されるフラッパー　　革新主義の時代から，禁酒運動（⇒Ⅰ-2-1-⑷）やセツルメント運動（⇒Ⅰ-3-1-⑸）と連動して進展してきた女性参政権運動は，第1次世界大戦下における女性の社会進出を契機としながら，1920年の憲法修正第19条による女性参政権の実現に結実する。マーガレット・サンガーによる産児制限を推進する運動も広がりを見せ，女性の権利を確立する上での避妊の意義やその方法についての意識も徐々に浸透した。

1910年代後半になると新しいライフスタイルを謳歌する**フラッパー**（flapper）と呼ばれる女性が社会的に注目されるようになる。髪を短くボブにして帽子をかぶり，丈の短いスカートをはいて化粧をし，飲酒や喫煙，ダンスを楽しむ彼女らは，それまでの良妻賢母を理想とする女性像とは異質な「新しい女

性」としてもてはやされ，映画でも取り上げられた。消費文化の担い手という性格の強いフラッパーがどこまで政治的急進性を有しているかについては当時から疑問の声もあり，大衆メディアを通してフラッパーというイメージが消費されたことも否めない。しかし大衆の広い関心は，伝統的秩序の崩壊を体現するように見える女性たちがもたらした社会的不安の深さを物語る。妻ゼルダがフラッパーの象徴ともいわれたフィッツジェラルドからフォークナー，ラーセンからハーストンまで，作家の人種やジェンダーを問わずこの時期の小説には実に多くの奔放な女性が登場し，ときに社会に抑圧されながらも，物語を駆動する。後にマリリン・モンロー主演によって映画化された『紳士は金髪がお好き』(*Gentlemen Prefer Blondes*, 1925) において，アニタ・ルース (Anita Loos, 1888-1981) は金持ちの男性を手玉に取るフラッパーを生き生きとした一人称の語りで描き，他の作家にも大きな影響を与えた。

「ヴィクトリア朝風」(Victorian) と批判的に呼ばれた旧式の規範の崩壊とともに，それまでは不可視化されてきた非異性愛的な多様な性のあり方が，ニューヨークなどの都市部において，そして結果的に文学作品においても可視化され始めた。スタインやバーンズのように正面から同性愛的関係の機微を描く作家が現れる一方で，男性作家はしばしば性規範の変容についての動揺や不安を作品に刻印した。

(坂根)

(5) 排外主義の時代（ネイティヴィズム）

大衆文化が花開く一方で，1920年代は第1次世界大戦のなかで醸成されたナショナリズムがくすぶる反動と不寛容の時代でもあった。大戦中に起きたロシア革命に端を発する「レッド・スケア（赤の恐怖）」と共産主義者への弾圧は，20年頃に頂点に達する。1920年ボストン郊外で起きた殺人事件の容疑者としてニコラ・サッコとバルトロメオ・ヴァンゼッティの2人の無政府主義者が逮捕されて証拠不十分なまま死刑を宣告され，27年に執行されるまでの過程は，国際的に大きな注目を集め，サッコ＝ヴァンゼッティ事件として知られる。

1915年，白人至上主義者トマス・ディクソン (Thomas Dixon Jr., 1864-1946) による人種差別的な小説『クランズマン』(*The Clansman*, 1905) を原作とした，D・W・グリフィスによる映画史的革新性によっても名高い『國民の創生』(*The Birth of a Nation*) が公開されると，それに触発されてKKK (⇒ I-3-1-(6)) が再建される（第2次KKK）。彼らは反黒人以外にも反移民，反ユダ

ヤ人，反カトリックなどの排斥を掲げて急速に会員数を増やし，20年代半ばのピーク時には400万人を超えたといわれる。白人至上主義の復活とともに，南部諸州では祖先に1人でも黒人がいれば黒人と見なされるワンドロップ・ルール（one-drop rule）が法制化され，人種混淆（miscegenation）が厳しく禁止される。ジャマイカ出身のマーカス・ガーヴィーによる黒人のアフリカ帰還と新国家樹立を標榜する運動が広く支持を得たのもこの頃である。

　排外主義（nativism）は移民政策で顕著にあらわれ，1921年と24年の移民法によって出身国別に移民数が割り当てられた結果，ユダヤ系移民やイタリアなど南・東ヨーロッパからの移民は大きく制限された。24年の移民法は日本人の移民禁止を意図した面もあることから排日移民法としても知られる。このような保守的政策やこの時期の排外主義は，20世紀初頭から広がった**優生学**（eugenics）言説に基づいており，人種間に科学的見地から優劣があることを唱え有色人種を低位に置く科学的人種主義（scientific racism）によって支えられた。『グレート・ギャツビー』（⇒Ⅱ-18）の敵役トム・ブキャナンは同様の考えを信奉する1人である。批判的にせよ同情的にせよ，この時期のモダニズム作家は排外主義的な言説と向き合うことになった。

　1920年代はキリスト教団体を中心とした従来の禁酒運動が実って憲法修正第18条（1919年批准）により**禁酒法**が施行された時代でもある。同法により酒類の製造や販売は禁止されたものの消費は禁止されず，都市部では「スピークイージー」と呼ばれるもぐり酒場が乱立し，アル・カポネに代表されるギャングが酒の密造や密売によって暗躍する原因にもなった。都市の享楽的な空気はかえって増したともいわれ，1933年に同法は廃止された。　　　　　　（坂根）

　(6) **大恐慌とニューディール**　好景気に沸いた1920年代は株式市場が異様な活況を見せた時代だが，29年10月24日（「暗黒の木曜日」），株価は大暴落，その後も下がり続け，**大恐慌**（the Great Depression）が到来する。多数の銀行が倒産し，工業生産は激減，農産物価格も暴落して町には失業者があふれたが，当時の大統領ハーバート・フーヴァーは有効な施策を打ち出せず恐慌は深刻化した。

　1932年に「**ニューディール**（新規巻き直し）」（New Deal）を唱えて当選した民主党のフランクリン・デラノ・ローズヴェルト大統領は共和党政権と対照的に連邦政府による経済への積極的な介入を行い，矢継ぎ早に失業者救済や経済

復興のための政策を実行して一定の成果をあげる。迎えた1936年の大統領選挙は民主党の圧勝となった。ニューディールのなかで，アメリカにおけるリベラリズムという用語の意味は，個人主義に立脚する自由放任主義と「小さな政府」から，経済への積極的な関与を行う福祉国家的な「大きな政府」へと変容し，個人主義と集産主義・集団主義（collectivism）との対立が思想や哲学でも1つの焦点となった。

この時期に資本主義への信仰は崩壊し，多くの国外移住者が恐慌をきっかけにアメリカに戻ってその土地との関係の再構築を迫られたこともあり，「アメリカン・ウェイ・オブ・ライフ」の模索や「アメリカ人」の再定義が時代の潮流となった。多くの知識人や文学者は，にわかに活気づいたアメリカ共産党に接近し左傾化を深めた。彼らはヨーロッパにおけるファシズムの台頭とスペイン内戦の勃発（1936-39）に応じて形成された人民戦線（Popular Front）を支持し，運動は一定の広がりを見せたが，スターリンへの幻滅により急速に関心は薄れていった。

(坂根)

(7) **第2次世界大戦と日系人の強制収容**　ニューディールによってもアメリカの景気は完全に回復するには至らず，問題を解決したのは第2次世界大戦による戦時経済であった。ドイツでナチスが政権を掌握し1939年にポーランドに侵攻して大戦が勃発すると，ローズヴェルトは中立を表明しつつ，41年には武器貸与法を制定してイギリスに軍事支援を実施する。同年12月の日本軍による真珠湾攻撃によって日米開戦となって第2次世界大戦に参戦し，それまで根強かった国内の孤立主義の声は一気に弱まる。

戦争経済のなかで失業者は減少し，女性労働者だけではなく根強く残る差別の中でも工場で働く黒人労働者が増加した。民主党は北部の黒人から支持を得ながら，南部では民主党支持の白人によって黒人が差別されるというねじれを抱えていたが，戦争における黒人の協力の必要性も一因となって徐々に変化が見られた。1941年には黒人指導者A・フィリップ・ランドルフが差別撤廃を要求しワシントン大行進を黒人に呼びかけると，ローズヴェルトは連邦政府機関および軍需産業における人種差別撤廃を命じる大統領行政命令に署名する。南部の民主党で行われていた白人のみによる予備選挙は44年に最高裁によって違憲とされ，南部の黒人が候補者選びに参加する道が開かれた。

このような状況においてとりわけ差別的な扱いを受けたのが日系アメリカ人

であり，1942年の大統領行政命令により，およそ12万人の日系人（その多くは市民権をもつ2世・3世であった）が，カリフォルニア州の僻地マンザナーをはじめとする厳しい環境に建てられた強制収容所へと送られた。戦後の日系人による運動が実って補償法が成立したのは1988年のことである。

　1945年2月，連合国の勝利が確実となるなか開かれたヤルタ会談でローズヴェルトはスターリン，チャーチルと会談し，ソ連の対日参戦や国際連合の構成について合意に達するが，同年4月に急死し，副大統領であったハリー・S・トルーマンが大統領に昇格する。5月7日にドイツが無条件降伏，8月15日に日本がポツダム宣言を受諾，アメリカでは40万人を超える死者を出した第2次世界大戦は終結する。トルーマンの命令により8月6日に広島，9日に長崎に投下され，20万人以上の人命を奪った原子爆弾は，核の恐怖という新たな難題を文学に突きつけることになる。

（坂根）

2　モダニズムの幕開け

(1) モダニズムとは何か　19世紀後半から20世紀前半にかけて，産業化，都市化，世俗化，機械化，大衆化，消費化，帝国化，さらには総力戦といった急激な近代化 (modernization) を社会が経験するなかで，文学や芸術において従来のリアリズム的な手法ではその変貌する世界の様相を描けないという危機意識が生まれ，表象をめぐる大きな変革が起きる。実験的かつ前衛的な(アヴァンギャルド)作品群が文学や他の芸術分野で生まれ，多様な運動が大西洋をまたいで同時的に発生する。詩ではパウンドやエリオットが，一貫した物語性や伝統的な韻律を排除し，複雑な断片のコラージュや，外国語を含む多数の古典からの引用を駆使した難解で壮大な作品宇宙を築き上げた。小説においても伝統的なリアリズムの手法が否定され，限定的な視点や複数視点が好んで採用されるようになる。

　イギリスのモダニズム小説の頂点とされるジェイムズ・ジョイスの『ユリシーズ』(1922) やヴァージニア・ウルフの『ダロウェイ夫人』(1925) に見られるような内的独白を思考が生み出される生成の現場を捉えるように描く手法は，心理学者ウィリアム・ジェイムズ（⇒Ⅰ-3-2-(4)）の用語から「**意識の流れ**」(stream of consciousness) と呼ばれる。こうした主観的な時間性への着目

の背景には，「純粋持続」としての時間を提唱したフランスの哲学者アンリ・ベルクソンの著作や，観察者の立場によって時間が相対的であると唱えたアルベルト・アインシュタインの相対性理論の影響もあったとされる。主観的な時間性はフラッシュバックや反復といった手法に帰結し，直線的な物語や歴史性には懐疑の目が向けられて物語や視点は断片化する一方，複数の断片の等価的な並置が多用され，新たな全体性や統一性が志向される。人間の行動の基底には隠れた（性的）欲望や無意識，過去における喪失や幼少期のトラウマがあることを説いたジークムント・フロイトの精神分析学的な言説もまた，多くの作家が前提とするところとなった。

　モダニズム（Modernism）という用語は，狭義には「ハイ・モダニズム」（high Modernism）と称される実験的作品群を指すが，その語が有するエリート主義的かつ西洋／男性／白人中心主義的なニュアンスのために徹底的な批判に晒されている。ここでは従来通り実験性や革新性をモダニズムの重要な指標として据えつつも，同時に1890年代から1940年代にかけて社会の近代化に応じて生じた表象の変容全体を指す包括的な概念として捉えておきたい。後者の定義に従えば，たとえばこれまで自然主義として別個に把握されてきたジャンルもモダニズムと連続的に理解され，実験性に乏しく見える大衆小説もまたモダニズムの重要な一角をなすことになる。非西洋や植民地を含めて近代化は様々な国や地域，人種，民族，階級において多様に経験された以上，モダニズムの形もそれだけ存在し，その複数性こそがモダニズムの本質であるといえよう。

（坂根）

(2) 諸分野におけるモダニズム　　この時期に様々な分野で起きた表象における変革を，文学およびアメリカと関係の深いところに絞って概観しておこう。絵画ではポール・セザンヌの強い影響を受けたパブロ・ピカソがジョルジュ・ブラックとともに従来の美の基準から大きく逸脱する**キュビズム**を創始し衝撃を与える。事物を複数の視点から捉えた像を単一のキャンバスに描くという手法により，描かれたものは認識不可能なまでに抽象化され，リアリズムの指標である模倣（ミメーシス）は大胆に否定される。さらにピカソとブラックは新聞の切れはしや布切れを作品に貼りつける**コラージュ**という手法を編み出して現実と作品の境界を曖昧にした。キュビズムの始まりともされる『アヴィニョンの娘たち』（1907）ではアフリカの彫刻や仮面の影響のもとにあえてデフォルメされ

た女性の裸体が描かれ，西洋のモダニズム全般を特徴づける**プリミティヴィズム**が見られる。プリミティヴィズムとは，典型的には18世紀啓蒙主義（⇒Ⅰ-1-1-(4)）に見られるような，理性に基づく西洋的伝統の抑圧性や限界を認識した上で，より自由で本能的な欲動の源泉として非西洋的あるいは人種的他者に抱く関心のことである。アメリカの多くのモダニズム作品に共通する特徴といえる。

図4　ホッパー『ナイトホークス』(1942)，シカゴ美術館所蔵／Wikimedia Commons

　ヨーロッパにおける新たな潮流は1913年にニューヨークで開催されたアーモリー・ショウ（Armory Show）で紹介されたが，そこで話題をさらったのはマルセル・デュシャンの題名と作品の落差が激しい『階段を降りる裸体 No. 2』(1912)だった。第1次世界大戦の勃発を機にデュシャンやフランシス・ピカビアがニューヨークへ移住して，マン・レイと**ニューヨーク・ダダ**という流れを作り，パリとの相互交渉を通してニューヨークが前衛芸術の都の1つとなる。ニューヨーク・ダダは，芸術上のあらゆる伝統や慣習を挑発的かつしばしばダークなユーモアとともに否定する運動であるダダの一派である。キュビズムやニューヨーク・ダダに触発されて，アメリカでも摩天楼や機械をモチーフとした抽象絵画が描かれるが，この時代のアメリカの画家で世界的に最も高い関心で鑑賞されているのは，むしろ伝統的な手法を貫いた**エドワード・ホッパー**（Edward Hopper, 1882-1967）である。パリでキュビズムをはじめとする前衛に触れながらもそこから直接影響を受けることなく，ホッパーは，印象派に近いタッチで「アメリカの光景」を切り取ると同時に，それを生み出しもした（第Ⅱ部中扉）。代表作『ナイトホークス』(*Nighthawks*, 1942)（図4）は，ハードボイルド小説の世界観とも通じる孤独や静けさを醸し出している。

　建築では，東京の帝国ホテルの設計でも知られるフランク・ロイド・ライト（Frank Lloyd Wright, 1867-1959）が，建物の内部と外部の空間的連続性を重視し，アメリカの新たな生活様式に合わせた建築を実践して国内外に大きな影響

を及ぼした。アメリカ出身のイサドラ・ダンカン（Isadora Duncan, 1877-1927）は，ギリシア芸術に深く触発されながら自然回帰をモチーフにシンプルなチュニックをまとった裸足姿で自由な動きを追求してヨーロッパで高く評価され，モダンダンスを創始する。映画では，ハリウッドでD・W・グリフィス（D. W. Griffith, 1875-1948）が『イントレランス』（*Intolerance*, 1916）をはじめとする作品で次々と新手法を開拓する一方，ロシアのセルゲイ・エイゼンシュテインは複数のカットをつなぎ合わせて新たな意味を創出する独自の**モンタージュ理論**を確立して『戦艦ポチョムキン』（1925）などで実践し，映画というジャンルを超えて多大な影響を与えた。写真では，アルフレッド・スティーグリッツ（Alfred Stieglitz, 1864-1946）が1902年にフォト・セセッション（Photo-Secession）という運動を始め，写真の芸術性や絵画性を強調するピクトリアリズム（pictorialism）を提唱する。ニューヨーク5番街に開かれ，その住所から「291」と呼ばれたギャラリーは，アメリカにおけるモダニズムの重要な文化発信基地となった。

アメリカ文学におけるモダニズムはこうした多様な分野における新たな運動と相互に関係しながら展開することになる。以下では，いわば文学におけるモダニズムの「前線」を形成したといえる，この時期の詩について見ていきたい。

（坂根）

(3)「リトル・マガジン」と新しい詩の誕生

20世紀初頭，アメリカの詩は危機に瀕していた。あらゆる分野で近代化が進む社会にあって，19世紀後半に流行した炉辺詩人（ろへん）（⇒I-2-2-(4)）の作品はあまりにセンチメンタルであり，現実から遊離していた。出版社は詩集出版に消極的であり，新たな詩を試みる詩人たちに支援の手を差し伸べることはなかった。

このような状況を打破したのは，新たなメディアの誕生である。1910年代に入ると，少数の予約購読者に支えられた「リトル・マガジン」がいくつも創刊され，実験的な詩に貴重な発表の場を与えた。とくに重要なのは，ハリエット・モンロー（Harriet Monroe, 1860-1936）が1912年に創刊した『ポエトリー』（*Poetry*）誌である。自らも詩人であったモンローは，パウンドらとも交流があり，国内外の多様な作品に門戸を開放した。『ポエトリー』誌は新しい詩が発表され批評される国際的なプラットフォームとなり，ヨーロッパの前衛的作品を紹介するとともに，**カール・サンドバーグ**（Carl Sandburg, 1878-1967）や**ウォ**

レス・スティーヴンズ（Wallace Stevens, 1879-1955）といったアメリカの新しい詩人たちを世に送り出していった。

このような状況の中で，1915年にエドガー・リー・マスターズ（Edgar Lee Masters, 1868-1950）の詩集『スプーンリバー詩集』（*Spoon River Anthology*）が出版され，ベストセラーとなった。詩集の中心は243編の自由詩であり，それらはすべてイリノイ州の架空の町スプーンリバーに暮らした人々が，生涯を振り返り語る墓碑銘である。この設定により，マスターズは性の不安や宗教への懐疑といったスキャンダラスなテーマを赤裸々に描くと同時に，鮮やかな人物スケッチを通して，経済的成功にとらわれたアメリカ社会の息苦しさを表現し，近代化に対する批判を行った。 （金澤）

(4) ロバート・フロストとアメリカン・モダニズム

同じ時期に登場したのが，ロバート・フロスト（Robert Frost, 1874-1963）である。カリフォルニア州サンフランシスコに生まれ，11歳でマサチューセッツ州に移ったフロストは，早くから詩作を始めるが，経済的に自立できず，詩集出版のチャンスもなかった。転機となったのは1912年，38歳でのイギリス移住である。パウンドをはじめとする詩人・批評家たちと知り合い，さらに第1詩集『若者の心』（*A Boy's Will*, 1913）を出版することができた。15年にはアメリカに戻り，前年出版していた第2詩集『ボストンの北』（*North of Boston*）をアメリカでも出版し，彼はついに母国で詩人としての評価を得た。以後フロストは多作な生涯を送り，88歳で亡くなるまで9冊の詩集のほか，『**ロバート・フロスト全詩集1949**』（*Complete Poems of Robert Frost 1949*, 1949）を世に出している。晩年には「ニューイングランドの賢者」というパブリックイメージを確立し，国民詩人として広く人気を博した。

フロストの詩は伝統的な弱強（iambic）のリズムを基盤とし，その上にアメリカ口語のリズムを重ねており，親しみやすいと同時に，精妙極まりないものである。またその内容は，冷ややかな世界の中で孤独に耐えながら，なお生きようとする人間の姿をしばしば描き，底知れぬ深さを秘めている。

フロストはパウンドらの詩法に反発し，ニューイングランドの農村生活を題材にして，独自の道を歩んだ。その内容は20世紀前半の人類が直面した問題に及んでおり，ただ親しみやすい自然詩人ではない。西洋古典に通じ，ダーウィンの進化論やウィリアム・ジェイムズの心理学にも詳しかったフロストの

作品は，パウンドやエリオットに劣らず，「近代」の問題を突き詰めて扱っている。彼の存在は，ヨーロッパ・モダニズムとは異なるアメリカ的モダニズムの姿を示しているといえよう。
(金澤)

(5) パウンドとウィリアムズ　英米の詩壇に新風を吹きこんだのは，**エズラ・パウンド**（Ezra Pound, 1885-1972）らを中心としたモダニストと呼ばれる詩人たちだった。1885年，アイダホ州ヘイリーに生まれたパウンドはモダニズムに先立つ文芸運動として，**「新しくせよ」**("Make it New!")を合言葉に，**イマジズム**（Imagism）と呼ばれる革新運動を先導した。1913年に『ポエトリー』誌に発表した**「イマジズム３原則」**は次のようなものである。「１．主観的，客観的を問わず，事物を直接扱うこと。２．表現に役立たない言葉を決して使わないこと。３．メトロノームではなく，音楽の調べによって書くこと」。パウンドの２行詩「地下鉄の駅にて」("In a Station of the Metro," 1913)は，鮮烈なイメージから構成され，イマジズムの代表的作品とされている。

　モダニスト詩人は，パウンドやT・S・エリオットのように自国アメリカを文化後進国と見なし，豊かな文化的土壌と歴史を求めヨーロッパへ渡った「国籍離脱者」（expatriates）と，**ウィリアム・カーロス・ウィリアムズ**（William Carlos Williams, 1883-1963）のように，自国にとどまり，アメリカ的な詩的言語のあり方を模索した土着派に大別される。ニュージャージー州ラザフォードに生まれたウィリアムズは，産科・小児科の開業医として地元で働きながら，日常風景や具体的事物を材に詩を書いた。しかし，両者とも現代的(モダン)であることを強く意識し，新しいリズムの探求など，実験的な表現方法を探求したという点で，袂を分かつものではない。パウンドは，パリとロンドンを中心に文芸運動を展開し，エリオットの詩人としての才能を見出し，世に出る手助けをするなど，モダニズム文学の立役者となった。
(出口)

(6) モダニスト詩人　T・S・エリオット　**T・S・エリオット**（T. S. Eliot, 1888-1965）は，1888年に中西部ミズーリ州のセントルイスに生まれた。彼の先祖は17世紀後半，イギリスのサマセット州からマサチューセッツ湾植民地に渡り，初代アンドリュー・エリオットは，1692年に行われたセイラム魔女裁判の陪審員の１人であった。また，エリオットの祖父はユニテリアン派牧師であり，ワシントン大学の創設者である。1906年，エリオットはハーバード大学に進み，哲学や文学，中世史などを修得。パリのソルボンヌ大学に留学した後，

ハーバード大学に戻り，哲学者F・H・ブラッドリーを研究した。

1914年，26歳の時にイギリスのオックスフォード大学に留学。その後，アメリカには戻らず，ロンドンで知り合ったパウンドの尽力によって，15年に「J・アルフレッド・プルーフロックの恋歌」("The Love Song of J. Alfred Prufrock")を『ポエトリー』誌に発表する。中年男性プルーフロックの独白からなるこの詩は，現代人の自意識や倦怠感が，諧謔的に描かれている。エリオットはヴィヴィアン・ヘイウッドと結婚後，ロンドンで銀行員として働きながら，詩人としてだけではなく，文芸評論家としても活躍の場を広げていく。「ハムレットとその問題」("Hamlet and His Problems," 1919)では，感情を喚起させる一連の事物を**客観的相関物**（objective correlative）と名付けて提示。また，「伝統と個人の才能」("Tradition and the Individual Talent," 1919)では，過去と現在が同時に存在するという歴史的感覚を打ち出し，批評界に衝撃を与えた。同評論では，ロマン主義へのアンチテーゼとして，詩とは「個性の表現」ではなく「個性からの脱却」だとする詩人の**非個性論**（Impersonal theory）も唱えている。22年，34歳の時に長編詩『荒地』(*The Waste Land*, ⇒Ⅱ-16)を発表。古今東西の文学作品のパロディや引用が組み込まれた，コラージュのような革新的スタイルは，賛否入り混じる反応を引き起こした。今日では，同年に発表されたジェイムズ・ジョイスの『ユリシーズ』とともに，モダニズム文学の金字塔と位置づけられている。

銀行退職後，出版社フェイバー・アンド・ガイアー（後にフェイバー・アンド・フェイバー社）の重役に就き，文壇に確固たる地位を築いていく。1927年，39歳の時にイギリスに帰化し，イギリス国教会に改宗。30年に発表された『聖灰水曜日』(*Ash Wednesday*)には，瞑想的雰囲気が漂う。30年代からは，『寺院の殺人』(*Murder in the Cathedral*, 1935)や『カクテル・パーティ』(*The Cocktail Party*, 1948)など詩劇を発表。児童向けに書かれたライト・バース『ポッサムおじさんの猫とつき合う法』(*Old Possum's Book of Practical Cats*, 1939)は，後に作曲家アンドルー・ロイド・ウェバーによって，ミュージカル『キャッツ』(*Cats*, 1981)となった。縁ある4つの地名を各篇のタイトルにつけた『四つの四重奏』(*Four Quartets*, 1943)では，時間と永遠性といった哲学的なテーマが思索的なトーンで語られる。48年にはノーベル文学賞を受賞。先妻の死後，フェイバー・アンド・フェイバー社の秘書ヴァレリー・フレッチャーと再婚

し，65年に77歳で生涯を終えた。 (出口)

3 モダニズム小説の展開

(1)「失われた世代」の文学 ヨーロッパの小説では，ジョイスやウルフの作品に加えて，カフカの『審判』(1914-15執筆，1925没後出版)，トーマス・マンの『魔の山』(1924)，アンドレ・ジッドの『贋金作り(にせがね)』(1925)，プルーストの『失われた時を求めて』(1913-27)などがこの時期の画期的な作品として挙げられる。第1次世界大戦で塹壕(ざんごう)戦や毒ガスによって悲惨な形で多数の死者を出したヨーロッパでは，西洋文明への深い幻滅や近代的な進歩観への強い不信が文学にも一貫する。他方，ヘミングウェイやドス・パソスなど戦争を実地に経験した作家もいたものの，戦場から離れ，ヨーロッパに比べて戦死者も少なく，戦後に享楽的な時代を迎えたアメリカでは，ヨーロッパのそれとは性質を異にする，曖昧ともいえる喪失感が作家を捉えることになる。

大戦後は禁酒法とドルの相対的強さもあり，多くの作家がフランスを主としてヨーロッパに渡ったが，こうした「国籍離脱者」が抱える故郷喪失の感覚は，アメリカの急激な大衆消費社会化に伴う古き良き過去や牧歌性の喪失感と重なり，小説に独特の抑揚を与えた。スタインがその命名者とされる「**失われた世代**」(the Lost Generation)とはそうした喪失感を的確に捉えた呼び名といえよう。狭義には大戦中に青春期を過ごして幻滅を味わったフィッツジェラルドやヘミングウェイ，フォークナーやドス・パソスなどの作家を指し，その白人男性中心的な含みゆえに使用される頻度は減少しつつあるが，曖昧な喪失感がアメリカのモダニズムの核にあることを物語る有効な概念であることに変わりはない。

(坂根)

(2) キャザーのモダン・ノスタルジー 中西部や南西部の広大な自然を背景に抒情的でノスタルジックでありながらも実験性と新しさを備えた独特の筆致で，フロンティアでの生活を力強く生きる人々の姿を描いたのが**ウィラ・キャザー**(Willa Cather, 1873-1947)である。バージニア州の農家に生まれたキャザーは，1883年に家族とともにネブラスカ州に移住し，ほどなくしてレッド・クラウドという町に落ち着く。このフロンティアの町で思春期を過ごしたことがキャザーにとって決定的な経験となり，この町とそこに住む人々は

彼女の作品で名前を変えて何度も登場することになる。医学を志してネブラスカ大学に入るが，文学への傾倒を深めたキャザーは，大学を卒業するとピッツバーグに移って雑誌編集者として働くかたわら，短編を発表する。1906年にはニューヨークに居を移して別の有力な雑誌の編集に携わり，尊敬する作家ジュエットからの忠告もあって11年頃から執筆活動に専念し，橋の設計技術者の男を主人公とした最初の長編小説『アレクサンダーの橋』(*Alexander's Bridge*, 1912) を発表する。翌年に発表した『おお開拓者よ！』(*O Pioneers!*, 1913) は，広大な土地との交感的な絆をもとに農家として成功するたくましい女性を描いた作品で，キャザーのブレイクスルーとなった。

1918年に発表された『マイ・アントニーア』(*My Ántonia*) は，バージニア州出身でネブラスカ州に移住して思春期を過ごしたという，キャザーの境遇に似た男性を語り手として，彼のかつての隣人であり同じ時期に移住してきたボヘミア系移民の長女，アントニーアをめぐる物語がノスタルジックな喪失感とともに描かれる。ニール・ハーバートという青年を視点人物として，鉄道敷設の立役者である人物の妻であり，思春期のニールの憧れでもあるマリアン・フォレスターという女性の境遇を描いた『迷える夫人』(*A Lost Lady*, 1923, ⇒ Ⅱ-17) もまた，痛切な幻滅感に裏打ちされた傑作であり，フィッツジェラルドの『グレート・ギャツビー』執筆に大きな影響を与えた。15年頃からキャザーはアメリカの南西部を頻繁に旅行し先住民の文化やその土地の歴史にも大きな関心を寄せ，『教授の家』(*The Professor's House*, 1925) という形式上の実験を含む名作や，日本では須賀敦子による翻訳でも知られる歴史小説『大司教に死来る』(*Death Comes for the Archbishop*, 1927) などを発表した。　　　（坂根）

(3) スタインと環大西洋モダニズムの形成

ガートルード・スタイン (Gertrude Stein, 1874-1946) はキャザーと同世代の作家だが，より実験的で難解な作風を打ち出した。ペンシルベニア州アレゲニーの裕福なユダヤ系の家に生まれ，一家はヨーロッパを旅行してからカリフォルニアに落ち着いた。兄のレオがカリフォルニア大学からハーバード大学に転入したのをきっかけにスタインもハーバード・アネックス（現ラドクリフ大学）に入学してウィリアム・ジェイムズの指導を受け，彼の理論に大きな影響を受ける。卒業後はレオを追う形で1903年にパリへと渡り，ピカソ，マティスやセザンヌ，ゴーギャンなど，印象派やキュビストの絵画の収集を始めた。ニューヨークのメトロポリタン美術

館に所蔵されている。ピカソが描いたスタインの有名な肖像画は、1905年から06年にかけて描かれたものである。3部構成の初期小説『三人の女』(*Three Lives*, 1909) は、各部において1人の労働階級の女性を描いた作品だが、そこですでにスタインのトレードマークとなるリズミカルな反復の多用を特徴とする実験的な文体は確立されている。また、第2部の「メランクサ」では黒人女性を主人公としてそのセクシュアリティを正面から描いたことも注目される。

その後も戦時中も含めて彼女はフランスに住み続け、『優しい釦(ボタン)』(*Tender Buttons*, 1914) や『アメリカ人の成り立ち』(*The Making of Americans*, 1925) といった前衛的な作品を世に出すが、その難解さゆえに多くの読者を獲得することはなかったのに対し、1933年に発表された『アリス・B・トクラスの自伝』(*The Autobiography of Alice B. Toklas*) はベストセラーとなった。トクラスはスタインがパリで出会ったアメリカ人女性で、スタインの生涯のパートナーであった。トクラスが書いた自伝という体裁を借りてスタイン自身が執筆した本作では、パリにおける2人の生活が活写されており、スタイン作品では珍しい読みやすさも手伝って大衆読者の支持を得た。エッセイや戯曲、詩においてもスタインは重要な功績を残したが、文化史的な観点から特筆すべきは、彼女の拠点である「フルールス通り27番地」の文化サロンとしての役割である。そこはパウンド、アンダーソン、フィッツジェラルド、ヘミングウェイやイギリス作家フォード・マドックス・フォードらが集い交流する場となり、環大西洋的なモダニズムの醸成に大きく貢献した。

スタインと同様にヨーロッパで長い期間を過ごし実験的な作品を残した女性作家としてジュナ・バーンズ (Djuna Barnes, 1892-1982) がいる。バーンズはデュシャンやマン・レイとも交流をもち、詩や小説や絵画など多彩な領域で活躍した。錯綜した性を入り組んだ文体で描いた代表作『夜の森』(*Nightwood*, 1936) で知られる。　　　　　　　　　　　　　　　　　　　　　（坂根）

(4) アンダーソンとルイスの中西部

ともに中西部に生まれ、その日常を対照的に描いた2人の作家にここで触れておきたい。オハイオ州キャムデンに生まれたシャーウッド・アンダーソン (Sherwood Anderson, 1876-1941) は、家計を手伝うために新聞配達など様々なアルバイトをして青年期を過ごしながら人生経験を積んだ。その後、シカゴの広告会社でコピーライターとして働いてからオハイオ州で自身の塗料会社を設立し、商業的成功を収める。この頃か

ら小説を書き始めるが，1912年に精神に失調をきたしたのをきっかけに，傾きつつあった会社を閉じてシカゴの広告会社に戻って執筆を続ける。19年に発表したオハイオ州の田舎町を舞台とした連作短編集『ワインズバーグ，オハイオ』（Winesburg, Ohio, ⇒Ⅱ-15）は，人々の孤独な日常を，抑圧されたセクシュアリティや無意識というフロイト的なモチーフと絡めながら簡素な文体で描いた作品で，その適度な感傷性や連作短編形式は孤独という現代的な主題ともマッチして，新たな声をアメリカ文学にもたらすことになった。アンダーソンはヘミングウェイやフォークナーといった若い才能を見出して的確なアドバイスを与え，ヘミングウェイをスタインに引き合わせもしたが，ヘミングウェイが後に彼の作品を戯画化した中編小説『春の奔流』（The Torrents of Spring, 1926）を書いたことはよく知られている。

　1920年代は時代の寵児フィッツジェラルドと結びつけられることが多いが，当時の一般読者にしてみれば，20年代アメリカを代表する小説家といえば，まずはミネソタ州ソークセンター出身の**シンクレア・ルイス**（Sinclair Lewis, 1885-1951）の名を挙げたはずである。純文学作品でありながら大きな社会的反響を呼んだ複数のベストセラー作品を20年代に発表したルイスは，その功績を認められて30年にアメリカ作家として初めてノーベル文学賞を受賞した。20年に発表され大ベストセラーとなった代表作『**本町通り**』（*Main Street*）は，ミネソタ州セントポールの図書館で司書として働いたキャロルが，同州の架空の田舎町ゴーファー・プレイリーの町医者と結婚してそこに暮らす様子をリアリスティックに描く。都市のリベラルな空気を吸って理想主義的な考えを抱くこの女性が，保守的で偏狭な町の人々の意識を変えようと奮闘するがうまくいかない。背景には，革新主義思想を担う「新しい女性」（ニュー・ウーマン）（⇒Ⅰ-3-1-(5)）の登場と，大量消費社会の到来によるライフスタイルの急速な画一化があり，中西部的な無個性で退屈な町並みや価値観が全国的に広がっているという作家の認識が滲み出ている。同様の認識は，中西部の架空の都市ゼニスを舞台に中産階級のビジネスマンを主人公としてその俗物的な生を戯画的に描く『バビット』（*Babbitt*, 1922）にも共通する。「バビット」という主人公の名が俗物を指す一般名詞化するほど，本作は広く読まれた。伝統的なリアリズム小説を彷彿とさせ風刺に傾くという点で，同時代の作家と比較して古さを感じさせる彼の作品だが，時代を見つめる正確な眼と戯画化されながらも魅力を失わない人物を造型

する力量には確かなものがある。　　　　　　　　　　　　　　（坂根）

(5) フィッツジェラルド　ルイスと同じくミネソタ州出身だが一世代若いF・
　　と結婚という謎　　スコット・フィッツジェラルド（F. Scott Fitzgerald,
1896-1940）は，よりモダニスト的な方向を打ち出した。「ジャズ・エイジ」という語を広めただけでなく，その人生の浮き沈みが繁栄の20年代から大恐慌の30年代へという時代の流れと奇妙にも符合したため，1920年代を象徴する作家として知られる。家具製造の会社を営む父のもとにミネソタ州セントポールに生まれたフィッツジェラルドだが，父が会社経営に失敗し，母方の財産に依存しながら暮らす。ニュージャージー州のカトリック系プレップスクールを卒業してプリンストン大学に進学するが，在学中に第1次世界大戦が勃発。入隊して南部アラバマ州の駐屯地に滞在中に，裁判官の娘であったゼルダ・セイヤーと出会い恋に落ちる。実際に戦地に赴くことはないまま戦争は終結し，大学を中退した彼はニューヨークの広告会社でしばらく働いてから帰郷，執筆に専念して『楽園のこちら側』（*This Side of Paradise*, 1920）を発表し，ゼルダと結婚する。自身のプリンストン大学での学生生活を自伝的に描いた青春小説である本作は，若い世代の新たな価値観やライフスタイルを反映した作品として好評を博した。同時期から『サタデー・イヴニング・ポスト』をはじめとする商業誌に短編を発表し始め，魅力的なフラッパー（⇒I-4-1-(4)）を描く新進作家として人気を集めた。妻ゼルダとの放蕩生活はメディアでも頻繁に取り上げられ，いわゆる「セレブリティ」の作家として注目を浴びる。

　有閑階級の若い夫婦の頽廃を描いた『美しく呪われた人たち』（*The Beautiful and Damned*, 1922）は冗長さも目立つ作品だが，1925年にはT・S・エリオットの『荒地』やキャザーの『迷える夫人』から影響を受けた，よりモダニスティックな中編小説『グレート・ギャツビー』（*The Great Gatsby*, ⇒II-18）を発表する。過去に愛した上流階級の恋人をその横暴な夫から取り返すべく，ギャツビーは非合法的に富を蓄えて彼女と再会する。友人や愛人の喪失についての物語は，イギリス作家コンラッドの作品から学んだ魅力的な一人称の語りによって，アメリカをめぐる理想の喪失を悼む挽歌へと変容する。

　1930年になるとゼルダが精神に失調を来して入院を繰り返すようになり，スコットもアルコール依存を深めていく。34年に発表された自伝的要素を多く含む長編小説『夜はやさし』（*Tender Is the Night*）は，ヨーロッパを舞台に大金

持ちの患者と結婚した精神科医ディック・ダイバーの不倫と頽廃を描き，映画をめぐる主題も盛り込んだ傑作だが，出版当時，作家の名は過去のものとなっており，ニューディール期の空気には合わなかった。経済的に窮したフィッツジェラルドはハリウッドで脚本の仕事に携わり，そこで次の作品を執筆中に他界する。彼の死後，プリンストン大学からの友人でありアメリカを代表する文芸評論家でもあった**エドマンド・ウィルソン**（Edmund Wilson, 1895-1972）の編纂によってハリウッドのプロデューサーをめぐる未完の小説『**ラスト・タイクーン**』（*The Last Tycoon*, 1941）が出版された。時代風俗と20年代の喪失感をロマンティックに描いた作家という印象が強いが，150を超える短編と長編を通して近代における結婚という「謎」について書き続けたといえる。　　　（坂根）

(6) ヘミングウェイの恋と戦争　　**アーネスト・ヘミングウェイ**（Ernest Hemingway, 1899-1961）はイリノイ州オークパークで医師の息子として生まれ，元声楽家である母の勧めでチェロを習い，アウトドア好きな父と共に森で釣りや野鳥狩りに親しみ，南北戦争で活躍した祖父の武勇伝に胸を躍らせながら成長した。

　高校を卒業する頃，第1次世界大戦が勃発する。若きヘミングウェイは義勇兵として参戦を希望するが，両親の反対と視力の問題のために一度は断念し，『カンザスシティ・スター』の新聞記者になった。このときに先輩記者から「一文を短く」「力強い英語を使うこと」「形容詞，特に壮麗な，華麗な，壮大な，堂々たるといった度を越したものの使用を避けること」という心得を教わり，その後のヘミングウェイ作品を特徴づける簡潔で力強い**ハードボイルド**（hard-boiled）な文体の基礎となった。その後，1918年に赤十字の救急車運転手としてイタリアに赴くが，3ヵ月後に砲弾を脚に受けて重傷を負い，何年も不眠症に陥るほどのショックを受ける。

　戦後，ハドリー・リチャードソンと結婚するものの，壮絶な戦争体験から故郷での生活になじめず，新聞記者としてモダニズムの最先端の地であったパリへ移り住んだ。パリではフィッツジェラルドやスタインとの交流を深める。酒とジャズと恋愛に明け暮れる「失われた世代」（⇒Ⅰ-4-3-(1)）の若者たちのパリでの生活やスペインでの闘牛観戦を描いたデビュー作『**日はまた昇る**』（*The Sun Also Rises*, 1926）によって，戦後を代表するアメリカ作家としての地位を築いた。

第 2 長編『**武器よさらば**』（*A Farewell to Arms*, 1929, ⇒ II - 19）は第 1 次世界大戦中のイタリアを舞台に，アメリカ人フレデリックとイギリス人看護師キャサリンの恋と悲劇を描くが，そこにはヘミングウェイが愛した 2 人の女性を見て取ることができる。第 1 の女性はヘミングウェイが第 1 次世界大戦中に病院で出会ったイギリス人看護師のアグネス・フォン・クロースキーであり，第 2 の女性はヘミングウェイの 2 番目の妻ポーリーン・ファイファーである。特にポーリーンの難産の経験は，『武器よさらば』の結末におけるキャサリンの出産に伴う悲劇と深く結びついている。

1936 年にスペイン内戦（-1939）が起こると，ファシズム台頭に危機感を覚えたヘミングウェイは積極的に現地に赴き，女性ジャーナリストのマーサ・ゲルホーンと出会う。彼女と 3 回目の結婚を果たすと同時に，圧制に立ち向かうスペイン市民の戦いを伝える『**誰がために鐘は鳴る**』（*For Whom the Bell Tolls*, 1940）を発表する。

その後，4 番目の妻メアリー・ウェルシュと共にフロリダやキューバに居を移し，カジキなどの大物釣りを楽しみながら，バーで酒を飲む姿がヘミングウェイの代名詞となるが，それは良質な長編を書くことができないスランプに苦しんだ時期でもあった。自身の経験をもとに，キューバの老いた漁師サンティアゴが 1 人で巨大なカジキに立ち向かう中編『**老人と海**』（*The Old Man and the Sea*, 1952）によってピューリッツァー賞を受賞し，さらにノーベル文学賞受賞という輝かしい復活を遂げるが，晩年は糖尿病や鬱症状など心身の疾患に苦しみ，1961 年に猟銃自殺で自ら人生の幕を下ろした。　　　　　（戸田）

(7) **ウィリアム・フォークナーと南部**　大恐慌の下，アメリカ社会の抱える人種・ジェンダー・階級に関わる矛盾と対立が最もむき出しになっていたのが南部であった。近代化による伝統的社会の衰退を背景に，家父長制的社会の重みに喘ぎながら生きる人間の運命と尊厳を描いたのが**ウィリアム・フォークナー**（William Faulkner, 1897-1962）である。

南部ミシシッピ州に生まれたフォークナーは，生涯のほとんどを同州オクスフォードの町で過ごした。南北戦争の英雄であった曾祖父に憧れるとともに，ヨーロッパ世紀末の耽美主義的文学・美術に憧れたフォークナーは，第 1 次世界大戦でパイロットとして活躍しようとするが果たせず，また現実を超越した象徴主義的な詩人になろうとしても，せいぜい詩人もどきにしかなれなかっ

た。やがて小説に転じたフォークナーは，世紀末的な気取りや風刺的態度を抜け出し，『響きと怒り』(*The Sound and the Fury*, 1929) を境に南部社会の現実を直視し，そこに生きる人間たちの姿を深い共感をもって描く作品を次々と発表した。『八月の光』(*Light in August*, 1932, ⇒Ⅱ-20)，『アブサロム，アブサロム！』(*Absalom, Absalom!*, 1936)，『行け，モーセ』(*Go Down, Moses*, 1942) といった中期の傑作により，1950年に49年度ノーベル文学賞を受賞した。第2次世界大戦後の後期においては政治的・道徳的傾向を強め，南部の人種問題をテーマにした『墓地への侵入者』(*Intruder in the Dust*, 1948)，戦争および国家と個人の問題を扱った『寓話』(*A Fable*, 1954)，回顧録風に人間への希望を語る絶筆『自動車泥棒』(*Reivers*, 1962) といった作品を発表した。また冷戦期のアメリカ文化外交にも積極的に協力し，1955年には訪日し長野でセミナーを開くなどして，日本のアメリカ文学研究に大きな影響を与えた (⇒Ⅰ-5-1-(2))。

　上記『響きと怒り』では，名家コンプソンの没落と長女キャディの「堕落」が，彼女を取り囲む3兄弟および客観的な語り手の視点から語られる。第1章が「白痴」の末弟ベンジィの「意識の流れ」となっているなど，全体的にきわめて大胆な手法で書かれた作品である。フォークナーはこのような革新的な手法を用いて，近代化による南部社会の変化と，その変化に翻弄される人間の苦悩を象徴的かつ切実に描くとともに，家父長制社会の矛盾と残酷さを徹底的に暴いた。

　フォークナーは自分の暮らすミシシッピ州北部をモデルに，「ヨクナパトーファ郡」という架空の世界を作り上げ，『響きと怒り』をはじめとする多数の長短編を書いた。「ヨクナパトーファ・サーガ」(Yoknapatawpha Saga) と総称されるこれらの作品群の特徴は，複数の作品にまたがって同一人物が登場し，しかもそのあり方がしばしば矛盾していることである。人間とは過去＝歴史＝物語を秘めた存在であり，複数の物語の積み重なりこそ人間なのである。そして世界とは，無数の物語が集積し，ぶつかり合う場にほかならない。それは深刻なドラマと思いもよらないユーモアが同居する豊穣な世界であった。

　フォークナーの有名な言葉「過去は決して死なない。それは過ぎ去りさえしない」("The past is never dead. It's not even past.") (『尼僧への鎮魂歌』*Requiem for a Nun*, 1951) は，人間と社会を形作る無数の過去＝歴史＝物語の力を語ったものである。どんな人物にも語るべき物語があり，人間の可能性とは，物語

の可能性そのものである。フォークナーのこのような考えは，南米コロンビアのガブリエル・ガルシア＝マルケス（1927-2014）や日本の中上健次（1946-92），大江健三郎（1935-2023）といった世界中の作家たちに深い影響を与えた。

（金澤）

4　複数のモダニズム

(1) ハーレム・ルネサンス──運動の多様性　ハーレム・ルネサンスは1920年代を中心に展開したアフリカ系文学・音楽・美術などの芸術運動である。ニューヨーク市マンハッタンのハーレム地区を起点としつつ，アメリカのみならずカリブ海やヨーロッパ，アフリカも巻き込む国際的な運動だった。

運動の重要な誘因として，黒人人口の南部農村部から北部都市部への**大移動**（Great Migration）がある。南部では綿花経済の停滞と貧困の蔓延，制度的人種隔離やリンチの恐怖を背景に，1910年代以来600万人もの黒人人口が他地域に移住した。その目的地の1つ，ハーレムには南部とカリブ系黒人移民の共同体が築かれ，新たな文化の中心部を形成した。同時期には代表的黒人指導者W・E・B・デュボイスらにより全米有色人地位向上協会（NAACP）も設立され，機関誌『クライシス』（*Crisis*）には多くの知識人や作家が寄稿して芸術運動の基盤になった。

運動の始まりを告げる作品として，ジーン・トゥーマー（Jean Toomer, 1894-1967）が南部と北部を対比的に描いた前衛的ジャンル越境作品『砂糖きび』（*Cane*, 1923），アレイン・ロック（Alain Locke, 1885-1954）編集の小説，詩，エッセイ，論説のアンソロジー『ニュー・ニグロ』（*The New Negro*, 1925）などがある。ジェイムズ・ウェルドン・ジョンソン（James Weldon Johnson, 1871-1938）による先駆的作品『元黒人の自伝』（*The Autobiography of an Ex-Colored Man*, 1912）は，後続世代も好んで取り上げた，肌の色が明るい黒人が出自を隠して白人として生きる**パッシング**（passing）の主題を扱った。

「新しい黒人」の表象を支えた書き手の出自や作風はきわめて多様であった。文人肌のカウンティ・カレン（Countee Cullen, 1903-46）はイギリス・ロマン主義の影響を受けた作風で知られ，**ラングストン・ヒューズ**（Langston Hughes, 1901-1967）は，ジャズやブルースなどの民衆音楽の躍動を伝える『もの憂いブ

ルース』(*The Weary Blues*, 1926) を残した。ジャマイカ出身のクロード・マッケイ (Claude McKay, 1890-1948) は『ハーレムへの帰還』(*Home to Harlem*, 1928) で都市のナイトライフを鮮やかに描き、スターリング・ブラウン (Sterling Brown, 1901-89) は南部黒人文化に民俗学的関心を寄せ批評や詩作を行った。非規範的なセクシュアリティを表に出した黒人作家は少ない時代であったが、複数の書き手が多様な性のあり方を描き、ベッシー・スミス (Bessie Smith, 1894-1937) のような同性との関係に比較的オープンだった女性ブルース歌手の存在も、時代の解放性に貢献した。

　女性作家たちも精力的に活動した。『彼らの目は神を見ていた』(*Their Eyes Were Watching God*, 1937) で知られる**ゾラ・ニール・ハーストン** (Zora Neale Hurston, 1891-1960) は、民俗学を学び出身地の南部で民話や民間信仰の調査を行った。デンマークと西インド諸島にルーツをもつ**ネラ・ラーセン** (Nella Larsen, 1891-1964) は、『パッシング』(*Passing*, 1929) を発表した。同じパッシングの主題はジェシー・フォーセット (Jessie Fauset, 1882-1961) の『プラム・バン』(*Plum Bun*, 1928) でも描かれ、いずれの作品も人種や階級、ジェンダーの交差性を明るみに出した。　　　　　　　　　　　　　　　（ハーン小路）

(2) 1930年代の文学　大恐慌により出版業界も大きな打撃を受けたが、共産党を母体とする支援ネットワークや、政府主導による連邦作家計画 (Federal Writers' Project) などが若い作家や困窮する作家を支援する。1939年には古典だけではなく当時のベストセラー小説の再刊本を25セントで販売する「ポケットブックス」という叢書が登場して売店で販売され、出版市場は息を吹き返す。ニューディール期にはマルクス主義の強い影響のもとに多くのプロレタリア文学が生み出されたが、モダニズム的実験性とラディカリズムの最も大胆で新鮮な融合を体現するのが、「失われた世代」の1人でもある**ジョン・ドス・パソス** (John Dos Passos, 1896-1970) の『U. S. A.』3部作 (*U. S. A.*, 1930-36) である。そこでは第1次世界大戦前夜から大恐慌までの間の12人の登場人物をめぐる物語が、フランク・ロイド・ライトやアンドリュー・カーネギーら27人の実在の人物の伝記や、新聞記事や流行歌の歌詞などのコラージュによる「ニューズリール」、および「意識の流れ」などの実験的手法を取り入れた「カメラ・アイ」と呼ばれるセクションと織り交ぜられて語られる。

ただしこの時期には，ドス・パソスのような実験的傾向よりはむしろ，恐慌にあえぐ社会に偏在する不平等を告発する自然主義的，ドキュメンタリー的傾向をもつ長大な作品が多く書かれた。シカゴに住む労働階級のアイルランド系青年の人生を綿密に描いたジェイムズ・T・ファレル（James T. Farrell, 1904-79）による『スタッズ・ロニガン』3部作（*Studs Lonigan*, 1932-35）はその1つだが，いまでも広く読まれる小説が，ノーベル文学賞も受賞した国民的人気作家ジョン・スタインベック（John Steinbeck, 1902-68）の『怒りの葡萄』（*The Grapes of Wrath*, 1939）である。1930年代にアメリカの中西部から南部にかけての広い地域においてダスト・ボウル（Dust Bowl）と呼ばれる巨大な砂嵐のため農業が壊滅し，とくにオクラホマ州からは多くの家族がカリフォルニア州へと移住，彼らは「オーキー」（Okies）と侮蔑的に呼ばれた。その事実を背景に，本作ではオクラホマからカリフォルニアへと移動し，その道中や到着した地でも様々な困難に遭遇するジョード一家をめぐる叙事詩的な物語が，社会批評的な解説によって構成される中間章と交互に描かれる。

ユダヤ系移民の生を題材とした作品では，苦悩を伴うアメリカ化の過程がしばしば父親との確執の主題を軸にしながら描かれた。1920年代には女性作家アンジア・イージアスカ（Anzia Yezierska, 1880-1970）の代表作『パンを与える人』（*Bread Givers*, 1925）が発表され，左翼系雑誌の編集者でもあったマイケル・ゴールド（Michael Gold, 1894-1967）が30年に発表した自伝的小説『金のないユダヤ人』（*Jews without Money*）はベストセラーとなった。しかしこの時期のユダヤ系作家による最重要作は，ヘンリー・ロス（Henry Roth, 1906-95）による『それを眠りと呼べ』（*Call It Sleep*, 1934）であり，子どもの視点に寄り添いながらモダニスティックな手法でニューヨークのユダヤ系移民の生活を描いた傑作となっている。

ナサニエル・ウエスト（Nathanael West, 1903-40）はユダヤ系移民の子としてニューヨーク市で生まれながらもエスニシティの主題は扱わず，新聞で「孤独な娘」というペンネームで人生相談のコラムを担当する男性を主人公とした『孤独な娘』（*Miss Lonelyhearts*, 1933）では救済を必要とする近代人の精神的な飢えを宗教的モチーフと絡めて描いた。ハリウッドで美術を担当する男性を主人公に据え，映画業界での成功を夢見ながらも失敗した底辺の人々の人間模様を描いた『いなごの日』（*The Day of the Locust*, 1939）も高く評価される。

第4章　モダニズムの時代

　1930年代は犯罪小説や推理小説が量産された時代でもあり，S・S・ヴァン・ダイン（S. S. Van Dine, 1888-1939），エラリー・クイーン（Ellery Queen），E・S・ガードナー（Erle Stanley Gardner, 1889-1970），ジョン・ディクスン・カー（John Dickson Carr, 1906-77）などが人気を博した。禁酒法が施行されギャングが暗躍を始める1920年に創刊された雑誌『ブラック・マスク』に起源をもつとされるハードボイルド小説は，**ダシール・ハメット**（Dashiell Hammett, 1894-1961）の『マルタの鷹』（*The Maltese Falcon*, 1930）といった作品によって発展する。その主人公サム・スペードが体現するファム・ファタル的な女性の誘惑に抗い，弱さを抱えながらも孤独でストイックな私立探偵（private eye）として倫理を守る人物は，フォークナーやヘミングウェイといった「モダニズム」作家の描いた男性たちとも共鳴しつつ，**レイモンド・チャンドラー**（Raymond Chandler, 1888-1959）の『大いなる眠り』（*The Big Sleep*, 1939）をはじめとする推理小説の主人公フィリップ・マーロウへと発展的に受け継がれた。
　　　　　　　　　　　　　　　　　　　　　　　　　　　　　　　　（坂根）

(3) サザン・ルネサンスの作家たち　1920年代から30年代は南部において豊穣な文学作品が生まれ，「サザン・ルネサンス」（the Southern Renaissance）とも呼ばれる。当時の批評家H・L・メンケン（H. L. Mencken, 1880-1956）は，聖書の記述を文字通りに信じるキリスト教根本主義(ファンダメンタリズム)が根強い南部の後進性と文化的不毛を厳しく批判していたが，そういった批判に対抗するように，テネシー州ヴァンダービルト大学に集まった詩人ロバート・ペン・ウォーレン（Robert Penn Warren, 1905-1989），アレン・テイト（Allen Tate, 1899-1979），ジョン・クロウ・ランサム（John Crowe Ransom, 1888-1974）らが1922年に文芸誌『フュージティヴ』（*The Fugitive*）を発刊し，南部の題材とモダニズム的な手法を融合させた詩を発表する。
　しかし雑誌が廃刊となったのと同じ1925年には，進化論を教えた高校教師が逮捕されたことによりテネシー州で開かれたスコープス裁判が全米の注目となり，メンケンは舌鋒鋭く南部批判を繰り広げた。そこで全国的に噴出した南部批判に応答する形で，30年に『フュージティヴ』のメンバーらは再び集まり北部的な産業化による近代化を否定する南部農本主義（Southern Agrarianism）を打ち出した反動的論文集『私の立場――南部と農本主義的伝統』（*I'll Take My Stand: The South and the Agrarian Tradition*）を出版する。他方で彼らは独自の

文学批評を編み出すべく**新批評**（New Criticism）という，作品の美的自律性を前提に精読（close reading）を実践するアプローチを構築した。38年にウォーレンとクリアンス・ブルックス（Cleanth Brooks, 1906-94）が発表した『詩の理解』（*Understanding Poetry*）をきっかけとして，新批評は第2次世界大戦後の文学研究と教育を席巻することになる。

　散文ではトゥーマーやフォークナー，ハーストン，ポーターが傑出した作品を発表し，リチャード・ライト（⇒Ⅰ-5-2-(5)）も30年代から執筆を開始するが，他にも特筆すべき作家は多い。エレン・グラスゴー（Ellen Glasgow, 1873-1945）は，バージニア州の貧農に生まれ，様々な苦い経験を積んだ後に故郷の不毛な農地を開拓して甦らせる女性を描く『不毛の大地』（*Barren Ground*, 1925）など多くの作品を残した。トマス・ウルフ（Thomas Wolfe, 1900-38）はノースカロライナ州を舞台に横溢（おういつ）な文体で自身の少年期から大学生活までを自伝的に描いた『天使よ故郷を見よ』（*Look Homeward, Angel*, 1929）によって知られる。アースキン・コールドウェル（Erskine Caldwell, 1903-87）はジョージア州の貧農の苦難を描いた『タバコ・ロード』（*Tobacco Road*, 1932）が有名だが，思春期の瑞々しい性を主題とした数多くの短編も残している。南北戦争期のジョージア州を舞台に**マーガレット・ミッチェル**（Margaret Mitchell, 1900-49）によって書かれた歴史小説『風と共に去りぬ』（*Gone with the Wind*, 1936）は，主人公スカーレット・オハラの逆境を強く生き抜く姿やノスタルジックな主題が大恐慌に苦しむ人々の心をつかんで大ベストセラーとなり，ヴィヴィアン・リー主演による同名の映画化作品（1939）も世界的ヒットとなった。テネシー州出身の作家ジェイムズ・エイジー（James Agee, 1909-55）と写真家のウォーカー・エヴァンズによる共著『名高き人々をいざ讃えん』（*Let Us Now Praise Famous Men*, 1941）は，雑誌の依頼を受けて行ったアラバマ州の貧農への取材に基づくポートレイトだが，写真と文章の有機的な相互関係や観察者であることの罪悪感など，興味深い要素がちりばめられた名作である。　　（坂根）

(4) オニールとアメリカ近代劇の発展　厳格なピューリタニズムの影響下にあった植民地時代のアメリカでは，娯楽は人間の精神を堕落させる元凶と見なされ，演劇も敵視された。そのため植民地の中にはボストンのように厳しい演劇上演禁止令が敷かれていた地域もあった。しかし，都市部を中心に娯楽を求める富裕層が拡大するにつれて上演禁止令も次第に緩み，イギリスからの旅

回り劇団がシェイクスピア作品や本国で流行していたヨーロッパ流の風習喜劇などを上演した。ただ，それらはイギリスからの借り物でしかなかった。

　独立宣言後，アメリカ生まれの劇作家や演劇人たちは，自国の演劇文化を発展させるべく国民意識を高揚させるような作品を書いた。たとえば，法曹界出身の**ロイヤル・タイラー**（Royall Tyler, 1757-1826）は，喜劇『**コントラスト**』（*The Contrast*, 1787）で，イギリスかぶれの気取り屋と，独立戦争でアメリカのために戦った愛国的な軍人を対比的に描くことによって，アメリカ的価値観の優位性を観客に印象づけた。また，**ウィリアム・ダンラップ**（William Dunlap, 1766-1839）は，1798年に初演された詩劇『**アンドレ**』（*André*）において，独立戦争時にスパイ容疑で処刑された，実在のイギリス軍少佐ジョン・アンドレを悲劇的英雄として描きながら独立戦争の根本原理を称揚した。

　タイラーやダンラップの作品はアメリカ近代劇の礎ともなったが，さらにそれを発展させる役割を担った劇作家が**ユージーン・オニール**（Eugene O'Neill, 1888-1953）である。オニールは，1888年に父ジェイムズ・オニールと母メアリーのもとにニューヨーク市内のホテルの一室で生まれた。これは，アレクサンドル・デュマ・ペールの小説『モンテ・クリスト伯』を原作としたメロドラマで名を馳せた舞台俳優であった父親が，家族とともに全国を巡業していたためである。1907年にプリンストン大学を中退後，オニールは，1910年から約2年間船員として働き，南米，南アフリカ，イギリスなどに航行する。12年末に発病した結核を治療するためにコネチカット州ウォリングフォードのサナトリウムで過ごし，療養の間，世界各国の戯曲を読み漁り，特にスウェーデンの劇作家アウグスト・ストリンドベリに感銘を受けて戯曲を書き始める。16年の夏には，ボヘミアンたちが集う，マサチューセッツ州プロヴィンスタウンに滞在し，そこで前衛劇団プロヴィンスタウン・プレイヤーズを結成したばかりのジョージ・クックとその妻スーザン・グラスペルと出会う。この劇団によって，船員としての経験に基づいて書かれた一幕劇『**カーディフさして東へ**』（*Bound East for Cardiff*, 1916）が上演される。これはオニールにとって自身の作品が舞台で演じられる初めての経験であった。

　1920年はオニールにとって飛躍の年であり，初の多幕劇『**地平線の彼方**』（*Beyond the Horizon*）でブロードウェイに進出する。初演は成功を収め，オニールに初のピューリッツァー戯曲賞をもたらした。20年代から30年代前半に

かけてはオニールの代表作が次々と発表される。19世紀後半のニューイングランドの農家を舞台にして近親相姦や嬰児殺しを扱ったメロドラマ風の『楡の木陰の欲望』(*Desire Under the Elms*, 1924) に加えて，劇作上の実験を試みる斬新な作品も発表する。たとえば，26年の『偉大な神ブラウン』(*The Great God Brown*) では仮面が，28年の『奇妙な幕間狂言』(*Strange Interlude*) では傍白や独白の手法が利用され，34年の『終わりなき日々』(*Days Without End*) では1人の登場人物の分裂した性格を2人の俳優が演じた。オニールの劇作は，アイスキュロスの悲劇『オレステイア』3部作を南北戦争直後のニューイングランドに移しかえた大作『喪服の似合うエレクトラ』(*Mourning Becomes Electra*, 1931) で頂点に達する。

　しかし，30年代後半からオニールは健康を害するようになり，創作のペースも落ちていく。そのような状況の中で36年にノーベル文学賞を受賞し，46年には12年ぶりの新作『氷人来たる』(*The Iceman Cometh*) が上演される。ある一族の歴史を1754年から1932年までの長いスパンで描くサイクル劇の構想も抱いていたが，体力と創作意欲の衰えを感じていたオニールは，未完原稿の大半を焼却してしまう。53年に急性肺炎が原因でボストンのホテルでひっそりと息をひきとるが，彼の死から3年後に『夜への長い旅路』(*Long Day's Journey into Night*, 1939-41執筆) が上演された。自身の家族が経験した悲劇，たとえば，母親のモルヒネ中毒などを赤裸々に描く自伝劇であるために，オニールは遺言で死後25年間は上演を禁じていたが，未亡人の判断で56年2月にスウェーデンのストックホルムで初演，11月にはブロードウェイに移る。この上演がオニールの再評価につながり，彼に4度目のピューリッツァー戯曲賞をもたらした。

　　　　　　　　　　　　　　　　　　　　　　　　　　　　　　（坂井）

第5章
冷戦と体制の動揺
——1945〜1963年——

1　アウトライン

(1) 戦後体制の盟主として

　第2次世界大戦の戦勝国となり,「アメリカの世紀」を自負することとなった合衆国にとって, 終戦直後の大きな課題は, 戦時体制から平時への復帰であった。第2次世界大戦の終盤に制定された「復員兵援護法」(G. I. Bill) には, 兵役経験者に対して職業訓練を与えるほか, 住宅や事業融資で優遇し, 大学での高等教育を実質的に無償化するという内容が含まれていた。朝鮮戦争に従軍した兵士たちにも同様の法律が制定され, 1940年代後半から50年代中盤にかけ, 数百万人規模の男性がその恩恵を受け, 大学をはじめとする高等教育を受ける機会を得たことで, 戦後のアメリカの好景気の基盤を形作った。消費活動の活発化もあり, 戦後に開発が進んだ都市郊外に一軒家を所有し, テレビなどの家電をもつ生活が大衆化することになった。そして自動車産業の発展と州間高速道路など道路網の整備により, 郊外に店舗を構える大型スーパーマーケットでの週末の買い出しは, 大量生産と大量消費がもたらした中流階級の豊かさを象徴する光景となった。その一方で, 郊外への人口流出が都心部の環境悪化という「インナー・シティ問題」を生み出したことも事実である。

　白人男性が復員兵援護法による恩恵を最大限に享受したのに対し, 南部の黒人など, 人種的マイノリティには人種差別の壁が立ちはだかった。戦時中には軍需産業を中心とした工業労働力の需要が生じたこともあり, 南部から北部の工業地帯に向けての黒人の人口移動が本格化したが, 賃金における人種間格差という問題は解決されなかった。また, 戦時中には男性が徴兵されたことによる労働力不足の埋め合わせとして,「リベット打ちのロージー」のポスター (図5) に象徴されるように, 多数の女性が製造業に従事するようになった。

第Ⅰ部　アメリカ文学史

図5　J・ハワード・ミラー作のポスター。通称「私たちはできる！」(1943)／Wikimedia Commons

ただし，男性労働者との間の賃金格差は埋められなかった上に，戦後は性別分業の壁が復活する。女性たちは復員してきた兵士たちに職を譲るよう圧力をかけられ，核家族の中での妻と母親という役割に再び戻され，社会進出を妨げられることになる。

アメリカは，1945年の時点で世界の生産の3分の1を占める超大国として，戦後秩序を牽引する役割を担った。すでに1944年のブレトン・ウッズ会議にて，ブロック経済ではなく各国間の自由貿易を促進するという方針が決定され，45年に急死したフランクリン・デラノ・ローズヴェルトの代わりに大統領に就任したハリー・S・トルーマンのもと，47年には欧州復興計画（マーシャル・プラン）によって，戦争で荒廃したヨーロッパのうち西側諸国の復興がアメリカ主導で開始される。同時に，将来的な戦争を予防するための集団安全保障体制の構築が目指され，49年に北大西洋条約機構（NATO）が発足する。

軍事から経済にわたる分野において，アメリカは民主主義陣営の盟主としての地位を確固たるものとした。それに伴い，文化産業の中心としてニューヨークとロサンゼルスの存在感が大きくなり，海外に向けてアメリカ大衆文化を積極的に輸出するようになる。その1つが，1940年代前半から50年代後半にかけてハリウッドで製作された，ハメットやチャンドラーなどの作家によるハードボイルド小説と，ドイツ表現主義の映画技法が融合した犯罪映画である。『マルタの鷹』(1941)や『三つ数えろ』(1946)などが代表作であり，それらの映画群はフランスでフィルム・ノワールと命名されて人気を博した。　　　（藤井）

(2) 冷戦と文化外交　　第2次世界大戦の終結直前から，アメリカを中心とする西側陣営と，ソ連を中心とする東側陣営の対立は明らかになった。1946年にはイギリス首相ウィンストン・チャーチルが，占領地域でのソ連の勢力拡大と閉鎖的態度について「鉄のカーテン」という表現を用いて批判している。40年代後半に，アメリカは西欧に対するマーシャル・プランと北大西洋条約機構（NATO）により，ソ連は東欧各国での共産主義政権の樹立

により，それぞれの勢力圏を確立した。ソ連が49年に核実験に成功して原子爆弾の保有国となると，東西陣営が直接的な軍事的対決を避けつつ世界各地で勢力を争う「冷戦」(Cold War) と呼ばれる対立が本格化する。トルーマン政権は，共産主義勢力の「封じ込め」を目指して諸政策を実行していく。

かくして，軍事や経済や宇宙開発などの各分野において，民主主義陣営と共産主義陣営が優位を競い合い，低開発国への援助と並び，文化広報の戦略による陣営の強化が双方から積極的に図られた。アメリカの文化外交においては，合衆国広報文化交流局が中心となり，映画やラジオ放送などのメディアを通じた発信と現地での活動を推進した。初期の対象地域として重視されたのは共産圏およびアジアであり，日本においても，各地に設置されたアメリカ文化センターなどが活発な活動を行った。1950年代には国務省の管轄によって人物交流が実施され，55年にはウィリアム・フォークナーが文化使節として来日を果たす。東京に到着したフォークナーは，川端康成や大岡昇平（おおおかしょうへい）などの作家や評論家との座談会に参加した後，長野で開催されたアメリカ文学セミナーに参加した（⇒Ⅰ-4-3-(7)）。50年代初頭に東京と京都で始動していたアメリカ研究のセミナーと並んで，アメリカの戦後文化政策の大きな成果の１つである。　　　(藤井)

(3) 赤狩りの時代へ

ソ連との対立が深刻化するなか，1950年に朝鮮戦争が勃発する。トルーマン大統領は核爆弾使用も検討したとされ，アメリカ国内では核戦争の恐怖もあいまって，国内での共産主義台頭が脅威と見なされるようになった。後に赤狩り（レッド・スケア）と呼ばれることになる告発の初期の犠牲となったのは，共産主義者という嫌疑をかけられたハリウッドの映画人たちであった。下院非米活動委員会による聴聞会での証言を拒否した10名は「ハリウッド・テン」と呼ばれ，その後長きにわたってハリウッドから追放されることになった。

1950年代に入り，ソ連のミサイル開発が進展して核攻撃の恐怖が高まるにつれて，上院議員ジョセフ・マッカーシーが中心となり，「赤狩り」は強力に推進された（マッカーシズム）。ハリウッドにおいては，ウォルト・ディズニーや後に大統領を務めるロナルド・レーガンらが積極的に協力し，共産主義者およびそのシンパの告発が行われた。ディズニーは55年，カリフォルニア州アナハイムにディズニーランドを開園させ，アメリカの伝統的生活や未来のテクノロジーを体験するアトラクションを提供した。それは冷戦下の社会においてアメ

リカ的生活の価値を喧伝（けんでん）する政治的な文脈と密接に結びついていた。

　こうして進行する社会の保守化は、「順応の時代」とも呼ばれた。郊外の一軒家で大量消費の生活を営む中流階級の核家族というモデルは、1950年代のテレビドラマ『パパは何でも知っている』などでも理想化されていたが、それ自体が画一化された大衆社会であり、家族以外のつながりを失った「**孤独な群衆**」（デイヴィッド・リースマン）であるとも形容された。それに反発する若者世代の登場が、50年代からのアメリカ文化を牽引（けんいん）していくことになる。

　大衆文化において、新しい世代の代弁者としての役割を果たしたのが、俳優ジェームズ・ディーンであった。スタインベックの小説を映画化した『エデンの東』(1955)の演技で注目され、没後公開された『理由なき反抗』(1955)の主演で名声を不動のものとした。また、南部でゴスペルを含む音楽を吸収したエルヴィス・プレスリーは、リトル・リチャードやチャック・ベリーらとともにロックンロール創成期に登場して全米を熱狂の渦に巻き込んだ。　　（藤井）

(4) 公民権運動の本格化　南北戦争が終結し、奴隷制が廃止された後も、南部諸州においては人種隔離政策が実施され、交通機関、ホテルやレストランや劇場、さらには学校において有色人種と白人を分離する法律が次々に施行され、南部の黒人たちに対する人種差別体制が維持されていた。こうして堅固に見えた人種差別の壁に対しては、黒人たちによる非暴力の抗議運動が、全米有色人地位向上協会をはじめとする各種の組織によって20世紀前半から続けられていた。南部と北部の双方における黒人の大規模な移動によって都市部での人口が増加し、教会などを中心とする組織を作りやすくなったこともあり、**公民権運動**が本格化するのは1950年代に入ってからのことである。

　公民権運動は時代状況にも後押しされた。冷戦下の国際的な勢力圏争いにおいて、「第三世界」と呼ばれる地域、特にアフリカにおける支持拡大を目指すアメリカにとって、国内の黒人に対する差別は大きな障害であるという政治的認識が強まっていた。1954年、連邦最高裁判所が教育施設における人種隔離を違憲とする判決を下した。翌55年、アラバマ州モンゴメリーで黒人女性ローザ・パークスが公共バスにおける人種隔離に抗議したため逮捕されたことをきっかけに、同市でのバス利用のボイコット運動が開始され、大規模な非暴力の抗議活動が全米に知れ渡ることになる。60年にはノースカロライナ州グリーンズボロの食堂カウンターでの座り込みが行われ、61年には人種平等会議が主

導し，長距離州間バスで南部の人種隔離州に抗議に向かう運動家たちの運動が開始される。それらの活動は，63年のワシントン大行進で最高潮を迎え，マヘリア・ジャクソンやマリアン・アンダーソンといった黒人歌手だけでなく，フォーク歌手ジョーン・バエズやボブ・ディランなどの白人も参加した。

モンゴメリーでの運動の中心的存在であった黒人牧師マーティン・ルーサー・キング・ジュニア (Martin Luther King, Jr., 1929-68) は，南部各地で抗議運動を指導する過程で公民権運動の象徴的な存在となっていく。ワシントン大行進では，「**私には夢がある**」("I have a dream") という有名な一節を交え，自由と民主主義というアメリカの理想に黒人たちが加えられるべきだと訴える演説を行った。そうした運動は，1964年にリンドン・ジョンソン大統領が新公民権法に署名し，65年の投票権法とともに法律上の差別が禁止されるという成果を勝ち取った。それらの運動のうねりはやがて，「チカーノ／チカーナ」と呼ばれるメキシコ系アメリカ人，さらには日系アメリカ人による社会的地位の向上を目指す運動を後押しした。その結果，70年代にかけて，黒人をはじめとする人種的・民族的マイノリティは着実に社会的地位を上昇させていくことになる。

ただし，非暴力の公民権運動を批判していた黒人指導者であるマルコム Xは1965年に暗殺され，キング牧師も68年に暗殺されるなど，運動には多くの犠牲が伴った。人種統合の法的基盤を勝ち取った後も人種差別は根強く，黒人運動家たちの一部は60年代後半から「ブラック・パワー」をスローガンとするようになり，武装闘争を主張するブラック・パンサー党などの急進的な活動も活発化した。その後も黒人の貧困率の高さは未解決のまま，人種の問題は21世紀に至っても残存することになる。 (藤井)

(5) ケネディ登場と暗殺 1960年代に入り，大統領就任当時43歳の若さでアメリカの舵取りを担うことになったのが，ジョン・F・ケネディである。就任演説では，「国があなたのために何ができるかではなく，あなたが国のために何をできるのかを問うてほしい」という一節がよく知られている。ただし，演説の多くは自由民主主義陣営のリーダーというアメリカの国際的な役割を強調するものだった。対ソ強硬路線を掲げて軍拡を主張するなど，ケネディは積極的に共産主義勢力との対決姿勢を鮮明にし，就任した61年にはベルリンの壁の建設が開始されるなど，冷戦の緊張の高まりに対処することになる。

1962年に発生した**キューバ危機**は，アメリカとソ連という2つの超大国が全面戦争に突入する可能性を示した。59年にキューバでフィデル・カストロらによって樹立された社会主義政権は，アメリカと対立してソ連に接近していたが，キューバにソ連の兵器とミサイルが運び込まれていることが62年に明らかになる。それを受けてケネディ政権はミサイル撤去を求めて海上を封鎖し，核戦争が現実味を帯びることになった。交渉の結果，軍事対決は土壇場で回避されたが，50年代から，全米各地で核シェルター設置や避難訓練が日常化するなど，核戦争の恐怖は冷戦下の経済的繁栄につきまとう影となった。

　1957年にソ連が人工衛星スプートニク1号の打ち上げに成功したとの衝撃的な知らせを受け，アメリカも宇宙開発を本格化させる。61年にソ連がユーリイ・ガガーリンによる人類初の有人宇宙飛行を成功させたことで，ケネディは月への有人宇宙飛行計画「**アポロ計画**」への支援を表明し，60年代中に月に人類を着陸させると宣言した。その宣言は，69年のアポロ11号月面着陸（第Ⅲ部中扉）で実行されることになるが，ケネディが生きてそれを目にすることはなかった。

　1963年11月22日，テキサス州ダラスでケネディ大統領は狙撃されて死亡する。リー・ハーヴェイ・オズワルドが犯人として逮捕されるが，そのわずか2日後にオズワルド自身が暗殺され，合衆国大統領の暗殺という出来事は多くの憶測を呼ぶことになった。「ニュー・フロンティア」という理想を掲げ，ソ連に後塵を拝していた宇宙開発でもアポロ計画を牽引するなど，ケネディはその若さもあいまって，アメリカの未来に向けた希望を体現する存在でもあった。その暗殺は，「アメリカの背骨が折れた」と形容されるほどの衝撃をもたらした。その後のベトナム戦争の泥沼化と，それに伴って激化した国内の反戦運動など，国家としての迷走の始まりとして，ケネディ暗殺は象徴的な意味をもつ出来事となっていく。

（藤井）

2　時代の空気と戦後文学

(1) サリンジャーと純粋さの追求　この時期のアメリカ文学の大きな背景となるのが，第2次世界大戦から冷戦にかけての保守的な時代の風潮である。1948年の時点ですでに，ノーマン・メイラー（Norman Mailer, 1923-2007）のデビュー長編『裸者と死者』（*The Naked and the Dead*）は，太平洋戦争における

日本軍とアメリカ軍との戦闘を舞台として，アメリカ軍の官僚的な体質を描き，体制によって個人が押し潰される危険に警鐘を鳴らしていた。こうした危機感を共有する作家たちが戦争体験を経て，続々と登場することになる。

J・D・サリンジャー（J. D. Salinger, 1919-2010）は，ニューヨーク市マンハッタンでユダヤ教徒の父親とキリスト教徒の母親のもとに生まれた。学校では演劇に興味を抱くが，両親の希望で士官学校に入学し，1936年にニューヨーク大学に入学するもまもなく退学，ヨーロッパでの短い滞在を経てコロンビア大学に入学して創作を学ぶ。42年に徴兵され，ノルマンディー上陸作戦やバルジの戦いに参加した経験は，後々までサリンジャーに影響することになる。帰国後は雑誌『ニューヨーカー』に短編を掲載し始め，作家として歩み始める。

『ライ麦畑でつかまえて』（*The Catcher in the Rye*, ⇒Ⅱ-21）は1951年に出版され，すぐに大きな反響を呼んだ。成績不良で名門進学校を退学処分となった少年ホールデン・コールフィールドが，ニューヨークのマンハッタンをさまよい歩きつつ，学校や大人たちの世界の不条理について語っていく。非人間的な大人たちの世界を「インチキ」（"phony"）と呼び，10歳の妹フィービーに象徴される純粋さへのこだわりを貫こうとするホールデンの姿は，マーク・トウェインの『ハックルベリー・フィンの冒険』（⇒Ⅱ-12）にも連なる，社会からの逃走を試みる青春物語として，冷戦下のアメリカ社会で閉塞感を抱える若者たちの心を摑んだ。刊行から10年余りの間に，『ライ麦畑でつかまえて』は，時代を代表する小説としての評価を固めた。

1953年には短編集『ナイン・ストーリーズ』（*Nine Stories*），61年には『フラニーとズーイ』（*Franny and Zooey*）を発表し，作家としての確かな力量を示したものの，名声が高まるにつれ，それから逃れるように，サリンジャーはニューハンプシャー州の田舎町に移って人前に出なくなり，63年以降は小説の発表も途絶えた。サリンジャー人気はアメリカ国内に限ったものではなく，日本を含む世界各地で翻訳がロングセラーとなっている。冷戦においてアメリカと対立していたソ連でも，50年代後半から60年代にかけてのニキータ・フルシチョフが率いた「雪解け」の時代に『ライ麦畑でつかまえて』のロシア語訳が出版され，人気を博した。

(藤井)

(2) 自由を求めるビート・ジェネレーション　「ビート」（the Beats）とは，1940年代後半から50年代前半にかけては脚光を浴びることなく活動を続け

ていた前衛芸術運動であり，50年代後半から60年代初めにかけて広く認知されるようになる。ビート作家たちは，第2次世界大戦と朝鮮戦争を経た冷戦体制への幻滅，物質文明や社会的・性的規範に反旗を翻す姿勢を共有し，ジャズと共鳴する即興的な小説の文体や，俳句や仏教といった非西洋文化への関心などを特徴とした。

このビート・ジェネレーション（the Beat Generation）の中心的存在として，ジャック・ケルアック（Jack Kerouac, 1922-69），アレン・ギンズバーグ（Allen Ginsberg, 1926-97），ウィリアム・S・バロウズ（William S. Burrows, 1914-97）の3名がしばしば挙げられるが，ダイアン・ディ・プリマ（Diane di Prima, 1934-2020）をはじめとする女性詩人や，ビート作家たちの出版も手掛けた黒人詩人・批評家であるアミリ・バラカ（Ameri Baraka, 1934-2014）らの貢献も大きく，ビートは白人男性のみの運動であったわけではない。

ギンズバーグの詩「吠える」（"Howl," 1956）のサンフランシスコでの朗読が，ビートの主流文化への登場を告げる画期的出来事とされる。ギンズバーグはホイットマン譲りともいわれる長文とジャズのリズムを駆使して，時代によって抑圧されたアメリカの詩人や芸術家や薬物中毒者などの姿をコラージュのように並べて若者の絶望と不満を表現しつつ，文明の狂気に反抗する者たちを讃えた。

ギンズバーグ以上にビート・ジェネレーションの中心的なテクストとなったのは，ケルアックによる長編小説『オン・ザ・ロード』（On the Road, 1957, ⇒ II-24）である。語り手サル・パラダイスは，旅と自由の精神を具現するディーン・モリアーティという男と出会い，東海岸から西に向かう旅に出る。デンヴァーからサンフランシスコに辿り着き，短い滞在を経て東海岸に戻った後，西海岸への旅を再び繰り返し，3度目の旅ではメキシコに辿り着く。サルとディーンの旅路は，ジャズをはじめとする音楽，酒と麻薬，そして女性たちとの自由な関係によって彩られ，生命力の解放と未知の経験を求める心情に貫かれている。

バロウズはハーバード大学で英文学や考古学を学んでいたが，1943年にニューヨークに移ってケルアックやギンズバーグと交友関係を結んだ。メキシコに住んでいたときに誤って妻を射殺し，その後は中南米や当時は国際管理地域だったタンジェなどで生活を送った。『裸のランチ』（Naked Lunch, 1959）

は，麻薬中毒者であった自身の体験をウィリアム・リーという主人公に投影し，一貫した物語というよりは短いエピソードの連なりという形式で構成されている。その後のバロウズは，ランダムな要素をモンタージュのようにつなげる「カットアップ」という手法により（⇒ I - 6 - 2 -(2)），直線的な構成に対抗して断片を提示することで，読者を言語や文化規範や制度などの支配から解き放つことを目指した。

続く1960年代，後続のベトナム戦争世代に対するビート作家たちの態度は，連帯（ギンズバーグ）や決別（ケルアック）など一様ではなかったが，60年代後半にカウンターカルチャーを牽引したヒッピーの先駆的存在として影響力を保った。また，多くはニューヨークのグリニッジ・ヴィレッジを中心に活動していたが，ビートの影響は国境を越え，アンドレイ・ヴォズネセンスキー（ソ連）や白石かずこ（日本）といった詩人たちにも及んだ。　　　　　　　（藤井）

(3) ユダヤ系アメリカ文学　　第2次世界大戦後，ユダヤ系アメリカ人の社会的地位が向上し，アメリカ文学の世界においても主流をなす作家が世に出た。その代表格として，**ソール・ベロー**（Saul Bellow, 1915-2005）や**バーナード・マラマッド**（Bernard Malamud, 1914-86），**フィリップ・ロス**（Philip Roth, 1933-2018）が挙げられる。戦前のユダヤ系作家がアメリカへの同化や人種的アイデンティティを主たる文学的テーマとしたのに対し，戦後の作家はユダヤ的題材を利用しながら，ユダヤ的体験をアメリカ的体験として普遍化し，現代アメリカの諸問題を取り扱った。

いち早く注目を集めたソール・ベローは，大学の教壇に立つ一方で小説を書き始め，『オーギー・マーチの冒険』（*The Adventures of Augie March*, 1953）で作家としての地位を確立した。シカゴの貧しいユダヤ人街で生まれた少年が，アメリカの物質的な成功に魅せられ波乱に満ちた遍歴を辿るピカレスク小説であるが，物質的豊かさの裏側にある人生の幻滅や喪失をも描き出している。代表作『ハーツォグ』（*Herzog*, 1964）では，妻の不貞に懊悩するユダヤ人大学教授ハーツォグの心情を，投函する当てのない無数の書簡や内的独白の形で披瀝しながら，個人的な問題を超えて，人間存在の意味を問いかけている。1976年にはノーベル文学賞を受賞した。

ベローに続いて，1950年代にデビューしたバーナード・マラマッドは，ユダヤ人社会を描きながら，普遍的な人間性の回復を目指すヒューマニズムに彩ら

れた作品を発表した。彼の代表作『**アシスタント**』(*The Assistant*, 1957) は，ユダヤ人モリスの零細食料品店に強盗に入ったイタリア系青年フランクが，良心の呵責から店員となって店の立て直しに奮闘し，モリスの娘ヘレンへの恋慕心も手伝って，人種と宗教の垣根を越えて再生していく物語である。大作『**修理屋**』(*The Fixer*, 1966) は，帝政ロシア末期に起こった反ユダヤ主義的なベイリス事件を題材としており，少年殺しの濡れ衣を着せられたユダヤ人の修理屋を通して，不当な権力に抵抗する人間の不屈の精神を描き出している。

　批評家ハロルド・ブルームが現代アメリカを代表する4作家の1人として挙げたフィリップ・ロスは，最初の作品集『**グッバイ，コロンバス**』(*Goodbye, Columbus*, 1959) で全米図書賞を受賞し，早くから新進作家として注目された。ロスの作品は物質主義を志向するユダヤ人中産階級の俗物性や偏狭なユダヤ社会の宗教や慣習への風刺と皮肉を特徴とするがゆえ，伝統的なユダヤ人コミュニティからは反感を買った。代表作『**ポートノイの不満**』(*Portnoy's Complaint*, 1969) は，アレグサンダー・ポートノイが，父親の金銭的俗物性や母親の抑圧的な姿勢からユダヤ人嫌いとなり，非ユダヤ人と性的関係を結ぶも性病感染の不安に苛まれ，不能へと陥る物語である。ユダヤ的価値との断絶を欲しながらも断ち切れず，自己喪失に陥る主人公には，ユダヤ人だけでなく，現代アメリカの若者の精神的状況が反映されている。

　それ以外にも，他のユダヤ系作家ほどユダヤ色は色濃くないが，不朽の青春小説『ライ麦畑でつかまえて』の作者 J・D・サリンジャー，イディッシュ語で作品を発表し続けたノーベル賞作家**アイザック・バシェヴィス・シンガー** (Isaac Bashevis Singer, 1903-91)，『裸者と死者』で有名なノンフィクション小説の革新者ノーマン・メイラーも活躍し，1960年代にユダヤ系文学は黄金期を迎えた。
　　　　　　　　　　　　　　　　　　　　　　　　　　　　　　　(中村)

(4) ウラジーミル・ナボコフと冷戦期アメリカ　　帝政ロシアの首都サンクトペテルブルグの貴族階級の家庭に生まれた**ウラジーミル・ナボコフ** (Vladimir Nabokov, 1899-1977) は，1917年の革命後にクリミア経由でロンドンに逃れ，ケンブリッジ大学を卒業した22年，ベルリンで亡命生活を開始した。当地で小説家としての地歩を固め，第3長編『**ルージン・ディフェンス**』(*Zaschita Luzhina*, 1930) によって亡命ロシア文学の旗手とまで目されるようになるが，時折しもナチスが不穏な動きを見せ始めた頃であった。ユダヤ系の妻と幼い1

第5章　冷戦と体制の動揺

人息子を連れた作家は30年代後半にフランス各地を転々としたのち，40年，ニューヨークに降り立つ。かねてより英語作家への転身の道を模索していたナボコフにとり，この渡米は創作に用いる主要言語としてのロシア語に別れを告げる重大な転機となった。

　新天地での再起を図った亡命作家が大学教師として糊口を凌ぐ日々を抜け出すのは，『ロリータ』(*Lolita*, 1955) が巻き起こした一大センセーションを通じてのことである。1958年のアメリカ版の出版直後，即座に全米ベストセラーとなったこの問題作がもたらした経済的な自由を享受すべく，ナボコフは60年代初頭に訪れたスイスの高級ホテルを終の棲家に選び，そこでかつてのロシア語作品の英語翻訳版の作成や新作執筆に打ち込んだ。ロシア語と英語，そして作者が幼少期より親しんだフランス語が入り混じる特異な文体で書かれた『アーダ』(*Ada, or Ardor: A Family Chronicle*, 1969) は，20世紀を代表するこの多言語作家の脱領域的な感性が遺憾なく発揮された大作である。

　晩年のナボコフは公の場での発言の機会を得るたびに，きまって自作を政治社会的コンテクストから切断することを是とし，芸術のための芸術を志す唯美主義者のごとき主張を繰り返した。だがそうした強硬意見とは裏腹に，その作品には同時代の現実が色濃く影を落としている。当初はポルノグラフィーまがいの意匠を凝らした第1部が話題を呼んだ『ロリータ』にしても，主人公とヒロインが自動車で全米を駆け巡る第2部のロード・ナラティヴ的展開には，小説の中心的な舞台である1940年代末から50年代前半，大衆消費文化が隆盛を極めた戦後アメリカの世相を綿密に記録したエスノグラフィーのごとき趣が認められる。赤狩りの時代（⇒I-5-1-(3)）を背景に，東部の地方大学で教鞭を執る亡命ロシア人教師の悲喜交々を描いた『プニン』(*Pnin*, 1957) にもまた，当時のアカデミアの内情を知るナボコフ自身の経験を思わせる細部が隠されている。

　架空のアメリカ詩人の手になる作中詩と，ゼンブラなる王国の出身者を自称する，これまた架空の文学者がその詩に付けた膨大な註釈によって構成されたナボコフの『淡い焔』(*Pale Fire*, 1962) は，小児性愛を取り上げた『ロリータ』に続き，今度は同性愛を主題化することで，正常／異常を峻別してやまない冷戦期の「封じ込め」の文化への目配りを利かせている。『プニン』と同じく大学小説の枠組みを借りたこの典型的なメタフィクションの主要登場人物たち

は，1950年代末のアメリカで日常を送りながらも，なぜ絶えず死の恐怖に囚われ，来世の可能性に思いを馳せているのだろうか。その理由の一端は，スプートニク・ショックの年に構想がまとまった同作が，奇しくもキューバ危機（⇒ I-5-1-(5)）の年に読者のもとに届けられたという史実を顧みることで明らかになるだろう。 (後藤)

(5) 黒人作家たちにとっての実存　南部から北部への黒人の人口移動は19世紀後半から始まり，マンハッタンのハーレム地区での様々な知識人の活動を生み出した。そして，モダニズムの時代になると，ジーン・トゥーマー，ゾラ・ニール・ハーストン，ラングストン・ヒューズ，ネラ・ラーセン，クロード・マッケイといった，「新しい黒人」と呼ばれる多くの黒人作家たちが確かな足跡を残した（⇒ I-4-4-(1)）。その後，ウォール街での株価大暴落に続く大恐慌の時代には，リアリズムと自然主義の文体に立ち戻り，社会への抗議を含む小説を発表する黒人作家たちが台頭する。

リチャード・ライト（Richard Wright, 1908-60）はミシシッピ州ロキシーの農園で生まれ，人種隔離時代の南部で育った。1927年に家族とともにシカゴに移り，大恐慌の期間には共産党に入党するが，後に離党している。38年に短編集『アンクル・トムの子供たち』（*Uncle Tom's Children*）を刊行して評価され，続いて長編小説『アメリカの息子』（*Native Son*, 1940）を完成させた。大恐慌下のシカゴで，黒人青年ビッガー・トマスが白人女性の命を誤って奪い，その遺体を焼いて逃走するという，ドストエフスキー的とも形容される物語展開のなかで，黒人主人公の心理が探求されていく。ライトは46年にパリに移り，以降は哲学者のジャン=ポール・サルトルやシモーヌ・ド・ボーヴォワールらとの交流から実存主義哲学に大きく影響されるようになる。53年には殺人犯クロス・デイモンを主人公とする長編小説『アウトサイダー』（*The Outsider*）を発表し，黒人にとっての実存とは何かを問いかけた。

ラルフ・エリスン（Ralph Ellison, 1913-94）はオクラホマ州で生まれ育った。父親を早くに亡くし，家計を助けるかたわら楽器の演奏を学ぶ。アラバマでの学生時代を経て，1936年にニューヨークに移り住むと，リチャード・ライトと親交を結び，マルクス主義に傾倒したほか，左翼系知識人との交流も積極的に行った。ただし，後にライトの小説はイデオロギー的であると批判している。エリスンが生前に発表した唯一の小説である『見えない男』（*Invisible Man*,

1952）は，教養小説(ビルドゥングスロマン)の形式を借り，名前が明かされない黒人男性が地下室で自らの来歴を語っていく。エリスンの自伝的要素を盛り込んだその人生は，アイロニーをふんだんに交えつつ，黒人たちが白人たちによって主体として認められていないがゆえに社会的・経済的に「見えない」存在になっていることを鋭く告発している。

　ジェイムズ・ボールドウィン（James Baldwin, 1924-87）はニューヨーク市のハーレム地区に生まれた。牧師だった継父とは軋轢の多い生活を送るが，14歳の時に信仰の道を選んで牧師となる。その後は家計を助けるために様々な仕事をこなしつつ，創作への欲求との両立に苦しむ。教会を離れて創作に専念することに決めたボールドウィンは，アメリカでの人種差別から逃れるべく，1948年にパリに移り住み，以降9年間を同地で過ごしつつ創作に打ち込んだ。同時期にパリにいたライトの小説に対しては，マルクス主義の観点から黒人の経験を語るのは視野狭窄(きょうさく)であると批判している。53年に自伝的小説『山にのぼりて告げよ』（Go Tell It on the Mountain, ⇒Ⅱ-23）を発表し，14歳の少年ジョン・グライムスを主人公とし，ハーレムで成長していく中での家族や信仰との関わりを描き出した。56年の『ジョヴァンニの部屋』（Giovanni's Room）は，登場人物をすべて白人とし，同性愛と両性愛の主題を正面から扱った美しい恋愛小説である。

　その後も『もう一つの国』（Another Country, 1962）や『ビール・ストリートの恋人たち』（If Beale Street Could Talk, 1974）などの小説を発表するほか，公民権運動を題材とするエッセイ集『次は火だ』（The Fire Next Time, 1963）などノンフィクションも精力的に執筆し，エッセイストとしても高い評価を得た。1970年以降は南仏に居を構え，フランスの小説家マルグリット・ユルスナール，ミュージシャンのニーナ・シモンやマイルス・デイヴィスなどと幅広い交友関係を築いた。　　　　　　　　　　　　　　　　　　　　（藤井）

(6) 新たな南部作家たちの声　アメリカ南部は，20世紀前半を通じて堅固な人種隔離体制を維持し，北部に比べると都市化や工業化が遅れた農業中心の経済が大恐慌で深刻な打撃を受けるといった状況を経験する。その期間にも，ウィリアム・フォークナーやアレン・テイトなどの作家たちが「南部モダニズム」を牽引した。それに続き，第2次世界大戦前後に登場した南部作家たちは，南部という土地につきまとう暴力的な記憶や神話性との複雑な関係を語る

ことになった。

　ユードラ・ウェルティ（Eudora Welty, 1909-2001）はミシシッピ州ジャクソンに生まれ、州内の女子大学に入学した後、ウィスコンシン大学で英文学を学んだ。その後1931年にミシシッピに帰郷して地元のラジオ局や新聞などで働いた。36年に退職して作家としての活動に専念し、雑誌『ニューヨーカー』などに短編小説を次々に発表していく。キャサリン・アン・ポーターに早くから才能を認められ、41年には第1短編集『緑のカーテン』（*A Curtain of Green*）を発表する。

　初期の頃から、ウェルティの小説は叙情とリアリズムの融合を評価されていた。ミシシッピ・デルタ地方を舞台に、農園経営者の娘の結婚式前後の9日間を描く長編小説『デルタの結婚式』（*Delta Wedding*, 1946）、ミシシッピ州の架空の町モルガナを舞台とする連作短編集『黄金の林檎』（*The Golden Apple*, 1949）などにおいて、ウェルティは登場人物が内的に経験する空間と時間を描き出すという手法に磨きをかけていく。通常の時間の流れとは異なる記憶や夢といった時間を生きる登場人物たちの感情の起伏に合わせた語りは、モダニズム的な印象派絵画（⇒Ⅰ-4-2-(2)）の手法にも喩えられる。南部に暮らす白人女性たちを主に描いたが、黒人の公民権運動指導者メドガー・エヴァースの暗殺を題に取った短編「その声はどこから？」（"Where Is the Voice Coming from ?," 1963）を発表するなど、政治的な問題も取り上げた。

　フラナリー・オコナー（Flannery O'Connor, 1925-64）はジョージア州サバンナのアイルランド系の一家に生まれた。同州の大学で社会学と英文学を学んで3年で卒業し、1945年にアイオワ大学創作科に入学する。早くからその才能を認められ、47年に修士号を取得、52年に自己免疫疾患と診断された後も活発に創作を行ったが、64年に39歳の若さで死去した。ウェルティと同様に、南部の人間模様を描く中にユーモアを取り入れた喜劇的側面が、オコナーの持ち味の1つであった。実存主義哲学やフロイト派精神分析学を戯画化しつつ、オコナーは特に「グロテスク」という要素を強調し、南部の登場人物になんらかの暴力を受動的に経験させ、数分間の経験に人生を凝縮することを好んだ。その作風から、フォークナーやカーソン・マッカラーズに続く**南部ゴシック**（the Southern Gothic）の代表的な作家とされる。また、自由間接話法を駆使する文体も、後の世代の作家たちに大きな影響を与えることになる。

オコナーは敬虔なカトリック教徒であり，その宗教的要素は南部という土地と同じく小説に色濃く投影されている。初期の長編小説『賢い血』(*Wise Blood*, 1952, ⇒Ⅱ-22) は，第 2 次世界大戦から復員してテネシー州に戻った主人公ヘイゼル・モーツが，「キリストのいない教会」を説くようになり，その精神的，物理的彷徨はやがて奇妙な人々を惹きつけるようになっていく。グロテスクな喜劇を通じて生と死や信仰の不可避性という主題を追求するこの小説は，オコナー自身の信仰や南部という土地の特殊性を超えた広がりを獲得している。1960年の第 2 長編『烈しく攻むる者はこれを奪う』(*The Violent Bear It Away*) でも，預言者として生きる運命から逃れようとする少年の姿を通じて，信仰と人生という主題は引き継がれている。また，オコナーは短編の名手でもあり，『善人はなかなかいない』(*A Good Man Is Hard to Find*, 1955) などに収められた短編において，暴力に晒される登場人物と神の恩寵との関係や，南部における人種問題などを描いている。

　トルーマン・カポーティ（Truman Capote, 1924-84）はルイジアナ州ニューオーリンズに生まれた。2 歳の時に両親が離婚したため，幼少期はアラバマ州の母方の親戚のもとで過ごしている。1932年に再婚した母親とニューヨークで暮らし始め，コネチカットとニューヨークで学校生活を送る。11歳の頃から創作を始めていたという早熟な才能は，45年に短編「ミリアム」("Miriam") が雑誌『マドモアゼル』に掲載されて高く評価を受けたことで早くも注目される。48年にはカポーティ自身の南部での幼少期を素材とする，南部ゴシック小説の系譜に連なる半自伝的小説『遠い声，遠い部屋』(*Other Voices, Other Rooms*) を発表する。13歳の少年ジョエル・ノックスは，母を亡くしたためにニューオーリンズを離れ，ミシシッピ州で父親が所有する孤立した農園の荒れた屋敷での生活を始める。少年が自己を受け入れていく過程を描く詩的な言語や随所にちりばめられた象徴性，同性愛的要素などが話題を呼び，カポーティは一躍時の人となる。

　続く第 2 長編『草の竪琴』(*The Grass Harp*, 1951) もやはり自伝的要素を多く含む小説であるが，『遠い声，遠い部屋』にあったゴシック的な要素は影をひそめ，清新な青春小説となっている。その後，『ティファニーで朝食を』(*Breakfast at Tiffany's*, 1958) では，1940年代のニューヨークを舞台に，小説家志望の男性が社交界で成功をつかもうとする女性ホリー・ゴライトリーと知り

合うくだりを語り，文体面でも高く評価された。その後，カポーティは59年にカンザス州で起きた一家4人の殺人事件について取材を始める。その成果として65年に発表されたノンフィクション作品『冷血』(*In Cold Blood*) は，ジャーナリズムの取材方法と小説的な語りの手法を取り込んだジャンルとして60年代から70年代にかけて盛んになるニュー・ジャーナリズムの先駆けとなった。

(藤井)

(7) 戦後の2大劇作家——ウィリアムズとミラー

ユージーン・オニールによって世界に認知される次元にまで高められたアメリカ近代劇を，戦後さらに発展させる役割を担ったのが，**テネシー・ウィリアムズ**（Tennessee Williams, 1911-83）と**アーサー・ミラー**（Arthur Miller, 1915-2005）である。

テネシー・ウィリアムズ，本名トマス・ラニア・ウィリアムズは，1911年にミシシッピ州コロンバスに生まれる。製靴会社の巡回販売員であった父親の仕事の関係で18年に大都市セントルイスに移り住み，そこで不遇の少年時代を過ごした。13歳のときに母親から中古のタイプライターを買い与えられたことが創作の契機となり，セントルイスでの鬱屈とした日常を忘れるために作品を書き，学内新聞や文芸雑誌に投稿し続ける。37年，ウィリアムズが26歳の時にアイオワ大学で劇作術を学ぶ一方で，すでに精神状態に異常な兆候をみせていた姉ローズがミズーリ州の精神病院に送られ，前頭葉切開手術を受ける。38年にアイオワ大学を卒業した後，40年頃までニューオーリンズ，カリフォルニア，メキシコなど各地を放浪する。特にニューオーリンズには生涯何度も訪問することになり，そのボヘミアン的風土が創作のためのインスピレーション源となる。

1939年頃からテネシー・ウィリアムズというペンネームで作品を書き始め，40年には多幕劇『天使の戦い』(*Battle of Angels*) がボストンで試演されるが，興行的には失敗に終わった。このような不遇を経験しながらも40年代後半から50年代にかけてウィリアムズの代表作が次々と発表され，ブロードウェイの劇場で上演される。45年に，セントルイスでの生活を振り返りながら，精神的崩壊から姉を救えなかったことへの悔恨として書かれた「追憶の劇」である『ガラスの動物園』(*The Glass Menagerie*) が，47年にはニューオーリンズのフレンチ・クォーターを舞台に旧南部の貴族主義的価値観の崩壊を抒情的に描く『欲望という名の電車』(*A Streetcar Named Desire*) が，エリア・カザン（Elia Kazan, 1909-2003)の演出で上演される。さらに55年には、ミシシッピ・デルタに大農園を所有する家族の遺産相続を主題にしながら男性同性愛の問題にも踏み込んだ『やけたトタン屋根の猫』(*Cat on a Hot Tin Roof*) が、やはりカザンの演出で上演される。

　しかし、1960年代後半以降、ウィリアムズ自身が「泥酔時代」と呼ぶ時期を迎えると、アルコールや薬物中毒などが原因で創作力が衰え、世間が求めるような傑作を生み出すことができなくなる。ブロードウェイの演劇界から忘れ去られた過去の劇作家となり、75年に同性愛遍歴を赤裸々に告白する『回想録』(*Memoirs*) を出版して注目される程度であった。しかし、泥酔時代は自身の劇作を変革しようとしていた時期でもあり、生前は評価されることはなかったが、友人であった三島由紀夫 (1925-70) を通して知った能や歌舞伎の手法を取り入れた実験劇も書いていたことを忘れてはならない。

　アーサー・ミラーは1915年、ニューヨーク市マンハッタンで婦人用衣類製造業を営むユダヤ人の父親のもとに生まれた。父イジドーは、1880年代後半に両親とともに現ポーランドのユダヤ人街からニューヨークに移住した経歴をもつ。1929年に世界大恐慌の煽りを受けてイジドーの会社が倒産し、家族とともにブルックリンに移り住んだ。ミラーは高校卒業後、自動車部品倉庫会社に就職し、そこで単調な肉体労働に耐える労働者たちの姿を目の当たりにして社会問題に対する意識を高めていく。1934年にミシガン大学に入学し、劇作の授業を受けたことがきっかけとなり、戯曲を書き始める。観劇の経験がなかったミラーは、イプセンの戯曲やギリシア悲劇を劇作の手本とした。

　『すべての幸運をつかんだ男』(*The Man Who Had All the Luck*, 1944) でブロードウェイ・デビューを果たすが、興行的には失敗する。しかし、エリア・カザン演出で上演された『みんな我が子』(*All My Sons*, 1947) が成功を収め、ミラーにニューヨーク劇評家賞をもたらす。航空機の欠陥部品をアメリカ政府に売り続けた工場経営者ジョー・ケラーの悲劇を通してアメリカの資本主義と個人の富への欲求との共犯関係を糾弾する、この作品の主題は、1949年の『セールスマンの死』(*Death of a Salesman*) に形を変えて引き継がれ、主人公ウィリー・ローマンがアメリカの成功神話の犠牲者として描かれる。過去と現在を往来するウィリーの意識の流れを舞台上で表現する『セールスマンの死』は、技法の面でも画期的であった。

1950年代冷戦期のミラーを特徴づけるものは，下院非米活動委員会との対立であろう。52年に盟友カザンが委員会の聴聞に呼ばれ，保身のために共産主義活動に関わった仲間の名前を挙げたのに対して，ミラーは56年に受けた聴聞において仲間の名前を決して明らかにしなかった。過激化するマッカーシズム（⇒Ⅰ-5-1-(3)）を1692年のセイラム魔女裁判（⇒Ⅰ-1-1-(3)）に重ねて批判的に描いた寓話劇『るつぼ』（*The Crucible*）を1953年に発表し，自身の良心に従って死を選ぶ主人公ジョン・プロクターを通して，国家や権力に屈しない個人の尊厳の重要性を説いた。

　1960年代になると，政治的活動に積極的に関わっていく。たとえば，65年に国際ペンクラブ会長に就任した後，アフリカや東欧で政府から不当な仕打ちを受ける作家たちを救済する活動に参画したり，ベトナム戦争へのアメリカの介入に強く反対する民主党大統領候補ユージーン・マッカーシーを応援するために68年に開催された民主党大会に参加したりした。劇作家としては，マリリン・モンローとの結婚と離婚を含めた自身の半生を振り返るミラー流の追憶の劇で，マッカーシズムやホロコーストといった人類の蛮行批判も描き込んだ『転落の後に』（*After the Fall*）を発表し，絶交状態にあったカザンを演出家として迎えて，64年に上演された。　　　　　　　　　　　　　　　（坂井）

(8) **告白詩とシルヴィア・プラス**　戦後のアメリカ詩を，ビート詩人たちと並んで牽引したのは，**告白詩**（confessional poetry）と呼ばれる表現を試みた詩人たちであった。その１人である**ロバート・ローウェル**（Robert Lowell, 1917-77）はマサチューセッツ州ボストンに生まれ，ハーバード大学で学んだ。1940年代は厳密な形式に則った詩作を続けたが，代表作の１つ『人生研究』（*Life Studies*, 1959）以降は，緩い韻律による，私的で告白的な内容の詩を試みるようになる。1960年代には個人とアメリカ史との関わりを主題に据えた詩を多く発表した。

　アン・セクストン（Anne Sexton, 1928-74）はマサチューセッツ州ニュートンで生まれ育ち，19歳で結婚，1950年代前半に２人の子どもを出産するも，出産後に鬱を発症し，生涯にわたって双極性障害に悩まされることになる。治療の一環として創作を勧められ，57年に創作グループに参加し，ローウェルやシルヴィア・プラスと友情を育んだ。自らの精神的な苦闘を扱った詩をまとめて60年にデビューした後は一貫して高い評価を受け，71年の『変身』（*Transforma-*

tions）では，グリム童話をフェミニストの視点から語り直すという新たな表現にも挑んだ。

　シルヴィア・プラス（Sylvia Plath, 1932-63）はボストンに生まれ，8歳の頃から詩作を始める。早くから才能を認められ，大学在学中に雑誌『マドモアゼル』のゲストエディターに採用され，1ヵ月間ニューヨークに滞在している。その際の経験は後に長編小説『ベル・ジャー』（*The Bell Jar*, 1963）の素材となった。1953年，最初の自殺未遂の後で入院して治療を受け，大学を卒業後，奨学金を得てイギリスに留学，学生新聞に詩を発表する。イギリスで詩人のテッド・ヒューズ（Ted Hughes, 1930-98）に出会い，56年に結婚した。アメリカに戻った後，60年に第1詩集『巨像』（*The Colossus*）を発表する。その後ヒューズの不倫が発覚して別居し，62年には2人の子どもとロンドンでの生活を始めるも，精神状態が悪化し，63年に自殺した。死後に，ヒューズが遺稿を編纂した詩集『エアリアル』（*Ariel*, 1965, ⇒Ⅱ-25）が出版された。

　セクストンから影響を受けていたプラスは，自身の経験を吐露する「告白詩」の一員と見なされることが多く，1960年代から活発化していく第2波フェミニズムにおいて，家父長制度に抑圧された女性の象徴的存在ともなった。詩においては女性としての経験や支配的な男性との関係を取り上げるなかに死のイメージが頻繁に現れるなど，絶望と暴力性と同時に，力強いイメージの数々が刻み込まれている。
　　　　　　　　　　　　　　　　　　　　　　　　　　　　　　（藤井）

第6章
ポストモダニズムと多様化の時代
―― 1963〜2001年 ――

1 アウトライン

(1) ケネディの死を乗り越えて　1960年代は，アメリカが「移民国家」として自らを再定義した転換期でもあった。ケネディ暗殺により大統領に昇格したリンドン・ジョンソンは，ケネディ政権の方針を引き継ぎ，公民権法を成立させたほか，64年の大統領選挙で勝利した後には65年の移民法改正も行った。この改正により，1924年の移民法にあった出身地別の差別が原則撤廃され，それまでは「同化不能外国人」とされてアメリカへの入国制限の対象となっていたアジア系移民が増加することになった。20世紀前半までのアメリカへの移民たちが，故郷での自己から脱却してアメリカ社会に積極的に同化することを期待されていたのに対し，65年以降の移民たちが目にしたアメリカは，差別が残る一方で，より多様性を増して多文化社会に移行する局面にあった。なおかつ，輸送・通信・貿易・投資といった経済面さらには文化面での相互依存が着実に進行するのに伴い，故郷と移民先のアメリカをつなぐネットワークを維持することが可能な環境の中で，国境を越えたアイデンティティを移民たちが保持できるようになっていくことにもなる。

　この時期のアメリカの対外政策は，ベトナム戦争を中心に展開することになった。第2次世界大戦後に，ベトナム独立をめぐってベトナムとフランスとの間で続いた戦争は，1954年のジュネーヴ協定によってフランス軍が撤退した後，南北ベトナムの分断を残し，アメリカはアイゼンハワー政権以降，この地域の共産主義化を防ぐことを目的として南ベトナムを支援する動きを強めた。60年代に入り，南ベトナム解放民族戦線（通称「ベトコン」）によるゲリラ戦に対抗するべく「軍事顧問団」を派遣するという形で軍事支援を行っていたアメリカは，64年のトンキン湾事件をきっかけに本格的に介入を開始した。しかし

目に見える成果はなく，68年にはベトコンによる大規模な攻勢を許し，国内では反戦運動が高まって戦争への支持は低下していった。

(藤井)

(2) カウンターカルチャーの世代へ 　国内政策において，ジョンソン政権は「偉大な社会」を標語とし，貧困撲滅を宣言して様々な措置を取った。その一方で，ビート・ジェネレーションの活動を引き継ぐ若者文化は，1960年代にはより広い社会現象として**カウンターカルチャー／対抗文化**と呼ばれるようになる。アメリカ西海岸を中心とし，大学生が主要な担い手となり，親世代が代表するアメリカの伝統的価値観に反抗する「ヒッピー」と呼ばれた新たな世代は，ロック音楽，ベトナム反戦運動，公民権運動，ドラッグ，性的解放など多様な実践を行った。それらの活動は，67年にサンフランシスコを中心として起きた社会現象「サマー・オブ・ラブ」，そしてジャニス・ジョプリンやジミ・ヘンドリックスらが出演した69年のウッドストック野外音楽フェスティバルなどで大きな注目を集めることになる。

そうした世代の新たな感性は，映画においても独自の表現を生み出した。1930年代に銀行強盗を繰り返したボニーとクライドの物語を映画化した『俺たちに明日はない』(1967) や，ヒッピーの男性2人がオートバイで旅に出るも旅先の人々との軋轢に直面する『イージー・ライダー』(1969) など，反体制的な主人公を描いた「アメリカン・ニューシネマ」と呼ばれる作品が登場した。

(藤井)

(3) フェミニズム運動のうねり 　同時に，1960年代半ばから大きなうねりとなるフェミニズム運動も，社会の大きな変化を告げていた。19世紀半ばから20世紀前半までの女性参政権獲得を眼目とした運動が第1波フェミニズムと呼ばれるのに対し，その運動との歴史的な連帯意識を込めて**第2波フェミニズム**と呼ばれる，1960年代から活発化した運動は，性別による役割分担などの伝統的な意識に基づく社会慣習の変革を求めることを中心に展開した。その中で，政治的あるいは経済的な不平等のみならず，人工妊娠中絶の権利や性暴力や性別分業といった次元のものが，「個人的なことは政治的なこと」を1つのスローガンとして争点になった。

その重要な契機となったのが，ベティ・フリーダン (Betty Friedan, 1921-2006) による『新しい女性の創造（女らしさの神話）』(*The Feminine Mystique*, 1963) である。同書は郊外で生活する中流階級の女性たちが虚無感や閉塞感に苦しんで

いることを取り上げ,「女らしさ」の神話からの脱却を説き,大きな反響を呼んだ。フリーダンが中心となって1966年に設立された全米女性機構（NOW）など,女性の権利と地位の向上を目指す活動により,女性解放運動が全米に広がっていく。72年には男女平等憲法修正条項が上下両院を通過し,73年には人工妊娠中絶を規制する法律を違憲とした「ロー対ウェイド」判決が連邦最高裁判所で下されるなどの成果を上げた。

　その一方で,フリーダンを代表とするフェミニズム運動は中流階級かつ異性愛の白人女性を中心としたものであり,様々なマイノリティが排除されているという批判もあった。そうした批判から,ブラック・フェミニズムやレズビアン・フェミニズムといった運動も活発化していくことになる。　　（藤井）

(4) 超大国の動揺

ベトナム戦争の出口が見えない状態が続くなか,1968年の大統領選挙では,共和党のリチャード・ニクソンが当選した。その選挙戦の過程で,故ケネディ大統領の弟ロバート・ケネディが民主党の大統領候補指名選挙のさなかに暗殺されるという事件が起きた。同年,ヨーロッパではパリ5月革命やチェコスロバキアの自由化政策「プラハの春」に対するソ連主導の軍事弾圧が発生し,日本では大学紛争が激化するなど,世界各地の情勢は不安定さを露呈した。

　この時期に大統領に就任したニクソンは,アメリカと世界の関係を再定義する政策を採ることになる。大統領補佐官ヘンリー・キッシンジャーとともに現実主義の外交を目指し,ベトナム戦争では北ベトナムの爆撃やカンボジア・ラオス両国への侵攻作戦などを行いつつ交渉を進め,1973年にパリ和平協定に調印してアメリカ軍の撤退を決定した。また,ソ連を訪問し,「デタント」と呼ばれる緊張緩和政策を進めたほか,北ベトナムを孤立させる効果も狙って中国訪問を実現させてもいる。

　経済面でも大きな政策転換が行われた。アメリカが主導した戦後の自由貿易体制は,基軸通貨としてのドルに支えられたブレトン・ウッズ体制によって保証されてきた。だが,1960年代以降のヨーロッパと日本の高度成長によってアメリカの国際競争力は低下し,経済的には相互依存の時代に入りつつあるなか,ドルの実質価格が下落し,この体制を維持することは困難になってゆく。71年,ニクソンが金とドルの交換を一時停止すると発表した「ニクソン・ショック」を経て,73年3月にアメリカが変動為替相場制に移行したことで,

アメリカは戦後の世界経済を支える役割に別れを告げた。

さらに，1973年10月に発生した第4次中東戦争の影響により，ペルシャ湾岸の石油産出国が原油生産の削減，および対米制裁として石油禁輸措置を発表した。その結果，石油価格が高騰して物価も上昇，アメリカ経済にはさらなる打撃となった。そのさなか，ニクソンが大統領として2期目に入った73年，前年の大統領選挙中に民主党全国委員会本部に侵入して盗聴が行われた**ウォーターゲート事件**にニクソン自身が関与していたとの証言が報道され，議会からの弾劾が避けられない情勢となった。それを受け，74年にニクソンは辞任を表明する。アメリカ大統領が任期中に辞任するのは史上初めての出来事であった。

ニクソン辞任後にフォード大統領の短い期間を経て，民主党のジミー・カーターが大統領に就任する。「人権外交」を掲げて和平外交を推進する一方で，国内では不況とインフレが続く。さらに，1979年のイラン革命直後にテヘランのアメリカ大使館が占拠され，解決まで1年あまりを要する事態となる。ベトナム戦争の泥沼を経験し，再び発生した石油危機もあいまって，経済的な覇権を手放したアメリカの苦境は鮮明となった。　　　　　　　　　　　（藤井）

(5) **アメリカの復権を目指すレーガン時代**　そのような情勢のなか，「アメリカを再び偉大な国にしよう」("Make America Great Again") をスローガンの1つとして保守層に広くアピールすることで，1981年から2期にわたり大統領を務めたロナルド・レーガンのもと，アメリカは内政と外交の両面で大きな変化を迎えた。

外交に関しては，ベトナム戦争敗北のショックから脱却を図るべく「レーガン・ドクトリン」と呼ばれる基本方針が打ち出される。前大統領カーターとは対照的に，レーガンはソ連との対決姿勢を明確に打ち出し，中南米を筆頭に，ソ連の影響を排除して親米政権を樹立するための活動を継続していく。大規模な軍事行動こそ実行しなかったが，ニカラグアをはじめとする中南米地域に対する軍事介入や軍事援助が行われた。そうした動きのさなか，1979年にイスラム革命が起きて反米政権が発足していたイランに対し，アメリカが武器を売却し，その代金によってニカラグアの反政府勢力「コントラ」を支援していたことが明るみに出る。「イラン・コントラ事件」と呼ばれるこのスキャンダルは，レーガン政権の矛盾を象徴するものとして大きな注目を浴びた。

ソ連を「悪の帝国」と形容したレーガンは，積極的な軍拡によってソ連に揺

さぶりをかける。それを象徴するのが，戦略防衛構想であった。人工衛星とレーザー技術を駆使して，領土到達前に核ミサイルを破壊するというこの防衛計画は，「スター・ウォーズ計画」と呼ばれた。技術開発にあたっては様々な困難を伴ったほか，軍拡は財政赤字の大きな要因になったものの，ソ連にはこの計画に対抗できるだけの軍事開発を行う余裕はなく，結果として冷戦終結とソ連崩壊をもたらすことになった。

　内政面でも，アメリカは大きな変化を迎える。「小さな政府」を掲げて福祉国家からの脱却を目指したレーガン政権は，同時期にイギリス首相を務めたマーガレット・サッチャー（在任1979-90）とタッグを組むようにして，**新自由主義**（neoliberalism）と呼ばれることになる一連の改革を進めていった。新自由主義においては，市場における競争が重視され，第2次世界大戦後の西側諸国の多くが採用していた福祉国家の諸制度下の規制を緩和する政策が推進された。それと同時に，産業構造の転換が図られ，製造業など第2次産業の多くが，より低コストの国外に移転する一方で，サービス産業やウォール街に代表される金融業がより大きな役割を担うことになった。

　この時期には，文化の商業化がさらに進行する。1970年代後半から，映画においては劇場公開前の宣伝が活発に行われるようになり，『ジョーズ』（1975）や「スター・ウォーズ」シリーズ（1977-83）などの娯楽大作が次々に製作された。また，81年には音楽専門のTVチャンネルMTVが開局，マドンナやマイケル・ジャクソンなどのスターの商業的成功を後押しし，ロック音楽においては巨大スタジアムを会場とする大量動員が定着した。

　1980年代はまた，**多文化主義**（multiculturalism）の進行と，それに対する反発の時代でもあった。65年の移民法改正に伴う移民数の大幅な増加と多様化は，各集団のアイデンティティ保持とその相互承認を求めるとともに，旧来の白人男性を中心とする文化秩序に対する批判を生んだ。その中で，大学の英米文学のカリキュラムにも多様性を求める声が高まっていく。こうした動きを価値の相対主義であるとして批判する，古典学者アラン・ブルームの『アメリカン・マインドの終焉』（1987）をはじめとする論争は，**「文化戦争」**（culture war）として長く尾を引くことになる。

（藤井）

(6)「歴史の終わり」から世紀転換期へ　　1985年にソ連共産党書記長に就任したミハイル・ゴルバチョフが中心となった体制のもと，ソ連は経済的・社会

的停滞を打破しようと自由主義的な改革を進めていく。その動向を，政治学者フランシス・フクヤマは89年に「**歴史の終わり**」と呼んだ。人類の歴史はイデオロギー対立によって進行してきたが，自由民主主義が人類の最終的な統治形態として普遍化することで対立は終焉する，という議論である。事実，80年代後半からバルト三国で独立回復運動が高まり，89年にはポーランドで民主化を求める「連帯」が自由選挙に勝利，ドイツではベルリンの壁が崩壊し，ルーマニアでも革命によって共産党政権が崩壊する。同年末にマルタで行われたゴルバチョフとアメリカ大統領ジョージ・ブッシュ（父）の会談で冷戦終結が宣言され，ソ連を中心とする共産主義体制は大きく動揺し，91年12月のソ連解体によって東西対立という構図は終焉を迎えることになる。

1990年にイラクがクウェートに侵攻したことを受けて，翌91年にはアメリカ主導の多国籍軍による対イラク軍事作戦が実施され，短期間でイラク軍を敗北に追い込むことに成功した。前年にブッシュ大統領が宣言した「新世界秩序」の誕生を裏付けるようなこの戦争での勝利によって，アメリカは冷戦後の国際秩序における唯一の超大国としての地位を確立するとともに，ベトナム戦争の敗戦の記憶を払拭することにも成功する。

とはいえ，国内では課題が山積みであった。1991年には，ロサンゼルスで黒人ロドニー・キングが飲酒運転で逮捕される際に複数の警察官による暴行を受け，その映像が報道されて大きな注目を浴びた。訴追された警察官4名が州裁判所によって無罪を言い渡されたことをきっかけとして，92年4月にロサンゼルスで大規模な暴動が発生し，人種間の差別や格差がいまだに解消されていないことが白日の下に晒された。

1992年の大統領選挙で勝利した民主党候補ビル・クリントンは，第2次世界大戦後に生まれた初の大統領であり，兵役を経験していないこともあって，新たな世代の到来を示す存在になった。93年の就任宣誓式ではマヤ・アンジェロウが自身の詩を朗読し，同年のノーベル文学賞にトニ・モリスンが選出されるなど，黒人女性作家の存在が大きく示された。

2000年までのクリントン政権は，軍事費支出を抑制して財政の健全化を目指す一方で，1980年代以降の新自由主義を引き継ぐ形で金融市場の規制緩和を進めた。その結果，富裕層の収入は上昇の一途を辿り，国内の経済格差がさらに拡大することになる。また，自由貿易を推進する方針から，ブッシュ政権から

引き継いだ北米自由貿易協定（NAFTA）を批准して発効させている。

そうした経済政策の後押しとなったのが，カウンターカルチャーとヒッピー精神の落し子である，パーソナルコンピュータの普及とシリコンバレーを中心とするIT産業の勃興である。国防の一環でコンピュータのデータを分散させてネットワークで接続するという技術は早くから存在していたが，そうしたコンピュータを中央集権ではなく各個人が所有するという発想のもと，1960年代以降に様々な試行錯誤が繰り返された。70年代になるとコンピュータの小型化と低価格化が実現し，90年代にインターネットの通信技術が民間に開放されると，90年代後半から情報技術産業が急速に台頭し，「インターネット・バブル」と呼ばれる現象をもたらした。それによって，21世紀にかけて資本のグローバル化はさらに進行することになる。

対外的にはソマリアでの国連PKO活動に参加するも，激しい市街戦で兵士に死傷者を出したことで撤退を決め，ソマリア内戦の解決に失敗した。1991年から続く旧ユーゴスラビア紛争においては，北大西洋条約機構（NATO）軍によるセルビア空爆を主導し，中東でもパレスチナ問題の仲介を目指すなど，アメリカによる国際社会への関与は試行錯誤を続けた。

（藤井）

2　ポストモダニズムの勃興

(1) ポストモダニズムとは何か　1960年代以降の先進国で最も重要な文化的動向が，**ポストモダニズム**（postmodenism）の登場である。「ポストモダン」あるいは「ポストモダニズム」といった用語は70年代に幅広く用いられるようになったが，その定義や時期についてはいまだに議論が続いている。ポストモダンの特徴が見られる分野についても，文学や芸術や建築における変化を中心とするか，文化と社会の全般におよぶ変化を含むべきかで見解は一致していない。思想としてのポストモダンの内実も様々な分野に及ぶが，最も影響力をもった議論は，フランスの哲学者ジャン゠フランソワ・リオタールによる『ポストモダンの条件』(1979)である。同書でリオタールは，脱工業化社会における「知」の変容としてのポストモダニズムを特徴づけるのは，科学が自らを基礎づける際の「大きな物語」への不信であると論じた。

ポストモダン思想の誕生に向けて大きな転換点をもたらしたのは，20世紀初

第6章　ポストモダニズムと多様化の時代

頭にスイスの言語学者フェルディナン・ド・ソシュールが提示した，記号表現(シニフィアン)と記号内容(シニフィエ)との結びつきは恣意的なものであり，記号の体系のなかで維持されているという言語の捉え方である。それにより，言語は世界を忠実に指し示す透明な媒体ではなく，流動的で，現実に対応するよりも自己言及的な媒体として捉えられるようになる。この記号論が20世紀中盤に再び注目されたことが，言語を通じて自己を把握し表現する「主体」や，「人間」を中心として構築されてきた西洋近代の啓蒙思想の秩序に対し，根本的な見直しを迫る契機となった。

　1960年代，フランスの哲学者ジャック・デリダは「脱構築」という手法を用い，話し言葉と書き言葉，精神と身体など，西洋の主体を支えてきた二項対立的な思想に対する根源的な批判を行った。同じ時期に，フロイトの精神分析学にソシュール言語学を応用することで理論化したジャック・ラカンなども活躍し，「同一性」から「差異」への視点の大きな転換が起きる。また，フランスの哲学者ミシェル・フーコーが西洋近代の「理性」の成立を批判的に考察するにあたって用いた言説分析の手法を引き継いだ批評家エドワード・サイードは，西洋が非西洋を「他者」として構築していく過程を『オリエンタリズム』(1978)で論じ，ポストコロニアル批評の重要な礎となった。差異を存在論の基礎に据えた哲学者ジル・ドゥルーズらとともに，「ポスト構造主義」による知の刷新は大きな潮流となった。

　これらがポストモダニズムの理論的背景となり，主体の同一性と普遍性という伝統的な思考が，その「他者」としての性的あるいは人種的マイノリティ，さらには自然を下位に置いてきたことが批判される。代わって，ポストモダニズムにおいては，主体性とは断片的で偶発的であり，人種・階級・ジェンダーといった特定の文脈において社会的に構築されたものだとする議論が活発化した。

　文学研究においても，権威をもつ主体としての「作者(オーサー)」が生み出す「作品」を多様な読みに開くべく，作者の意図から切り離されてつねに新たな意味作用を形成する**テクスト**という概念が，フランスの哲学者・批評家ロラン・バルトによって提唱され，「作者の死」が大きな議論を呼ぶようになる。あるいは，ブルガリア出身の哲学者ジュリア・クリステヴァが提唱した「間テクスト性」(intertextuality)という概念は，ある文学テクストが他のテクストを引用し変

形させることで成立するという視点をもたらした。　　　　　　　　（藤井）

　(2) ポストモダン　こうした新たな思想と批評の可能性と連動し，あるいはそ
　　　文学の展開　れを先導するようにして，ポストモダニズムの文学は展開
した。世界的には，アルゼンチンの小説家ホルヘ・ルイス・ボルヘス（1899-1986）や前述のナボコフ（⇒Ⅰ-5-2-(4)），アイルランド出身の劇作家・小説家サミュエル・ベケット（1906-89）といった，19世紀末から20世紀初めにかけて生まれた作家たちが，ポストモダン文学の先駆的存在とされる。アメリカにおいては，1950年代終盤から60年代初めにかけて，ナボコフの『淡い焔』（1962）やバロウズの『裸のランチ』（1959）など，従来の物語形式に挑戦する小説が反響を呼ぶようになる。モダニズム作家においては物語の一貫性が重視されていたのに対し，ポストモダン作家の多くは，複雑な現代世界に一貫した物語という形式を当てはめることは不可能であるという発想を共有していた。個人の世界認識に基盤を置き，自己や世界について啓示的な瞬間を描くという典型的なモダニズムの傾向から，ポストモダニズムははっきりと離脱することになる。

　ポストモダニズム文学においては，実在の人物を登場させた上で存在しない出来事を描くなど，虚構と現実の境界線を攪乱することで小説の虚構性を前景化する，あるいは小説の中に小説家を登場させることで，書く行為そのものを1つの主題とする，「メタフィクション」（metafiction）と呼ばれる手法が多く用いられるようになる。また，歴史が過去の出来事を客観的に記述するという透明性に対しても，疑義が呈された。過去は過ぎ去ってなどいないというフォークナーの主張（⇒Ⅰ-4-3-(7)）をもう一歩進めるかのように，ポストモダン小説は歴史記述も1つのテクストと見なし，ときにはそれを複線化し，ときにはそれに対抗するような物語を作り上げる傾向を見せた。

　ポストモダン文学のもう1つの大きな特徴には，モダニズム文学の芸術観に対する挑戦として，旧来の「上位文化」と「下位文化」という区別を取り払う傾向が挙げられる。芸術ではアンディ・ウォーホルによるスープ缶やマリリン・モンローの写真の使用に見られるような，下位文化への接近は，文学では大衆文学的なジャンルとして発展してきた探偵小説やSFの要素を積極的に取り入れる試みに典型的に表れた。あるいは，文学と視覚的なメディアとの境界線を問い，小説中に写真などを積極的に取り込んでいく動きも登場する。そう

した試みから，コミックの形式において文学的主題を探求するグラフィック・ノベルという表現手法が発達することになった。

　当然のことながら，ポストモダン文学の台頭はアメリカに限った現象ではない。ヨーロッパでは，イタロ・カルヴィーノなどの作家が実験的な語りを試みたほか，カルヴィーノも参加した「ウリポ」と呼ばれるフランス発の文学グループは，特定の文字を使用しないなど様々な制約を課した小説の創作を試みた。また，南米の作家たちはフォークナーの小説を受容したことを1つのきっかけとして「マジック・リアリズム」（magic realism）と呼ばれる非リアリズム小説を生み出し，それらの小説は1970年代に続々と英訳され，アメリカにラテンアメリカ文学のブームをもたらした。日本では，パロディやメタフィクションの仕掛けを駆使する高橋源一郎や，セクシュアリティをおもな主題とする松浦理英子がポストモダン作家の代表的存在である。　　　　　　　　　　　（藤井）

　(3)『キャッチ＝22』と現実の（無）意味　冷戦下のアメリカに蔓延する閉塞感を背景として，ポストモダン小説に特徴的なアイロニーや無秩序さを展開するのが，ジョーゼフ・ヘラー（Joseph Heller, 1923-99）による『**キャッチ＝22**』（*Catch-22*, 1961）である。ニューヨーク市ブルックリンで育ったヘラーは，6歳の時に父親を亡くし，アメリカ陸軍航空隊の一員として第2次世界大戦に従軍した際には，搭乗していた航空機の砲手が負傷する現場にも居合わせた。死とその（無）意味をめぐるこうした体験が，ヘラーの小説には色濃く影を落とすことになる。

　『キャッチ＝22』は第2次世界大戦終盤のイタリアのピアノーサ島が主な舞台であり，主人公であるアメリカ軍の爆撃編隊長ヨッサリアン大尉がどうにか戦争を生き延びようとする努力を中心に展開する。ヨッサリアンは出撃せずに済むよう手を尽くすが，その前に立ちはだかるのが，「キャッチ＝22」と呼ばれる軍の規則である。精神的に異常であれば出撃任務を免除されるという軍規を耳にしたヨッサリアンは，自分は狂っていると申告するも，その軍規自体にはね返される。「もし出撃に参加したらそれは気が狂っている証拠だから，出撃に参加する必要はない。ところが，出撃に参加したくないというなら，それは正気である証拠だから出撃に参加しなくてはならない」（飛田茂雄訳）のだ。このように，小説全体において，ひたすら組織のなかで酷使されていく個人の姿がブラックユーモアに包まれて語られる。

『キャッチ＝22』は戦争文学であると同時に，広くアメリカの制度に対する批判の書でもあった。書類上の形式を整えることにのみ執着する上級将校たち，あるいは一介のアメリカ人兵士が戦地で始めた企業活動が，敵味方の区別なく利潤を優先するために，やがては自軍の陣地を爆撃するにおよぶなど，硬直化した組織に対する皮肉が小説の全体を貫いている。1960年代と70年代の読者にとって，その軍規はベトナム戦争や官僚的組織や現代生活の矛盾を形容するものでもあり，「キャッチ＝22」は当時のアメリカで流行語にもなった。

(藤井)

(4) ポストモダン文学第1世代の作家たち　ジョン・バース（John Barth, 1930-2024）は，1950年代後半にデビューした当初リアリズム寄りの作風であったが，60年代に入ると，より実験性の強い小説を発表するようになる。実在の無名イングランド詩人の波乱に満ちた生涯を創作して17世紀後半のメリーランド州への入植を語る『酔いどれ草の仲買人』（*The Sot-Weed Factor*, 1960）を皮切りに，宇宙全体を1つの大学キャンパスとして語る寓話的小説『やぎ少年ジャイルズ』（*Giles Goat-Boy*, 1965）によって，バースはポストモダン文学のアメリカにおける旗手となった。

ドナルド・バーセルミ（Donald Barthelme, 1931-89）もまた，1960年代に発表した『帰れ，カリガリ博士』（*Come Back, Dr. Caligari*, 1964），『口に出せない習慣，奇妙な行為』（*Unspeakable Practices, Unnatural Acts*, 1968）などの短編集によって，ポストモダン世代を代表する作家となった。『死父』（*The Dead Father*, 1975）などの長編小説も刊行したが，断片的なコラージュや挿絵の挿入によって伝統的なプロット展開を破壊し，アイロニーを追求する作風は，短編でよりその本領を発揮している。

ロバート・クーヴァー（Robert Coover, 1932-　）は，1968年に刊行した第2長編『ユニヴァーサル野球協会』（*The Universal Baseball Association, Inc., J Henry Waugh, Prop.*）で平凡な会計士が自分の頭のなかで作り上げた野球リーグに熱中していくさまを描き出した。77年の『公開火刑』（*The Public Burning*）では，冷戦下に発生したローゼンバーグ夫妻のスパイ容疑による処刑を公開イベントにしようとする副大統領（当時）リチャード・ニクソンを主要な登場人物に据えている。

ポストモダン文学のもつ，公的な歴史への挑戦という姿勢を，黒人作家イ

シュメール・リード（Ishmael Reed, 1938- ）も共有している。『マンボ・ジャンボ』（Mumbo Jumbo, 1972）は1920年代のマンハッタン北部のハーレム地区を主な舞台とし，人種隔離やリンチなど当時のアメリカの暴力性を描きつつ，古代エジプトから60年代にまたがる，音楽的・身体的な快楽原理とピューリタン的規律の闘いを通して，キリスト教文明によって抑圧されてきたもう1つの歴史の存在を浮かび上がらせた。

　リチャード・ブローティガン（Richard Brautigan, 1935-84）はワシントン州タコマに生まれ，貧困の少年時代を過ごす。1954年にサンフランシスコに移り住み，詩人として活動を始めた。67年の『アメリカの鱒釣り』（Trout Fishing in America）で名声を得てカウンターカルチャーの代弁者という扱いを受ける。その後も『西瓜糖の日々』（In Watermelon Sugar, 1968）や短編集『芝生の復讐』（Revenge of the Lawn, 1971）などを発表した。現実とは共同で経験する一種の幻覚であるというブローティガンの洞察は，60年代後半以降のドラッグ・カルチャーに熱狂的に受け入れられた。また，藤本和子による70年代のブローティガンの日本語翻訳は，当時の内容重視の翻訳規範から，やがて主流となる，小説の文体を重視する翻訳規範を先取りした先駆的なものであり，後続の翻訳者の多くに影響を与えることになった。　　　　　　　　　　　　　　（藤井）

(5) ヴォネガットと戦争の語り　　カート・ヴォネガット（Kurt Vonnegut, 1922-2007）は，インディアナ州インディアナポリスに移住したドイツ系アメリカ人の家庭に生まれ育った。コーネル大学を中退するとアメリカ陸軍に入隊して訓練を受け，歩兵部隊の一員としてヨーロッパに派遣されるも，1944年末の「バルジの戦い」でドイツ軍の捕虜となり，ドレスデンに移送された。45年2月の連合軍によるドレスデン空襲を経験した後に帰国し，復員兵援護法を利用してシカゴ大学に入学した。51年以降はマサチューセッツ州に居を構えて執筆に専念するようになった。52年に初の長編小説『プレイヤー・ピアノ』（Player Piano）を刊行し，社会の大部分が機械化された近未来においてその暗部を知り，反抗を試みるようになる主人公の姿を描いた。50年代の多くは収入のために短編小説の執筆に多くの時間を費やす。59年刊行の長編小説『タイタンの妖女』（The Sirens of Titan）では，宇宙人による地球の侵略という設定を借りて自由意志の問題を追求している。

　1969年に発表した『スローターハウス5』（Slaughterhouse-Five）によって，

ヴォネガットは作家としての名声を確立することになる。「そういうものだ」("So it goes.") というフレーズを多用しつつ，ドレスデンの空襲に凝縮される戦争の暴力と破壊を描くことがこの小説の核となるが，その空襲の生き残りである主人公ビリー・ピルグリムが過去と未来を自在に行き来する時間旅行(タイムトラベル)を経験して異星人にも誘拐されるなど，SF小説の要素をふんだんに取り入れている。さらに，ビリーの体験を小説にしようとする作家「わたし」を登場人物にするなど，メタフィクションの要素を取り入れ，『スローターハウス5』は戦争を秩序立てた物語にすることの困難さをめぐる小説として提示された。

(藤井)

(6) トマス・ピンチョンと現代の科学技術　　トマス・ピンチョン（Thomas Pynchon, 1937- ）はかつて「別の作家の変名ではないか」「その名のもとに複数が執筆しているのではないか」などと冗談めいた噂まで流れたほど謎めいた作家だったが，いまではある程度の事実が知られている。ニューヨーク州ロングアイランドに生まれ，2学年飛び級して16歳で地元高校を卒業し，コーネル大学物理工学科に進学，その後2年間海軍に入り，復学する際に英文科に移った。在学中すでに，学内の文芸誌に短編を発表している。大学卒業後は2年間，航空産業大手のボーイング社で働いた。

　ここで注目すべきは，彼の関心が若い頃から工学や物理学といった理系的な知識と，文学や創作といった文系的な領域の両方に向いている点である。ピンチョンの作風を紹介するのにしばしば初期の短編「エントロピー」("Entropy," 1960) が持ち出されるのは，熱力学におけるエントロピーという概念をテーマに据えて1つの物語を書くという離れ業に，彼の文理融合的な特徴がはっきりと見て取れるからである。その後の長編においても科学技術と人間（さらには権力）との関わりがしばしば大きなテーマとなっている。

　ピンチョンはボーイング退社後，1963年に『V.』(V.) を出版すると同時に，公の舞台から姿を消す。『V.』はウィリアム・フォークナー賞を受賞，全米図書賞の最終候補にもなった。V. というイニシャルで知られる謎の女性を探求する物語が主軸となるこの作品では，物理学，芸術，ジャズに関する知識，旧ドイツ領南西アフリカやエジプトやマルタ島の詳細な歴史が語られるばかりでなく，ニューヨークの下水道でワニ狩りをする挿話なども加わり，語り口も章ごとに変化があり，滑稽な語りから深遠な観察まで，振幅の大きい多様な文体

が用いられている。『V.』に見られるそれらの特徴をコンパクトに縮約して書かれたのが66年の『競売ナンバー49の叫び』(*The Crying of Lot 49*)、逆にさらに奔放に想像力を飛躍させて書かれたのが73年の『**重力の虹**』(*Gravity's Rainbow*, ⇒Ⅱ-26) ということになるだろう。

ピンチョンはその後、長いブランクを経て、『ヴァインランド』(*Vineland*, 1990)、『メイスン&ディクスン』(*Mason & Dixon*, 1997)、『逆光』(*Against the Day*, 2006)、『ブリーディング・エッジ』(*Bleeding Edge*, 2013) などを発表しているが、『重力の虹』などと比べるとこれらはずいぶん読みやすくなっており、初期の3作品ではほとんど焦点が当てられることのなかった家族や親子の問題が大きく扱われていることが興味深い。それに加え、作品内での科学技術的知識はそのつどアップデートされており、たとえば『ブリーディング・エッジ』ではインターネットの背景にある歴史や技術、そしてその政治的意義も探求されている。1950年代のビート族、60年代のヒッピーや反戦運動などを知る作者がこうした科学技術をいかに受け止め、いかに描いているのかという点は、非常に興味深い問題である。

(木原)

(7) **ベトナム戦争とティム・オブライエン**　1960年代中盤から泥沼化した**ベトナム戦争**は、アメリカ軍の撤退後、75年に北ベトナム軍が大規模な攻撃を開始し、南ベトナムの首都サイゴン（現ホー・チ・ミン）を陥落させたことで終結した。54年から75年までの期間にわたった戦争により、ベトナムでは200万人から300万人が死亡したとされる。また、ベトナムだけでなくラオスやカンボジアも戦争の被害を受けたほか、多くの難民や戦争孤児を生み、ゲリラの拠点となるジャングルに対して投下された枯葉剤に起因する先天性障害が戦後も長期間にわたって発生するなど、地理面と時間面の双方において広範囲にわたる影響を及ぼした。

第2次世界大戦で連合国側の勝利の原動力となり、戦後の民主主義世界のリーダーであったアメリカにとって、ベトナムでの敗戦の打撃は計り知れないものとなった。アメリカ軍からは約5万8000人の戦死者が出ただけでなく、本国に帰還した兵士が社会復帰に困難を抱えて社会問題となり、「心的外傷後ストレス障害」(PTSD) が広く知られるきっかけともなった。また、戦争自体も意義が曖昧なまま終始し、兵士たちは戦争の全体像も誰が敵なのかも明確には把握できず、個人の経験は意味を欠いた断片とならざるをえなかった。この意

味で、ベトナム戦争はポストモダン的な戦争とも呼ばれた。戦争中に多くの反戦歌が登場したほか、戦後には『ディア・ハンター』(1976) や『地獄の黙示録』(1979)、『プラトーン』(1986) といった戦争映画が数多く製作された。文学においても、従軍経験をもつ作家が、帰国後に小説を発表するようになる。なかでも代表的な作家は、**ティム・オブライエン**（Tim O'Brien, 1946- ）であろう。

　オブライエンは1946年にミネソタ州オースティンに生まれた。68年に地元のマカレスター大学を卒業し、ハーバード大学大学院への進学も決定していたが、その年に徴兵通知を受け取る。ベトナム戦争に反対の立場だったオブライエンだが、周囲から臆病者と見なされることを恐れ、徴兵忌避などの手段は選ばず兵役に応じることを決意し、最初は歩兵として、ついで後方部隊の事務官として1年あまりを過ごすことになる。戦友を亡くし、自身も軽傷を負うなどしたのち、70年に除隊し、アメリカに帰国した。78年に発表した長編小説『カチアートを追跡して』（*Going After Cacciato*）が全米図書賞を受賞したことで、一躍注目の作家となった。オブライエンの出世作である本作は、ベトナムの戦場から無許可離隊した兵士カチアートが徒歩でパリを目指していることを知った小隊が、その後を追っていくという幻想的な設定と、戦場での現実を交錯させている。その後も、『ニュークリア・エイジ』（*The Nuclear Age*, 1985）や『失踪』（*In the Lake of the Woods*, 1997）などの小説で、簡潔な文体を用いて人間心理への深い洞察を見せている。

　オブライエンの代表作は、1990年に発表した短編集**『本当の戦争の話をしよう』**（*The Things They Carried*）である。語り手として登場する作家「ティム・オブラエン」が、ベトナムで所属していた小隊の様々な兵士たちにスポットライトを当てて戦争経験を語るだけでなく、徴兵に応じることを決めるまでの葛藤の日々や、帰国してから家族に自らの体験をどう語ればいいのか苦悩する逡巡などを、ばらばらの時系列で提示するその形式には、ポストモダン文学の刻印がはっきりと見て取れる。その実験の根底にあるのは、戦争という過去が物語として語られるとはどのようなことなのか、物語における「真実」とはいかなるものであるのか、という問いである。事実をありのままに語るのではなく、フィクションとして語ることの倫理の問題をつねに見据えながら、戦死した隊員や自らが殺したベトナム人兵士などの死者たちを取り上げるこの短編

集は，ベトナム戦争文学の1つの到達点といってよい。　　　　　　　（藤井）

(8) **アメリカと暴力，マッカーシーとオーツ**　ポストモダン文学と同時期に活動を開始した，よりリアリズムに近い作風でアメリカの本質に迫ろうとする作家たちの存在も，同時に見過ごされるべきではない。1960年代から「ウサギ」シリーズにおいて，一般人の生活を通じて人生の意味を問い続けたジョン・アップダイク（John Updike, 1932-2009）や，ポストモダンの意匠を取り入れつつもディケンズ的な物語の復権を目指したジョン・アーヴィング（John Irving, 1942- ）なども挙げられるが，**ジョイス・キャロル・オーツ**（Joyce Carol Oates, 1938- ）と**コーマック・マッカーシー**（Cormac McCarthy, 1933-2023）は，暴力への透徹した視線で際立つ存在感を放っている。

ニューヨーク州北部のロックポートで生まれたジョイス・キャロル・オーツは，奨学金を得てシラキュース大学に進学し，卒業前に短編を発表している。ウィスコンシン大学で修士号を取得後，本格的に創作活動を開始した。1960年代以降21世紀に入っても旺盛に執筆を続ける多作な作家であり，刊行した長編と短編集はそれぞれ40冊を超えるほか，別のペンネームでミステリー小説を10冊発表している。それに加えて，児童書やヤングアダルト小説，戯曲，ノンフィクション，詩集など，作家としての活動は多岐にわたる。

リアリズムから実験的な試みまで作風も幅広いオーツの小説の多くに通底するのは，登場人物たちが直面する，アメリカ的生活に内在する暴力である。初期の代表作である短編「どこへ行くの，どこ行ってたの？」（"Where Are You Going, Where Have You Been ?," 1966）で主人公の少女コニーを誘い出す謎めいた男アーノルド・フレンドが秘めた暴力性，長編『かれら』（*them*, 1969）における中西部の労働者階級一家が経験する貧困や犯罪などは，未来の社会的上昇というアメリカの夢に内在する暗部を明らかにする。

オーツと同じく，アメリカが抱えた暴力を描き続ける作家が，コーマック・マッカーシーである。東部ロードアイランド州のプロヴィデンスに生まれた後，父親の仕事の関係で移住した南部テネシー州で育つ。テネシー大学を中退して数年後にアメリカ空軍に入隊して4年後に除隊，復員兵援護法の援助で大学に復学した。その時期に本格的に創作に取り組み，1965年にはデビュー作となる長編『果樹園の守り手』（*The Orchard Keeper*）を出版している。警察や行政をはじめとする「法」からはみ出すようにして生きる貧しい人々の世界にお

ける暴力を描くマッカーシーの主題は，テネシー州など南部を舞台とする初期作品ですでに確立されていた。

その後，1970年代半ばにマッカーシーはテキサス州エルパソに居を移し，作品の舞台も南部から西部に変化する。その幕開けを告げる『ブラッド・メリディアン』(*Blood Meridian*, 1985, ⇒Ⅱ-28) は19世紀前半に設定され，法の支配が及ばない西部を放浪する14歳の少年が，やがて先住民を討伐する部隊に入り，凄惨な暴力を目の当たりにする様子を乾いた筆致で描き出した。その後の「国境3部作」と呼ばれる小説群と合わせ，マッカーシーは作家としての評価を揺るぎないものとする。21世紀には，破局後のアメリカを放浪する父と息子の旅路を追う近未来を舞台に『ザ・ロード』(*The Road*, 2006) を発表している。　（藤井）

(9) カーヴァーと「アメリカの夢」の後　レイモンド・カーヴァー (Raymond Carver, 1938-88) もまた，アメリカの平凡な生活に潜む暴力という主題を短編で表現して注目の作家となった。カーヴァーはオレゴン州クラッツカニーに生まれ，隣のワシントン州ヤキマで少年時代を過ごした。高校卒業後にカリフォルニア州の製材所で働き始め，職を転々とするうちに創作に興味をもつようになる。1960年代前半にはアイオワ大学創作科に入学するが，環境に馴染めずに中途退学し，病院の夜勤用務員として働きつつ創作を続ける。60年代には短編小説や詩を文芸誌に発表していたが，本格的に注目を集めたのは，76年に第1短編集『頼むから静かにしてくれ』(*Will You Please Be Quiet, Please ?*) を発表して以降である。他方で，70年代前半からカーヴァーは結婚生活の不調もあって重度のアルコール中毒に陥り，入院と治療を繰り返している。

1981年発表の『愛について語るときに我々の語ること』(*What We Talk about When We Talk about Love*) によって，カーヴァーは「ミニマリズム」(minimalism) あるいは「ダーティ・リアリズム」の旗手という扱いを受けることになった。編集者の助言も受けて余分な描写を削ぎ落とした文章における，唐突な場面転換，簡潔な会話，ぶっきらぼうな皮肉などがカーヴァーの代名詞となった。ミニマリズムの特徴とされるこれらの要素については，ヘミングウェイやロシアの劇作家・小説家アントン・チェーホフにも遡ることができる。20世紀後半のアメリカの地方を舞台に，カーヴァーが描き出したのは，道徳的・精神的な価値が失われた空虚感を抱えて生きざるをえない現代アメリカ人たち

の姿である。家という空間や崩壊した家族関係がしばしば物語の背景となり，死や暴力の不気味な気配が常に漂うなかで，世界における自分の居場所を理解しようと苦闘する主人公たちにスポットライトが当てられる。その後，カーヴァーは『大聖堂』(*Cathedral*, 1983, ⇒Ⅱ-27)を刊行する。アルコール中毒を克服して，後に命を落とす原因となる肺がんの診断を受ける前に完成されたこの短編集においては，それまでの短編において支配的だったコミュニケーションの断絶から，なんらかのつながりを回復しようとする登場人物たちも描かれるようになった。

「ミニマリズム」というフレーズが登場した当初より，その作風は社会的な要素を排除して私的な側面にしか目を向けていないという批判が存在した。一方で，カーヴァーの短編には失業やジェンダーの問題，アルコール中毒や身体障がいなど社会的な主題が数多く盛り込まれているだけでなく，写真やテレビといったメディアとの関わりも注目されるなど，21世紀に入っても様々な読解が試みられている。

(藤井)

⑽ トニ・モリスンと黒人の声なき声　トニ・モリスン(Toni Morrison, 1931-2019)は，クロエ・アンソニー・ウォフォード(Chloe Anthony Wofford)としてオハイオ州ロレインで生を享けた。フォークナーとヴァージニア・ウルフを扱った論文で修士号を取得後，いくつかの大学で教鞭を執る。1958年にジャマイカ出身の建築家ハロルド・モリスンと結婚，65年には離婚している。第1作『青い眼がほしい』(*The Bluest Eye*, 1970)を世に問うた時，モリスンはランダムハウス社で編集者として勤めていた。その後も大学で教壇に立ち，文学や創作を教授しながら執筆を続ける。次第に主軸を作家業に移し，生涯で11作の長編を生み出した。

モリスンの作家としてのキャリアは離婚後，故郷から離れ，独り身の母親として過ごした日々の中で幕を開ける。仕事と育児に忙殺されるなか，モリスンは孤独を紛らわすために物語を書き始める。この作品が後に『青い眼がほしい』として結実した。三人称と一人称の複合的な語りを介し，読者は黒人少女ピコーラ・ブリードラブの悲劇を目の当たりにする。モリスンは，青い眼を切望し，破滅するピコーラの姿を通じて，ピコーラに自身を醜いと思わせる白人的な美の価値観がいかに黒人社会を侵しているのかを描く。『青い眼がほしい』から一貫して，モリスン作品は黒人社会が孕む問題に目を向ける。アメリカ社

会と，そこに生きる黒人を見つめる眼差しがモリスンにはある。その眼差しが切り取る黒人の生の実相をたくましい想像力で物語に再構築し，詩的な言葉と巧みな語りで読者に提示している。

「意識の流れ」を用い，黒人奴隷の内面に迫る『ビラヴド』(*Beloved*, 1987, ⇒ Ⅱ-29)，あるいはジャズの即興性を文学で表現した『ジャズ』(*Jazz*, 1992) に見られる通り，黒人性とフォークナーを彷彿とさせるモダニズムがモリスン作品には共存している。また彼女が読者の物語参加を強く意識している点も重要だろう。モリスン作品には読者が想像力で埋める空白が配置されている。能動的な読書行為によって空白を埋めることで，読者はモリスンとともに物語を作り上げる。テクストにおいて作者と読者はある種のコール・アンド・レスポンスを形成し，再読のたびに新たな物語が立ち現れるのだ。読者の参加によって多様な読みを産出するモリスン作品は，人種やジェンダーを主題とした解釈はいうまでもなく，精神分析学やエコクリティシズムなど，様々なアプローチによる考察に耐える重厚さを有している。

モリスンが小説以外にも多くの作品を生み出してきた点も忘れてはならない。アメリカ文学における黒人像を追究した『暗闇に戯れて——白さと文学的想像力』(*Playing in the Dark: Whiteness and the Literary Imagination*, 1992)，息子スレイド・モリスンと合作した子ども向けの絵本群，実在の写真にキャプションを添えた『忘れないで——学校における人種統合への旅路』(*Remember: The Journey to School Integration*, 2004) など，広く文学，文化に関わる仕事を残している。これらの作品も，モリスンの全体像を把握する上で重要なものとなるだろう。　　　　　　　　　　　　　　　　　　(西光)

(11) **多様化する声とジャンル**　1970年代以降は，多くのマイノリティ作家たちの物語が脚光を浴びることになった。女性作家，北米先住民作家，ラティーノ／ラティーナ作家，アジア系作家など，従来は周縁的と見なされてきた作家たちが，多文化主義の進行と手を携えるようにして存在感を増した。アジア系アメリカ人の女性としての経験に光を当てたマキシーン・ホン・キングストン (Maxine Hong Kingston, 1940-)，先住民作家からはレスリー・マーモン・シルコウ (Leslie Marmon Silko, 1948-) やルイーズ・アードリック (Louise Erdrich, 1954-) が登場した。

また，SFやファンタジーの分野で活動する女性や黒人の作家が台頭するの

もこの時期の特徴である。その代表的存在である**アーシュラ・K・ル・グウィン**（Ursula K. Le Guin, 1929-2018）は，ジェンダーをはじめとする社会的な主題を意識的に取り込んだ。『闇の左手』（*The Left Hand of Darkness*, 1969）では，宇宙各地の星に散らばった未来の人類のうち，雌雄両性具有で時期によってどちらかの性が発現するよう進化した人類の星を舞台とし，そこに初めて降り立った人類との接触を描き出している。ル・グウィンの代表作である「ゲド戦記」シリーズは1968年から発表され始めた。多島海「アースシー」を舞台とする魔法使いゲドの成長物語は，色が濃い肌をもつ主人公を採用したという点でも，ファンタジー小説のジャンルを刷新するものであった。　　　　　（藤井）

⑿ ポストモダン第2世代　1980年代に入ると，ポストモダン文学の主題や手法を踏襲する新たな世代の作家たちが登場するようになる。年齢的には筆頭となる**ドン・デリーロ**（Don DeLillo, 1936- ）はニューヨーク市ブロンクスでイタリア系カトリックの家庭に生まれ，1970年代前半から作家として作品を発表していたが，82年の『名前』（*The Names*）に続く『**ホワイト・ノイズ**』（*White Noise*, 1985）で確たる評価を得た。「ヒトラー学」の教授ジャック・グラッドニーを主人公とし，中年の危機や死への恐怖に振り回される彼の姿を通じ，大量消費やメディアに浸されたアメリカ社会を風刺するこの小説によって，デリーロは現代社会の行く末を描き出す重要な作家の1人となる。

1990年代のデリーロは，テロリズムが跋扈する世界での作家の役割を問う『マオⅡ』（*Mao II*, 1991）を経て，50年代からの冷戦が生み出した軍国主義と資本主義を核とゴミに集約して探究し，「対抗歴史」として提示する大作『**アンダーワールド**』（*Underworld*, 1997）を，ポストモダン的な主題の集大成として発表した。21世紀以降は大作志向を抑えつつ，グローバル金融資本主義の矛盾をニューヨークのトレーダーの1日に集約する『コズモポリス』（*Cosmopolis*, 2003）や，同時多発テロ事件を題材とする『墜ちてゆく男』（*Falling Man*, 2007）など，死という主題を軸に現代アメリカ社会を見つめる小説を発表し続けている。

ポール・オースター（Paul Auster, 1947-2024）は，ニュージャージー州ニューアークのユダヤ系の家庭に生まれた。コロンビア大学を卒業後，フランスに滞在し，1970年代に詩人として創作活動を開始した。現実を正確に映し出す言語の能力への懐疑を凝縮した言葉で書きつけていた詩作から，オースターは80年

代に入るとノンフィクション『孤独の発明』（*The Invention of Solitude*, 1982）を経て小説に移行する。80年代中盤に発表した『ガラスの街』（*City of Glass*, 1985），『幽霊たち』（*Ghosts*, 1986），『鍵のかかった部屋』（*The Locked Room*, 1986）は「ニューヨーク3部作」と呼ばれ，作家の分身を物語に登場させることで書く行為や言語をめぐる問いを探求するメタフィクション，またホーソーンやソローら19世紀アメリカ作家たちへの多くの言及からなる間テクスト性といった手法を駆使しつつ，自己と他者の境界線を問うことを軸としている。その舞台となるニューヨークは実在の土地というよりも記号化された抽象的な空間に変換され，簡素な文体と実験性を融合させた語り口が高く評価された。89年の『ムーン・パレス』（*Moon Palace*）において，69年の月面着陸成功に沸くアメリカを舞台に，自己の喪失から救済を求める大学生マーコ・フォッグの青春物語を饒舌な語りで完成させた後，90年代以降は物語性をより前面に押し出す作風に変化している。

リチャード・パワーズ（Richard Powers, 1957-）はイリノイ州エヴァンストンに生まれ，父親の仕事の関係で5年間をタイのバンコクで過ごした。イリノイ大学に入学して物理学を専攻するものの，途中で英文学に変更し，卒業後にドイツの記録写真家アウグスト・ザンダーの写真「若い農夫たち」を見たことをきっかけとして小説を書き始め，1985年に初長編『舞踏会へ向かう三人の農夫』（*Three Farmers on Their Way to a Dance*）を発表した。1枚の写真から20世紀の歴史にまたがる壮大なスケールの物語を紡いだパワーズは，それ以降も，第2次世界大戦中の日系アメリカ人の強制収容と冷戦とウォルト・ディズニーを絡める『囚人のジレンマ』（*Prisoner's Dilemma*, 1988），DNAの解読とバッハの「ゴルトベルク変奏曲」を2つの恋愛劇でつなぐ『黄金虫変奏曲』（*The Gold Bug Variations*, 1991）など，文明という巨視的視点と個々の人間を見つめる微視的視点を併せ持つ物語を発表していく。21世紀に入っても，脳科学や環境保護などの主題を取り込んだ重要作を引き続き発表している。（藤井）

⒀ 自然とアメリカと詩人たち

ゲイリー・スナイダー（Gary Snyder, 1930-）はカリフォルニア州サンフランシスコに生まれた。ワシントン州とオレゴン州の小さな農園で育った幼少期から自然に親しみ，先住民や東洋の自然観に惹かれていく。大学時代は勉学のかたわら森の中で肉体労働に従事し，禅への傾倒を深めていった。サンフランシスコに移った後は，ケルアックやギン

ズバーグらビート・ジェネレーション（⇒ I-5-2-(2)）の一部として活動し，1956年に来日，京都で禅を学んだほか，宮沢賢治の詩の翻訳も行っている。ときに俳句や漢詩のスタイルも取り入れた，自然に向ける眼差しと自らの内面に向ける眼差しを融合させる詩を得意とし，帰国後に刊行した詩集『亀の島』（*Turtle Island*, 1974）では自然環境の中での自己発見を主題として広く高評価を得た。詩人とは大地から湧き上がる歌や詠唱を媒介する存在なのだという発想から，自然や北米先住民文化の保護活動も熱心に行っている。

同じく自然保護と仏教に深く関わった詩人に，W・S・マーウィン（W. S. Merwin, 1927-2019）がいる。1950年代から詩集を刊行し，半世紀を優に超える詩人生活のなかで様々なスタイルを試みながら，驚異の感覚と言語の力への信頼という主題を追究する詩を書いた。70年代中盤以降はハワイに移住して熱帯雨林の生態系の再構築と禅の実践を始めた。詩人としての創作と並行してスペイン語やイタリア語やサンスクリット語からの翻訳を幅広く世に送り出し，後には与謝蕪村の英訳も手掛けている。

アドリエンヌ・リッチ（Adrienne Rich, 1929-2012）はメリーランド州ボルティモアに生まれた。父親はジョンズ・ホプキンズ大学の教授，母親はピアニストという知的な環境で育てられる。リッチは1950年代初めから詩集を出版し，53年にハーバード大学教授と結婚して3人の子どもをもうけた。60年代から70年代にかけて政治的な意識を強め，新左翼運動に共鳴してベトナム反戦運動や公民権運動，フェミニズム運動に参加する。73年には代表作とされる詩集『難破船に潜る』（*Diving into the Wreck*）を発表，76年刊行のエッセイ集『女から生まれる』（*Of Woman Born: Motherhood as Experience and Institution*）が大きな反響を呼んだ。夫の死後はジャマイカ生まれの作家ミシェル・クリフ（Michelle Cliff, 1946-2016）と同性パートナー関係を築き，女性同士の絆を「レズビアン連続体」（lesbian continuum）と呼んでその意義を強調した。　　　　（藤井）

第7章
21世紀
―― 2001年～ ――

1 アウトライン

(1)「テロとの戦い」の時代へ

アメリカにとっての21世紀は，2001年9月11日に発生した**同時多発テロ事件**によって幕を開けた。アメリカ本土が攻撃対象となっただけでなく，ハイジャックされた航空機が世界貿易センタービルに突入し，まもなくビルが崩壊する映像が繰り返し放送され，当事者以外にとっても，「9.11」は広く文化的トラウマとして共有されることになった。

政権が発足して間もなかったジョージ・W・ブッシュ大統領（子）は「我々の側につくか，敵の側につくかだ」と世界に選択を迫り，テロとの戦いに乗り出す。テロ事件の首謀者とされる組織アルカイダの創設者ウサーマ・ビン・ラーディンがアフガニスタンに潜伏しているとされたことを受け，アフガニスタンでの軍事行動を開始したことを皮切りに，アメリカは新たな戦争の時代に入ることになる。2003年にはイラク戦争が開始され，11年に米軍が撤退するまで，アメリカは再び長い戦争を経験する。その過程での対ゲリラ戦闘やイラクの不安定な政情などが，米軍および報道関係者によって間近で目撃され，あるいは本国でも報道されたことにより，かつてのベトナム戦争の苦い記憶が引き合いに出されることにもなった。

一方の国内では，20世紀後半の公民権運動を経ても解消されなかった人種差別という問題が，21世紀においても繰り返し噴出することになる。2005年にアメリカ東南部を直撃した大型ハリケーン「カトリーナ」は，各地に大きな被害をもたらし，とくにルイジアナ州が甚大な被害を受けた。なかでも，同州の中心都市であるニューオーリンズでは大規模な水害が発生したが，低所得層の黒人が多く取り残され，それに対する救援活動が遅れたことが大きく注目され，人種間格差の問題がまだ根強く残っている事実があらためて浮き彫りになっ

た。「変化」を掲げて2008年の大統領選挙に勝利したバラク・オバマは、アメリカ史上初のアフリカ系大統領であり、歴史の大きな転換点として注目された。人種間の分断が解消に向かうという期待もなされたが、黒人を取り巻く経済状況などの課題は解決されなかった。2013年にフロリダで発生したトレイヴォン・マーティン射殺事件をきっかけとして、「ブラック・ライヴズ・マター」運動（Black Lives Matter、略称BLM）が開始される。

　オバマ政権時代には、外国でのアメリカの軍事的関与を縮小することが目指された。2011年にイラクからの米軍撤退が完了したのは、その最たる例である。2010年から中東各地で展開した「アラブの春」はシリアで本格的な内戦を引き起こしたが、アメリカは軍事介入には一貫して慎重な姿勢を崩さなかった。2期にわたるオバマ政権を通じて、アメリカは国際協調と国益追求の間で揺れ動くことになった。

（藤井）

(2) 拡大する経済格差と社会の分断　経済的には、アメリカは急速に進行するグローバル化の牽引役となる。20世紀末に本格化したインターネットの普及は、21世紀に入るとソーシャルメディアの利用者を急増させた。それを背景として、情報発信によるポピュリズム政治の勃興や、各種ソーシャルメディアのプラットフォームを活用した社会運動など、国境を越えた社会現象が発生した。多国籍企業とインターネット通信、グローバル化する金融などの要素に後押しされ、国家の境界線を越えて地球規模に広がるネットワーク状の権力が形成されつつあり、アメリカはそこで特権的な立場を有しているという新たな権力論も登場した。同時に、グローバル化を推進する新自由主義経済に内在する矛盾への批判が次第に強まることになる。2008年に発生したリーマン・ショックは、高リスクの金融商品への過剰な投資が招いた破綻であり、アメリカを震源地として世界各地に大きな打撃を与えた。巨大金融資本に対する救済措置への批判が強まり、11年にはウォール街で抗議活動「オキュパイ・ウォール・ストリート」が始まり、アメリカで進行する経済格差の拡大と中間層の縮小が大きな問題として取り上げられた。

　そうした社会における分断を象徴するのが、2017年のドナルド・トランプ政権の発足である。政治経験をもたない候補が大統領選挙に勝利するという異例の事態は、グローバル化した経済と政治への不満が深刻化していることを示していた。実際、トランプ政権においては北米自由貿易協定（NAFTA）の失効

をはじめとして自由貿易体制の見直しが積極的に行われた。そうした国益を追求する方針は，内政においてはポピュリズムによる移民など各種のマイノリティへの抑圧的な態度として現れ，国内の政治的分断は深刻化した。2020年の大統領選挙での不正を主張するトランプ支持者たちによる連邦議会議事堂襲撃は，民主主義陣営の盟主であるはずのアメリカの迷走を象徴する出来事だったといえる。

　2010年代に入ると，進行する気候変動への国際的な対応が急務となった。すでに1997年に京都議定書は採択されていたが，2015年にはパリ協定が採択され，産業革命以前と比べて世界の平均気温上昇を2℃未満に抑制するという目標が定められ，各国が温室効果ガスの排出量削減を数値目標として掲げた。2000年代初頭には，人類の活動が地球全体に与えた影響を指して「人新世(じんしんせい)」（Anthropocene）という概念も提唱され，気候変動は「危機」として広く認識されるに至っている。トランプ政権ではパリ協定からの離脱が宣言されたが，2020年の選挙で勝利したジョー・バイデン大統領はパリ協定への復帰を宣言した。同20年には新型コロナウイルスが世界的に流行し，22年にはロシアによるウクライナへの侵攻，23年にはイスラエルによるパレスチナ・ガザ地区への侵攻が発生するなかで，経済から軍事にわたる国際秩序の変化においてアメリカの役割をどう定めるのか，模索は続いている。
　　　　　　　　　　　　　　　　　　　　　　　　　　　　　　（藤井）

2　アメリカ文学の現在

(1) テロの時代のアメリカと小説　1991年に発表した長編小説『マオⅡ』においてすでに，ドン・デリーロは，人々の恐怖の感覚に働きかけるという文学の役割がテロリストに奪われているという認識を登場人物に語らせている。2001年の同時多発テロに際し，デリーロは「世界の物語はテロリストたちに握られている」と述べ，文学がそれに対抗する物語を作り出せるのかという問いをあらためて提起した。大規模なテロ事件という非常事態を受け，多くの作家は，喪失からの回復や平凡な日常の意義を見つめ直す方向性を模索することになった。また，同時多発テロ事件直後に開始されたアフガニスタンでの軍事作戦と，それに続くイラク戦争は，従軍経験者による小説を続々と生み出している。

ジョナサン・フランゼン（Jonathan Franzen, 1959- ）は，社会的な主題をリアリズムによって描き出す伝統的な作風をデビュー当時から保持する，正統的なアメリカ小説の後継者である。フランゼンが本格的に注目を集めるのは，2001年の長編第3作『コレクションズ』（*The Corrections*）によってである。中西部に住む一家の親子が20世紀の中盤から終わりにかけて経験する老いと病，アルコール中毒や失業や不倫といった問題をきっかけに自らと向き合っていくさまを描き出し，同時多発テロ事件直後のアメリカの空気を見事に映し出す小説となった。そうした手法は，中西部の家族の迷走を通じて，アメリカ人が直面する道徳的な矛盾や世代間の価値観の溝を提示する『フリーダム』（*Freedom*, 2010）でも試みられ，フランゼンはアメリカの現在を伝える最良の声の1つという評価を得ている。

黒人作家の**コルソン・ホワイトヘッド**（Colson Whitehead, 1969- ）はニューヨーク市に生まれ，ハーバード大学を卒業後，新聞のスタッフとして働くかたわら小説の創作に取り組んだ。1999年刊行のデビュー長編『直観主義者』（*The Intuitionist*）は，人種隔離が解消されていない大都市を舞台とし，黒人の社会的上昇という問題を高層ビルのエレベーターに託して語る斬新さによって一躍注目作家となった。その後も様々なジャンルに挑戦しつつ，2016年の『**地下鉄道**』（*The Underground Railroad*, ⇒Ⅱ-30）では，アメリカ南部の農園から逃亡を図る黒人奴隷という歴史的な設定に（⇒Ⅰ-2-1-(4)），地下にひそかに構築された鉄道網という架空の設定を大胆に導入した。その後も『ニッケル・ボーイズ』（*The Nickel Boys*, 2019）など，人種の問題を中心に据えつつも洗練された語り口で広範に読者を獲得している。 　　　　　　　　　　（藤井）

(2) **創作環境と移民文学**　21世紀に入り，大学院創作科（Creative Writing Program）が全米規模で急速に拡大を始める。1936年にアイオワ大学が先鞭をつけた創作科は，1980年代以降，個人の創造性を原動力とする新自由主義経済の拡大と歩調を合わせるようにして増加の一途を辿った。グローバル化が急速に進行する時代において，このような教育プログラムの影響はアメリカ国内にとどまらず，旧植民地であるフィリピンや，旧イギリス領であるインドやパキスタン，ナイジェリアなど，英語が公用語の1つである各地域出身で，創作を志す学生がアメリカの創作科に入学し，作家としてデビューしていくという現象が顕著になった。

第Ⅰ部　アメリカ文学史

　グローバル時代の移民作家の代表的な例としては，インドのベンガル地方出身の両親のもとイギリスで生まれ，幼少期にアメリカに移住した**ジュンパ・ラヒリ**（Jhumpa Lahiri, 1967- ）や，ナイジェリアに生まれ，アメリカの大学で学んだ後にデビューした**チママンダ・ンゴズィ・アディーチェ**（Chimamanda Ngozi Adichie, 1977- ）らがいる。アディーチェの代表作『アメリカーナ』（*Americanah*, 2013）は，ナイジェリアからアメリカとイギリスにそれぞれ移住し，やがて故郷に戻っていく2人の恋人たちの経験を通して，移民と「ホーム」の新たな関係を描き出す，グローバル化したアメリカ小説の好例でもある。

　また，非英語を第一言語としながらも英語で教育を受け，やがて英語作家としてデビューする書き手も多数登場した。20世紀後半から，ロシア出身のナボコフや，中国生まれのハ・ジン（Ha Jin, 1956- ）など，故郷を離れた作家が英語を執筆言語として選ぶケースは存在していたが，20世紀終盤から21世紀にかけて，典型的には幼少期に家族とともにアメリカに移住して英語で創作を行うようになった作家がさらに多く登場することになる。

　代表的な作家として，ドミニカ出身で幼少期にアメリカに移住した**ジュノ・ディアス**（Junot Díaz, 1968- ）が挙げられる。1996年に短編集『ハイウェイとゴミ溜め』（*Drown*）でデビューを飾り，ドミニカ系移民たちがアメリカで未来を切り拓こうとする苦闘を少年の視線から描き出す語りで注目を集めた。その11年後に発表した長編小説『オスカー・ワオの短く凄まじい人生』（*The Brief Wonderous Life of Oscar Wao*, 2007）では，同じくドミニカ移民の家族を主人公としつつ，ドミニカ共和国大統領として20世紀前半に長らく独裁体制を築いたラファエル・トルヒーヨによる恐怖政治と，それに先立つ植民地支配という暴力の歴史が「フク」という呪いとしてアメリカに暮らす移民たちにも降りかかるという設定を採用している。中南米文学のマジック・リアリズムを基調とするだけでなく，語りの中にドミニカ方言のスペイン語を多用し，そして大衆文化と上位文化の双方へのおびただしい言及をちりばめるなど，20世紀文学の様々な手法を取り込んだ移民文学の新しい形を示す小説である。　　　（藤井）

(3) **翻訳文学と広がる「文学」の定義**　翻訳文学の重要性に注目が集まったことも，21世紀の大きな特徴である。従来，アメリカの文芸出版において翻訳文学の占める割合は非常に低く推移してきた。それが1990年代以降は変化の

兆しを見せ，各国語からの英訳作品を評価する動きが出始める。ドイツ出身のW・G・ゼーバルト（W. G. Sebald, 1944-2001），チリ出身のロベルト・ボラーニョ（Roberto Bolaño, 1953-2003）が高い評価を受けた。アメリカでの主要な文学賞には恵まれないものの，それに匹敵する影響力をもつようになった作家として，**村上春樹**（1949- ）がいる。日本文学の英訳については，戦後の1960年代と70年代に谷崎潤一郎，川端康成，三島由紀夫の3名を中心にアメリカで紹介が進められていた。80年代後半から90年代にかけて，より西洋化した都会的な日本を舞台とする新しい世代の作家として，村上の英訳小説の刊行がアメリカで進められる（93年に英訳された吉本ばなな『キッチン』の成功も，英語圏における日本文学の受容を刷新した）。やがて，村上の短編が『ニューヨーカー』に継続的に掲載されることになり，『ねじまき鳥クロニクル』（1994-95）の英訳が97年に刊行されて批評的にも成功を収めたことで，村上の作家としてのアメリカでの評価は確立された。特定の土地に根ざすのではなく，他の土地とも接続可能な舞台で，幻想と日常を行き来する物語を，平易な言葉遣いで描き出すその作風は，21世紀に登場したアメリカ作家たちに広く共有されている。

　また，ノーベル文学賞の話題も相次いだ。2015年にベラルーシのノンフィクション作家スヴェトラーナ・アレクシエーヴィッチ（1948- ）が受賞し，詩人・劇作家・小説家に与えられることが慣例化していた同賞の対象範囲が広がることになった。その変化を劇的に印象づけたのが，翌16年，ミュージシャンの**ボブ・ディラン**（Bob Dylan, 1941- ）が，アメリカ音楽における歌詞の貢献を認められて受賞したことである。表現手法の多様化に，世界的権威をもつ文学賞はどのように応えていくのかが議論の的となっている。また，20年には詩人のルイーズ・グリュック（Louise Glück, 1943-2023）が個人の存在を普遍的なものとした詩作を評価されて受賞した。

　第2次世界大戦終結から21世紀にかけてのアメリカは，軍事や経済の面で，超大国としての地位を維持し続けてきた。同時に，その期間は，世界を先導する理想的な国家としての「丘の上の町」（⇒Ⅰ-1-1-(3)）という自己像が動揺や変化を経験する時期でもあった。国内においては人種やジェンダー，戦争などの問題をめぐって価値観の揺らぎを経験し，国際的な安全保障や経済といった枠組みでも，先進国を中心に大きな影響力を保ちつつも，自国の役割につい

てはつねに模索を続けている。

　そのようなアメリカの姿と文学とは、しばしば共振している。戦後に続々と現れた、支配的な価値観に対して疑問を突きつけ、新たな表現を求める作家たちの動きは、思想の動きとも連動しながら、ポストモダニズムに代表される形式的な実験を導いた。それまで周縁的な存在とされてきたものの、20世紀後半から表舞台に登場したマイノリティ作家たちにも、既存の規範への挑戦という問題意識は受け継がれている。21世紀に入り、インターネット環境と経済格差、さらには気候変動が地球規模で急速な拡大を見せ、アメリカ社会においては価値観の両極化が進行しつつある。文学がその社会においてどのような役割を果たすにせよ、そこにはアメリカの夢と現実が色濃く刻まれているだろう。

　　　　　　　　　　　　　　　　　　　　　　　　　　　　　（藤井）

第Ⅱ部

作品解題

ホッパー『夜の影』(*Night Shadows*, 1921)／Wikimedia Commons

光に照らされた空間を鋭く分断する影へと向かう孤独な男の姿にはどこか不吉な予感が漂う。それを直感する鑑賞者は，彼に同一化しながらも，その姿を見下ろす窃視者として安全な高みにいる。『グレート・ギャツビー』(1925) において，自分は夜の都市を彩る窓の光が示す「秘密」の空間の「中」にいると同時に，それを「外」から眺める観察者でもあると，語り手は述べる。作家や画家が描いた光の空間としての都市では逆説的に闇が際立ち，そこでは内部と外部，見ることと見られることが反転する。(坂根)

1　エドワード・テイラー『準備のための瞑想』(1682-1725執筆)
Edward Taylor, *Preparatory Meditations*

　植民地時代のアメリカが生んだ大詩人テイラーは，ピューリタンの伝統に則って主として平明体で綴りつつ，日常的でありながらも大胆で鮮烈な隠喩とイメージを用いることで，ときに奇妙な効果を生み出す作品を遺している。神の恩寵を樽からカップに注ぎたまえと祈り（「瞑想1.28」），神が顕現するさまを「燃える太陽とその黄金の髪が」「ボタンで留めた煙草入れの中にある」（「瞑想2.24」）と表現するように，綺想（conceit）のごとく，極端なものを結合させる隠喩がしばしば用いられる。テイラーの詩にあって，太陽（Sun）はキリスト（Son）を意味する。液体は花婿たるキリストが花嫁たる人の魂と合体し，新しき生命を孕ますために注入する精液すなわち血の隠喩であり，また「煙草入れ」のような箱や器は人がそれを受け入れ受胎するイメージを喚起する。その発想の根底には，「おお，まことなり。歓喜の驚き。／魂よ，聞け！　偉大なる創造主が汝の良人なり。」（「瞑想1.23」）のように，受肉を通じて無限の神と土塊たる有限の人間が合一して結婚するという，神秘的かつ官能的なパラドクスに対する詩人自身の「驚き」（"Wonder"）がある。語と語根の強調反復を組み合わせた増幅法（amplification）もしばしば用いられる。訳は付さないが，悪魔の力に言及する「瞑想2.48」の "Their Might's a little mite, Powers powerless fall. ／ My mite Almighty may not let down slide. ／ I will not trust unto this Might of mine: ／ Nor in my Mite distrust, while I am thine." を一例として挙げておく。

　旧約聖書における出来事の中に新約聖書との類似を見出そうとする予型論的想像力は，偉大なものから些細なことまで，様々な出来事やモノの中に超自然的意義を見出そうとするピューリタンにとって正統的な発想だが，テイラーもまた類似を見出す詩人であった。たとえばキリストという原型に対しては，旧約聖書におけるモーセ，イサク，アロン，ヤコブ，ヨセフ等，様々な人物が予型として先立つとされる。とりわけ『瞑想』第2巻の最初の30編は予型論に基づいている。以下に冒頭のみ取り上げる「瞑想2.7」では，旧約聖書「詩篇」105.17から聖句「また彼らの前にひとりつかわされた。すなわち売られたヨセフである」を引き，奴隷として売られたヨセフが敵に売り渡された新約のキリストの予型として理解される。第2連以降，衣服を剥ぎ取られる姿等，次々に両者の類似が読み取られ，女に誘惑されるが拒んだヨセフ（「創世記」39.6-10）の原型としてサタンの誘惑に打ち勝ったキリ

1 エドワード・テイラー『準備のための瞑想』

ストが,牢獄から解放されるヨセフ(「創世記」41.42-43;「詩篇」105.20)の原型として十字架に架けられ処刑されたキリストの復活が,結びつけられる。『瞑想』所収の全詩についていえることだが,引用原文の各連がababccの押韻による弱強5歩格(iambic pentameter)の6行で構成されていることも留意したい。

わが鈍くも愚かしき,死せるがごとき心。
　乾き果て,萎びぬ。
わが心の横たわれる褥,主によりて蘇生の力を得,心の蘇らむことを。
(掠みしインク,摩耗せる鉛筆)
　ヨセフは主の予型なるや。
　先触れの天使が歌い,膝を折りて挨拶す。

ヨセフの輝きし栄光は,主の予型なるや。ヨセフは人々の羨望の的となり,
　主もかくありし。わが主の何と限りなく輝かしきや。
哀れなるヨセフ,裸にされ,穴に投げこまれぬ。
　主もかくありし。主も衣服を剥ぎ取られぬ。
ヨセフは兄弟のユダに銀20枚にて売られ,
　主もまた,イスカリオテのユダに銀30枚で売られしなり。

　　　　　　　　　　　　　　　(園部明彦訳『エドワード・テイラー詩集』)

All Dull, my Lord, my Spirits flat, and dead
　All water-soakt and sapless to the skin.
Oh! Screw mee up and make my Spirits bed
　Thy quickening vertue, for my inke is dim,
　　My pensill blunt. Doth Joseph type out Thee?
　　Heraulds of Angells sing out, Bow the Knee.

Is Josephs glorious shine a Type of thee?
　How bright art thou? He envi'de was as well.
And so was thou. He's stript, and pick't, poore hee,
　Into the pit. And so was thou. They shell
　　Thee of thy kernell. He by Judah's sold
　　For twenty bits: thirty for thee he'd told.　　(Second Series, "7. Meditation")
　　　　　　　　　　　　　　　　　　　　　　　　　(橋本)

2　ベンジャミン・フランクリン『フランクリン自伝』(1818-19)
Benjamin Franklin, *The Autobiography of Benjamin Franklin*

　フランクリンが「回想録」と呼んでいた『自伝』は，おそらく世界中で最も高名な自伝の1つであろう。1771年，65歳のフランクリンがイギリス滞在中に短期間で紡いだ第1部は，息子や近親者に向けて，生い立ちからフィラデルフィアに脱出して印刷業者として成功するに至る1730年までの歳月を扱っている。アメリカ革命勃発によって執筆を中断した後，友人に続きを書くよう促され，84年からパリ郊外で執筆した第2部では，一般読者に向けて「13の徳目」("Thirteen Virtues")が提示される。第3部と短い第4部はフィラデルフィアに戻った88年から没するまでの期間に執筆されたもので，30年代から57年にかけての公共事業，印刷業，政治活動，私的な事柄等が綴られる。

　自伝とはいえ，イギリスにおける一族のルーツは第1部でごくわずかに記されるのみである。だがそれは，アメリカ人一般の宿命であろう。過去を切断した移民にとって，自身のアイデンティティは過去を確認することで得られるのではなく，未来において自ら構築しなければならないのだ。以下の「13の徳目」は，著者が20歳の時に「道徳的完成」を目指して自身に課した「不敵な，しかも困難な計画」のリストであり，『富に至る道』と並んでフランクリン思想の中核をなしている。フランクリンは神の恩寵と「勤勉」と「節約」のおかげで人生に成功し，「誠実」と「正義」のおかげで名誉ある職務を任されたと述懐するとともに，このリストが宗派を問わず有用であることを誇らしげに語っているが，彼にとって宗教とは，信仰の問題というよりむしろ道徳上の原理であることが示唆される。70もの規則を自身に課して生活を律した同世代のエドワーズと比べれば，フランクリンのリストがきわめて実際的かつ世俗的であることは自明であろう。

　社会科学者マックス・ウェーバーは『プロテスタンティズムの倫理と資本主義の精神』(1904-05) において，金儲けを戒めるキリスト教国にあって，プロテスタント国で近代資本主義が発達した逆説的現象をめぐり，予定説を受け容れた人々が神に与えられた「天職」に禁欲的に専心するというプロテスタント的倫理観が18世紀に世俗化した結果，「勤勉」と「節約」を通じて成功への道を謳うフランクリンを生み出したのだと指摘している。フランクリンがしばしば代表的近代人と呼ばれる所以である。

　　第1　節制　飽くほど食うなかれ。酔うまで飲むなかれ。
　　第2　沈黙　自他に益なきことを語るなかれ。駄弁を弄するなかれ。

第3 規律　物はすべて所を定めて置くべし。仕事はすべて時を定めてなすべし。
第4 決断　なすべきことをなさんと決心すべし。決心したることは必ず実行すべし。
第5 節約　自他に益なきことに金銭を費やすなかれ。すなわち，浪費するなかれ。
第6 勤勉　時間を空費するなかれ。つねに何か益あることに従うべし。無用の行いはすべて断つべし。
第7 誠実　詐りを用いて人を害するなかれ。心事は無邪気に公正に保つべし。口に出だすこともまた然るべし。
第8 正義　他人の利益を傷つけ，あるいは与うべきを与えずして人に損害を及ぼすべからず。
第9 中庸　極端を避くべし。たとえ不法を受け，憤りに価すと思うとも，激怒を慎むべし。
第10 清潔　身体，衣服，住居に不潔を黙認すべからず。
第11 平静　小事，日常茶飯事，または避けがたき出来事に平静を失うなかれ。
第12 純潔　性交はもっぱら健康ないし子孫のために行い，これに耽りて頭脳を鈍らせ，身体を弱め，または自他の平安ないし信用を傷つけるがごときことあるべからず。
第13 謙譲　イエスおよびソクラテスに見習うべし。

（松本慎一・西川正身訳『フランクリン自伝』）

1. TEMPERANCE. Eat not to Dulness. Drink not to Elevation.
2. SILENCE. Speak not but what may benefit others or yourself. Avoid trifling Conversation.
3. ORDER. Let all your Things have their Places. Let each Part of your Business have its Time.
4. RESOLUTION. Resolve to perform what you ought. Perform without fail what you resolve.
5. FRUGALITY. Make no Expense but to do good to others or yourself: i. e. Waste nothing.
6. INDUSTRY. Lose no Time. Be always employ'd in something useful. Cut off all unnecessary Actions.
7. SINCERITY. Use no hurtful Deceit. Think innocently and justly; and, if you speak; speak accordingly.
8. JUSTICE. Wrong none, by doing Injuries or omitting the Benefits that are your Duty.
9. MODERATION. Avoid Extremes. Forbear resenting Injuries so much as you think they deserve.
10. CLEANLINESS. Tolerate no Uncleanness in Body, Clothes or Habitation.
11. TRANQUILITY. Be not disturbed at Trifles, or at Accidents common or unavoidable.
12. CHASTITY. Rarely use Venery but for Health or Offspring; Never to Dulness, Weakness, or the Injury of your own or another's Peace or Reputation.
13. HUMILITY. Imitate Jesus and Socrates. 　　　　　　　　(Part 2)

（橋本）

3 ワシントン・アーヴィング「リップ・ヴァン・ウィンクル」(1819)
Washington Irving, "Rip Van Winkle"

　かつて森鷗外が「新世界の浦島」(1889／明治22) という邦題をあて，独語訳から重訳した短編小説だが，アーヴィングは題材をドイツのライン川流域の伝承からとり，そこに独立前後のアメリカという独自の設定を加味している。表題人物の名は一般名詞化されるほど人口に膾炙しており，「時代遅れの人」を意味する。

　物語は植民地時代のニューヨークを舞台に始まる。『ニューヨーク史』の著者ニッカーボッカー氏の遺稿というふざけた枠組みで紡がれるこの物語の主人公は，ハドソン川上流にある，かつてオランダ系移民が開拓した村に暮らしている。お人好しのリップは村の人気者だが，フランクリンの教えに背を向けるかのごとく「勤勉」を嫌い，家の中では口やかましい妻にいつも怒鳴られている。ある日，愛犬ウルフとともにキャッツキル山地でリス狩りに興じつつ，ピクチュアレスクな自然の深閑に心を癒やしていると，オランダ風の古着を着た謎の老人に出会う。誘われるままについていくと，同じような服装の集団がナインピンズ（ボウリング）で遊んでいた。それを見ながら勧められた酒に酔い潰れ，リップは深い眠りに落ちる。目が覚めると朝になっており，オランダ風の集団も，老人も愛犬も見当たらない。不安に駆られて村に戻るが，見覚えのある顔は誰もいない。リップが眠りこけている間に，20年もの歳月が流れていたのだ。そしてこの間，君主制にあった植民地は共和制国家として独立し，妻もすでに亡くなっていた。この大変化に少しずつ慣れていったリップは，村人から長老として敬われ，気楽な余生を送るのであった。

　かつて村の旅籠に架けられていたイギリス国王の肖像画は，リップが戻ったときには初代大統領ワシントン将軍のものに架け替えられており，星条旗も掲げられている。田舎談義に興じていた村人たちの様子も変わっており，彼らが民主制国家の市民になったことが示唆される。だがリップの関心は政治には向かわず，「かかあ天下」("petticoat government")から解放されたことに安堵するのみである。こうした現実社会に対する無関心はアーヴィング文学の1つの特徴であり，独立後のアメリカに適応できないリップに対して，作者は同情的ですらある。他方で怠惰なリップは反実利主義的人物であり，夫を尻に敷く口やかましい妻の姿も「家庭の天使」からほど遠い。そこにアメリカ社会に対する作者の皮肉を読むこともできる。

　以下は結末近くからの引用だが，首を振り，肩をすくめて空を仰ぐリップの素振りは，かつて妻に怒鳴られ続けた際に身についた癖である。熱く政治を論じる村人

3　ワシントン・アーヴィング「リップ・ヴァン・ウィンクル」

たちとは対照的に，イギリス国王と妻という２人の「暴君」から解放されてもなにも変わらぬリップのとぼけた姿が，独立戦争の熱狂を相対化するかのようだ。アーヴィング一流の洒落た皮肉とユーモアが窺われるところである。

　ところで，彼は家にいてもこれといってすることもないのだ。日々無為に過ごしているからといって，その怠惰さを責める人もいない。このようにリップは，もはや結構な年になっていたのである。そこで，また旅籠の戸口にあるベンチに腰を下ろすと，村の長老格のひとりとして尊敬を集め，「アメリカ独立革命前夜」の古い時代を表象する年代記的な存在として慕われるようになった。しばらくすると，リップは普通の世間話をする仲間たちのなかに入ることができたし，山中で酔い潰れて眠りこけている隙に起こった摩訶不思議な出来事もようやく理解できるようになった。すなわち，そのあいだに独立戦争がいかにして起こったのか，イギリスの支配からいかにして独立したのか，もはや自分はジョージ３世の臣民ではなく，今はアメリカ合衆国の自由を保障された一市民であるという事実が了解できたのだ。実際には，リップは政治にはまったく無頓着であった。したがって，どのように国家や帝国の政治形態が変わろうと，リップにはほとんど何の感銘も与えなかった。けれども，以前はある種の専制政治の脅威が身近に存在しており，その下でリップは長く喘いでいたのである。それは，世に言うかかあ天下であった。幸いなことに，それも終焉を告げていた。また結婚生活という枷（かせ）が外れたので，リップはもはや横暴な女房からも解放されて，いつでも好き勝手なときに家を出入りできる身になっていた。しかし，これまでの習癖なのか，女房の名前を聞くと，つい首を振ったり，肩をすくめたりして，呆然と空を仰ぐのであった。こういった仕草は，自分の運命を諦める表現とも見えるし，解放された歓喜とも受けとれるだろう。

（齊藤昇訳『スケッチ・ブック』）

　Having nothing to do at home, and being arrived at that happy age when a man can be idle with impunity, he took his place once more on the bench, at the inn door, and was reverenced as one of the patriarchs of the village, and a chronicle of the old times "before the war." It was some time before he could get into the regular track of gossip, or could be made to comprehend the strange events that had taken place during his torpor. How that there had been a revolutionary war—that the country had thrown off the yoke of old England—and that, instead of being a subject to his Majesty George the Third, he was now a free citizen of the United States. Rip, in fact, was no politician; the changes of states and empires made but little impression on him; but there was one species of despotism under which he had long groaned, and that was—petticoat government. Happily, that was at an end; he had got his neck out of the yoke of matrimony, and could go in and out whenever he pleased, without dreading the tyranny of Dame Van Winkle. Whenever her name was mentioned, however, he shook his head, shrugged his shoulders, and cast up his eyes; which might pass either for an expression of resignation to his fate, or joy at his deliverance.

（橋本）

4　ラルフ・ウォルドー・エマソン『自然』(1836)
Ralph Waldo Emerson, *Nature*

　エマソンの超絶主義思想のエッセンスを探るためには，彼の自然観についてまず把握する必要があるだろう。エッセイ『自然』の中においてエマソンが詠うのは，自然とそれを賛美する人間の詩的想像力である。エマソンは自然を「全て人の精神のメタファー」と見なす。彼にとって，自然と人の精神は分化できない関係にあり，自然は鏡のように人の精神を映し出すものとなる。

　エマソンは自然の根源に「普遍的な霊」が在ることを主張し，人の精神にも同様の霊性を認める。こうした思想は，唯物論的に物理的な法則から自然を捕捉するのではなく，むしろ精神の主権を前提とする唯心論に立脚し，現実の世界に潜在する真理とそこに遍在する神の霊を，「直感」を通して知ることを要求する。エマソンは，自然の中では「さもしい自己への執着は全て霧消」し，「透明の眼球」("a transparent eyeball") となり，「神の一部」になるという。さらに1841年のエッセイ「大霊」("The Over-Soul") の中で，自然とその一部である人間にも大霊が宿っていると唱える。つまり，「自然」の中に在る人間は，統一された大霊の分子であり，一方で個人としての人間にも「自足し完璧」な大霊が存在するというのだ。自然と人間の融合，客体と主体の溶け合う感覚を通じて，人間に等しく分有される霊の聖性を，エマソンは高らかに賞讃する。この考えは，神聖な霊と純粋な関係で結びつく人間の魂の気高さを唱導するエマソンの思想，「自己信頼」と接続することにも留意したい。

　しかしながら，人間の精神と直感の重要性を説く一方で，エマソンが身体的な感覚を軽視しているわけではない。『自然』を通じて，エマソンの自然と融合する体験はたびたび肉体的な感覚を通じて詠われるが，とりわけそこに視覚的な悦楽を多分に含んでいることは特筆すべきである。第3章「美」("Beauty") の中で，「目が最上の構図家であるのと同様に，光は一流の画家である」と語られるように，エマソンの超絶主義思想においては視覚が重要な地位を占めている。

　また上の引用において，目に対して開かれる，光が織りなす自然の美しさが絵画に喩えられていることも示唆的である。絵画といえば，同時代のハドソン・リバー派（⇒I-2-2-(5)）が先導したピクチュアレスク運動が想起されるが，それはアメリカの自然を神が遍在する空間として称揚し，アメリカの自然を宗教的に楽園として見なす予型論的思想（⇒I-1-2-(1)）を含んでいる。「光は第一級の画家だ」

という言葉に見られる「光」のイメジャリは，ハドソン・リバー派が神の遍在を描く際に好んで用いたモチーフであることにも気をつけたい。自然の中に神の霊性を見出すエマソンの超絶主義に，ピクチュアレスク運動の予型論的思想と共通の性質を見ることもできよう。

　第4章「言葉」("Language") の中で，「絵画的な言葉は，同時に，それを用いる人が真理と神と連合体であることの威厳ある証である」と，エマソンは唱える。彼の感覚の中で，自然が絵画と比喩的な関係で結びついているのと同時に，自然の美に対する視覚的な悦楽が，文体の中にも顕れている。次の引用は，第3章「美」からの抜粋であるが，夜明けの丘の上から見える美しい情景が光の効果を伴って絵画的に描かれ，その情景と溶け合うエマソンの経験が詩的に詠われる。また，最終行に見られる「ひとつになって呼吸をする」("conspire") という語が，"spire" と同じ語源を共有する "spirit" の意味を喚起させるのと同時に，「合一」のニュアンスを伴う接頭辞 "con-" で構成されていることにも，超絶主義的経験を伝えるエマソンの詩的言語を味わうために留意しておきたいところである。

> 　だが，ほかにまた，「自然」が得も言えぬ美しさによって，そして有形の恩恵はいささかも混じえることなしに，充足を与えてくれるときもある。わが家のま向かいにある岡の頂上に立って，夜明けから日の出まで，朝の光景を眺めていれば，天使も相伴しかねないような感情をわたしは味わう。細長くたなびく雲が深紅の光の海のなかで魚さながらに浮遊している。地球をかりに岸辺とすれば，そこからわたしは，静まりかえったかなたの海のなかに目を馳せる。光の海のめまぐるしい変身ぶりをわたしもともにしているようで，活気みなぎるその魅力がわたしのような者のところにも届くと，わたしは朝風とともに膨張し，ひとつになって呼吸をする。
>
> （酒本雅之訳『エマソン論文集』）

> But in other hours, Nature satisfies by its loveliness, and without any mixture of corporeal benefit. I see the spectacle of morning from the hilltop over against my house, from daybreak to sunrise, with emotions which an angel might share. The long slender bars of cloud float like fishes in the sea of crimson light. From the earth, as a shore, I look out into that silent sea. I seem to partake its rapid transformations; the active enchantment reaches my dust, and I dilate and conspire with the morning wind.　　　　　　　　　　(Ch. 3, "Beauty")

（大川）

5　エドガー・アラン・ポー「モルグ街の殺人」(1841)
Edgar Allan Poe, "The Murders in the Rue Morgue"

　一躍ポーを有名にした詩「大鴉（おおがらす）」(1845) の第6スタンザで，語り手は「このミステリーを探ってみよう」と2回繰り返す。推理小説の祖と称されるポーだが，ミステリー／推理ものというジャンルを表すのに，ポーは現代おなじみの「推理（探偵）小説」("detective stories") という言葉を使用していない。彼は「論理的な推論によって結論に辿り着く物語」("tales of ratiocination") と表現した。それにもかかわらず，彼がこのジャンルの創始者とされるのは，天才探偵と凡庸なる助手という登場人物像，密室をはじめとする不可能犯罪，盲点原理，協力を要請してくる愚鈍なる警察，超法規的な捜査手段，演繹による名推理の披露，想定外の犯人等々，後世の推理小説には欠かせないジャンルの原型を創り出した功績に負うところが大きい。卓越した分析能力をもつC・オーギュスト・デュパンと語り手「ぼく」のコンビ関係は，50年後にアーサー・コナン・ドイル (1859-1930) の名探偵シャーロック・ホームズと助手ジョン・ワトソンのシリーズへと継承されている。アガサ・クリスティー (1890-1976) の名探偵エルキュール・ポワロと友人アーサー・ヘイスティングズもこの系列に連なる。また，推理小説家江戸川乱歩 (1894-1965) が「エドガー・アラン・ポー」をその名前の由来としたことは有名な話である。日本で本作品が初めて紹介されたのは，1887（明治20）年12月であり，饗庭篁村（あえばこうそん）(1855-1922) の「ルーモルグの人殺し」が『読売新聞附録』に3回にわたり分載された。

　名探偵デュパン・シリーズは「モルグ街の殺人」，「マリー・ロジェの謎」("The Mystery of Marie Rogêt," 1842-43)，「盗まれた手紙」("The Purloined Letter," 1844) の3作である。第1弾にあたる「モルグ街の殺人」は『グレアムズ・マガジン』1841年4月号に掲載された。語り手「ぼく」はモンマルトル街の図書館で没落した名門の出であるデュパンに出会い，パリ滞在中一緒に住むことになる。おりしも，「モルグ街」の邸宅で母娘が惨殺されるという「異常な殺人事件」が紙面を賑わす。猟奇的な手口，超人的な逃亡経路，金品の放置，外国語らしき言葉を発した犯人，人間とは異なる体毛の採取。この不可解かつ不条理な事件に警察が翻弄されている間に，デュパンはあらゆる証拠を「分析力」で洗い直し，真犯人が人間ではなくオランウータンではないかと推論する。

　ポーは作品を執筆するにあたって，実際の殺人事件や当時の流行事象に関する情

5 エドガー・アラン・ポー「モルグ街の殺人」

報，新しい科学的知見を貪欲に取り入れている。本作品においても様々な新聞記事を参照しているが，とくに犯人像については，1839年7月にフィラデルフィアのマソニック・ホールで催されていたオランウータンの展示に着想を得たのではないかといわれている。またオランウータンの形象と当時の黒人奴隷のイメージから，この作品を19世紀における南部奴隷制の文脈における黒人奴隷の逃亡や反乱の表象と見なす解釈もある（⇒Ⅰ-2-1-(4)）。

　数々の怪奇小説を生み出してきたポーだが，この作品に超自然的な要素はない。デュパンが語るように，被害者は「幽霊に殺された」わけではなく，犯人には「実体があり，物理的に」逃走したのである。彼は，情報を丹念に「読み」，推論を組み立てて，一見不可能と思われる方法を綿密に吟味することで，必然的な結論に至る。「読み解く」能力によって経済的対価を得る探偵の登場は，推理小説というサブジャンルの可能性を広げた。

　以下は本作品の冒頭である。ポーの推理小説群に通底する人間の「分析力」，すなわち探偵としての素質について解説されている。

　　知的能力のうちでも分析力として語られるものは，それ自体では，ほとんど分析されることがない。わたしたちにわかるその発露は，分析力の効用にすぎないからである。そのいちばんの特徴として言えるのは，分析力というのがその持ち主にとっては，とりわけ絶大なる分析力の持ち主にとっては，何よりも血湧き肉踊る娯楽の源になっているということだ。屈強なる人間だったら筋骨隆々たる肉体そのものの能力を誇るいっぽう，分析的なる人間はといえば，ものごとを解きほぐす知性の能力こそ自慢の種となる。彼は自分の才能を見せびらかすためだったら，どんなに些細なことからも楽しみを見出す。分析家のお気に入りは謎であり難問であり暗号だ。それぞれを解き明かしながら示す鋭敏なる洞察力は，並の知性の持ち主には自然の理をはみ出た知性の働きとしか思われない。分析家の引き出す結論だけを取ってみれば，その核心があくまで方法論的なものであるにもかかわらず，じっさいのところ直観の産物であるかのような雰囲気が全体に漂っている。

（巽孝之訳『モルグ街の殺人・黄金虫』）

　　The mental features discoursed of as the analytical are, in themselves, but little, susceptible of analysis. We appreciate them only in their effects. We know of them, among other things, that they are always to their possessor, when inordinately possessed, a source of the liveliest enjoyment. As the strong man exults in his physical ability, delighting in such exercises as call his muscles into action, so glories the analyst in that moral activity which *disentangles*. He derives pleasure from even the most trivial occupations bringing his talent into play. He is fond of enigmas, of conundrums, of hieroglyphics; exhibiting in his solutions of each a degree of *acumen* which appears to the ordinary apprehension præternatural. His results, brought about by the very soul and essence of method, have, in truth, the whole air of intuition.

（池末）

6　ナサニエル・ホーソーン『緋文字』(1850)
Nathaniel Hawthorne, *The Scarlet Letter : A Romance*

　『緋文字』は,「税関」("The Custom-House") と題された自伝的序文から始まる。これは作家自身がセイラム税関での体験をもとに,この物語を書く経緯を説明したもので,先祖への思いや古い緋色のAの文字の布とそれに関する資料を発見した逸話などが,虚実ないまぜにして語られる。この「税関」が『緋文字』という虚構の信憑性を高める装置として機能し,副題の「ロマンス」が示唆するように,作家に空想の自由が与えられる。「現実」と「想像」が交じり合う「中間領域」("neutral territory") で,物語は展開する。

　物語の舞台は17世紀半ばのボストンのピューリタン共同体,胸に「姦婦」("Adulteress") を表すAの文字を付けた若い人妻ヘスター・プリンが,不義の子パールを胸に抱き,監獄の門から群衆の待つ晒し台へと進む。赤子とAの文字はその罪の証しとして,大罪の1つである「姦淫」("Adultery") という禁忌を白日のもとに晒す。獄中で彼女が金糸刺繍を施した豪華な緋色のAの文字は,異彩を放ち,Aの象徴について見る者に多様な解釈を許す。見せしめの刑のさなか,ヘスターは群衆の中に消息不明だった初老の夫の姿を認める。彼女が決して名前を明かさない不義の相手とは,彼女に尋問する権力者らと並び良心の呵責に苛まれるアーサー・ディムズデイル牧師である。素性を隠しロジャー・チリングワースと名を変えた夫は,妻の姦通相手を突き止めようとして,復讐の悪魔と化す。

　ピューリタンの倫理的規範から逸脱したヘスターは,共同体から追放され,町外れの小屋で針仕事を生業とし娘を育てる。ヘスターと共犯関係にありながら,罪の告白をめぐる牧師の内的葛藤は健康を蝕むほど深刻さを増していく。ヘスターは森の中で再会したディムズデイルに,過去と決別してともにヨーロッパへ逃亡するよう力強く説得する。自由と独立の精神の持ち主であるヘスターは,2人が犯した罪には「神聖さ」があったと正当化する。このとき初めてディムズデイルの前で緋文字を外し,豊かな黒髪をおろした彼女の表情には,柔和な笑みと若さが蘇る。ディムズデイルの枯渇した「生」は彼女の溢れる情熱と生命力に反応し,宗教的抑圧から解放された彼は,総督就任祝賀説教の勤めを果たした後に逃亡計画を実行することに同意する。しかし,祝賀日に説教を終えたディムズデイルは約束を反故にし,ヘスターが7年前に立った晒し台の上でついに罪の告白を行い,ヘスターの腕の中で息を引き取る。

2人の罪の捉え方や悔い改め方には、それぞれピューリタニズムの精神とロマン主義の精神の対立、すなわち作家自身の相反する両者の精神的価値への内なる葛藤が投影されている。ホーソーンは人間の生得の堕落を信じるピューリタンの末裔であると同時に、19世紀のロマン主義の時代精神を吸収した作家である。彼はピューリタンが軽視した生の情熱や個人の価値を体現するヘスターの存在意義を問い直しつつ、罪や悪の実在を否定する超絶主義思想には、一貫して懐疑的な眼差しを向けている。

　その後、ヘスターはパールを連れてヨーロッパに渡り、母親の役割を終えるとひとりボストンに帰還し、自らの意志で再び緋文字を胸につける。帰国後も彼女は男女が相互の幸福に基づいた新しい社会を築くために必要な意識改革を促し、傷ついた女性たちを慰める。以下の引用箇所に見られるように、Ａの文字は「罪の象徴」から「天職の象徴」へと変化していた。物語はヘスターの墓石の紋章に刻まれた「黒地ニ赤キＡノ文字」という言葉で閉じられるが、死後もなお燃え続けるＡの文字の役割は、ヘスターが希求した個の尊厳を尊重する新たなアメリカ社会の建設の可能性を示唆している。

> このような危機的なときにこそ、彼女はその温かく豊かな本性を発揮した。彼女はどんなに些細な要求も請け負い、どんなに大きい要求にも枯れることのない人間の温かさの源泉であった。恥のしるしをつけたその胸は、頭を横たえる枕を必要としているものにとっては、何よりも柔らかい枕に他ならなかった。彼女は慈善修道女(シスター・オヴ・マーシィ)を自認していた。いやむしろ世界も彼女自身もこのような結果を望んでいなかったのに、世界の過酷ななりゆきが彼女をそのような役割に任じてしまったと言ったほうがよいかもしれない。例の文字は彼女の天職の象徴であった。そのような頼りがいが彼女にはあったので——実行する力に富み、同情する力にも富んでいたので——多くの人は緋色のＡの文字をその元来の意味に解釈するのを拒んだ。そういう人たちは、それを「有能な」(Able)のＡであると言った。ヘスター・プリンは女性らしい能力を身につけた強い女だったからだ。　　　　(八木敏雄訳『緋文字』)
>
> In such emergencies, Hester's nature showed itself warm and rich; a well-spring of human tenderness, unfailing to every real demand, and inexhaustible by the largest. Her breast, with its badge of shame, was but the softer pillow for the head that needed one. She was self-ordained a Sister of Mercy; or, we may rather say, the world's heavy hand had so ordained her, when neither the world nor she looked forward to this result. The letter was the symbol of her calling. Such helpfulness was found in her, -so much power to do, and power to sympathize, -that many people refused to interpret the scarlet A by its original signification. They said that it meant Able; so strong was Hester Prynne, with a woman's strength.　　　　(Ch. 13, "Another View of Hester")

(稲冨)

7　ハーマン・メルヴィル『白鯨』(1851)
Herman Melville, *Moby-Dick; or, The Whale*

　ペリーに率いられた船団が浦賀に現れ、日本近海で操業するアメリカ捕鯨船や商船の人員保護と物資補給を目的として江戸幕府に条約締結を迫った黒船来航の2年前、アメリカでおおよそ通常の小説作法を無視した奇妙な捕鯨小説が出版された。同時代の読者にはさして理解されなかったが、いまや世界文学史に屹立するこの傑作は、『白鯨』という邦題で知られている。

　ときは19世紀半ば、作品の主な舞台である捕鯨船ピークォド号の名は、白人が殲滅した先住民ピークォト族に由来する。多民族国家アメリカを象徴するかのごとく多種多様な人種が乗り組むこの船を司るのが、狂気の船長エイハブである。かつておのれの片脚を食い千切った白子のマッコウクジラ、モービィ・ディック（白鯨）を悪の化身と見なし、復讐をもくろむ船旅が、善と悪、神と人間の対立をめぐる次元にまで高められ、悲劇的結末に連なってゆく。これを物語の経糸とするならば、緯糸はエイハブの復讐が直線的に進行するのを妨げる各種の脱線である。素朴な冒険物語として始まると思いきや、語り手である平水夫イシュメールは、船が海上に出ると鯨学（Cetology）をめぐる蘊蓄を展開する。捕鯨にまつわる様々な細部や、クジラに関わる逸話をかたり、白とクジラをめぐる認識論的分析を繰り広げ、人類の知の歴史がいかにして自然最大の謎であるクジラに迫り、そして頓挫してきたのかを熱く論じる。語源抄、文献抄という奇抜な冒頭部は、クジラをめぐる百科全書のごとき言語世界の大海原に読者を導く役割を果たす。こうして白い巨鯨を2つの次元で追跡し、捕捉せんとする、織物としての巨大な小説である。

　両者の他にも高貴な野蛮人クイークェグ、理知的な白人スターバック、先住民タシュテゴ、黒人少年ピップ、謎の拝火教徒フェダラーといった魅力的な人物が多数登場する。様々な予型論的要素と象徴性に満ち、白鯨との最終決対に向けて物語が少しずつ高揚する一方で、ピークォド号が出帆する前の陸上での場面や、船上での二等航海士スタッブの姿、あるいはイシュメールの語りそのものに多彩なユーモアがちりばめられており、ときには大胆にも冒瀆的に宗教と猥褻を結びつけ、同性愛をほのめかす。超俗と世俗が同時に志向されるのだ。作品の内容と同様に、イシュメールがかたる文体や形式も多種多様である。「イシュメールと呼んでくれ」という読み手に話しかけるかのような語り口で始めながらも、ときに演劇形式を採るかと思えば、格調高き韻文体で紡いだり、学術論文風になったり、神話の語りに接近

したり，物語内物語の形式を採用したりして，語りの秩序を崩し続ける。こうしたアプローチが理解されるためには，モダニズム的感性が生まれる20世紀の到来を待たねばならなかった。たとえばD・H・ロレンスは白鯨を白色人種の奥深くに宿る宿命的血の実体と解釈し，サマセット・モームは『白鯨』を世界十大小説の1つに挙げた上で，憎悪に駆られるエイハブの中に悪の象徴を読み取ったが，白鯨も，『白鯨』も，様々な解釈を誘引しながら，いまなお世界の海を遊弋している。

『白鯨』は，階級制をもたぬアメリカで初めて紡がれた，シェイクスピアに比肩する悲劇の小説でもある。荒ぶる男どもを乗せた捕鯨船に君臨する絶対的暴君でありながらも，エイハブは白鯨と対峙する直前，一粒の涙をはらりと流す。「創世記」の捨子に由来する名をもつイシュメールのみならず，エイハブもまた，宇宙の捨子として悶え苦しんでいる。この孤独に自我が肥大した近代人の宿命を見てもよい。そうしてエイハブは，破滅への道を一直線に突き進む。

> エイハブは昇降口を離れると，ゆっくり甲板を横切って舷側に身を乗り出し，水面に映える影を見つめた。見つめれば見つめるほど，影は深く沈んで行くので，かれはいよいよ深みを追うように悶える視線を凝らしつづけた。しかし，あの不思議な大気に溶けこんでただよいながれていたすがすがしい香気が，いましも魂の爛れを洗い浄めてくれたのであろう。うららかな青空と晴れやかな大気が，ついにエイハブを抱擁し，エイハブを愛撫するにいたったのであろう。それまでは，世界は継母のごとき非情の世界であった。あまりの永きにわたって口やかましく禁止を言い立ててやまぬ世界であった。しかしいま，そんな世界が，かれの強張ったかたくなな首に情愛の腕をなげかけ，かき抱いたのである。たとえ我儘で，間違いばかりを犯しつづけた継子であっても，ゆるし祝福するのがこちらの務めというかのように，世界は嬉しげに涙を流している様子なのだ。エイハブは目深に被った帽子のかげから海に一粒，涙のしずくを落とした。いかに広大な太平洋といえども，この一滴の涙にまされる宝を知るものではない。　　　（千石英世訳『白鯨 モービィ・ディック』）

> Slowly crossing the deck from the scuttle, Ahab leaned over the side and watched how his shadow in the water sank and sank to his gaze, the more and the more that he strove to pierce the profundity. But the lovely aromas in that enchanted air did at last seem to dispel, for a moment, the cankerous thing in his soul. That glad, happy air, that winsome sky, did at last stroke and caress him; the step-mother world, so long cruel—forbidding—now threw affectionate arms round his stubborn neck, and did seem to joyously sob over him, as if over one, that however wilful and erring, she could yet find it in her heart to save and to bless. From beneath his slouched hat Ahab dropped a tear into the sea; nor did all the Pacific contain such wealth as that one wee drop.
> (Ch. 132, "The Symphony")

（橋本）

8 ヘンリー・デイヴィッド・ソロー
『ウォールデン——森の生活』(1854)
Henry David Thoreau, *Walden; or Life in the Woods*

　1845年7月4日，ソローはウォールデン湖畔に建てた小屋で独居生活を始めた。7月4日とはアメリカがイギリスに対して独立宣言を発した記念日であり，この象徴的な日にソローは独立した生活を自然の中で開始したことになる。この生活実験は2年2ヵ月に及んだが，その間の生活や思索をまとめたのが本作である。だが，実体験に基づくとはいえ，これは単なる生活の記録ではない。2年以上の時間を1年の四季に凝縮した本作は，生（夏）から死（冬），そして再生（春）へと至る象徴的な物語を綴った文学作品となっている。自然の美しさに驚嘆する作者のみずみずしい筆致で綴られており，その流麗な文章も本書の大きな魅力である。

　全18章からなる本書では，「経済」「読書」「孤独」など，各章ごとに様々なテーマについてのソローの思索が展開される。多様なテーマが扱われる本書を読み解くための1つの導きの糸は，「自己」という概念であろう。小屋でひとり住むことを選んだソローは，自分を超絶主義思想へと導いた同時代人エマソンが説いた「自己信頼」("self-reliance")を実践している（⇒Ⅱ-4）。エマソンは同名のエッセイ（1841）において，社会に迎合せず，過去に縛られない独立した自己の重要性を説いた。エマソンが自己信頼を抽象的な理想として提示したとすれば，ソローは現実の生活においてそれを実践したといえる。独立した自己という概念は，建国から半世紀ほどしか経っていない新興国アメリカという国家が抱えていた問題でもあり，ソローを含む19世紀半ばの作家たちが取り組んだ課題であった。

　近代化と産業化が急速に進む時代にあって，ソローは混じりけのない目で自己を見極めるべく人間社会から離れた自然の中での簡素な生活を選び，読者にも「生活を単純化せよ」と呼びかける。しかしそれは外部との関係性を断つことではない。ソローは周りの自然との交歓を通じ，人間社会とは違う関係性の中に自らを置くことで自己という存在を見つめ直しているからだ。他方でソローは自然での生活に興じるだけでなく，同時代の社会問題にも思いを致さずにはいられない。作品の随所に奴隷制や物質文明に対する批判がちりばめられており，その意味で本書は社会批判の書にもなっている。

　「孤独」と題された章で，ソローは孤独の価値を説いている。彼の人生哲学において，孤独とはひとりで充足した自己信頼の状態を意味するのであり，肯定的価値

8 ヘンリー・デイヴィッド・ソロー『ウォールデン──森の生活』

を帯びる。それはまさしくエマソンが「自己信頼」で述べたことでもあった。しかしその一方で，以下の一節では孤独（"solitude"）が寂しさ（"loneliness"）に転化する恐ろしさも記述している。『ウォールデン』は様々な矛盾に満ちた作品である。孤独に対する両面感情だけでなく，一方で産業化するアメリカを嘆いてみては，もう一方で産業化の恩恵を嬉々として綴るなど，一貫性の欠如が散見される。しかし，実はこの一貫性のなさこそが本書の魅力的な特徴にもなっている。ソローは抽象概念を単純化して提示することはせず，葛藤を抱えながらそれを愚直に生きているのである。この一節では，孤独な生活を希求しながらも寂しさに襲われ，しかし最終的には周りの自然を仲間として認識することで再び孤独を生きようとする，ソローの人間味ある心の揺れ動きが描かれている。

> 私は，さびしいと思ったことも，孤独感にさいなまれたこともまったくなかった。ただ一度だけ──森に住みはじめてから2，3週間たったころだった──おちついた健康な生活を営むには，やはり身近なところに人間がいなくてはならないのではないか，という疑いの念に，1時間ばかりとりつかれたことがある。ひとりでいるのが，なにか不愉快だった。しかし同時に，私は自分がいくらか狂気じみた気分になっていることを意識しており，まもなく回復することもわかっていたようだ。そんな気分に囚われているあいだ，雨がしとしとと降りつづけていたが，突然私は「自然」が──雨だれの音や，家のまわりのすべての音や光景が──とてもやさしい，情け深い交際仲間であることに気づき，たちまち筆舌につくしがたい無限の懐かしさがこみあげてきて，大気のように私を包み，人間が近くにいればなにかと好都合ではないかといった先ほどの考えはすっかり無意味となってしまい，それ以来，2度と私をわずらわせることはなかったのである。
>
> （飯田実訳『森の生活──ウォールデン』）

> I have never felt lonesome, or in the least oppressed by a sense of solitude, but once, and that was a few weeks after I came to the woods, when, for an hour, I doubted if the near neighborhood of man was not essential to a serene and healthy life. To be alone was something unpleasant. But I was at the same time conscious of a slight insanity in my mood, and seemed to foresee my recovery. In the midst of a gentle rain while these thoughts prevailed, I was suddenly sensible of such sweet and beneficent society in Nature, in the very pattering of the drops, and in every sound and sight around my house, an infinite and unaccountable friendliness all at once like an atmosphere sustaining me, as made the fancied advantages of human neighborhood insignificant, and I have never thought of them since. ("Solitude")

（古井）

9　ウォルト・ホイットマン『草の葉』(1855-92)
Walt Whitman, *Leaves of Grass*

　1855年に自費出版された『草の葉』の初版はわずか95頁の詩集だったが，後に「ぼく自身の歌」("Song of Myself")と題される鮮烈な自己賛歌の原型を世に問う記念碑的な書物であった。翌年の改訂第2版では，一挙に頁数が4倍ほどに膨れあがり，ホイットマンはこの詩集の増補をライフワークとして改訂を重ねていくことになる。従来の韻文の約束事を放棄する彼の自由詩は，自由の国アメリカを象徴しつつ，道徳の縛りを超えた生／性の実感を探り当てる大胆な実験場となった。その意味において，1860年の第3版に，「カラマス」("Calamus")が加わった意義は大きい。「ぼく自身の歌」にも見られた肉体の賛美は，この詩群によってセクシュアリティの枠を超え，「男同士の愛」("manly love")を名指す「ルイジアナでぼくは一本のカシが生い茂っているのを見た」("I Saw in Louisiana a Live-Oak Growing")のような作品が登場する。「カラマス」と同じく第3版に収録された「ブルックリンの渡しを渡る」("Crossing Brooklyn Ferry")で未来の読者に呼びかける詩人は，自身の生前には成就しないであろう逸脱的欲望の延命を試みたのかもしれない。

　また，1865年には，『草の葉』とは別途，戦争詩集である『軍鼓の響き』(*Drum-Taps*)が出版され，それは1867年版の『草の葉』へと組み込まれた。南北戦争に看護師として従軍したホイットマンは，国民詩人として広く認知されるようになるが，彼の戦争詩はきわめて個人的なものでもあり，たとえば瀕死の若い兵士を腕に抱いた体験を綴る「傷を癒す者」("The Wound-Dresser")は，「多くの兵士の口づけがこの髭の下の唇に今も残る」と，愛と死の魅惑的な融合を前景化する形で結ばれている。

　さらに，1871年改訂版には，マニフェスト的な「銘詩」("Inscriptions")の一群が最初に据えられた。そこには，同年出版の評論『民主主義の展望』と同様，デモクラシーに信を置く詩人の姿勢が明示されている。冒頭を飾る「自分自身をわたしは歌う」("One's-Self I Sing")では，「素朴で自立した人間」でありながら「民衆の仲間」，「大衆のひとり」といった言葉を語る詩人の両極的な二重性が強調される。本来対立する二項を逆説的に融合させるしぐさはすぐれてホイットマン的であり，『草の葉』は，個人と社会，肉体と魂，男と女，地獄と天国を重ね見るまなざしに貫かれている。以下に引く「ぼく自身の歌」("Song of Myself")の一節も，様々な矛盾と逆説を受け止めつつ，世界を丸ごと包み込む反復的なカタログ手法により，

9 ウォルト・ホイットマン『草の葉』

夜の大地と一体化する詩人の官能的な高揚感を謳い上げている。最終行にある「言葉につくせぬ」("unspeakable")という形容詞には、語りえぬ／禁じられた愛の形への想いも託されており、異性愛と同性愛を分け隔てなく是認する攪乱的な詩人のヴィジョンが見て取れる。

> ぼくは「からだ」の詩人、そして「魂」の詩人、
> 天国の愉楽はぼくとともにあり、地獄の業苦もぼくとともにあり、
> 前者をぼくはぼく自身に接木して増殖し、後者を新しい言語に翻訳する。
> （中略）
> 南風の吹く夜——大きな星がほんのいくつか輝く夜よ、
> こくりこくりとまどろむ夜——狂おしく赤裸な夏の夜よ。
> ほほえんでおくれおお官能的で息涼やかな大地よ、
>
> しとどに濡れつつまどろむ木々の立ち並ぶ大地よ、
> 落日の去りゆきし大地——頂を靄がつつむ山々の連なる大地、
> ほんのりと青く色づく満月の光がガラスさながらに降りそそぐ大地、
> 光と陰が川の流れに斑模様を描く大地よ、
> ぼくのためにいちだんと明るく澄んだ雲の群れが透明な銀鼠色にたなびく大地、
> 遥か遠くまで肘を張る大地——リンゴの花咲く豊かな大地よ、
> ほほえんでおくれ、おまえの愛人の到来じゃないか。
>
> 放蕩者よ、おまえはぼくを愛してくれた——だからぼくだっておまえがいとしくてたまらない、
> おお言葉につくせぬ熱烈なこの愛よ。　　　　　　　　（酒本雅之訳『草の葉』）

> I am the poet of the Body and I am the poet of the Soul,
> The pleasures of heaven are with me and the pains of hell are with me,
> The first I graft and increase upon myself, the latter I translate into a new tongue.
> [. . .]
> Night of south winds—night of the large few stars!
> Still nodding night—mad naked summer night.
> Smile O voluptuous cool-breath'd earth!
>
> Earth of the slumbering and liquid trees!
> Earth of departed sunset—earth of the mountains misty-topt!
> Earth of the vitreous pour of the full moon just tinged with blue!
> Earth of shine and dark mottling the tide of the river!
> Earth of the limpid gray of clouds brighter and clearer for my sake!
> Far-swooping elbow'd earth—rich apple-blossom'd earth!
> Smile, for your lover comes.
>
> Prodigal, you have given me love-therefore I to you give love!
> O unspeakable passionate love.　　　　　　(Section 21, "Song of Myself")
> 　　　　　　　　　　　　　　　　　　　　　　　　　　　　　　（舌津）

10　エミリー・ディキンソン「わたしは見ることが好き，それが何マイルも舐めていき——」(1862)
Emily Dickinson, "I like to see it lap the Miles—"

　ディキンソンの詩といえば，隠遁詩人というイメージもあいまって，死や孤独などの主題を詠ったものばかりという印象があるかもしれない。あるいは，「甘露の味を知るには／激しい渇きがなければならぬ」("Success is counted sweetest," 1859) という詩行からも窺われるように，満足よりも欠乏に，歓喜よりも苦悩に重きを置く，いわゆる〈欠乏の美学〉が想起されるかもしれない。そうした重苦しいピューリタン的詩風は，たしかにディキンソンの詩的世界を形作る重要な一面なのだが，彼女の詩には一種の軽妙さがあることも忘れてはならない。

　たとえば右に引いた詩には，言葉遊びに興じる詩人のウィットが詰まっている。この詩は，「それ」を描くにあたり，まず"like"の音に連なる形で，1行目から2行目にかけて"lap"や"lick"といった頭韻を踏む動詞を導入する。そうした動詞の使用は，舌で水を飲む犬猫のような動物の姿を連想させるだろう（その舌の動きは，"Miles"や"Valleys"の語が含む"l"の音の反復によって音声的に示唆されてもいる）。その後も，"stop"と"step"，"peer"と"pare"，"crawl"と"complain"などの頭韻を踏む動詞のペアを畳みかけながら，最終連で初めて，（馬屋を指す名詞"stable"とともに）馬のいななきを表す動詞"neigh"を配すことで，「それ」が鉄の馬 (iron horse)，すなわち蒸気機関車であることを種明かし的にほのめかす。

　この詩は鉄道を詩材に取り上げたものなのだ，と思い至れば，様々な仕掛けが浮き彫りとなる。たとえば，第3連にある"horrid"と"hooting"の組み合わせは気息音"h"を重ねることで機関車の蒸気音を，最終連にある固有名詞"Boanerges"は破裂音"b"によって汽笛を，それぞれ音声的に再現しているし，詩全体における"and"と"then"の反復は，野山を駆け回る機関車の疾走感を巧みに演出している。さらにまたこの詩が，すべて1つのセンテンスからなっていることも見逃せない。冒頭の原形不定詞"lap"と合わせて，都合10の不定詞句が連結されているのだ。この長大な文構造は，車両を連結させた機関車の形状を視覚化したものに他ならない。そうすると，ディキンソン特有のダッシュの反復は，それ自体，車両の連結部（あるいはくねくねと動く機関車の動き）を視覚的に表しているように見えてくる。この詩は，文字配列によって視覚的な効果を狙った〈具象詩〉になっているのだ。

　冒頭の"it"が機関車であることを明示しないまま，読者にそれを推察させるこの

184

10 エミリー・ディキンソン「わたしは見ることが好き,それが何マイルも舐めていき――」

詩は,いわゆる〈謎かけ詩〉(リドル・ポエム)でもある。ディキンソンは,自らの詩的世界に独り没入していたわけではないのだ。読者の存在を意識しつつ,ウィットを利かせた言葉選びに興じながら,言語がもつ果てしない可能性を模索し続けた詩人,それがディキンソンであった。

　わたしは見ることが好き,それが何マイルも舐めていき――
　谷をいくつかぺろぺろ食らい――
　水槽で立ち止まって喉をいやし――
　それから――威勢のよい足取りで

　重なり合う山々をまわり――
　見下すように――道ばたの
　掘っ立て小屋をのぞき込み――
　それから石切り場を削って

　自分の脇腹にぴったり合わせ
　その合間を這って進み
　おそろしげな――かしましい調べで
　たえず不平をもらし続け――
　それから岡を駆け下り――

　「雷の子」(ボアネルゲ)のようにいななき――
　それから――星のように時刻通り
　自分の馬屋の戸口に
　おとなしく堂々と――止まるのを――　　　（亀井俊介訳『対訳ディキンソン詩集』）

I like to see it lap the Miles―
And lick the Valleys up―
And stop to feed itself at Tanks―
And then―prodigious step

Around a Pile of Mountains―
And supercilious peer
In Shanties―by the sides of Roads―
And then a Quarry pare

To fit its Ribs
And crawl between
Complaining all the while
In horrid―hooting stanza―
Then chase itself down Hill―

And neigh like Boanerges―
Then―punctual as a Star
Stop―docile and omnipotent
At its own stable door―

（小南）

11　ヘンリー・ジェイムズ『ある婦人の肖像』(1881)
Henry James, *The Portrait of a Lady*

　ジェイムズ作品の中で最も商業的成功を収めた中編小説『デイジー・ミラー』には、「習作」("A Study") という副題が付されている。この「習作」を基に執筆された長編が前期の大作『ある婦人の肖像』である。天真爛漫なデイジー・ミラーが、ヨーロッパの因習的価値観に押しつぶされ、象徴的な死を迎えるのに対し、『ある婦人の肖像』のアメリカ娘イザベル・アーチャーはヨーロッパ的邪悪さの陥穽(かんせい)にはまり、不幸な結婚生活を強いられるも、自らの不運に立ち向かう、より深化した女性である。とはいっても、主要人物の多くはヨーロッパ化したアメリカ人であり、『ある婦人の肖像』は欧米間の風習や習慣の表層的な対立の域を超えて、国籍離脱化したアメリカ人のヨーロッパ文明や社会に対する反応と認識を深く掘り下げている。

　ジェイムズは小説論「小説の技法」("The Art of Fiction," 1884) にて、「事件とはまさに性格を説明するものだ」と語るが、『ある婦人の肖像』は事件の状況に反応する、蜘蛛の巣のごとく張り巡らされたイザベルの「意識の部屋」の様態を丹念に言語化している。その最たる例が、第42章の「認識の場」と呼ばれる場面である。自らの苦境と周辺人物の隠された関係を照応していくイザベルの内的独白は、「意識のドラマ」を具現化し、人の心理の「なにを」(what) と共に、「いかに」(how) 描出するかを探究したジェイムズ文学の真髄を垣間見せる。ジェイムズが作品の「序文」にて「主題の中心をイザベルの意識に置く」と語る通り、イザベルを取り巻く作中人物、親友のミス・スタックポール、優雅な社交婦人マダム・マールや、イザベルの擁護者ラルフ・タチェット、あるいはイザベルの求婚者たち——男性的な実業家キャスパー・グッドウッド、大貴族のウォバートン卿、イザベルの夫オズモンド——は、「パズルの番号のついた断片」として、イザベルの性格を浮き彫りにする役割を担っている。アメリカ崇拝を声高に叫ぶ新しい女気取り(ニュー・ウーマン)のスタックポールの、主張とは裏腹のイギリス紳士との結婚や、尊敬する貴婦人マダム・マールの裏切りは、逆にイザベルの堅固な意志や実直さを際立たせている。

　ジェイムズの技法の特徴として、事物の描写によって作中人物の状況や心理を暗示している点も見逃せない。『ある婦人の肖像』における「家」に着目すれば、少女時代の閂(かんぬき)の掛かった家が読書好きで想像力豊かなイザベル独自の考えを生み出す土壌となり、「庭」と「宮廷」を表すタチェット氏の邸宅ガーデンコートがヨー

ロッパの上流世界におけるイザベルのみずみずしい人生探求の始まりを告げ,「暗黒の家,無言の家,窒息の家」と称される邸宅と,庭の「蛇」(serpent) に喩えられるオズモンドが,キリスト教的メタファーを孕みながら,夫の邪悪さとイザベルの結婚生活の苦境を反映している。

　以下の抜粋は,苦難のイザベルに対して,グッドウッドが自分と運命をともにするように求めるも,彼女が拒絶し,これから歩むべき人生の「道」を見出す,結末近くの場面である。この「道」が不仲の夫オズモンドのいるローマへ戻る「道」であることを考えると,人生経験の少ない才気煥発な少女 (girl) が,自由な選択の結果を甘受する精神的な気高さを宿した婦人 (lady) へと成長した姿を見て取ることができよう。

> 彼は暗闇の中で一瞬彼女を見つめ,その次の瞬間彼女は彼の両腕に抱きしめられ,彼の唇が自分の唇に重ねられるのを感じた。そのキスは白い電光のようで,ぱっとひらめき,またひらめいて,おさまった。彼女がこれまで気に入らなかった男らしい彼の特徴の各々——顔や姿や態度の押しつけがましい要素——が,その強い個性を発揮し,キスという占有の行為に結実したかのように感じられたのは,驚くべきことであった。難破して水中に投げ出された人が沈んでしまう前に,今の彼女と同じようにあれこれ頭に映像を思い浮かべるという。しかし電光が去り,暗闇が戻ると,もう彼女は自由の身だった。彼女は周囲を見なかった。ただその場から走るようにして去ったのだ。家の窓には灯りがあり,芝生を横ぎって遠くに光っていた。驚くほど僅かな時間内で——相当の距離があったからだが——彼女は暗闇の中を家の戸までたどり着いた。ここまで一気に走って来て,ようやく止った。周囲を見,少し耳を澄ませた。それから掛け金に手をかけた。どの道に向かってよいか分からないでいたが,今や分った。まっすぐな道があったのだ。
> 　　　　　　　　　　　　　　　　　　　　(行方昭夫訳『ある婦人の肖像』)
>
> He glared at her a moment through the dusk, and the next instant she felt his arms about her and his lips on her own lips. His kiss was like white lightning, a flash that spread, and spread again, and stayed; and it was extraordinarily as if, while she took it, she felt each thing in his hard manhood that had least pleased her, each aggressive fact of his face, his figure, his presence, justified of its intense identity and made one with this act of possession. So had she heard of those wrecked and under water following a train of images before they sink. But when darkness returned she was free. She never looked about her; she only darted from the spot. There were lights in the windows of the house; they shone far across the lawn. In an extraordinarily short time—for the distance was considerable—she had moved through the darkness (for she saw nothing) and reached the door. Here only she paused. She looked all about her; she listened a little; then she put her hand on the latch. She had not known where to turn; but she knew now. There was a very straight path.　　(Ch. 55)

(中村)

12　マーク・トウェイン『ハックルベリー・フィンの冒険』(1885)
Mark Twain, *Adventures of Huckleberry Finn*

「おいら，一足さきにテリトリーにとんずらしなくちゃならねえみてえだ」。少年ハックの俗っぽい語りで物語が閉じられる『ハックルベリー・フィンの冒険』。「お上品な伝統」華やかなりし19世紀後半のアメリカにあって，浮浪少年が口語で語るこの物語はきわめて挑発的な作品であった。『若草物語』で知られるオルコットは，「純真な少年少女」のためにもトウェインが「若い読者に向けて書くことをやめるべきだ」と憤り，エマソンやソローで有名なアメリカ文学の聖地コンコードでは，「不道徳な調子」「でたらめな文法」「洗練さに欠けた表現」などを理由に，出版後わずか数ヵ月で同作は図書館から締め出しを食う。

いわば歓迎とは程遠い中での船出であったにもかかわらず，今日，『ハックルベリー・フィンの冒険』といえば，衆目が認めるアメリカ文学の代表作として知られる。「現代アメリカ文学は『ハックルベリー・フィン』と呼ばれるマーク・トウェインの1冊の本に由来している」とは，文豪ヘミングウェイが残したあまりにも有名な賛辞だが，その真偽はともかく，同作にアメリカ文学を代表させたいという思いは理解できる。なぜならこの小説は，「アメリカ」そのものが血肉とならずば，決して生み出されえない作品だからだ。南部と北部をつなぎとめるアメリカの父なる川「大河ミシシッピ」に抱かれて物語は進み，俗語や方言を駆使した「アメリカの言葉」で終始一貫語られ，アメリカを絶えず揺さぶり続ける永遠の課題「人種」を核心に据えた物語『ハックルベリー・フィンの冒険』。一見してアメリカの叙事詩たる風情だ。

主人公は題名にもなっている少年ハックルベリー・フィン。ミシシッピ川に面したミズーリ州の田舎町で浮浪児として生き抜いてきた少年だ。ところが自然児ハックの意に反して善意の夫人にもらわれ，ハックの言葉を借りれば嫌々ながら「ブンメー化」("sivilize")されるという憂き目に逢っている。そうした中，飲んだくれの実の親父がハックの金目当てに登場。酔っては暴力をふるう親父の元から脱出したハックは，逃げた先のミシシッピ川の中州の島で逃亡奴隷ジムと邂逅。2人はミシシッピ川を筏で下る逃避行に出発する。ジムの計画は途中で合流するオハイオ川を北へ遡り自由獲得を目指すというもの。かたやハックは，そのようなジムの逃亡計画を聞いて心穏やかでない。奴隷制度下において奴隷の逃亡を助けることは大罪であり，その恐ろしさからハックは思い悩む。結局，ジムの期待とは裏腹に，2人の

12 マーク・トウェイン『ハックルベリー・フィンの冒険』

乗った筏は知らぬ間にオハイオ川との合流点を通り過ぎ、くわえて質(たち)の悪い詐欺師2人に筏の主導権を奪われることで、筏は奴隷制の本場、深南部へと流れ下る。プロットを紡ぐ唯一の経糸は川の流れであり、物語は、立ち寄った岸辺での出来事を数珠つなぎにして進む。いわば、トウェインが得意とした旅行記と同じやり方だ。そして第31章に至り、物語は最大のクライマックスを迎える。自由獲得の夢空しく、金に困った詐欺師によって売り渡されてしまったジム。そのことを知ったハックは、見知らぬ土地で囚われの身になるよりは元の持ち主の元に帰った方がましだろうと、ジムの主人宛に彼の居場所を知らせる手紙を認(したた)める。手紙を出して主人の元にジムを戻して逃亡を終わらせるか、あるいは手紙を出さずにジムを助け出し逃亡に加担するという大罪に手を染めるか。運命の手紙を手に、ハックは文字通り震えながら最後の決断を下す。

> きわどいところだった。おれはその紙をひろって、にぎりしめた。からだがふるえていた。ふたつにひとつ、どっちかにキッパリきめなくちゃいけない。おれはイキを半ぶんとめて、しばしかんがえた。それから、ムネのうちで言った——
> 「よしわかった、ならおれは地ごくに行こう」。そして紙をビリビリにやぶいた。
> さいこうにわるいかんがえ、さいこうにわるいコトバだったけど、とにかく言ってしまった。そして言ってしまったままとりけさなかったし、それっきりおれは、心を入れかえるなんてこともかんがえなかった。まるごとぜんぶ、アタマの外にほうりだした。おれはまたわるいことやるんだ、それがおれのりょうぶんなんだ。そいうふうにそだったんだから、いいことするのはおれのりょうぶんじゃない、そうおもった。手はじめにまず、ジムをもういっぺんドレイの身からぬすみだすシゴトにかかる。もっとひどいことおもいついたら、それもやる。どうせやるんだったら、どうせずっとやるんだったら、とことんやっちまったほうがいい。
> 　　　　　　　　　　　　　　　（柴田元幸訳『ハックルベリー・フィンの冒けん』）

> It was a close place. I took it up, and held it in my hand. I was at rembling, because I'd got to decide, forever, betwixt two things, and I knowed it. I studied a minute, sort of holding my breath, and then says to myself:
> "All right, then, I'll *go* to hell"—and tore it up.
> It was awful thoughts, and awful words, but they was said. And I let them stay said; and never thought no more about reforming. I shoved the whole thing out of my head; and said I would take up wickedness again, which was in my line, being brung up to it, and the other warn't. And for a starter, I would go to work and steal Jim out of slavery again; and if I could think up anything worse, I would do that, too; because as long as I was in, and in for good, I might as well go the whole hog. (Ch. 31)

（石原）

13　セオドア・ドライサー『シスター・キャリー』(1900)
Theodore Dreiser, *Sister Carrie*

　19世紀末，中西部の田舎町から単身シカゴに上京した18歳のキャリーが，2度の同棲生活を経て，ブロードウェイの看板女優に登り詰めるまでの道のりを綴る。本作は，スター街道を邁進するヒロインを描くにあたって，その天賦の才を喧伝することもなければ，異性関係の変遷について弾劾することもない。作者ドライサーは，基本的に三人称の語り手を用いるが，しばしば過剰なまでに登場人物の内面に踏み込むきらいがある。ただし，本作の語り手は，キャリーに肩入れすることはあるものの，最後まで一定の距離を保つ。あたかも街角にたたずみ，人々の往来を眺めるかのような視線でもって，ヒロインのサクセスストーリーを追うのである。本作が，アメリカ文学における最良の都市小説の1つと目されるのも，この独自の語り口によるところが大きいだろう。

　キャリーは，日々の暮らしに埋没することは好まないが，自身の魅力を大胆に活かして都会でのし上がろうとする野心もない。彼女は，若い女性が都会において日常茶飯に接する，様々な種類の誘惑に絶えず翻弄される身として描かれる。右の引用にあるように，ふと見かけた衣服や小物といった「無生物」が，キャリーに誘惑の声をささやく。彼女にとって，商品とは，手に取られるのを待つオブジェというよりは，都会での駆け引きに精通した言葉巧みな話者なのだ。

　キャリーが「無生物」から聞き取るヴォイスの中には，故郷を離れて不安でいっぱいのところ，気さくに声をかけてくる男たちの声の響きが読み取れる。事実，物語の冒頭，上京中の列車の車窓に広がる光景をぼんやり眺める彼女の耳元に「あるヴォイス」("a voice") が不意に響くのだが，その声の持ち主は，後に彼女の最初の同棲相手となる伊達男ドゥルーエだ。

　こうしてキャリーは，自身にかけられる数々の誘惑に反応するたびに，社会的にステップアップする。本作は彼女の上昇を，2番目の同棲相手ハーストウッドの転落と併置することによって，作品全体のバランスを保つ。

　ハーストウッドは，シカゴの老舗バーの支配人であり，一男一女の父親であり，妻帯者だ。都会の社交場の潤滑油として機能しつつ，家長としての体裁も保つハーストウッドは，上京したばかりで右も左もわからないキャリーとは対照的な社会的立場にいる者として登場する。しかし，彼もやはり，自分にしか聞こえない誘惑の声に突き動かされる。ある日，勤め先の金庫の扉がたまたま開いていることに気づ

13 セオドア・ドライサー『シスター・キャリー』

いたハーストウッドは，札束の山を目のあたりにするのだが，その時，耳元に「あるヴォイス」が響く——いくらあるのか数えてごらん，と。その後，絵に描いたような転落人生を辿ることになるハーストウッドは，労働争議に巻き込まれるなど，近代化に伴うアメリカの格差社会の悲惨な現実の数々に打ち負かされる（⇒Ⅰ-3-1-(4)）。

アメリカンドリームのポスター・ガールとしての道を歩むキャリーと，その陰画のごとき末路を辿るハーストウッドを併置する本作は，成功であれ，失敗であれ，一個人とは，しょせん運命や環境といった自身をはるかに上回るものに翻弄される身にすぎないという自然主義的人生観を示している。ドライサーは，自身より大きなものに動かされる瞬間を，「あるヴォイス」なる，当人のみに響くささやきとして示した。

> キャリーにとってきれいな衣服は，したたかな説得力を備えていた。衣服は甘い言葉で，またイエズス会士のような詭弁を弄して，自己主張する。その訴える言葉が耳に届くところに足を踏み入れると，内なる欲望がその言葉に聞き入る。無生物と呼ばれるものの声！ 石の語る言語をわれわれにもわかるように翻訳してくれる人などはどこにいようか。
> 　キャリーがパートリッジ服店で買ったレース襟は，こう言った。「ねえ，お嬢さん，わたしはお嬢さんにそれはよく似合っております。どうかあきらめずにわたしを買ってくださいな」
> 　新しい柔らかな革靴は言った。「ああ，なんて可愛らしいおみ足。わたしを履いたら，おみ足が引き立ちますよ。わたしに引き立ててもらえなかったら，ほんとにかわいそうですよ」　　　　　　　　　　　（村山淳彦訳『シスター・キャリー』）

> Fine clothes to her were a vast persuasion; they spoke tenderly and Jesuitically for themselves. When She came within earshot of their pleading, desire in her bent a willing ear. The voice of the so-called inanimate! Who shall translate for us the language of the stones?
> "My dear," said the lace collar she secured from Partridge's, "I fit you beautifully; don't give me up."
> "Ah, such little feet," said the leather of the soft new shoes; "how effectively I cover them. What a pity they should ever want my aid."　　　　　　(Ch. 11)

（小林）

14　イーディス・ウォートン『歓楽の家』(1905)
Edith Wharton, *The House of Mirth*

　9月初旬，ニューヨーク，グランド・セントラル駅の雑踏で，弁護士ローレンス・セルデンがリリー・バートの姿に目を留める場面で小説は始まる。『無垢の時代』とともに，オールド・ニューヨークと呼ばれるニューヨーク上流社会を描いたウォートンの代表作の1つである。

　リリーは18歳で社交界にデビューし，その華やかな美貌と振る舞いで一目置かれる存在であるが，父親が破産し，その後両親が亡くなったために孤児となる。29歳で独身のリリーは裕福な伯母からの援助を唯一の頼りとしながら，11年間「結婚市場」でより良い相手との結婚の機会を摑もうとし続けている。リリーは裕福な男性との結婚によって社交界で生き延びようとするのだが，他方で1890年代以降，事業の成功によって富を手にした新興成金（nouveaux riches）の男性たちにとっても，「結婚市場」は確固たる地位を築き，社交界に進出あるいは「侵入」するために，名家の女性との婚姻関係を獲得する競争の場であった。

　この小説の中で，手紙が大きな役割を果たしている。リリーは，バーサ・ドーセット夫人とセルデンとの間のスキャンダルを証明する手紙を手に入れるのだが，それを自身のために利用することを断念し，セルデンのアパートの暖炉の火の中に落とす。こうして何度か訪れた結婚の機会を逃し，セルデンからの求愛にも応えることができなかったリリーは，セルデンを想いながらも彼に別れを告げる。

　かつて慈善事業で救いの手を差し伸べた病弱な娘ネッティと再会する場面は，リリーにとっての啓示となる。ネッティが豊かではなくとも，夫と子どもという確かな「信頼」("faith")に満ちた「避難所」を見つけたのを目にし，いまや貧しさよりも彼女を苛むのは，自らが見捨てられた根無草であることに由来する深い孤独なのだと知る。ネッティの家庭によって，「バラバラにぐるぐる回りながら離れていく原子のような男女」ではなく，「人生のつながり」というものを，彼女は初めて垣間見たのだった。

　タイトルは，旧約聖書「伝道の書」7.4にある，「賢者の心は弔いの家に／愚者の心は快楽の家に」(The Heart of the Wise *is* in the house of mourning; but the heart of fools *is* in the house of mirth.) から取られたものである。この箇所は，短い人生において幸福とは何なのかを知ることの難しさを告げる一節の後に置かれている。帽子屋での仕事もうまくいかず，頼れる存在もいないまま生きる望みを失っ

たとき，リリーはようやく人生を客観的に理解し，「個人の実存」と男女間に存在する「信頼」の存在に気がつくのである。自分が何者であり，人生とは，幸福とは何なのかという，時代を問わない普遍的テーマを扱った作品として，『歓楽の家』はいまなお読まれ続けている。

　小説の結末近くで，社交界での居場所どころか生活の糧を得るための職場も失ったリリーは，セルデンのアパートの書斎を訪れ，彼に別れを告げる。彼女はこれまでずっと自分の中に存在していた「リリー・バートという人」と離れることになったため，セルデンの元に置いてやってほしいという。

　このように最後まで気高さを失わず，セルデンに別れを告げるヒロインは，その後下宿で睡眠薬を過剰摂取して命を絶つ。上流階級の中での生き残りが叶わなかったいま，リリーは労働者としての能力を持ち合わせていないにもかかわらず，セルデンの秘密を餌に金銭を手に入れるという最後の手段も拒むのである。セルデンに対するリリーの次の言葉は，オールド・ニューヨークというコミュニティがいまや情け容赦ない利己的な物質主義にまみれ，高い社会的地位には名誉と寛大さをもつ義務が伴うという「ノブレス・オブリージュ」の倫理観を忘れている現実を，厳しく批判したものといえる。

　「一生懸命努力してきましたわ——でも人生は生易しいものではなくて。わたしは，まったく役立たずな人間ですわ。自立した生活をしているとは，とても言ってもらえません。私は人生という大きな機械の，ただ一本のねじか，歯車にしかすぎなかったんです。それでそこから外れて落ちてしまうと，他のどこでも何も，役に立たないって分かったんです。たった一つの穴にしか合わないと分かった時，人は，一体，何ができるのでしょう？　その穴に戻るか，ごみの山に捨てられるしかありません——ごみの山に埋もれているのが，どんなものか，あなたにはお分かりにならないわ！」
（佐々木みよ子・山口ヨシ子訳『歓楽の家』）

　"I have tried hard—but life is difficult, and I am a very useless person. I can hardly be said to have an independent existence. I was just a screw or a cog in the great machine I called life, and when I dropped out of it I found I was of no use anywhere else. What can one do when one finds that one only fits into one hole? One must get back to it or be thrown out into the rubbish heap—and you don't know what it's like in the rubbish heap!"　　　　　(Book 2, Ch. 12)

（水口）

15　シャーウッド・アンダーソン『ワインズバーグ，オハイオ』(1919)
Sherwood Anderson, *Winesburg, Ohio*

　町の他の人々は充実した生を営んでいるように見えるけれども，自分はそういった人々の集団に属さずに，人生から裏切られてしまったように感じる。人生に裏切られたとは知りつつ，しかしそれでも漠然とした期待のようなものを抱かずにはいられない。自分でも自分が何をしたいのかわからないが，いまの生活には満たされない。ときにその感覚は自分でも理解できない衝動となって行動にあらわれ，それは本人にとっては切実な行動であり「冒険」("adventure")でもあるのだが，その表現は，端から見ると謎めいた，卑小な，不可解なものにならざるをえない。他者に自分の思いを伝えようとしても，決して言葉が足りることはなく，コミュニケーションはすれちがうほかない。そこで生まれるのは，うまく表現できないけれどもなんだか満たされない，絶望までには至らないけれどもなんとなく哀しい，徹底的に孤独ではないけれどもやっぱり寂しいといった，「思想」ほどの強度はもたないが本人にとっては切迫した感傷である。

　この「感じ」，それを「いまっぽい」と現在の読者が感じるとするならば，その「いまっぽさ」，難しくいえばその「モダニティ」にアメリカ文学で最初に表現を与えたといえるのが本作である。オハイオ州の架空の小さな町ワインズバーグを舞台にしながら，その町に自分は属していないと感じる孤立した人々の屈折した生が連作短編形式で綴られる。それらの断片的な生が複雑に折り重なって豊かな「全体」を作ることはない。ジョン・アップダイクの言葉を借りれば，「本当の生はここではないどこかにある」と感じるそれぞれの孤独な生の物語は孤立したままに閉じられる。それらをか細い線でつなぐのが，地元紙の記者として働き，ときに町の人々の話に耳を傾け，ときに彼らから殴られもする，ジョージ・ウィラードという人生に淡い期待を抱くナイーヴな若者である。

　自分でも理解不可能な衝動に襲われる満たされない人々の生を描くとは自然主義小説の得意とするところでもあったが，概してその描写は冷静かつ客観的で，ともすると作者が登場人物を見下ろすようなものが多い。アンダーソンにもそのような視点がないわけではないが，卑小な生に寄り添うその優しさが際立ち，その寄り添いの深度は「全知の視点」への懐疑を主調とするモダニズムの美学とも呼応する。断片的で卑小な生の寄せ集めは「偉大」な小説にはならないが，現代の生を共感をもって描くならばこのような形式に落ち着くはずで，そもそも「偉大」な小説には

15　シャーウッド・アンダーソン『ワインズバーグ，オハイオ』

なりえない，そんな弁護をしたくなるような不思議な魅力をもった作品である。

　以下の引用は最初の短編「手」（"Hands"）からの一節。生徒に夢中で自分の思いを伝える教師のビドルボームはその「手」の過剰な動きが招いた誤解のせいである町を追い出され，名を変え過去を隠してワインズバーグに移り住む。ただ1人ジョージと交流をもつが，彼に思いを伝えようとすると自分の手もまた動き始める。アンダーソンの人物は，しばしば自らの身体の「癖」や自分でも制御できない習慣，思い込みにとらわれて苦境に陥る。その身体の動きは「籠に入れられた鳥」のように人を閉じ込め孤独にもするが，豊かな表現の媒体ともなって言葉の貧しさを浮き彫りにする。

> 　ウィング・ビドルボームは両手でたくさんのことをしゃべった。その細くて表情豊かな指，常に活動的でありながら常にポケットのなかか背中に隠れようとする指が，前に出て来て，彼の表現の機械を動かすピストン棒となる。
> 　ウィング・ビドルボームの物語はこの両手の物語である。その落ち着きのない動きは，籠に入れられた鳥が羽をばたつかせるのに似ていて，そのためウィングという名前がつけられた。町の無名の詩人が考えついたのだ。本人はというと，自分の手に怯えていた。いつも手を隠すようにし，ほかの人々の手を見ては，自分の手との違いに驚いていた。畑で一緒に働く者たちや，田舎道でだらけた馬たちを御する者たちの手はおとなしく，表情がなかったのである。
> 　ジョージ・ウィラードと話すとき，ウィング・ビドルボームは拳を握り，自宅の壁やテーブルを叩いた。そういうことをすると，ずっと気が楽になった。野原を一緒に歩いていて，話したいという欲求に駆られると，彼は切り株か柵の一番上の横木を見つけ，両手で忙しなく叩きながら話した。そうすると，また新鮮な気持ちになり，心が落ち着くのだ。　　　　　（上岡伸雄訳『ワインズバーグ，オハイオ』）

> 　Wing Biddlebaum talked much with his hands. The slender expressive fingers, forever active, forever striving to conceal themselves in his pockets or behind his back, came forth and became the piston rods of his machinery of expression.
> 　The story of Wing Biddlebaum is a story of hands. Their restless activity, like unto the beating of the wings of an imprisoned bird, had given him his name. Some obscure poet of the town had thought of it. The hands alarmed their owner. He wanted to keep them hidden away and looked with amazement at the quiet inexpressive hands of other men who worked beside him in the fields, or passed, driving sleepy teams on country roads.
> 　When he talked to George Willard, Wing Biddlebaum closed his fists and beat with them upon a table or on the walls of his house. The action made him more comfortable. If the desire to talk came to him when the two were walking in the fields, he sought out a stump or the top board of a fence and with his hands pounding busily talked with renewed ease.　　　　　　　　　　　　　("Hands")

（坂根）

16 T・S・エリオット『荒地』(1922)
T. S. Eliot, *The Waste Land*

　エリオットの長編詩『荒地』は，前衛的な構成と技法によって，英米の文壇に衝撃を与えた。同詩は5部からなり，「Ⅰ.死者の埋葬」「Ⅱ.チェス遊び」「Ⅲ.火の説教」「Ⅳ.水死」「Ⅴ.雷が言ったこと」のタイトルがつく。しかし，各部の連続性や全体の統一的テーマを見つけることは難しい。というのも，ダンテの『神曲』やシェイクスピア作品へのアリュージョンとパロディ，聖書からの引用，さらには当時のポピュラー・ソング，ロンドンの労働者階級の会話など，言葉の断片がコラージュのように並置されているためである。言語面でも，英語をはじめドイツ語やサンスクリット語など，多言語が使用され，複数の声が入り混じる空間が広がる。第5部の語り手の述懐「これらの断片でわたしは自分の崩壊を支えてきた」という一節は，この作品の構成原理を示唆しているだろう。次々に場面が転換する様子は，映画監督セルゲイ・エイゼンシュテインのモンタージュの手法に喩えられることも多い（⇒Ⅰ-4-2-(2)）。

　『荒地』の主題的枠組みを知るためには，同詩が書籍として刊行される際に，エリオット自身がつけた注釈が手がかりとなる。エリオットは自注で，引用の典拠を示し，さらに文化人類学者ジェシー・L・ウェストン著『祭祀からロマンスへ』(1920)で論じられる聖杯伝説と，ジェイムズ・フレイザーの『金枝篇』(1890)で語られる古代の豊穣祭祀に，『荒地』が依拠していることを明らかにしている。無秩序に見える『荒地』のテクストの深層には，共同体再生の儀式に見られる「生と死，再生」のパターンが横たわるのである。エリオットは，評論「『ユリシーズ』，秩序，神話」("*Ulysses*, Order, and Myth," 1923)で，現代と古代をパラレルの関係に置くことで，現代に意味や秩序を与える手法を「神話的手法」と名付けたが，『荒地』にも同じ手法が用いられている。つまり，伝説や神話の枠組みを借用することで，大戦後の荒廃に，秩序の回復と救済の望みが書き込まれることになる。

　以下に引用する『荒地』の冒頭は，英詩の父とも呼ばれるジェフリー・チョーサー（1343?-1400）の『カンタベリー物語』(1387-1400?)の序文が下敷きになっている。チョーサーは「4月がそのやさしきにわか雨を／3月の旱魃の根にまで滲みとおらせ，樹液の管ひとつひとつをしっとりと／ひたし潤し花も綻びはじめるころ」（桝井迪夫訳『完訳 カンタベリー物語』）と，草木が芽吹き始め，生命の躍動が感じられる4月の光景を描く。春は人々が聖地巡礼に出かける季節でもある。しかし，エ

16 T・S・エリオット『荒地』

リオットは4月を，大戦後の精神的な停滞や虚無感へと反転させる。ここに，第1次世界大戦の死者に対して，喪に服す語り手の姿を読み込むこともできるだろう。

　次行では幼い頃の夏の思い出が続き，さらに「マリー」と呼びかけるドイツ語へと転調する。マリーについては，オーストリア帝国エリザベートの姪マリー・リッシュを指すという説があるが，どこからが彼女の回想なのか，声の主がどこで切り替わるのかについては，解釈が分かれる。協和音が流れているのか，または不協和音が響くのか。この冒頭には，『荒地』の多声的構成が端的に表れている。

　四月はいちばん残酷な月
　死んだ土地からライラックを育て
　記憶と欲望をまぜあわせ
　春の雨で生気のない根をかき乱す
　冬は暖かくしてくれた
　忘却の雪で地面を覆い
　乾いた塊茎で小さな命を養った
　夏は驚かせた，シュタルンベルク湖を越えて
　夕立がやってきたから。柱廊のなかで休み
　それから日光を浴び，ホーフガルテンに入った
　コーヒーを飲み，一時間おしゃべりをした
　わたしはロシア人じゃないわ，リトアニア生まれの本物のドイツ人よ
　そして子どものころ，いとこの大公の家に泊まった
　彼はそりに乗せてくれ
　わたしはこわかった。彼は言った，マリー，
　マリー，しっかりつかまりなさい。それから滑って下りた
　　　　　　　　　　　　　（佐藤亨訳『四月はいちばん残酷な月』）

　April is the cruellest month, breeding
　Lilacs out of the dead land, mixing
　Memory and desire, stirring
　Dull roots with spring rain.
　Winter kept us warm, covering
　Earth in forgetful snow, feeding
　A little life with desired tubers.
　Summer surprised us, coming over the Starnbergersee
　With a shower of rain; we stopped in the colonnade,
　And went on in sunlight, into the Hofgarten,
　And drank coffee, and talked for an hour.
　Bin gar keine Russin, stamm' aus Litauen, echt deutsch.
　My cousin's, he took me out on a sled,
　And I was frightened. He said, Marie,
　Marie, hold on tight. And down we went. 　（I. "The Burial of the Dead"）
　　　　　　　　　　　　　　　　　　　　　　　　　　　（出口）

17　ウィラ・キャザー『迷える夫人』(1923)
Willa Cather, *A Lost Lady*

　フィッツジェラルドは『グレート・ギャツビー』出版後、キャザーに手紙を書き、自分の小説のヒロインの描写が本作の剽窃ではないと弁明した。彼の言葉に嘘はないだろうが、ともに頭韻を踏んだ明確に対照的なタイトルを並べただけでもその影響関係は明らかだ。対象の喪失を認めながらもその事実を簡単には受け入れようとしないメランコリックともいえる視点人物を据えて、失われゆく過去、失われゆく「夢」をノスタルジックかつ象徴的に描くという物語の構成において、フィッツジェラルドはキャザーの小説から多くを学んだはずである。

　舞台はネブラスカ州の小さな架空の町スィート・ウォーター、視点人物は幼くして母を亡くし、父から離れて判事の叔父のもとで働きながら暮らす青年ニール・ハーバート。開拓時代に鉄道敷設で成功を収めたフォレスター大尉を尊敬する彼にとって、大尉の若き妻マリアンは少年の頃から憧れの存在である。夏にしかスィート・ウォーターの屋敷にはいなかった夫妻が、大尉の落馬事故による怪我から屋敷にいることが増え、彼らとともに過ごす時間が増えると、ニールは理想化してきたフォレスター夫人が若い男性と不倫関係にあることを知る。頭取を務める銀行が倒産して大尉は健康を崩す一方、物質主義的で趣味の悪い成金の若者が町に対する支配を深めていく。大尉が象徴する、人々が自らの純粋な「夢」を実現した古き良き開拓時代の終焉と、夫人に対するニールの幻滅が、並行的に描かれる。

　引用箇所はニールが夫人の不倫現場を目撃する場面である。この直前の場面では、早朝の澄んだ空気がさえわたる自然の風景に恍惚と一体化するニールが夫人のために野バラをつむ様子が描かれる。そこから不倫をのぞき見る、という落差は作家のアイロニーの手法を物語り、彼の幻滅は野バラを「泥の窪み」に投げ込むという動作に示される。そのアイロニーは、この場面がニールの幻滅に全面的に肩入れをしないことも意味する。自由間接話法を駆使して語られる文章において、シェイクスピアのソネットを引用して自問するニールは、幻滅しながらもどこかしら自己陶酔的である。野バラを「ナイフ」で摘むという引用直前の仕草は、自らが作り上げたフォレスター夫人の虚像を守ろうとするニールのふるまいに潜む暴力性を指し示す。そのとき古き良き過去の「喪失」や夫人の「堕落」とは、客観的な事実というよりも、むしろニールが「見たいもの」ではないかと読者は思い当たる。こうして相対化されるニールの欲望は、キャザーがいかに「感傷的」なノスタルジーから

遠い作家であるかを物語る。

　気がついてみると，ニールは丘の麓にある木橋のたもとに来ていた。顔はほてり，こめかみはズキズキと脈打ち，目は怒りに眩んでいた。手には，まだ，棘の多い野バラの花束を持っていた。それを針金の柵越しに，小川の土手の下にある，家畜が踏みつけてできた泥の窪みに投げ込んだ。あの家からここまで車道を通って来たのか，それとも灌木の茂みを通り抜けて来たのか，ニールには分からなかった。〈窓の敷居に身をかがめてから身を起こすまでの，あの一瞬の間に，人生で最も美しいものの1つをなくしてしまった。露の乾かぬうちに，朝は台無しにされてしまった。そして，これから先の朝も〉，とニールは苦々しく自分に言い聞かせた。その日をもって，彼の人生の中で咲き誇っていた，1つの美しい花とも言うべき，夫人に対する賛美と忠誠は終わりを告げた。2度と取り戻すことはないであろう。それは消えてなくなったのだ，あの花々の朝の新鮮さのように。

　「膿みただれたユリ」とニールは呟いた。「膿みただれたユリは，雑草よりも厭わしい臭いがする」

　優雅さ，多面性，魅力的な声，あの黒い目の中の戯れと気まぐれ，全ては無であった。夫人が踏みにじったものは，倫理的な良心の咎めではなく，美の理想であった。美しい女たちよ，汝らの美しさは感覚に訴える以上のものを意味するというのに——汝らの燦然たる輝きは，いつも，野卑で，人目には触れないものによって培われていたのか？　それが汝らの秘密であったのか？

（桝田隆宏訳『迷える夫人』）

　Niel found himself at the foot of the hill on the wooden bridge, his face hot, his temples beating, his eyes blind with anger. In his hand he still carried the prickly bunch of wild roses. He threw them over the wire fence into a mud-hole the cattle had trampled under the bank of the creek. He did not know whether he had left the house by the driveway or had come down through the shrubbery. In that instant between stooping to the window-sill and rising, he had lost one of the most beautiful things in his life. Before the dew dried, the morning had been wrecked for him; and all subsequent mornings, he told himself bitterly. This day saw the end of that admiration and loyalty that had been like a bloom on his existence. He could never recapture it. It was gone, like the morning freshness of the flowers.

　"Lilies that fester," he muttered, *"lilies that fester smell far worse than weeds."*

　Grace, variety, the lovely voice, the sparkle of fun and fancy in those dark eyes; all this was nothing. It was not a moral scruple she had outraged, but an aesthetic ideal. Beautiful women, whose beauty meant more than it said . . . was their brilliancy always fed by something coarse and concealed？ Was that their secret？　　　　　　　　　　　　　　　　　　　　　　　（Part 1, Ch. 7）

（坂根）

18　F・スコット・フィッツジェラルド『グレート・ギャツビー』(1925)
F. Scott Fitzgerald, *The Great Gatsby*

　代表的な姦通—不倫—小説の題名が『緋文字』という謎めいたものになるアメリカ文学では，いまや家庭をもつ昔の恋人が忘れられず，その女性の住む海辺の屋敷の対岸に立つ豪邸に住み始めて彼女との再会を模索するという，見方によっては偏執狂まがいの男性の不倫を描いた作品の題名が，その男性の名に"great"を冠した奇妙なものになるとしても不思議はないのかもしれない。ウォートンの『無垢の時代』，キャザーの『迷える夫人』のような，1920年代に入ってますますその喪失が痛感された「古き良き過去」への哀愁を（少なくとも一読したところの）主題とする文句なしに名作といえる姦通（未遂）小説に続いて，フィッツジェラルドは同様の哀愁を歌う，名作といえば名作といえそうな，しかし題名が示すように奇妙といえば奇妙な，メロドラマティックな中編姦通小説を発表した。

　たとえば題名に従ってこの小説の主人公はギャツビーである，と書くと，読者は「本当にそうか」とすぐに自問しなければならない，という事実からして奇妙である。フィッツジェラルドは本作の執筆にあたりコンラッドから大きな影響を受けたが，『闇の奥』のカーツさながらに，ジェイ・ギャツビーの小説における露出度は低い。代わりに作中でほぼ常に露出しているのが，語り手ニック・キャラウェイである。ニューヨークの証券会社で働くべく，彼が第1次世界大戦後の春に中西部からロングアイランドに移り，週末ごとに豪華なパーティーを催すギャツビーという男の大豪邸の隣にある粗末な家を借りるところから物語は始まる。偶然にも彼の家の対岸に住む，大学からの友人で大金持ちのトム・ブキャナンと，トムの妻であり彼自身の親戚でもあるデイジーと再会するニックは，まもなくトムから愛人を紹介されてニューヨークの一室で享楽的なパーティーを楽しむ。他方で隣人ギャツビーがデイジーのかつての恋人であることが判明し，彼女との再会を仲介するようギャツビーから依頼されたニックは，それを承諾する。デイジーと恋人関係にあったときは軍服を着て出自を隠していたノースダコタ州の貧しい農家出身のギャツビーは，戦後の禁酒法を背景に拡大した組織犯罪に関わりながら富を蓄える。ギャツビーと裏社会のつながりに気づきながらも彼とデイジーを引き合わせるニックは，観察者というよりは不倫の当事者の1人になるともいえる。それに応じてこの物語はギャツビーの物語であると同時に，ニックの物語であるという様相を帯び始める。やがてトムは妻の情事に気づき，ギャツビーの素性を調べ始め，事態は急展開

18　F・スコット・フィッツジェラルド『グレート・ギャツビー』

する……。

　下の引用は，デイジーと再会し，自分の豪邸にデイジーとニックを案内するギャツビーが，衣装キャビネットに「煉瓦（れんが）のように」積み上げられたシャツを次々と2人の前に放り投げていく場面である。泣きじゃくるデイジーの仕草とその魅惑的なセリフがどこまで演技じみているかはわからない。少なくともいえるのは，「煉瓦」に始まり，柔らかさを彷彿とさせる「布地」から「模様」，さらには珊瑚（さんご），アップル，ラヴェンダー，オレンジといった「有機物」としての色へと至る描写の中で，読者，ニック，デイジーにとってシャツはいつしか「シャツ」以上の何かになっているということだ。それが「商品」の本質を示す，という理屈はこの場面の魅力を削ぐだけかもしれないが，シャツの中で「くぐもって」いるデイジーの眩惑的な声は，商品に似た何かと一体化しているようにも，それによって包摂され抑え込まれているようにも見える。コンパクトな本作は，このように映画的ともいえそうな鮮烈な場面の連続である。

　　ギャツビーは一山のシャツを手にとって，それを僕らの前にひとつひとつ投げていった。薄いリネンのシャツ，分厚いシルクのシャツ，細やかなフランネルのシャツ，きれいに畳まれていたそれらのシャツは，投げられるとほどけて，テーブルの上に色とりどりに乱れた。僕らがその光景に見とれていると，彼は更にたくさんのシャツを放出し，その柔らかく豊かな堆積は，どんどん高さを増していった。縞のシャツ，渦巻き模様のシャツ，格子柄のシャツ。珊瑚色の，アップル・グリーンの，ラヴェンダーの，淡いオレンジのシャツ。どれにもインディアン・ブルーのモノグラムがついている。出し抜けに感極まったような声を発して，デイジーは身をかがめ，そのシャツの中に顔を埋めると，身も世もなく泣きじゃくった。
　　「なんて美しいシャツでしょう」と彼女は涙ながらに言った。その声は厚く重なった布地の中でくぐもっていた。「だって私——こんなにも素敵なシャツを，今まで一度も目にしたことがなかった。それで何だか急に悲しくなってしまったのよ」
　　　　　　　　　　　　　　　　　　　　　（村上春樹訳『グレート・ギャツビー』）

　He took out a pile of shirts and began throwing them, one by one, before us, shirts of sheer linen and thick silk and fine flannel, which lost their folds as they fell and covered the table in many-colored disarray. While we admired he brought more and the soft rich heap mounted higher-shirts with stripes and scrolls and plaids in coral and apple-green and lavender and faint orange, with monograms of Indian blue. Suddenly, with a strained sound, Daisy bent her head into the shirts and began to cry stormily.
　"They're such beautiful shirts," she sobbed, her voice muffled in the thick folds. "It makes me sad because I've never seen such-such beautiful shirts before."

　　　　　　　　　　　　　　　　　　　　　　　　　　　　　　　　　(Ch. 5)
　　　　　　　　　　　　　　　　　　　　　　　　　　　　　　　　　（坂根）

19　アーネスト・ヘミングウェイ『武器よさらば』(1929)
Ernest Hemingway, *A Farewell to Arms*

　20世紀文学アメリカを代表する巨匠ヘミングウェイの代表作の1つである『武器よさらば』は、彼が若き日に第1次世界大戦中のイタリアで救急車運転手として経験した爆撃による負傷と、看護師との恋に着想を得た長編小説である。主人公フレデリックはアメリカ人でありながら自ら志願してイタリアで傷病兵運搬の任務に就くが、爆撃で脚に重傷を負う。赤十字病院に務めていた看護師キャサリンと恋に落ち、彼女とともに中立国スイスへと逃亡することで束の間の平穏を得るが、キャサリンはフレデリックとの間にできた赤ん坊を出産する際に命を落としてしまう。「武器」(arms) に別れを告げながら、最後には愛しい女性の「腕」(arms) をも失ってしまうこの物語は、戦場における悲恋の物語として人気を博し、ゲイリー・クーパー主演で1932年に映画化もされた。しかし、この小説の魅力は恋愛の主題だけではない。ヘミングウェイの小説は簡潔で力強い文体が特徴的であり、一見すると主人公は恐怖や苦痛を感じない、タフでマッチョな、いわゆる「ハード・ボイルド」な男性のように見える。しかし、単純な情景描写に見える場面を丁寧に読み解けば、主人公が抱く戦争への恐怖や愛する者を失う悲しみが姿を現す。

　物語はイタリアの穏やかな田舎の情景で始まる。夏の作物や果樹の豊かな実りは平和な日々を感じさせる。夜の闇の中で見え隠れする「砲火」は「夏の稲妻」と重ね合わされ、「嵐」がまだ訪れていない状況は、「戦場」がまだ遠いことを示す。しかし、季節が移り変わり、秋の訪れとともに雨が降り始めると、兵士たちの行軍が始まり、戦争が間近に迫る。秋雨の中、「妊娠6ヵ月」のような重装備を抱えて死地に赴く兵士たちの姿は、出産の果てに雨の中で死を迎えるキャサリンの最期を暗示する不吉な予兆となる。さらに冬が訪れると、雨とともに伝染病であるコレラが蔓延する。「たった7000名の兵士が死んだだけだった」というそっけないほど簡潔な説明が、戦争による死者の数が7000人を「たった」といわしめるほど膨大であったことを逆説的に示している。穏やかな夏から秋の雨、そして冬の訪れという何気ない四季の移り変わりを通じて、戦争と愛がともに雨の中の死に向かって突き進むという本作の悲劇性は、冒頭においてすでに示唆されている。

　「雨」は本作の重要なモチーフとして繰り返し用いられる。キャサリンはフレデリックと愛し合いながらも、「雨の中で自分が死んでいるのが見える」といい、イタリア軍が壊滅的な敗北によって撤退するなか、フレデリックが川に飛び込んで脱

走するときも「雨」が降り，出産によって死亡したキャサリンの亡骸に別れを告げる最後の場面でも「雨」が降り続く。伝統的な小説であれば，キャサリンを失ったフレデリックの感情は悲しみの言葉や慟哭によって表現されただろう。しかし，ヘミングウェイは彼の胸に渦巻く悲しみと絶望を，ただ雨の中を立ち去る姿によって表現する。

　ヘミングウェイが描く主人公たちは伝統的な小説のように怒りや悲しみといった感情を直接的な言葉で表現することはない。ヘミングウェイは「午後の死」("Death in the Afternoon," 1932) の中で自身の創作方法を氷山に喩え，「氷山の動きに威厳があるのは，水面上に8分の1しか見えないからだ」と述べている。この「氷山理論」に基づき，ヘミングウェイは最小限の言葉で水面下に隠された登場人物たちの迷いや葛藤，苦しみや恐怖を表現する。事実だけを積み重ねているように見える場面の中に複雑な人間の心を描き込むモダニズム的手法こそ，ヘミングウェイが20世紀アメリカ文学にもたらした大いなる遺産である。

> 　平野では作物が豊かに実っていた。果樹園がいくつもあって，その平野の彼方には赤茶けた裸の山々が連なっていた。山々では戦闘が行われ，夜には砲火の閃きが見えた。闇を裂く閃光は夏の稲妻に似ていたが，夜気は清涼で，嵐の訪れる気配はなかった。(中略) ケープを着た兵士たちは泥だけになって濡れていた。彼らの小銃も濡れていた。ケープの下のベルトの前には，革の弾薬箱が2個ついていた。灰色の革製のその箱には，細長い6.5ミリの薬包のクリップがずっしりとつまっていて，ケープの前を大きくふくらませていたから，道路をゆく兵士たちは妊娠6ヵ月の身重の体で行軍しているように見えた。(中略) 冬の訪れとともに果てしない雨がはじまり，雨とともにコレラが発生した。が，それは防ぎとめられ，最終的にはたった7000名の兵士が死んだだけだった。　　　　　　　　（高見浩訳『武器よさらば』）

> 　The plain was rich with crops; there were many orchards of fruit trees and beyond the plain the mountains were brown and bare. There was fighting in the mountains and at night we could see the flashes from the artillery. In the dark it was like summer lightning, but the nights were cool and there was not the feeling of a storm coming. [. . .] There were mists over the river and clouds on the mountain and the trucks splashed mud on the road and the troops were muddy and wet in their capes; their rifles were wet and under their capes the two leather cartridge-boxes on the front of the belts, gray leather boxes heavy with die packs of clips of thin, long 6.5 mm. cartridges, bulged forward under the capes so that the men, passing on the road, marched as though they were six months gone with child. [. . .] At the start of the winter came the permanent rain and with the rain came the cholera. But it was checked and in the end only seven thousand died of it in the army.　　　　　　(Ch. 1)

（戸田）

20　ウィリアム・フォークナー『八月の光』(1932)
William Faulkner, *Light in August*

　フォークナー中期の代表作であり，ジェンダーと人種に関わる南部社会の暴力的差別性を，「白人でも黒人でもない」ジョー・クリスマスの運命によって強烈に劇化した傑作。ミシシッピ州の架空の世界ヨクナパトーファ郡を舞台とした作品群「ヨクナパトーファ・サーガ」の1つである。

　中心となるのは，ジョー・クリスマスの物語である。未婚の母から生まれ，自分が白人か黒人か知ることができない彼は，孤児院で栄養士の情事を目撃し「黒ん坊」("nigger") と罵られたことから，食と性そして人種に関わるトラウマを抱える。その後，厳格な信仰をもつ養父に引き取られるが，人間的な温もりを味わうどころか，そうしたものを弱さとして軽蔑する男性中心主義的な価値観を身につけてしまう。やがて売春婦と付き合っていたことを咎められたジョーは，養父を殴り倒して逃げ出し，ジェファソンに流れ着く。そこでジョアナ・バーデンという女性と出会い奇妙な同棲生活を送るが，彼女が自分を「黒人」として救済しようとしたため殺してしまう。町の人々はジョーを「白人女性をレイプした黒人男性」というステレオタイプによって断罪し，彼は最終的に去勢され惨殺される。

　当時の南部は家父長制的な人種差別社会であり，ジェンダー・人種・階級によって定められた「身分」に従って生きることを強制する社会であった。そのような社会の中で，どの場所にも属すことができなかったジョー・クリスマスは，破滅するしかなかったのである。

　ジョー・クリスマスの物語と並置されバランスを取っているのが，リーナ・グローヴの物語である。逃げた恋人を身重の体で追い続ける彼女には，悲壮感のかけらもない。小説冒頭で繰り返される「澄みきった」("serene") という形容詞は，リーナの強さと明るさを示しており，その様子が周囲の人々から善意を引き出していく。ジェファソンの町に辿り着いたリーナは，バイロン・バンチという男と知り合い，彼から不器用だが献身的なサポートを受けていく。小説の結末，ジョー・クリスマスの悲劇が終わった後も，リーナは生まれたばかりの子を抱きながら，バイロンと旅を続ける。一緒にいながらも結ばれずにいる2人の姿は，フォークナーが芸術の理想としたイギリスの詩人ジョン・キーツの名作「ギリシャの壺のオード」("Ode on a Grecian Urn," 1819) に描かれた恋人たちを思わせる。リーナとバイロンの関係には時間を超えた安らかさとユーモアがあり，2人は性や人種をめぐる暴

力と紙一重で接しながら，奇跡のように傷つくことがない。

　『八月の光』には他にも，南北戦争で無謀な死を遂げた祖父の幻影に囚われ現実逃避的な生を送るゲイル・ハイタワー牧師など，多様な人物たちが登場する。彼らの物語は互いに積み重なり，この小説をきわめて重厚なものにしているが，冒頭と結末を飾るリーナの姿はどこまでも安らかであり，この小説に不思議な明るさを与えている。

　以下に引用するのは，ジョアナ殺害の後，逃走中のジョー・クリスマスが夜明けの静かな灰色（＝白と黒の中間色）の光の中で，人生を振り返る場面である。「黒人」として殺される運命を悟りながら，白人／黒人といった二分法の彼方を思うジョーの姿には，「静けさ」に満ちた切なさがある。それは彼が去勢され無惨な死を遂げる際の「平和な，底知れぬ，耐えがたい目つき」（第19章）ともつながるものであろう。

　　ちょうど夜が明け，明るくなるところだ——そのどっちつかずの時間は，灰色であり寂しげで，目をさましかけた鳥たちの平和な，試すようなさえずりで満ちている。空気は，吸いこんでみると，泉の水のようだ。彼は深くゆっくりと息を吸う。一呼吸するたびに，自分がくすんだ灰色の中にとけこんでいき，怒りも絶望も知らぬ孤独な静けさと一つになるように感じる。〈おれがほしかったのはこれだけだったんだ〉と彼は静かでゆっくりとした驚きのうちに思う。〈これだけを30年欲しがってたんだ。30年かけてほしかったのがこれなら，たいして欲張ったわけじゃないだろうな。〉
　　　　　　　　　　　　　　　　　　　　　　　　　（諏訪部浩一訳『八月の光』）

　　It is just dawn, daylight : that gray and lonely suspension filled with the peaceful and tentative waking of birds. The air, inbreathed, is like spring water. He breathes deep and slow, feeling with each breath himself diffuse in the neutral grayness, becoming one with loneliness and quiet that has never known fury or despair. 'That was all I wanted,' he thinks, in a quiet and slow amazement. 'That was all, for thirty years. That didn't seem to be a whole lot to ask in thirty years.'　　　　　　　　　　　　　　　　　　　　　　　　　（Ch. 14）
　　　　　　　　　　　　　　　　　　　　　　　　　　　　　　　　　（金澤）

21　J・D・サリンジャー『ライ麦畑でつかまえて』(1951)
J. D. Salinger, *The Catcher in the Rye*

　1951年，朝鮮戦争のさなかに刊行された本書は，まもなくアメリカの若者たちの心をつかんだ。主人公となるホールデン・コールフィールドは，第2次世界大戦後の東海岸に暮らす10代の若者である。ペンシルベニア州にあるペンシーという名門私立高校から成績不良で退学を言い渡され，クリスマス休暇を間近に控えた土曜日を学校で過ごし，翌日早朝にニューヨークに向かう。そして日曜日と月曜日にマンハッタンをさまよった3日間の経験を，ホールデンは1年後に振り返って語る。

　学校での日々や，ニューヨークで出会う人々，街の風景などを語っていくホールデンは，「インチキ」("phony")という言葉を駆使しつつ，学校の環境や大人の世界への嫌悪感をあらわにする。16歳という，まだ大人ではなく，しかしもう子どもでもない主人公が，汚れた社会で純粋さを求め，虚飾を拒絶しつつ，自らのアイデンティティを探すその姿は，「順応の時代」ともいわれる冷戦下の1950年代にだけでなく，その後も大きな共感を呼んだ。

　その一方で，ホールデンによる語りは真実と虚像といった単純な二項対立で捉えることができない。他人の「インチキ」に反発する言葉をどれほど重ねても，それがホールデンが拠って立つ確かな基盤を提供することはない。むしろ，ホールデンの3日間の経験は，自らの男性性も含めて，自己の脆さが次第にあらわになっていく過程だといってよい。

　ホールデンは弟のアリーを白血病で亡くしており，そのことを繰り返し振り返る。また，ペンシー校でも，周囲の圧力に屈することなく自殺を選んだという同級生の思い出が語られるほか，ニューヨークでは雑誌でガンの記事を読み，メトロポリタン美術館ではミイラの展示室への道案内を試みるなど，死の気配は物語を通して影を落とし，次第に濃くなってゆく。その通奏低音があるために，マンハッタンを彷徨するホールデンの足取りは，冥界での旅という様相も帯びるものとなる。そうして暗さを増してゆく物語において，ホールデンにとって唯一といってよい希望となるのが，妹のフィービーの存在である。語り手が抱える無垢(イノセンス)の喪失を，フィービーはなんらかの形で解決できるのか。それは同時代の迷えるアメリカに向けられた問いでもある。

　多義的なタイトルをはじめ，赤いハンティング帽や，セントラル・パークの池にいる家鴨(アヒル)へのホールデンの執着など，物語において象徴性をもつものは数多い。さ

21　J・D・サリンジャー『ライ麦畑でつかまえて』

らに，16歳で経験した３日間を振り返って語るホールデンは，現在の自身については，カリフォルニアにある施設に療養のために入っていること以外触れようとしない。死と再生の物語が描く軌跡の詳細をめぐっては，いまなお新たな読解が提示され，この小説の謎めいた深みを証し立てている。

　アメリカにおいて評価が揺るぎないものになったことの副作用として，作中にある性的な表現などをめぐって，学校図書からの排除を求める動きも幾度となく出た。そして，ホールデンの二面性をもった語りの魅力は，20世紀終盤からジャンルとして確立されたヤングアダルト小説に大きな影響力を与えてもいる。

　『ライ麦畑でつかまえて』は30を超える言語に翻訳され，広範な読者を獲得している。いかにも1950年代の10代の若者らしいと評されたホールデンの口調をどう翻訳するか，各言語の翻訳者は多くの工夫を凝らした。リトアニア語訳からペルシア語訳まで，『ライ麦畑』の翻訳もまた研究対象としてしばしば取り上げられている。日本では，村上春樹による新訳『キャッチャー・イン・ザ・ライ』が2003年に刊行され，旧訳と新訳を読み比べることができる。

>　僕は生まれてからずっとニューヨークに住んでるんで，《中央公園》は自分の手の甲のようによく知っている。だって，始終ここに来てローラー・スケートをやったもんだし，子供の頃は自転車に乗りによく来たことがあるんだ。ところがこの夜は，例の潟を見つけるのにえらく苦労したんだ。どこにあるか知ってはいたんだよ──《セントラル・パーク・サウス》のすぐそばにあるんだから──それでいながら見つからない。きっと，自分で考えてる以上に酔ってたんだと思う。僕はどこまでも歩きつづけたけど，歩けば歩くほどますます暗く，ますます不気味になってくる。公園の中にいる間には，人っ子一人見かけなかったな。
>
>　　　　　　　　　　　　　　　　　（野崎孝訳『ライ麦畑でつかまえて』）

>　I've lived in New York all my life, and I know Central Park like the back of my hand, because I used to roller-skate there all the time and ride my bike when I was a kid, but I had the most terrific trouble finding that lagoon that night. I knew right where it was—it was right near Central Park South and all—but I still couldn't find it. I must've been drunker than I thought. I kept walking and walking, and it kept getting darker and darker and spookier and spookier. I didn't see one person the whole time I was in the park.　　　(Ch. 20)

　　　　　　　　　　　　　　　　　　　　　　　　　　　　　　　　（藤井）

22　フラナリー・オコナー『賢い血』(1952)
Flannery O'Connor, *Wise Blood*

　敬虔なカトリック作家であったオコナーにとって，アメリカ南部は「イエス・キリストを中心としているとは言い難いが，たしかにキリストに取り憑かれた土地」(『秘儀と習俗』*Mystery and Manners*, 1969) だった。そのような土地で，生涯の主題である神の恩寵を描き出そうと試みたこの作家は，堕落した世界において，救済が取り返しのつかない犠牲を通じてでしか得られないことを探究した。

　オコナーが描く歪んだ世界における，歪んだ登場人物たちは，神と自らの関係に取り憑かれる。主人公はしばしば暴力的な葛藤において，信仰と不信仰，個人の意思と服従との間を揺れ動く。暴力を伴うその振幅の中で，恩寵が探求される。作家ジョン・ホークスが喝破したように，オコナーの小説においては，人間とは合理的な存在であるという近代の価値観が徹底して破壊されてしまうのである。

　そのようなオコナーの創作への姿勢は，長編第 1 作にあたる『賢い血』にすでに凝縮されている。物語は軍を除隊した若者ヘイゼル（ヘイズ）・モーツが故郷のテネシー州イーストロッドに戻る列車に乗っている場面で始まる。家族はおろか，誰ひとりいなくなった村を目の当たりにしたヘイズは，故郷を喪失した孤児となり，トーキンハムという町に辿り着くと，そこで娼婦であるワッツ夫人の元に身を寄せたのち，「キリストのいない教会」を説き始める。人間は堕落したことなどなく，したがって，救済も審判もない，イエスは嘘つきなのだと説くヘイズの思想は，キリスト教の正統的世界観に対する強烈な挑戦状となっている。

　ただし，小説は一貫して感傷を排した，淡々とした語りによって，ヘイズの振る舞いに対する距離感を保っている。その隔たりをさらに増幅させるのが，ヘイズのパロディ的な登場人物の描写である。18 歳のイーノック・エマリーは，ヘイズと同じく孤児の身であり，同じく性的な規範との葛藤を抱えている。そのイーノックはヘイズに傾倒し，「新しいイエス」が必要だと説教するヘイズに，博物館に展示されているミイラを渡そうと奮闘する。その真剣な努力と，そこにつきまとう空虚さの落差は，オコナーの小説に通底する「グロテスク」に込められたユーモアを如実に示している。

　冒頭からヘイズの目についての描写が執拗に繰り返されるなど，小説における「目」は特権的なモチーフとなっている。トーキンハムに到着して間もなく出会った，イエスの救済を証明するために自ら目を潰したとされる盲目の元巡回説教師

ホークスに，ヘイズはまとわりつき，ホークスがかけている黒眼鏡の奥を見ようとする。目をめぐるそうしたエピソードの数々は，イーノックに覗き趣味があることや，ヘイズが説教を試みる場所として映画館の前がしばしば選ばれることなどとも連動し，やがて，ヘイズが自身を失明させるという終盤の展開につながってゆく。

神性に反旗を翻す形で新たな神性を求めるヘイズの足取りは，最終的にどこに到達するのか。彼に「恩寵」の瞬間が訪れるのなら，ヘイズの苦しみはその対価に見合うものなのか。車やミイラや金銭といった，人間生活の物質的側面から離れることなく，人と神との関係を問い続けるこの小説には，安易なジャンルに分類されることを拒む強力な磁場がある。

　　ゴリラの手は，イーノックがこの都市に来て以来初めて彼に差し伸べられた手だった。その手は温かで柔らかだった。
　　一瞬のあいだ彼はただそこに立ってゴリラの手を握っていた。それから，どもりながら言いはじめた。「おれはイーノック・エマリーっていいます」とはっきりしない声で言った。「おれはロードミル少年聖書学院に行きました。今は市営動物園で働いてます。あんたの映画は二つ見ました。まだ十八にしかならねえけど，もう市のために働いてます。おやじがおれに来……」と言って，声がかすれた。
　　スターがわずかに体を前に乗り出すと，その目に変化が起こった。醜悪な人間の目が近よってきて，セルロイドの目の後ろから険しい目つきでイーノックを見た。「くたばれ」と，ゴリラの服の中の怒声が低く，しかしはっきりと言い，その手がイーノックからぱっと離れた。
　　　　　　　　　　　　　　　　　　　　　　　　（須山静夫訳『賢い血』）

　　It was the first hand that had been extended to Enoch since he had come to the city. It was warm and soft.
　　For a second he only stood there, clasping it. Then he began to stammer. "My name is Enoch Emery," he mumbled. "I attended the Rodemill Boys' Bible Academy. I work at the city zoo. I seen two of your pictures. I'm only eighteen year old but I already work for the city. My daddy made me com . . ." and his voice cracked.
　　The star leaned slightly forward and a change came in his eyes: an ugly pair of human ones moved closer and squinted at Enoch from behind the celluloid pair. "You go to hell," a surly voice inside the ape-suit said, low but distinctly, and the hand was jerked away.　　　　　　　　　　　　　　　　　　（Ch. 11）

（藤井）

23　ジェイムズ・ボールドウィン『山にのぼりて告げよ』(1953)
James Baldwin, *Go Tell It on the Mountain*

　イエス・キリストの誕生を称える黒人霊歌からタイトルを取った，ボールドウィンの第1長編は，ニューヨークのハーレムを舞台とし，黒人一家の長男である14歳の少年ジョン・グライムズの1日を語る。ジョンは成績優秀で，周囲からは，ゆくゆくは牧師になるだろうといわれている。しかし，少年の人生には不確かさがつきまとう。元説教師でありながら家族に対して暴力を振るう父親に対する反抗心は強いが，母親からは，父の愛は本物であるといわれる。同じ教会に属する年上の少年エリシャに対し，ジョンは憧れを抱くが，牧師の説教では，性的な欲望に対する厳しい戒めが説かれる。そのような環境において，ジョンは自分自身が何者であるのか，何になればいいのか把握できずにいる。

　そのような葛藤を抱えるジョンの足取りは，ニューヨークという都市の二面性にもつながっている。セントラル・パークに歩いてゆき，街や人々を眺めるジョンは，5番街で贅沢品を買う白人たちについて，彼らの道は神の道ではない，この世を我がものとしているが地獄を踏みしめているのだと感じる。やがて映画館に入り，ブロンドの女性主人公の悪徳ぶりを目の当たりにして，堕落を極めれば栄光になるように生きたいとも願う。教会が示す聖なる道と，都市が象徴する俗なる道の，どちらを選ぶべきか，少年の心は揺れ続ける。地上と天上の都市という象徴性は，ジョンの宗教的な迷いとセクシュアリティの迷いに重ね合わされ，少年が見る世界にしばしば終末論的な色彩を与えている。

　もちろん，ジョンの未来の不確かさは，人種をめぐるアメリカの現実と無縁ではない。映画を観終えて帰宅したジョンは，弟のロイが白人の不良たちにナイフで刺されたことを知り，父親からは白人の価値観に染まっていると責められる。夕方になってジョンが教会に行き，やがて親族や知人も合流して祈りを捧げる場面で，小説はジョンだけでなくそれぞれの人物の来歴を語り，ひとりの少年の迷う心と家族の経験を交錯させる。南部での白人による黒人少女に対する性暴力や，北部での警察による非人道的な扱いといった人種差別による暴力，黒人一家の姉弟の経験におけるジェンダー間の不平等が語られることで，黒人共同体が歴史的に直面してきた問題があらためて浮き彫りになる。

　そうしたアメリカ社会の厳しい現実を前にして，個人は人生においてどのような選択をすべきかという問いが重みを増してくる。罪の償いは神によってなされるの

か，それとも人間が試みねばならないものなのか。その問いは，ジョンが相反する複数の声に話しかけられる終盤の場面において一気に主人公に襲いかかる。父親から地獄に堕ちると宣告されたと感じるのと同時に，父親を無視せよと告げる皮肉な声も聞こえてくる。父親に対する反発と，神への反発が交錯し，父子の葛藤は重層的なものとなってゆく。はたして，ジョンになんらかの「救済」は訪れるのか。ジョンが救われたと感じる時，それは神によるものか，人によるものか。小説は，それに対する明確な答えを出さない。

　ペンテコステ派の家に生まれ育った作者ボールドウィンにとって，何かを書くためには，まずこの物語を完成させることが必要だったという。ボールドウィン自身の自伝的要素を多く含むこの物語において，黒人少年が人生の行く先に不安を覚えつつも，啓示的な瞬間を経験して未来に向かう姿を描くことで，ボールドウィンは作家としての道を歩む自由を獲得したのだろう。

> すると，ジョンの目の前にある斜面は上に向かって伸び，その上には鮮やかな空，そしてそのさらに向こうには，遠くで雲がかかる，ニューヨークの輪郭が見えた。なぜかはわからないが，高揚した気分と力強さが湧き上がってきて，彼は蒸気機関か狂人のように坂を駆け上がり，前方で輝く街に頭から突っ込んでいく勢いだった。だが，頂上にたどり着くと，彼は立ち止まった。丘の上に立ち，あごの下で両手を組み合わせ，見下ろした。そして彼，ジョンは，怒りでもって街を砕くこともできる巨人になった気分だった。ぼくは暴君だ，この街を踏み潰すことすらできる。みなが待ちわびていた征服者だ，足元には花が次々に投げられ，前にやってきた群衆たちは，ホサナ！と叫ぶのだ。　　　　　　　　　　　　　　　　　（藤井光訳）

> Before him, then, the slope stretched upward, and above it the brilliant sky, and beyond it, cloudy, and far away, he saw the skyline of New York. He did not know why, but there arose in him an exultation and a sense of power, and he ran up the hill like an engine, or a madman, willing to throw himself headlong into the city that glowed before him. But when he reached the summit he paused; he stood on the crest of the hill, hands clasped beneath his chin, looking down. Then he, John, felt like a giant who might crumble this city with his anger; he felt like a tyrant who might crush this city beneath his heel; he felt like a long-awaited conqueror at whose feet flowers would be strewn, and before whom multitudes cried, Hosanna!　　　（Part One, "The Seventh Day"）
> 　　　　　　　　　　　　　　　　　　　　　　　　　　　　　　　（藤井）

24　ジャック・ケルアック『オン・ザ・ロード』(1957)
Jack Kerouac, *On the Road*

　ウォルト・ホイットマンが『草の葉』中の「大道の歌」("Song of the Open Road") に記したように，アメリカという大陸を移動する旅に対しては，旅人自身とアメリカの真の姿を発見する探求という意味がしばしば付与されてきた。『オン・ザ・ロード』の登場により，その「ロード・ナラティブ」の系譜は決定的なまでに特権化されたといってよい。

　ケルアック自身の旅の経験を下敷きに，東海岸に暮らすイタリア系の若い作家サル・パラダイスを主人公とし，彼の語りによって，1947年から50年にかけての西部とメキシコへの旅が語られる。結婚生活に失敗し，病気が治ったばかりのサルは，デンヴァー出身の若い男ディーン・モリアーティと出会い，西に向かう旅への情熱を燃え上がらせる。東海岸の若い作家サルと西部生まれでエネルギーの塊であるディーンとの出会いは，東部のエスタブリッシュメントと西部のたたき上げの人々との対比となり，サルのいまだ見ぬ西部への憧れをかき立てる。

　かくして，1947年7月，先にデンヴァーに向かったディーンに合流し，その後友人のいるサンフランシスコに向かうべく，サルは東海岸から西に向けて旅立つ。それを皮切りとして，アメリカを東西に横断する旅が繰り返され，50年には，ディーンらとともにコロラドから南下し，テキサスからメキシコに入る旅が綴られてゆく。

　『オン・ザ・ロード』における旅では，実際の風景と同時に，旅の先に待っている土地についてサルが膨らませるイメージも雄弁に語られる。それに加えて，移動の多くはヒッチハイクとバスによってなされ，代わるがわる旅の道連れとなる個性豊かな人々もまた，旅にも西部にも無知だった語り手にとって，アメリカの新たな風景の一部となる。そうしたアメリカとの出会いを興奮とともに語る文章のリズムは，ジャズの演奏のように入念に作り上げられている。

　生のエネルギーを解き放とうとする登場人物たちにとって，重要な意味をもつのが，ジャズに熱狂する身体と，性的欲望である。行く先々で，サルとディーンはジャズの演奏に身を委ね，黒人文化への憧れを強める。人種差別の厳しい現状を看過したその態度の矛盾は，同時代に批判の的ともなった。そして，欲するものすべてを同時に手に入れようとするディーンの奔放な女性関係に見られる性的規範からの解放もまた，しばしば同性愛嫌悪の身振りを伴っている。

24 ジャック・ケルアック『オン・ザ・ロード』

『オン・ザ・ロード』の最初の草稿は，1951年春のわずか3週間で，切れ目のない1つの段落として一気に書き上げられた。タイプされた紙をテープでつなぎ，30メートル以上にもおよぶ巻物となった「スクロール版」は，それ自体が一本の道のようでもある。ただし，その草稿が最終的に完成版になるまで推敲を重ねたケルアックは，一本道を旅するサルたちの情熱と同時に，その姿を冷ややかに見つめる視線も絶えず導入している。小説における旅には寂しさや幻滅がつきまとい，女性登場人物のひとりは，欲望にまかせて走り続けるディーンの人生を痛烈なまでにこき下ろす。サルもまた，ディーンと一体化はせず，ふとした瞬間に距離を取って彼を眺める。そうして挟み込まれる隔たりが，熱狂と諦念が入り混じった語りの魅力を生み出している。

アメリカ文学の系譜から考えた時，この小説において父親の不在が繰り返し言及されることは注目してよい。メキシコに向かう時の車に乗り込んだサル，ディーン，そして知り合いのスタンについては，「ディーンは父親を探している，ぼくのは死んでいる，スタンは年老いたのから逃げようとしている」と語られる。父親のいない孤児がアメリカを旅する，その物語は，トウェインの『ハックルベリー・フィンの冒険』などを引き継ぎ，そしてアメリカ探求を主題とする20世紀後半の小説群にも受け継がれてゆく。

　西部の太陽の子，ディーン。付き合うと面倒なことになるよ，とおばには警告されたが，ぼくには新しい呼び声に聞こえた。新しい地平線が見えた。若いぼくにはそれが信じられた。多少のトラブルはあったし，こっちが空腹で道端に倒れているとき，病気で臥せっているとき，さっさと見捨てていったというような最終的にはディーンに友だちあつかいされなくなるようなこともあったが——それがいったいなんだというのだ？　ぼくは若い作家で，旅立ちたかった。
　途中のどこかで女たちに，未来に，あらゆるものに会える，とわかっていた。途中のどこかできっと真珠がぼくに渡される，とも。（青山南訳『オン・ザ・ロード』）

A western kinsman of the sun, Dean. Although my aunt warned me that he would get me in trouble, I could hear a new call and see a new horizon, and believe it at my young age; and a little bit of trouble or even Dean's eventual rejection of me as a buddy, putting me down, as he would later, on starving sidewalks and sickbeds—what did it matter? I was a young writer and I wanted to take off.

Somewhere along the line I knew there'd be girls, visions, everything; somewhere along the line the pearl would be handed to me.　　　　　　　　（Part 1）

（藤井）

25　シルヴィア・プラス『エアリアル』(1965)
Sylvia Plath, *Ariel*

　プラスは8歳から詩を書き始め，学生時代からその才能を認められていた。ただし，彼女が生前に刊行した詩集は，1960年の『巨像』(*The Colossus*) のみである。1963年にプラスが世を去った後，夫だったテッド・ヒューズの編集を経て出版された『エアリアル』は，詩人としてさらなる飛躍を遂げたプラスの名声を確たるものとした。詩人ヒューズとの結婚生活とその破綻，そして30歳での自殺という伝記的要素も相まって，プラスは1960年代後半から70年代にかけてフェミニスト詩人として広く読まれた。

　『エアリアル』に収められた詩の多くは，1962年の晩夏から63年の死の直前までの時期に書かれている。詩集の中で最も有名となった「ダディ」("Daddy") で提示された，「父親」の支配に抵抗しようとする女性の苦闘は，プラスの死後に本格化する女性解放運動を代弁する声として受け止められた。同時に，支配的な男性と相対する女性としての経験は，「ダディ」や「甦りの女」("Lady Lazarus") ではナチスとユダヤ人の関係に重ね合わされてもいる。

　とはいえ，プラスの詩は男性と女性，抑圧と被抑圧，といった二分法にすんなり収まるものではない。この詩人の選んだ表現は，単一の意味にとどまることを拒絶しており，詩で描かれる女性の身体についても，それが傷ついた身体なのか，力強さを与えられた身体なのかで解釈が分かれている。女性の個人的体験の描写がしばしば神話的な形象と交錯するだけでなく，詩ごとに様々なトーンが使い分けられ，特定の語句の反復によるリズム構築が行われていることも，プラスの詩に重層的な厚みをもたらしている。

　表題作「エアリアル」("Ariel") は，プラスの詩の中でも，主題と構造の統一性において頂点をなすものと評価される一方で，明け方に馬に乗った女性が太陽に向かって疾走する，その鮮烈ながら曖昧なイメージについては様々な解釈が試みられてきた。題はプラスの愛馬にちなんでいるとされ，詩人自身の経験を見て取る読み方は早くから提示された。一方で，「エアリアル」とはシェイクスピアの戯曲『テンペスト』に登場する空気の精の名前でもあり，神話的な象徴を通じて自己の再生を描く詩であるとも解釈されてきた。

　詩の冒頭に置かれた「暗闇の中の静寂」("Stasis in darkness") が示す，闇と静止という夜のイメージは，直後に青の色合いを帯び，やがて首の茶色い曲線に展開し

ていく中で動きを与えられる。詩の後半にかけて力強さを増してゆく運動は、「わたし」が矢となって朝の赤い太陽に向かって飛翔する、忘れがたい描写によって閉じられる。それと連動するようにして、"White" や "Godiva" といった語にも含まれる [aɪ] の音が頻出し、最終行の "Eye" に引き継がれるという音声的な技法が指摘されている。はたしてそれは、"I" という存在を刻み込む経験なのだろうか、それとも自己の恍惚とした消滅の経験なのだろうか。

　白い
　ゴダイヴァとなって、わたしは剝ぎ取る——
　死せる手を、死せる厳しいしがらみを。

　今やわたしは
　麦畑の泡立ち、海のきらめき。
　子供の泣き声は

　壁の中に溶ける。
　そしてわたしは、
　走る矢となり、

　わが身を断とうと
　飛び散る露となる、
　煮え立つ大鍋、

　真っ赤な朝の眼(まなこ)へと。　　　　　　　　（吉原幸子訳『シルヴィア・プラス詩集』）

White
Godiva, I unpeel—
Dead hands, dead stringencies.

And now I
Foam to wheat, a glitter of seas.
The child's cry

Melts in the wall.
And I
Am an arrow,

The dew that flies
Suicidal, at one with the drive
Into the red

Eye, the cauldron of morning.　　　　　　　　　　　　　　　　　("Ariel")

（藤井）

26　トマス・ピンチョン『重力の虹』(1973)
Thomas Pynchon, *Gravity's Rainbow*

　1944年12月のロンドンにナチス・ドイツのロケット兵器V-2が落下する。アメリカ軍中尉で連合国軍情報局に所属するタイロン・スロースロップはロケットにおびえながらも，日々ロンドンのあちこちで女性を口説き落としているが，ナンパに成功した地点にはなぜか数日（平均4.5日）後にかならずV-2が落下する。この奇妙な一致に気づいた軍の心理作戦部隊（PISCES）が謎を探り始める。

　その過程で徐々に明らかになるのは，スロースロップが幼少時に，ラスロ・ヤンフという科学者によって性的反射実験に使われていたという事実だ。ヤンフはその後，ドイツの巨大化学企業IGファルベンに勤め，V-2の重要部品素材の開発に関わったことも判明する。スロースロップの無意識に眠る記憶とV-2ロケットとを結び付けるのは，イミポレックスGという物質らしい。

　軍がこうした事実を知るのと並行して，スロースロップも自身が軍に監視されていることに気づき，陰謀論的あるいは強迫的な妄想(パラノイア)に取り憑かれ，逃走を始める。彼は「ゾーン」（分割占領下のドイツのこと）内で，さらなる情報を探す。

　そうしているうちにスロースロップはパラノイアを脱して，反パラノイア的な心境に至り，自己が希薄になり，ばらばらになる（こうした表現が何を意味するかはかなり曖昧なので，実際のテキストを読んで，自分で解釈していただきたい）。そしてそのばらばらになったスロースロップを救い出すため，「カウンターフォース」なる仲間が集まり，「彼ら」に戦いを挑む。

　なお，以上のあらすじは『重力の虹』を1つの物語としてつなぎとめる細い糸でしかない。『重力の虹』の『重力の虹』たるゆえんは，むしろそれ以外の部分にある。先のメインプロットに無数の興味深い人物や物語が絡んでくるのである。

　たとえば子ども時代のスロースロップに実験を施したラスロ・ヤンフの教え子フランツ・ペクラーは後に月旅行に憧れてロケット開発者となり，V-2を作る。ナチス親衛隊のブリツェロ大尉は謎のロケット00000を打ち上げようとしているが，そこにはゴットフリートという青年が重要部品の一部として搭載されることになっている。他方，かつてのドイツ植民地からやって来たヘレロ人部隊「黒の軍団」も00000に対抗するロケット00001を打ち上げようとしていて，その部隊のリーダーはかつてブリツェロと性的な関係があったエンツィアンだ。さらに重要なことに小説の結末では，こうした第2次世界大戦時を舞台にした物語から逸脱するような展開

216

が待っている。それはすなわち，読者が数百頁にわたって読み進めてきたのはすべて，1970年頃（ニクソン大統領の時代）の映画館で上映されていた物語だった，と解釈できる結末だ。

『重力の虹』は話の筋を追おうとすると非常に錯綜していて読者が混乱しやすいが，ところどころに作者の生の声らしきものが聞こえる部分があって，そこには反体制・反権力・反植民地主義的な主張がはっきりと見て取れる。次に引用するのは，ゾーンにいるヘレロ人部隊の一部が自らを「空無派」と呼ぶ理由が説明されるくだり。作者が南西アフリカの歴史やヘレロ語について念入りな調査を行った上で小説を執筆していることもうかがえる。

　　彼らはみずからをOtukunguruaと呼ぶ。えっ？　Omakunguruaの間違いだろうって？　いやいや，年配のアフリカの労働者のみなさん，oma- というヘレロ語の接頭辞は，生きてる人間にしか使わないでしょ。無機物や死者の国からきた者をいうには，otu- が正解。彼らは自分らを「カラッポの者」ではなくて「カラッポの物」と呼ぶ――この徹底した周到さは，抜け目がないというよりは薄気味わるい。「ゼロの革命家」として，彼らは，1904年の反乱が失敗したあと，ヘレロの老人たちが始めたことの継続を誓った。出生率をマイナスにする。民族の自殺プログラムを実施する。1904年にドイツ人が始めた「根絶」の完遂を。
　　（中略）いいかい，植民地とは，ヨーロピアン・ソウルが作った野外便所なんだ。ズボン下ろしてリラックスして，てめえの糞の臭いを心ゆくまで満喫するところさ。ほっそり痩せた餌食の女にウォーと吠えて，ガブッとやって，ニンマリしながら生血をズルズルすする。体中がアソコん中の闇色してて，頭のヘアまで陰毛みたいにモジョモジョの，泥のように柔らかーな肢体の中にウヒャウヒャ言って飛びこんで，好色と淫乱のかぎりをつくすところ。ケシと大麻とコカの木が，うっとりするような緑色してバンバン生えてくるところ。これが植民地ってとこなんだ。（後略）
　　　　　　　　　　　　　　　　　　　　　　　　　（佐藤良明訳『重力の虹』）

　　They call themselves Otukungurua. Yes, old Africa hands, it *ought* to be "Omakungurua," but they are always careful—perhaps it's less healthy than care—to point out that *oma-* applies only to the living and human. *Otu-* is for the inanimate and the rising, and this is how they imagine themselves. Revolutionaries of the Zero, they mean to carry on what began among the old Hereros after the 1904 rebellion failed. They want a negative birth rate. The program is racial suicide. They would finish the extermination the Germans began in 1904.
　　[. . .] Colonies are the outhouses of the European soul, where a fellow can let his pants down and relax, enjoy the smell of his own shit. Where he can fall on his slender prey roaring as loud as he feels like, and guzzle her blood with open joy. Eh? Where he can just wallow and rut and let himself go in a softness, a receptive darkness of limbs, of hair as woolly as the hair on his own forbidden genitals. Where the poppy, and cannabis and coca grow full and green, [. . .]
　　(Part 3, "In the Zone") 　　　　　　　　　　　　　　　　　　　　　　（木原）

27　レイモンド・カーヴァー『大聖堂』（1983）
Raymond Carver, *Cathedral*

　育った家から巣立ち，身を落ち着けた先で家庭を築き，真面目に働いて収入と社会的な地位を得て，子どもをよりよい未来への旅に送り出す。それがアメリカの夢だったとすれば，夢が消滅してしまった場所で生きる人々には何が残されているのか。そうした乾いた絶望感を表出させたカーヴァーの創作の到達点が，生前最後に発表されたオリジナル短編集『大聖堂』である。

　失業と家庭の崩壊が多くの物語の背景となるカーヴァーの初期短編においては，主人公の心情がほぼ語られず，登場人物たちの間でのコミュニケーションの不在と，噴出する暴力の存在が際立っていた。やがてカーヴァーはその作風を変化させ，より厚みのある短編の数々を完成させていく。

　その変化を知る格好の例は，1981年の第2短編集『愛について語るときに我々の語ること』に収められた短編「風呂」（"The Bath"）が辿った変化だろう。息子の8歳の誕生日を祝おうと，母親はパン屋を訪れ，無愛想な男にケーキを注文する。誕生日当日，息子は車にはねられ，無事帰宅したかに見えるがまもなく意識を失う。両親は病院で息子の回復を待って過ごし，父親がいったん帰宅すると，パン屋から不気味な調子の電話がかかってくる。家族の日常を唐突に断ち切る暴力と，噛み合うことのない電話越しの会話など，カーヴァーらしさが存分に発揮されている。

　その物語の別バージョンが，『大聖堂』収録の「ささやかだけれど，役にたつこと」（"A Small, Good Thing"）である。病院に詰めている母親と周囲の人々のやりとりや心情の揺れ動きがより細やかに描かれるなど，物語としての姿は大きく変わっている。最後に，息子を亡くした後の夫婦がパン屋に詰め寄ると，パン屋は非を認め，夫婦にパンを勧めつつ，自らの人生について語り始める。それぞれの登場人物が抱えた孤独が解消されなくとも通じ合う，そんな瞬間で物語は閉じられる。

　とはいえ，カーヴァーが初期の「断絶」から「共感」へと完全に方向転換したわけではない。短編集全体を通じて，人生の先が見えないままさまよい続ける登場人物たちの姿，家族や家の空間の中で生じるすれ違いや暴力，アルコール中毒や食べるという行為がコミュニケーションにどう影響を与えるのかなど，初期から引き継がれた主題もたしかに見て取ることができる。その一方で，もがく人々を突き放すような語りの距離感は影を潜め，やるせない日常の中でなんらかの救済を探し求める人々への優しげな視線が確実に感じられる。

27　レイモンド・カーヴァー『大聖堂』

　最後に置かれた表題作「大聖堂」("Cathedral") は，そうした主題や語り口をすべて引き受けるような一作である。東部に暮らすある夫婦の元を，妻の友人である目の見えない男性が訪れる。やがて妻が眠り込み，語り手である夫は，そのときテレビで放映されている番組をめぐって，大聖堂とは何かを男性相手に説明しようと試みることになる。映っているものを語るという外面的な行為は，やがて語り手が抱え込んだ内面における孤独を露呈させ，それによって，人との新たなつながりの可能性を見せるのである。

　「ものすごく大きいんです。巨大です。石造りです。大理石が使われていることもあります。その昔，大聖堂が建設されていた頃，人々は神に近づきたいと熱望していたんですね。その頃，すべての人々の生活の中で神は重要な位置を占めていたんです。大聖堂建設は彼らのそのような信仰心の反映であるわけです」と私は言った。
　「申しわけないけど，これくらいの説明しか僕にはできないみたいだ。こういうの苦手なんですよ」
　「気にしないで，バブ」と彼は言った。「ねえ，どうだろう，あなたにちょっと質問してもかまわないかな？　ひとつ訊いてみたいことがあるんだけどね，いいかな？　イエスかノーかで答えられる簡単な質問なんだ。ただの好奇心からの質問。べつに悪意とかそういうのはない。だってあなたはここの御主人で，私はお世話になってるわけだものね。ただ私はね，あなたという人がそれがどんな形であるにせよ，信仰心というものを持っているかどうかが知りたいんだ。こんなこと訊いてかまわないかな？」
　私はかまわないという風に首を振った。でもそんなことしたって彼には見えない。目くばせしたって肯いたって，盲人には通じない。「神を信じてはいないと思います。何を信じてもいない。だから時々きついこともあります。それ，わかります？」
　「わかるとも」と彼は言った。
　「どうも」と私は言った。　　　　　　　　　　　　　　　（村上春樹訳『大聖堂』）

"They're really big," I said. "They're massive. They're built of stone. Marble, too, sometimes. In those olden days, when they built cathedrals, men wanted to be close to God. In those olden days, God was an important part of everyone's life. You could tell this from their cathedral-building. I'm sorry," I said, "but it looks like it's the best I can do for you. I'm just no good at it."

"That's all right, bub," the blind man said. "Hey, listen. I hope you don't mind my asking you. Can I ask you something? Let me ask you a simple question, yes or no. I'm just curious and there's no offense. You're my host. But let me ask if you are in any way religious? You don't mind my asking?"

I shook my head. He couldn't see that, though. A wink is the same as a nod to a blind man. "I guess I don't believe in it. In anything. Sometimes it's hard. You know what I'm saying?"

"Sure, I do," he said.

"Right," I said.　　　　　　　　　　　　　　　　　　　　　　　("Cathedral")
　　　　　　　　　　　　　　　　　　　　　　　　　　　　　　　　（藤井）

28　コーマック・マッカーシー『ブラッド・メリディアン あるいは西部の夕陽の赤』(1985)

Cormac McCarthy, *Blood Meridian: Or the Evening Redness in the West*

　テネシー州で育ったマッカーシーは，デビュー長編『果樹園の守り手』(1965) から『サトゥリー』(*Suttree*, 1979) まで，アメリカ南部を小説の舞台に選んできた。1980年代に入るとアメリカとメキシコの国境地帯の乾ききった大地に舞台を移し，そこで繰り広げられる暴力の物語を，『ブラッド・メリディアン』として結実させた。

　小説は19世紀中盤のアメリカ南部で幕を開ける。主人公である，名前の明かされない少年は，小さな頃から暴力への嗜好を抱えており，14歳のときに故郷テネシー州の家を去り，やがてテキサス州に辿り着く。少年はやがて元アメリカ軍人のメキシコ人討伐隊に加わり，リオ・グランデ川を越える。凄惨な戦闘の末に囚人となり，移送されたメキシコのチワワで，グラントンと「判事」ことホールデンというアメリカ人が率いる，先住民を虐殺して頭皮を剝ぐことで報酬を得る部隊に仲間入りする。そこから，国境地帯で残虐と非道の限りを尽くすこの一団の旅が語られることになる。

　冒頭から，この小説で描かれる暴力の無目的性は明らかである。登場人物たちはそもそも暴力的な存在であり，少年が序盤で出会う隠者が語るように，「神はこの世界を創ったが誰にでも合うようには創らなかった」のだ。では，生まれ落ちた世界において最初から居場所がない者たちには，いかなる生がありうるのか。彼らはいかなる法に従って生きればよいのか。多くの批評が注目するその存在論的な問いが，マッカーシーの容赦ない暴力描写を神学的なものに近づけている。

　中盤にかけて，少年は物語の主役ではなく，目の前で展開する暴力のドラマの目撃者でしかなくなってしまう。グラントンを首領とする頭皮狩り隊は，契約によって守るはずのメキシコ人住民たちも容赦なく虐殺していく。その部隊にあって，判事は道中に見かけた事物をスケッチして収集するなど，世界をどう理解すべきかという問いに取り組む特異な人物として登場する。おびただしく血が流れる砂漠の土地に，暴力という世界の真理を見出し，徹底してその論理に従おうとする判事の存在感は，小説が進むにつれて際立ってゆく。やがて，避けようもなく，判事と少年は決定的に対峙することになる。

28　コーマック・マッカーシー『ブラッド・メリディアン あるいは西部の夕陽の赤』

　この小説の舞台として選ばれた国境地帯の土地の描写も特筆すべきだろう。文明の「外」で暴力のかぎりを尽くす男たちの周囲に広がる大地は，厳しい日光が照りつけ，水の気配に乏しい，人間には徹底してよそよそしい砂漠である。そこでどのような暴力が繰り広げられようとも，土地そのものは人間とは無関係に存在し続ける。マッカーシーのデビュー作から際立っていた，情景描写における比喩の卓抜さは，そうした風景を生々しく立ち上がらせる文章においていかんなく発揮されている。

　相手を騙し，暴力を振るい，酒や金や命を奪う。歯止めをかけるものもないまま，その行動がひたすら反復される過程で，陰惨なはずの暴力から次第に意味が失われ，代わって乾ききった滑稽さが生じてくる。その転倒した世界を語る際にふと漂うユーモアが，『ブラッド・メリディアン』という小説にさらなる奥行きを与えている。

> 　頭皮狩り隊はアパッチ族のいる兆候を求めて何週間か国境付近をさまよった。平原を行く一行は絶えずいろいろなものを削除していく，というのも彼らは現に存在するものに仕える者たちであり自分たちの出逢う世界を分類して過去に存在したものや将来にも存在しないであろうものは消滅したものとして背後に残していくからだ。波状の熱のなかで匿名性を帯びた，砂埃をかぶって青白い幽霊のような騎馬隊。何よりも彼らは完全に運任せの原始的で暫定的で秩序を欠いた存在のように見えた。絶対的な岩から呼び出され名前のない状態に置かれ自分自身の蜃気楼と離れていないものが名づけということのまだ行われず各自がすべてであったころのゴンドワナ大陸の過酷な荒野をよろめき歩くゴルゴンたちのように貪欲で凶運に定められ無言でさまよっているようだった。　　　　（黒原敏行訳『ブラッド・メリディアン』）

> They wandered the borderland for weeks seeking some sign of the Apache. Deployed upon that plain they moved in a constant elision, ordained agents of the actual dividing out the world which they encountered and leaving what had been and what would never be alike extinguished on the ground behind them. Specter horsemen, pale with dust, anonymous in the crenellated heat. Above all else they appeared wholly at venture, primal, provisional, devoid of order. Like beings provoked out of the absolute rock and set nameless and at no remove from their own loomings to wander ravenous and doomed and mute as gorgons shambling the brutal wastes of Gondwanaland in a time before nomenclature was and each was all.　　　　(Ch. 13)

（藤井）

29　トニ・モリスン『ビラヴド』(1987)
Toni Morrison, *Beloved*

　モリスンの代表作『ビラヴド』は，19世紀に実在した黒人奴隷が起こした実在の事件が基になっている。すなわち，逃亡奴隷だった黒人女性マーガレット・ガーナーの子殺しである。追っ手が迫る中，自身と同じ苦汁を舐めさせることに逡巡したガーナーは子どものうちの1人を殺める。アメリカ黒人の歴史を記録するスクラップブック『ブラック・ブック』(*The Black Book*, 1974) の編集過程でガーナーを知ったモリスンは，この事件に自身の想像力を織り交ぜて本作を生み出した。

　物語は，実在のガーナーと同じく自身の子どもの1人を殺めたセサ・サッグスと生き残った娘デンヴァーが住む124番地の家を中心に展開する。彼女たちは家に憑く，セサが18年前に殺した娘の霊とおぼしき悪霊と格闘して日々を過ごしている。ある日，セサと旧知のポール・Dが124番地を訪れ，悪霊を追い払う。束の間の安息を過ごす彼らの元を，不思議な女性ビラヴドが訪ねてくる。彼女は実存在でありながら，幽霊のような二重性を帯びている。ビラヴドはセサの過去に強い興味を示し，彼女に語ることを求める。セサはその求めに応じ，過去を語り始める。ビラヴドを自身が殺めた娘と見なしたセサは，彼女の世話以外のことを放棄する。デンヴァーから事態を聞いた共同体の女たちが124番地を訪れると，ビラヴドとセサが彼女たちの前に姿を現す。だが狂気的に振舞うセサに皆が気をとられている間に，ビラヴドは忽然と姿を消す。

　献辞に掲げられている通り，『ビラヴド』は奴隷制の時代に生きた黒人たちに捧げられている。この物語はセサが語りえぬ体験を言語化する過程に主軸がある。白人農園主(プランター)による性的搾取，逃亡，筆舌に絶する地獄を我が子に味わわせることへの逡巡，そして子殺し。これらの過去を語ることには苦痛が伴うため，セサはそれを避けてきた。だがビラヴドがセサの語りを駆動させる契機となる。幽霊ビラヴドはセサの娘の亡霊でもあり，同時に奴隷制の声なき犠牲者たちの魂の具現でもある。死者は忘却を拒み，ビラヴドの形を借りてセサに語らせるのだ。ビラヴドとの接触に促されて過去を語り始めることで，セサに変化がもたらされる。語りが解放への糸口である可能性を物語は示している。セサとポール・Dの新たな出発を描き，ある種の解放を暗示しながら，物語は静かに幕を閉じる。

　セサを軸に読むならば，本作は奴隷制を体験した者の苦渋を描く物語となるだろう。他方でデンヴァーを中心に据えるならば，過去を語り継ぐ営みを追究する作品

としても読める。奴隷制を体験していない者が，その歴史を語り継ぐことは可能なのか。その鍵をモリスンは追体験に見出している。他者の体験を自身の体験とする追体験によって，歴史は自身の体験となりうる。この物語で追体験を求められているのは奴隷制を直接的に体験したことのないデンヴァーだ。モリスンはデンヴァーに過去を知るように仕向けている。ビラヴドに促されてセサが語る過去の物語に，デンヴァーも耳を傾ける。その意味で，幽霊ビラヴドはセサとデンヴァーをつなぐ役割も担う。さらに，デンヴァーはセサの過去をビラヴドに語りもする。他者の体験に耳を傾け，想像し，語り直す中で，デンヴァーに追体験が生じるのだ。

この物語におけるデンヴァーの姿は，本作を執筆するモリスン自身と重なり合う。奴隷制に対する自らの無知を痛感したモリスンは，関連する資料を綿密に調査し，知識を増やしていった。獲得した知識に想像力を織り交ぜて語り直すモリスンの姿に，追体験の1つの例が示されている。読者はモリスンの言葉とともに自身の想像の中で物語世界を構築する。この想像的な営みの過程で，読者に奴隷制の追体験が発生するのである。本作は奴隷制という語りえぬ体験を語ることの困難を描くのと同時に，歴史を語り継ぐことがいかにして可能となるのかを追究するのだ。歴史の継承において，文学がどのような役割を果たしうるのか，それをモリスンは『ビラヴド』の中で問うている。

> デンヴァーは自分が語っている話を，耳に聞くばかりではなく，目で見始めた。ここにいるのは十九歳の奴隷の少女で——彼女より一歳年上だ——遠く離れた土地にいる子供たちの所へ行こうと，暗い森の中を歩いている。彼女は疲れている。たぶん脅えてもいるし，もしかしたら途方にくれてさえしているのだ。何よりも彼女は独りぼっちで，しかも体内には護ってやらなければならない赤ん坊がもう1人いる。ひょっとしたら背後には犬が迫っている。たぶん銃もだ。そしてもちろん苔のような歯が迫ってくる。 （吉田廸子訳『ビラヴド』）

> Denver began to see what she was saying and not just to hear it: there is this nineteen-year-old slave girl—a year older than herself—walking through the dark woods to get to her children who are far away. She is tired, scared maybe, and maybe even lost. Most of all she is by herself and inside her is another baby she has to think about too. Behind her dogs, perhaps; guns probably; and certainly mossy teeth.

（西光）

30　コルソン・ホワイトヘッド『地下鉄道』(2016)
Colson Whitehead, *The Underground Railroad*

　「地下鉄道」とは，19世紀前半から南北戦争期にかけて，奴隷制が認められていた南部諸州から，アメリカ北部の自由州やカナダを目指す逃亡奴隷を手助けしていた人的ネットワークを指す言葉である。「鉄道」とはあくまで比喩表現であり，奴隷の移動において中継点となる家や納屋などの場所が「駅」と呼ばれていた。

　それが比喩ではなく，奴隷制時代のアメリカに地下に建設された鉄道網が実在したとしたら？　その架空の発想をもとに，史実を大胆に改変した物語を展開する長編小説が，『地下鉄道』である。作者ホワイトヘッドは，1999年に小説家としてデビューして以来，人種を主題に据えつつも，一作ごとに異なる作風に挑戦し，注目の黒人作家としての地位を築いていた。南部ジョージア州の農園から逃亡するアフリカ系女性を描き，史実と虚構が混在する空間に読者を誘う『地下鉄道』を完成させたことで，ホワイトヘッドは名実ともに現代アメリカを代表する作家としての名声を確立した。

　奴隷船でアフリカから連行された祖母をもつ黒人少女コーラは，祖母と同じジョージア州の農園で，農園主の横暴に怯えつつ生きている。やがて，奴隷仲間のシーザーから北部に脱走する話をもちかけられると，コーラは地下鉄道を通じて脱出することを選ぶ。命の危険を冒して逃亡した彼女が見たものは，ジョージア州内にまで到達していた地下の線路網だった。どこから延びてきたのか，次にどこで降りることになるのかわからない鉄道に乗り込んだコーラは，サウスカロライナに辿り着き，新たな名前を使って生活を始める。所有財産である奴隷に逃げられた農園主(プランター)のほうも，もちろん黙ってはいない。奴隷狩りという生業に情熱を傾ける白人男性リッジウェイが雇われ，地下鉄道の組織を破壊するべく，執拗に彼女たちを追うことになる。

　モリスンら先行する黒人作家たちが20世紀後半に探究した，アメリカの歴史における奴隷制という過去をどう語ればよいのかという問いを21世紀に引き受けたホワイトヘッドは，そこに新たな趣向を加えた。地下を走る鉄道網という虚構が喚起する，壮大な視覚的イメージのみならず，暴行を受けた奴隷の死体が道路脇の木々に吊るされた「自由の道」などの暴力が，歴史的事実と虚構の奇妙な混在をどう受け止めるべきかという問いを絶えず読者に投げかける。それと同時に，サウスカロライナの博物館で，コーラがアフリカから渡ってきた奴隷の展示物として雇われると

30 コルソン・ホワイトヘッド『地下鉄道』

いうエピソードには，奴隷制という暴力を国家の歴史が無害化して共有するという，虚構が正史として機能する際の暴力性も示されている。

また，労働や経済という問題は，ホワイトヘッドの作家としての一貫した関心事である。『地下鉄道』においても，逃亡先の屋根裏から外の街を眺めるコーラは，奴隷が都市や農園などで労働を搾取された結果として，アメリカの風景が作られていることに思い至る。自らが生きる環境が不正義に支えられているならば，そこでいかにして生き抜くべきか，そこから脱出することは可能なのか。物語の至るところから滲み出る，それらの問いは，21世紀においても差別や暴力に晒され続けるアメリカ黒人たちの境遇に直結している。

　階段はちいさな乗り場へと続いていた。巨大なトンネルの真っ黒な口が両側に開いていた。高さ七メートルはありそうな壁には，暗い色と明るい色の石が交互に模様を描いて飾られていた。こんな事業を成し遂げるには，徹底した努力がなければ無理だ。コーラとシーザーは線路に気づいた。鋼でできた二本の線が，地面に枕木で固定され，トンネルの奥へと目の届く限りずっと続いていた。鋼はどうやら南北に走っており，どこか想像も及ばない源から湧き出て奇跡のような終点へと向かっていた。気の利く誰かが乗り場にちいさなベンチを置いてくれていた。コーラは目眩を覚えて座り込んだ。

　シーザーはろくに言葉が出ないようだった。「このトンネルはどれくらい続いてるんだい」

　ランブリーは肩をすくめた。「きみらの用が足りるくらいさ」

　「何年もかかっただろうね」

　「きみの想像以上さ。換気の問題を解決するのに，ちょっと手間取ってね」

　「誰が作ったの？」

　「この国にあるものすべて，誰が作った？」　　　　　　　（谷崎由依訳『地下鉄道』）

　The Stairs led onto a small platform. The black mouth of the gigantic tunnel opened at either end. It must have been twenty feet tall, walls lined with dark and light colored stoned in an alternating pattern. The sheer industry that had made such a project possible. Cora and Caesar noticed the rails. Two steel rails ran the visible length of the tunnel, pinned into the dart by wooden crossties. The steel ran south and north presumably, springing from some inconceivable source and shooting toward a miraculous terminus. Someone had been thoughtful enough to arrange a small bench on the platform. Cora felt dizzy and sat down.

　Caesar could scarcely speak. "How far does the tunnel extend？"

　Lumbly shrugged. "Far enough for you."

　"It must have taken years."

　"More than you know. Solving the problem of ventilation, that took a bit of time."

　"Who built it？"

　"Who builds anything in this country？"　　　　　　　　　　("Georgia")

（藤井）

第Ⅲ部

資　　料

月面に立てられたアメリカ国旗（1969）／Wikimedia Commons

1960年代序盤，ケネディ大統領がアメリカ合衆国による月面到達計画を打ち出した際，科学技術と宇宙空間は「新たなフロンティア」（the New Frontier）であると語られた。20世紀を目前にして，北米大陸におけるフロンティアは消滅していた。「未知の地」への拡張を核とするアメリカ的精神を現代に復活させようというヴィジョンは，1969年のアポロ11号による月面到達に結実する。その快挙は同時に，アメリカが次のフロンティアをどこに見出せばよいのかという問いを投げかけることにもなった。（藤井）

アメリカ文学を読む日本語読者のための読書リスト

●アメリカ文学史（発行年順）
大橋健三郎・斎藤光・大橋吉之輔編『総説アメリカ文学史』研究社，1975。
福田陸太郎・岩元巌・徳永暢三編著『アメリカ文学思潮史──社会と文学』1975。増補版，沖積舎，1999。
大橋健三郎・斎藤光・大橋吉之輔編『総説アメリカ文学史 資料編』研究社，1979。
別府恵子・渡辺和子編著『アメリカ文学史──コロニアルからポストコロニアルまで』1989。新版，ミネルヴァ書房，2000。
板橋好枝・髙田賢一編著『はじめて学ぶアメリカ文学史』ミネルヴァ書房，1991。
亀井俊介『アメリカ文学史講義』全3巻，南雲堂，1997-98。
柴田元幸『アメリカ文学のレッスン』講談社現代新書，2000。
巽孝之『アメリカ文学史──駆動する物語の時空間』慶應義塾大学出版会，2003。
渡辺利雄『講義アメリカ文学史──東京大学文学部英文科講義録』全3巻＋補遺版＋入門編，研究社，2007-11。
平石貴樹『アメリカ文学史』松柏社，2010。
諏訪部浩一責任編集『アメリカ文学入門』2013。新版，三修社，2023。
竹内理矢・山本洋平編著『深まりゆくアメリカ文学──源流と展開』ミネルヴァ書房，2021。
Emory Elliott, general editor. *Columbia Literary History of the United States*. Columbia UP, 1988.（エモリー・エリオット編『コロンビア米文学史』コロンビア米文学史翻訳刊行会訳，山口書店，1997。）
Sacvan Bercovitch, general editor. *The Cambridge History of American Literature*. 8 vols., Cambridge UP, 1994-2005.
Greil Marcus and Werner Sollors, editors. *A New Literary History of America*. Belknap P of Harvard UP, 2009.

●アメリカ文学関連研究書シリーズ（発行年順）
アメリカ古典文庫。全23巻，研究社，1974-82。
現代作家ガイド。全7巻，彩流社，1996-2015。（英語圏文学含む）
史料で読むアメリカ文化史。全5巻，東京大学出版会，2005-06。
もっと知りたい名作の世界。全11巻，ミネルヴァ書房，2006-14。（英語圏文学含む）
アメリカ文学との邂逅。三修社，2019-。
Twayne's United States Authors Series. Twayne, 1961-2000.
Critical Essays on American Literature. G. K. Hall, 1979-.
Literary Conversations Series. UP of Mississippi, 1985-.
Understanding Contemporary American Literature. U of South Carolina P, 1985-.
Cambridge Companions to Literature. Cambridge UP, 1986-.
Cambridge Studies in American Theatre and Drama. Cambridge UP, 1994-.

- 以下に関しては，第Ⅰ部の小見出しごとに１次文献（アメリカ文学作品）→２次文献（研究書，参考文献）の順で，またそれぞれ和書→洋書の順で記載。
- 和書は著者，編者の姓の五十音順で，洋書は同様にアルファベット順で記載。
- 同一著者，編者に複数の文献がある場合，初版発行年順で記載。
- 原則として，洋書単行本の書誌情報はアメリカ初版のものを記載，雑誌等に初出の短編作品，論文等は雑誌名および発行年のみを記載。
- 複数の版がある和書は，入手しやすい版を優先して１つのみ記載。
- 翻訳書は原書の初出情報の後にカッコ付きで記載。複数の版がある場合，原則として入手しやすい版を優先して１つのみ記載。
- 洋書の U は University，P は Press の省略記号。
- １次文献，２次文献ともに，日本語版オリジナル選集には＊を付記。

第Ⅰ部　●イントロダクション
[２次文献]
デイヴィッド・M・カーバロほか『ビジュアル版 アメリカ歴史地図――先史時代から現代まで』貴堂嘉之日本語版監修，岩井木綿子訳，東京書籍，2023。
藤井光『ターミナルから荒れ地へ――「アメリカ」なき時代のアメリカ文学』中央公論新社，2016。
山本紀夫『先住民から見た世界史――コロンブスの「新大陸発見」』角川ソフィア文庫，2023。
John W. Hessler, *The Naming of America: Martin Waldseemüller's 1507 World Map and the Cosmographiae Introductio*. Giles, 2008.
Thomas More, *Utopia*. ラテン語版1516。（トマス・モア『ユートピア』平井正穂訳，岩波文庫，1957。）

●第１章　▶１-(1), (2), (3)
[１次文献]
大下尚一・志邨晃佑・有賀貞・平野孝編『史料が語るアメリカ――メイフラワーから包括通商法まで 1584-1988』有斐閣，1989。
＊『ピューリタニズム』大下尚一訳，アメリカ古典文庫15，研究社，1976。
[２次文献]
小山敏三郎『セイラムの魔女狩り――アメリカ裏面史』南雲堂，1991。
Sacvan Bercovitch, *The American Jeremiad*. U of Wisconsin P, 1978.
Brandon Fullam, *The Lost Colony of Roanoke: New Perspectives*. McFarland, 2017.
D. H. Lawrence, *Studies in Classic American Literature*. Thomas Seltzer, 1923.（D・H・ローレンス『アメリカ古典文学研究』大西直樹訳，講談社文芸文庫，1999。）
Larzer Ziff, *Puritanism in America: New Culture in a New World*. Viking, 1973.
▶１-(4), (5)
[１次文献]
Jonathan Edwards, "Sinners in the Hands of an Angry God." 1741.（ジョナサン・エドワーズ『怒れる神の御手の中にある罪人』飯島徹訳，CLC出版，1991。）
――, *Freedom of the Will*. 1754.（『自由意志論』柴田ひさ子訳，新教出版社，2016。）
[２次文献]
増井志津代『植民地時代アメリカの宗教思想――ピューリタニズムと大西洋世界』上智大学出版，2006。

第Ⅲ部　資　料

James P. Byrd, *Jonathan Edwards for Armchair Theologians*. Westminster John Knox P, 2008.（J・P・バード『はじめてのジョナサン・エドワーズ』森本あんり訳，教文館，2011。）

▶ 1 -（6）
[１次文献]
Thomas Paine, *Common Sense*. 1776.（トマス・ペイン『コモン・センス』角田安正訳，光文社古典新訳文庫，2021。）
[２次文献]
＊『アメリカ革命』斎藤眞・五十嵐武士訳，アメリカ古典文庫16，研究社，1978。
和田光弘『植民地から建国へ——19世紀初頭まで』岩波新書，2019。

▶ 2 -（1）
[２次文献]
小友聡『旧約聖書と教会——今，旧約聖書を読み解く』教文館，2021。
Sacvan Bercovitch, editor. *Typology and Early American Literature*. U of Massachusetts P, 1972.

▶ 2 -（2）
[１次文献]
＊『ピューリタニズム』大下尚一訳，アメリカ古典文庫15，研究社，1976。
Mary Rowlandson, *The Sovereignty and Goodness of God: Being a Narrative of the Captivity and Restoration of Mrs. Mary Rowlandson*. 1682.（メアリー・ローランソン，ジェームズ・E・シーヴァー『インディアンに囚われた白人女性の物語』白井洋子訳，刀水書房，1996。）
Gordon M. Sayre, editor. *American Captivity Narratives: Selected Narratives with Introduction*. Houghton Mifflin, 2000.
Alden T. Vaughan and Edward W. Clark, editors. *Puritans among the Indians: Accounts of Captivity and Redemption, 1676-1724*. Belknap P of Harvard UP, 1981.

▶ 2 -（3），（4）
[１次文献]
＊エドワード・テイラー『エドワード・テイラー詩集』園部明彦訳，創英社，2002。
渡辺信二編訳『アメリカ名詩選——アメリカ先住民からホイットマンへ』本の友社，1997。
Anne Bradstreet, *The Works of Anne Bradstreet*. Edited by Jeannine Hensley, Belknap P of Harvard UP, 1967.
Edward Taylor, *The Poems of Edward Taylor*. Edited by Donald E. Stanford, Yale UP, 1960.
[２次文献]
三宅晶子『エドワード・テイラーの詩，その心』すぐ書房，1995。
渡辺信二『アン・ブラッドストリートとエドワード・テイラー——アメリカ植民地時代の宗教と創作の関係』松柏社，1999。
Adrienne Rich, *On Lies, Secrets, and Silence: Selected Prose 1966-1978*. Norton, 1979.（アドリエンヌ・リッチ『嘘，秘密，沈黙。』大島かおり訳，晶文社，1989。）

▶ 3 -（1），（2）
[１次文献]
＊『ピューリタニズム』大下尚一訳，アメリカ古典文庫15，研究社，1976。
＊『ベンジャミン・フランクリン』池田孝一訳，アメリカ古典文庫１，研究社，1975。
Benjamin Franklin, *Mémoires de la vie privée de Benjamin Franklin*. Chez Buisson, 1791.

/ *The Autobiography of Benjamin Franklin: A Genetic Text*. Edited by J. A. Leo Lemay and P. M. Zall, U of Tennessee P, 1981. (ベンジャミン・フランクリン『フランクリン自伝』松本慎一，西川正身訳，岩波文庫，2010。)
［2次文献］
秋山健監修『アメリカの嘆き――米文学史の中のピューリタニズム』松柏社，1999。
Franz Kafka, *Amerika*. Kurt Wolff, 1927. / *Der Verschollene*. S. Fischer, 1983. (フランツ・カフカ『失踪者』池内紀訳，白水Uブックス，2006。)
Gordon S. Wood. *The Americanization of Benjamin Franklin*. Penguin, 2004. (ゴードン・S・ウッド『ベンジャミン・フランクリン，アメリカ人になる』池田年穂訳，慶應義塾大学出版会，2010。)

▶ 3-(3)
［1次文献］
福澤諭吉『童蒙おしえ草 ひびのおしえ 現代語訳』角川ソフィア文庫，2016。
山川智應虔修『昭憲皇太后御集 宮内省藏版』新潮文庫，1944。
［2次文献］
平川祐弘『進歩がまだ希望であった頃――フランクリンと福沢諭吉』講談社，1990。
渡辺利雄『フランクリンとアメリカ文学』研究社，1980。

▶ 4-(1)
［1次文献］
William Hill Brown, *The Power of Sympathy: or, The Triumph of Nature*. Isaiah Thomas, 1789.
［2次文献］
Samuel Richardson, *Pamela; or, Virtue Rewarded*. 1740. (サミュエル・リチャードソン『パミラ，あるいは淑徳の報い』原田範行訳，研究社，2011。)
Ian Watt, *The Rise of the Novel: Studies in Defoe, Richardson and Fielding*. U of California P, 1957. (イアン・ワット『小説の勃興』藤田永祐訳，南雲堂，1999。)

▶ 4-(2)
［1次文献］
Hannah Webster Foster, *The Coquette*. E. Larkin, 1797. (ハナ・ウェブスター・フォスター『コケット――あるいはエライザ・ウォートンの物語』田辺千景訳，松柏社，2017。)
Susanna Rowson, *Charlotte Temple: A Tale of Truth* [*Charlotte: A Tale of Truth*]. 1791. 2 vols., Matthew Carey, 1794. (スザンナ・ローソン『シャーロット・テンプル』山本典子訳，渓水社，2003。)
［2次文献］
進藤鈴子『アメリカ大衆小説の誕生――1850年代の女性作家たち』彩流社，2001。
Nina Baym, *Woman's Fiction: A Guide to Novels by and about Women in America, 1820-1870*. Cornell UP, 1978.
Ann Douglas, *The Feminization of American Culture*. Knopf, 1977.

▶ 4-(3)
［1次文献］
Charles Brockden Brown, *Wieland; or, The Transformation: an American Tale*. H. Caritat, 1798. (チャールズ・ブロックデン・ブラウン『ウィーランド』志村正雄訳，国書刊行会，1986。)
――, *Edgar Huntly; or, Memoirs of a Sleep-Walker*. H. Maxwell, 1799. (『エドガー・ハントリー』八木敏雄訳，国書刊行会，1979。)

第Ⅲ部　資　料

[2次文献]
＊ホレス・ウォルポール，エドマンド・バーク『オトラント城／崇高と美の起源』千葉康樹・大河内昌訳，研究社，2012．
八木敏雄『アメリカン・ゴシックの水脈』研究社，1992．
Philip Barnard, Hilary Emmett and Stephen Shapiro, editors, *The Oxford Handbook of Charles Brockden Brown*. Oxford UP, 2019.
Richard Chase, *American Novel and Its Tradition*. Doubleday, 1957.（リチャード・チェース『アメリカ小説とその伝統』待鳥又喜訳，北星堂書店，1960．）
Donald A. Ringe, *American Gothic: Imagination and Reason in Nineteenth-Century Fiction*. UP of Kentucky, 1982.（ドナルド・A・リンジ『アメリカ・ゴシック小説——19世紀小説における想像力と理性』古宮照雄・小澤健志・谷岡朗・小泉和弘訳，松柏社，2005．）
Mary Shelley, *Frankenstein; or, The Modern Prometheus*. Lackington, Hughes, Harding, Mavor, and Jones, 1818.（メアリー・シェリー『フランケンシュタイン』小林章夫訳，光文社古典新訳文庫，2010．）
Jane Tompkins, *Sensational Designs: The Cultural Work of American Fiction, 1790-1860*. Oxford UP, 1985.
Devendra P. Varma, *The Gothic Flame, Being a History of the Gothic Novel in England: Its Origins, Efflorescence, Disintegration, and Residuary Influences*. Barker, 1957.（デヴェンドラ・P・ヴァーマ『ゴシックの炎——イギリスにおけるゴシック小説の歴史』大場厚志・古宮照雄・鈴木孝・谷岡朗・中村栄造訳，松柏社，2018．）

●第2章　▶ 1-(1), (2), (3), (4)
[1次文献]
＊ラルフ・ウォルドー・エマソン『エマソン論文集』酒本雅之訳，全2巻，岩波文庫，1972．
貴堂嘉之『南北戦争の時代——19世紀』岩波新書，2019．
野口啓子・山口ヨシ子編著『アメリカ文学にみる女性改革者たち』彩流社，2010．
＊『クレヴクール』秋山健・渡辺利雄訳，アメリカ古典文庫2，研究社，1982．
＊『超越主義』斎藤光訳，アメリカ古典文庫17，研究社，1975．
＊『フレデリック・J・ターナー』渡辺真治訳，アメリカ古典文庫9，研究社，1975．
Frederick Douglas, *Narrative of the Life of Frederick Douglass, an American Slave*. Anti-Slavery Office, 1845.（フレデリック・ダグラス『数奇なる奴隷の半生——フレデリック・ダグラス自伝』岡田誠一訳，法政大学出版局，1993．）
Harriet Jacobs, *Incidents in the Life of a Slave Girl, Written by Herself*. Thayer and Eldridge, 1861.（ハリエット・アン・ジェイコブズ『ある奴隷少女に起こった出来事』堀越ゆき訳，新潮文庫，2017．）
Harriet Beecher Stowe, *Uncle Tom's Cabin; or, Life among the Lowly*. John P. Jewett, 1852.（ハリエット・ビーチャー・ストウ『アンクル・トムの小屋』土屋京子訳，全2巻，光文社古典新訳文庫，2023．）
[2次文献]
Gary J. Dorrien, *The Making of American Liberal Theology: Imagining Progressive Religion 1805-1900*. Westminster John Knox, 2001.
Alexis de Tocqueville, *De la démocratie en Amérique*. 2 vols., 1835-40.（アレクシ・ド・トクヴィル『アメリカのデモクラシー』松本礼二訳，全4巻，岩波文庫，2005-08．）

232

▶ 2 - (1)
[2次文献]
松島正一『イギリス・ロマン主義事典』北星堂書店，1995。
Joel Faflak and Julia M. Wright, editors, *A Handbook of Romanticism Studies*. Wiley-Blackwell, 2012.
Leo Marx, *The Machine in the Garden: Technology and the Pastoral Ideal in America*. Oxford UP, 1964.（レオ・マークス『楽園と機械文明──テクノロジーと田園の理想』榊原胖夫・明石紀雄訳，研究社，1972。）

▶ 2 - (2)
[1次文献]
Washington Irving, *The Sketch Book of Geoffrey Crayon, Gent*. C. S. Van Winkle, 1819. （ワシントン・アーヴィング『スケッチ・ブック』齊藤昇訳，全2巻，岩波文庫，2014-15。）
――, *Tales of the Alhambra*. Carey and Lea, 1932.（『アルハンブラ物語』齊藤昇訳，光文社古典新訳文庫，光文社，2022。）

[2次文献]
齊藤昇『ワシントン・アーヴィングとその時代』本の友社，2005。
同『そしてワシントン・アーヴィングは伝説になった──「アメリカ・ロマン派」の栄光』彩流社，2017。

▶ 2 - (3)
[1次文献]
＊『J・フェニモア・クーパー』小原広忠訳，アメリカ古典文庫3，研究社，1976。
James Fenimore Cooper, *The Pioneers, or The Sources of the Susquehanna; A Descriptive Tale*. Charles Wiley, 1823.（ジェイムズ・フェニモア・クーパー『開拓者たち』村山淳彦訳，全2巻，岩波文庫，2002。）
――, *The Last of the Mohicans: A Narrative of 1757*. Carey and Lea, 1826.（『モヒカン族最後の戦士──1757年の物語』村山淳彦訳，小鳥遊書房，2024。）

[2次文献]
入子文子・林以知郎編著『独立の時代──アメリカ古典文学は語る』世界思想社，2009。
Jane Tompkins, *Sensational Designs: The Cultural Work of American Fiction, 1790-1860*. Oxford UP, 1985.

▶ 2 - (4)
[1次文献]
William Cullen Bryant, *The Poetical Works of William Cullen Bryant*. 1903. AMS, 1969.
Oliver Wendell Holmes, *The Autocrat of the Breakfast-Table*. Phillips, Sampson, 1858.
Henry Wadsworth Longfellow, *Evangeline, A Tale of Acadie*. William D. Ticknor, 1847.（H・W・ロングフェロー『エヴァンジェリン 哀詩』斎藤悦子訳，岩波文庫，1930。）
――, *The Song of Hiawatha*. Ticknor and Fields, 1855.（『ハイアワサの歌』三宅一郎訳，作品社，1993。）
John Greenleaf Whittier, *Snow-Bound: A Winter Idyl*. Ticknor and Fields, 1866.（ジョン・グリーンリーフ・ホイッティア『雪に閉ざされて──冬の田園詩』根本泉訳，新教出版社，2016。）

[2次文献]
George Santayana, "The Genteel Tradition in American Philosophy." *University of California Chronicle*, 1911.

▶ 2-(5)
[1次文献]
＊『ハドソン・リヴァー派画集』トレヴィル，1996。
[2次文献]
Linda S. Ferber and New-York Historical Society, *The Hudson River School: Nature and the American Vision*. Rizzoli Electa, 2009.
Marjorie Hope Nicolson, *Mountain Gloom and Mountain Glory: The Development of the Aesthetics of the Infinite*. Cornell UP, 1959.（M・H・ニコルソン『暗い山と栄光の山』小黒和子訳，国書刊行会，1994。）
Barbara Novak, *Nature and Culture: American Landscape and Painting, 1825-1875*. Oxford UP, 1980.（バーバラ・ノヴァック『自然と文化——アメリカの風景と絵画』黒沢眞里子訳，玉川大学出版部，2000。）

▶ 3-(1)
[2次文献]
西谷拓哉・成田雅彦編『アメリカン・ルネサンス——批評の新生』開文社出版，2013。
F. O. Matthiessen, *American Renaissance: Art and Expression in the Age of Emerson and Whitman*. Oxford UP, 1941.（F・O・マシーセン『アメリカン・ルネサンス——エマソンとホイットマンの時代の芸術と表現』飯野友幸・江田孝臣・大塚寿郎・高尾直知・堀内正規訳，全2巻，上智大学出版，2011。）
Larry J. Reynolds, *The Routledge Introduction to American Renaissance Literature*. Routledge, 2022.

▶ 3-(2)
[1次文献]
＊エドガー・アラン・ポー『ポオのSF』八木敏雄編訳，全2巻，講談社文庫，1979-80。
＊同『ポー短編集』巽孝之編訳，全3巻，新潮文庫，2009。
＊同『E・A・ポー』鴻巣友季子・桜庭一樹編訳，集英社文庫，2016。
Edgar Allan Poe, *The Collected Works of Edgar Allan Poe*. Edited by Thomas Ollive Mabbott, 3 vols., Belknap P of Harvard UP, 1969-78.
——. *The Collected Writings of Edgar Allan Poe*. Edited by Burton R. Pollin, 5 vols., Twayne; Gordian P, 1981-97.
[2次文献]
伊藤詔子『新編エドガー・アラン・ポー評論集——ゴッサムの街と人々他＋論説「コロナ時代にニューヨーク作家ポーを読む」』小鳥遊書房，2020。
巽孝之『ニュー・アメリカニズム——米文学思想史の物語学』1995。増補決定版，青土社，2019。
西山けい子『エドガー・アラン・ポー——極限の体験，リアルとの出会い』新曜社，2020。
野口啓子・山口ヨシ子編『ポーと雑誌文学——マガジニストのアメリカ』彩流社，2001。
Emron Esplin and Margarida Vale de Gato, editors, *Anthologizing Poe: Editions, Translations, and (Trans)National Canons*. Lehigh UP, 2020.
Kevin J. Hayes, editor. *The Cambridge Companion to Edgar Allan Poe*. Cambridge UP, 2002.
J. Gerald Kennedy and Scott Peeples, editors, *The Oxford Handbook of Edgar Allan Poe*. Oxford UP, 2019.
Philip Edward Phillips, editor, *Poe and Place*. Palgrave Macmillan, 2018.

▶ 3-(3)
[1 次文献]
Ralph Waldo Emerson, *Nature*. James Munroe, 1836.（ラルフ・ウォルドー・エマソン『自然』,『エマソン論文集（上）』酒本雅之訳, 岩波文庫, 1972。）

――, "The American Scholar." 1837. James Munroe, 1838.（「アメリカの学者」,『エマソン論文集（上）』酒本雅之訳, 岩波文庫, 1972。）

――, "An Address, Delivered before the Senior Class in Divinity College, Cambridge." James Munroe, 1838.（「神学部講演」,『エマソン論文集（上）』酒本雅之訳, 岩波文庫, 1972。）

――, "The Over-Soul." *Essays: First Series*, James Munroe, 1841.（「大霊」,『エマソン論文集（下）』酒本雅之訳, 岩波文庫, 1973。）

――, "Self-Reliance." *Essays: First Series*, James Munroe, 1841.（「自己信頼」,『エマソン論文集（上）』酒本雅之訳, 岩波文庫, 1972。）

[2 次文献]
志村正雄『神秘主義とアメリカ文学――自然・虚心・共感』研究社, 1998。
堀内正規『エマソン――自己から世界へ』南雲堂, 2017。
Robert E. Burkholder and Joel Myerson, editors, *Critical Essays on Ralph Waldo Emerson*. G. K. Hall, 1983.
Richard Geldard, *The Esoteric Emerson: The Spiritual Teachings of Ralph Waldo Emerson*. Lindisfarne P, 1993.（リチャード・ジェルダード『エマソン 魂の探究――自然に学び 神を感じる思想』澤西康史訳, 日本教文社, 1996。）
――, *The Vision of Emerson*. Element, 1995.（『エマソン入門――自然と一つになる哲学』澤西康史訳, 日本教文社, 1999。）
Oliver Wendell Holmes, *Ralph Waldo Emerson: Biography*. Houghton Mifflin, 1884.

▶ 3-(4)
[1 次文献]
Henry David Thoreau, "Civil Disobedience." *Aesthetic Papers*, 1849.（ヘンリー・デイヴィッド・ソロー「市民の反抗」,『市民の反抗 他五篇』飯田実訳, 岩波文庫, 1997。）

――, *A Week on the Concord and Merrimack Rivers*. James Munroe, 1849.（『コンコード川とメリマック川の一週間』山口晃訳, 而立書房, 2010。）

――, *Walden; or Life in the Woods*. Ticknor and Fields, 1854.（『森の生活――ウォールデン』飯田実訳, 岩波文庫, 1995。）

――, "Slavery in Massachusetts." *The Liberator*, 1854.（「マサチューセッツ州における奴隷制度」木村晴子訳,『H・D・ソロー』木村晴子・島田太郎・斎藤光訳, アメリカ古典文庫 4, 研究社, 1977。）

――, "A Plea for Captain John Brown." 1859. James Redpath, *Echoes of Harper's Ferry*, Thayer and Eldridge, 1860.（「ジョン・ブラウン大尉を弁護して」,『市民の反抗 他五篇』飯田実訳, 岩波文庫, 1997。）

[2 次文献]
伊藤詔子『はじめてのソロー――森に息づくメッセージ』NHK 出版, 2017。
同『よみがえるソロー――ネイチャーライティングとアメリカ社会』柏書房, 1998。
上岡克己『『ウォールデン』研究――全体的人間像を求めて』旺史社, 1993。
同・高橋勤編著『ウォールデン』もっと知りたい名作の世界 3, ミネルヴァ書房, 2006。
佐藤光重『『ウォールデン』入門講義』金星堂, 2019。
高橋勤『コンコード・エレミヤ――ソローの時代のレトリック』金星堂, 2012。

第Ⅲ部　資　料

William E. Cain, editor, *A Historical Guide to Henry David Thoreau.* Oxford UP, 2000.
Robert F. Sayre, editor, *New Essays on* Walden. Cambridge UP, 1992.
▶ 3-(5)
[1次文献]
Walt Whitman, *Leaves of Grass.* 1855-92.（ウォルト・ホイットマン『草の葉』酒本雅之訳，全3巻，岩波文庫，1998。/『おれにはアメリカの歌声が聴こえる――草の葉（抄）』飯野友幸訳，光文社古典新訳文庫，2007。/『草の葉 初版』富山英俊訳，みすず書房，2013。）
――, *Democratic Vistas.* J. S. Redfield, 1871.（『民主主義の展望』佐渡谷重信訳，講談社学術文庫，1992。）
――, *Specimen Days.* Rees Welsh, 1882.（『ホイットマン自選日記』杉木喬訳，全2巻，岩波文庫，1967-68。）
[2次文献]
亀井俊介『近代文学におけるホイットマンの運命』研究社，1970。
田中礼『ウォルト・ホイットマンの世界』南雲堂，2005。
吉崎邦子・溝口健二編著『ホイットマンと19世紀アメリカ』開文社出版，2005。
Donald D. Kummings, editor, *A Companion to Walt Whitman.* Blackwell, 2006.
Michael Moon, *Disseminating Whitman: Revision and Corporeality in* Leaves of Grass. Harvard UP, 1991.
David S. Reynolds, *Walt Whitman.* Oxford UP, 2005.
▶ 3-(6)
[1次文献]
Nathaniel Hawthorne, *Twice-Told Tales.* American Stationers, 1837.（＊『ナサニエル・ホーソーン短編全集』國重純二訳，全3巻，1994-2015。）
――, *The Scarlet Letter: A Romance.* Ticknor, Reed and Fields, 1850.（『緋文字』八木敏雄訳，岩波文庫，1992。）
――, *The House of the Seven Gables.* Ticknor, Reed and Fields, 1851.（『七破風の屋敷』鈴木武雄訳，泰文堂，1964。）
――, *The Blithedale Romance.* Ticknor, Reed and Fields, 1852.（『ブライズデイル・ロマンス』西前孝訳，八潮出版社，1984。）
――, *The Marble Faun: or, The Romance of Monte Beni.* Ticknor and Fields, 1860.（『大理石の牧神』島田太郎・三宅卓雄・池田孝一訳，国書刊行会，1984。）
[2次文献]
入子文子『ホーソーン・《緋文字》・タペストリー』南雲堂，2004。
成田雅彦『ホーソーンと孤児の時代――アメリカン・ルネサンスの精神史をめぐって』ミネルヴァ書房，2012。
丹羽隆昭『恐怖の自画像――ホーソーンと「許されざる罪」』英宝社，2000。
増永俊一『アレゴリー解体――ナサニエル・ホーソーン作品試論』英宝社，2004。
Nina Baym. *The Shape of Hawthorne's Career.* Cornell UP, 1976.
Sacvan Bercovitch, *The Office of* The Scarlet Letter. Johns Hopkins UP, 1991.
Michael J. Colacurcio, *The Province of Piety: Moral History in Hawthorne's Early Tales.* Harvard UP, 1984.
Gloria C. Erlich, *Family Themes and Hawthorne's Fiction: The Tenacious Web.* Rutgers UP, 1984.（グロリア・C・アーリッヒ『蜘蛛の呪縛――ホーソーンとその親族』丹羽隆昭・大場厚志・中村栄造訳，開文社出版，2001。）
Randall Stewart, *Nathaniel Hawthorne: A Biography.* Yale UP, 1948.（ランダル・スチュ

アート『ナサニエル・ホーソーン伝』丹羽隆昭訳，開文社出版，2017。）

▶ 3-(7)
[1次文献]
Herman Melville, *Moby-Dick; or, The Whale*. Harper & Brothers, 1851.（ハーマン・メルヴィル『白鯨 モービィ・ディック』千石英世訳，全2巻，講談社文芸文庫，2000。／『白鯨』八木敏雄訳，全3巻，岩波文庫，2004。）

——, *Pierre, or, The Ambiguities*. Harper & Brothers, 1852.（『ピエール——黙示録よりも深く』牧野有通訳，全2巻，幻戯書房，2022。）

——, "Bartleby, the Scrivener." *Putnam's Magazine*, 1853.（＊「書記バートルビー／漂流船」牧野有通訳，光文社古典新訳文庫，2015。）

——, *Clarel: A Poem and Pilgrimage in the Holy Land*. G. P. Putnam's Sons, 1876.（『クラレル——聖地における詩と巡礼』須山静夫訳，南雲堂，2006。）

——, *Billy Budd, Sailor (An Inside Narrative)*. Constable, 1924; U of Chicago P, 1962.（『ビリー・バッド』飯野友幸訳，光文社古典新訳文庫，2012。）

[2次文献]
千石英世『白い鯨のなかへ——メルヴィルの世界』増補版，彩流社，2015。
同編著『白鯨』もっと知りたい名作の世界11，ミネルヴァ書房，2014。
橋本安央『痕跡と祈り——メルヴィルの小説世界』松柏社，2017。
古井義昭『誘惑する他者——メルヴィル文学の倫理』法政大学出版局，2024。
堀内正規『『白鯨』探求——メルヴィルの「運命」』小鳥遊書房，2020。
Wyn Kelley, *Herman Melville: An Introduction*. Blackwell, 2008.
D. H. Lawrence, *Studies in Classic American Literature*. Thomas Seltzer, 1923.（D・H・ローレンス『アメリカ古典文学研究』大西直樹訳，講談社文芸文庫，1999。）

▶ 3-(8)
[1次文献]
＊エミリー・ディキンソン『ディキンソン詩選』新倉俊一解説注釈，研究社，1967。
＊同『対訳ディキンソン詩集』亀井俊介編訳，アメリカ詩人選3，岩波文庫，1998。
Emily Dickinson, *The Poems of Emily Dickinson*. Edited by Thomas H. Johnson, 3 vols., Belknap P of Harvard UP, 1955.

——, *The Poems of Emily Dickinson*. Edited by R. W. Franklin, 3 vols., Belknap P of Harvard UP, 1998.（エミリ・ディキンスン『完訳エミリ・ディキンスン詩集 第2版（フランクリン版）』新倉俊一監訳，東雄一郎・小泉由美子・江田孝臣・朝比奈緑訳，金星堂，2023。）

——, *Emily Dickinson's Poems: As She Preserved Them*. Edited by Cristanne Miller, Belknap P of Harvard UP, 2016.

▶ [2次文献]
朝比奈緑・下村伸子・武田雅子編訳書『ミラー版 エミリ・ディキンスン詩集——芸術家を魅了した50篇〈対訳と解説〉』小鳥遊書房，2021。
酒本雅之『ことばと永遠——エミリー・ディキンソンの世界創造』研究社，1992。
中内正夫『エミリ・ディキンスン——霧の放浪者』南雲堂，1981。
Robert L. Lair, *A Simplified Approach to Emily Dickinson*. Barron's Educational Series, 1971.（ロバート・L・レア『エミリ・ディキンスン詩入門』藤谷聖和・岡本雄二・藤本雅樹編訳，国文社，1993。）
Cristanne Miller, *Emily Dickinson: A Poet's Grammar*. Harvard UP, 1987.
Helen Vendler, *Dickinson: Selected Poems and Commentaries*. Belknap P of Harvard UP,

第Ⅲ部　資　料

2010．

▶ 3 -⑼
［1次文献］
Louis May Alcott, *Hospital Sketches*. James Redpath, 1863．（ルイザ・メイ・オルコット『病院のスケッチ』谷口由美子訳，篠崎書林，1985。）
——, "A Whisper in the Dark." *Frank Leslie's Illustrated Newspaper*, 1863．
——, *Moods*. Loring, 1864．
——, "V. V.; or, Plots and Counterplots." *The Flag of Our Union*, 1865．
——, "Behind a Mask: or, A Woman's Power." *The Flag of Our Union*, 1866．（『仮面の陰に――あるいは女の力』大串尚代訳，幻戯書房，2021。）
——, *Little Women*. 2 vols., Roberts Brothers, 1868-69．（『若草物語』『続 若草物語』吉田勝江訳，角川文庫，1986-87。）
——, "Shawk-Straps." *The Christian Union*, 1872．（『『若草物語』のルイザのヨーロッパ旅物語』谷口由美子訳，悠書館，2024。）
——, *Work: A Story of Experience*. Roberts Brothers, 1873．
——, *A Modern Mephistopheles*. Roberts Brothers, 1877．
——, *A Long Fatal Love Chase*. Random House, 1995．（『愛の果ての物語』広津倫子訳，徳間書店，1995。）
——, *The Journal of Louisa May Alcott*. Edited by Joel Myerson and Daniel Shealy, U of Georgia P, 1997．（ジョーエル・マイヤースン，ダニエル・シーリー編『ルイーザ・メイ・オールコットの日記――もうひとつの若草物語』宮本陽子訳，西村書店，2008。）

［2次文献］
廉岡糸子『ルイザ・メイ・オルコットの秘密――煽情小説が好き』燃焼社，2016。
高田賢一編著『若草物語』もっと知りたい名作の世界1，ミネルヴァ書房，2006。
師岡愛子『ルイザ・メイ・オルコット――『若草物語』への道』表現社，1995。
Geraldine Brooks, *March: A Novel*. Viking, 2005．（ジェラルディン・ブルックス『マーチ家の父――もうひとつの若草物語』高田真由美訳，武田ランダムハウスジャパン，2010。）
Gregory Eiselein and Anne K. Phillips, editors, *The Louisa May Alcott Encyclopedia*. Greenwood, 2001．（グレゴリー・アイスレイン，アン・K・フィリップス編『ルイザ・メイ・オルコット事典』篠目清美訳，雄松堂出版，2008。）
Norma Johnston, *Louisa May: The World and Works of Louisa May Alcott*. Simon & Schuster, 1991．（ノーマ・ジョンストン『ルイザ――若草物語を生きたひと』谷口由美子訳，東洋書林，2007。）

▶ 3 -⑽
［2次文献］
亀井俊介『近代文学におけるホイットマンの運命』研究社，1970。
佐渡谷重信『アメリカ精神と日本文明』講談社学術文庫，1990。
宮永孝『ポーと日本――その受容の歴史』彩流社，2000。

●第3章　▶ 1 -⑴，⑵，⑶
［1次文献］
佐々木隆・大井浩二編『都市産業社会の到来――1860年代-1910年代』史料で読むアメリカ文化史3，東京大学出版会，2006。
Henry Adams, *The Education of Henry Adams*. Houghton Mifflin, 1918．（ヘンリー・アダムズ『ヘンリー・アダムズの教育』刈田元司訳，八潮出版社，1971。）

[2次文献]

大井浩二『ホワイト・シティの幻影——シカゴ万国博覧会とアメリカ的想像力』研究社，1993。

中野博文『ヘンリ・アダムズとその時代——世界大戦の危機とたたかった人々の絆』彩流社，2016。

貴堂嘉之『移民国家アメリカの歴史』岩波新書，2018。

同『南北戦争の時代——19世紀』岩波新書，2019。

T. J. Jackson Lears, *No Place of Grace: Antimodernism and the Transformation of American Culture, 1880-1920*. Pantheon Books, 1981.（T・J・ジャクソン・リアーズ『近代への反逆——アメリカ文化の変容1880-1920』大矢健・岡崎清・小林一博訳，松柏社，2010。）

Alan Trachtenberg, *The Incorporation of America: Culture and Society in the Gilded Age*. Hill and Wang, 1982.

▶ 1-(4)

[1次文献]

L. Frank Baum, *The Wonderful Wizard of Oz*. George M. Hill, 1900.（ライマン・フランク・ボーム『オズの魔法使い』柴田元幸訳，角川文庫，2013。）

Edward Bellamy, *Looking Backward, 2000-1887*. Ticknor, 1888.（エドワード・ベラミー『かえりみれば』中里明彦訳，アメリカ古典文庫7，研究社，1975。）

Upton Sinclair, *The Jungle*. Doubleday, Page, 1906.（アプトン・シンクレア『ジャングル』大井浩二訳，アメリカ古典大衆小説コレクション5，松柏社，2009。）

[2次文献]

中田幸子『アプトン・シンクレア——旗印は社会正義』国書刊行会，1996。

Richard Hofstadter, *The Age of Reform: From Bryan to F. D. R*. Knopf, 1955.（R・ホーフスタッター『改革の時代——農民神話からニューディールへ』清水和久・斎藤真・泉昌一・阿部斉・有賀弘・宮島直機訳，みすず書房，1988。）

▶ 1-(5)

[1次文献]

Rebecca Harding Davis, "Life in the Iron Mills." *Atlantic Monthly*, 1861.（レベッカ・ハーディング・デイヴィス「製鉄工場の生活」，『約束の朝日——レベッカ・ハーディング・デイヴィス短編集』大矢健訳，本の友社，2000。）

Charlotte Perkins Gilman, "The Yellow Wallpaper." *The New England Magazine*, 1892.（シャーロット・パーキンス・ギルマン「黄色い壁紙」石塚則子訳，クリス・ボルディック選『ゴシック短編小説集』石塚則子，大沼由布・金谷益道・下楠昌哉・藤井光編訳，春風社，2012。）

——, *Women and Economics: A Study of the Economic Relation Between Men and Women as a Factor in Social Evolution*. Small, Maynard, 1898.

——, "The Dress of Women." *The Forerunner*, 1915.（『女性のための衣装哲学』大井浩二監訳，相本資子・藤田眞弓・平松さやか・井上稔浩・勝井伸子訳，小鳥遊書房，2023。）

[2次文献]

木原活信『ジェーン・アダムズ』大空社，1998。

山内恵『不自然な母親と呼ばれたフェミニスト——シャーロット・パーキンズ・ギルマンと新しい母性』東信堂，2008。

第Ⅲ部　資　　料

▶ 1 - (6)
［1 次文献］
＊荒このみ編訳『アメリカの黒人演説集——キング，マルコム X, モリスン他』岩波文庫，2008。
W. E. B. Du Bois, *The Souls of Black Folk: Essays and Sketches.* A. C. McClurg, 1903. （W・E・B・デュボイス『黒人のたましい』新装版，木島始・鮫島重俊・黄寅秀訳，未來社，2006。）
Booker T. Washington, *Up from Slavery: An Autobiography.* Doubleday, Page, 1901. （ブッカー・T・ワシントン『奴隷より身を起こして——ブッカー・T・ワシントン自伝』佐柳文男・佐柳光代訳，新教出版社，2024。）
［2 次文献］
大森一輝『アフリカ系アメリカ人という困難——奴隷解放後の黒人知識人と「人種」』彩流社，2014。
Paul Gilroy, *Black Atlantic: Modernity and Double Consciousness.* Harvard UP, 1993. （ポール・ギルロイ『ブラック・アトランティック——近代性と二重意識』上野俊哉・毛利嘉孝・鈴木慎一郎訳，月曜社，2006。）
Eric J. Sundquist, *To Wake the Nations: Race in the Making of American Literature.* Belknap P of Harvard UP, 1993. （エリック・J・サンドクイスト『死にたる民を呼び覚ませ——人種とアメリカ文学の生成』髙尾直知，中尾秀博・藤平育子・野崎直之・内藤容成・横溝仁・向山大地訳［上巻］，藤平育子・井上麻依子・横溝仁・向山大地訳［下巻］，全 2 巻，中央大学出版部，2015-16。）

▶ 1 - (7)
［1 次文献］
Frederick Jackson Turner, *The Frontier in American History.* Henry Holt, 1920. （F・J・ターナー『アメリカ史における辺境』松本政治・嶋忠正訳，北星堂書店，1973。）
［2 次文献］
Amy Kaplan, *The Anarchy of Empire in the Making of U. S. Culture.* Harvard UP, 2002.
John Carlos Rowe, *Literary Culture and U. S. Imperialism: from the Revolution to World War II.* Oxford UP, 2000.

▶ 2 - (1)
［1 次文献］
坪内逍遥『小説神髄』1885-86。岩波文庫，2010。
二葉亭四迷『浮雲』1887-90。岩波文庫，2004。
［2 次文献］
Michael Davitt Bell, *The Problem of American Realism: Studies in the Cultural History of a Literary Idea.* U of Chicago P, 1993.
Amy Kaplan, *The Social Construction of American Realism.* U of Chicago P, 1988.
Linda Nochlin, *Realism.* Penguin, 1971.
Eric J. Sundquist, editor, *American Realism: New Essays.* Johns Hopkins UP, 1982.
Ian Watt, *The Rise of the Novel: Studies in Defoe, Richardson and Fielding.* U of California P, 1957. （イアン・ワット『小説の勃興』藤田永祐訳，南雲堂，1999。）

▶ 2 - (2)
［1 次文献］
William Dean Howells, *A Modern Instance.* J. R. Osgood, 1882. （ウィリアム・D・ハウエルズ『近ごろよくあること』武田千枝子・矢作三蔵・山口志のぶ訳，開文社出版，2018。）

――, *The Rise of Silas Lapham*. Ticknor, 1885.

――, *A Hazard of New Fortunes*. Harper & Brothers, 1889.

［2次文献］

武田千枝子『ハウエルズとジェイムズ――国際小説に見る相互交流の軌跡』開文社出版，2004。

Susan Goodman and Carl Dawson, *William Dean Howells: A Writer's Life*. U of California P, 2005.

Kenneth S. Lynn, *William Dean Howells: An American Life*. Harcourt, Brace, 1971.

▶ 2-(3)

［1次文献］

＊マーク・トウェイン『マーク・トウェイン短編全集』勝浦吉雄訳，全3巻，文化書房博文社，1993-94。

Mark Twain, *The Adventures of Tom Sawyer*. American Publishing, 1876.（『トム・ソーヤーの冒険』柴田元幸訳，新潮文庫，2012。）

――, *The Prince and the Pauper*. J. R. Osgood, 1881.（『王子と乞食』村岡花子訳，岩波文庫，1934。）

――, *Adventures of Huckleberry Finn*. Charles L. Webster, 1885.（『ハックルベリー・フィンの冒けん』柴田元幸訳，研究社，2017。／『ハックルベリー・フィンの冒険』土屋京子訳，光文社古典新訳文庫，2014。）

――, *Autobiography of Mark Twain*. 3 vols., U of California P, 2010-15.（『マーク・トウェイン――完全なる自伝』和栗了ほか訳，全3巻，柏書房，2013-18。）

［2次文献］

石原剛『マーク・トウェインと日本――変貌するアメリカの象徴』彩流社，2008。

亀井俊介『マーク・トウェインの世界』南雲堂，1995。

同監修『マーク・トウェイン文学／文化事典』彩流社，2010。

後藤和彦『迷走の果てのトム・ソーヤー――小説家マーク・トウェインの軌跡』松柏社，2000。

Shelley Fisher Fishkin, *Was Huck Black?: Mark Twain and African-American Voices*. Oxford UP, 1993.

Justin Kaplan, *Mr. Clemens and Mark Twain: A Biography*. Simon & Schuster, 1966.

J. R. LeMaster and James D. Wilson, *The Mark Twain Encyclopedia*. Garland, 1993.

Kent Rasmussen, *Critical Companion to Mark Twain: A Literary Reference to His Life and Work*. 2 vols., Facts on File, 2007.

Forrest G. Robinson, editor, *The Cambridge Companion to Mark Twain*. Cambridge UP, 1995.

▶ 2-(4)

［1次文献］

Henry James, *Daisy Miller*. Harper & Brothers, 1879.（＊ヘンリー・ジェイムズ『ねじの回転／デイジー・ミラー』行方昭夫訳，岩波文庫，2003。）

――, *The Portrait of a Lady*. Houghton Mifflin, 1881.（『ある婦人の肖像』行方昭夫訳，岩波文庫，1996。）

――, *Guy Domville*. J. Miles, 1894.（『ガイ・ドンヴィル』水野尚之訳，大阪教育図書，2018。）

――, *The Turn of the Screw*. Macmillan, 1898.（＊『ねじの回転／デイジー・ミラー』行方昭夫訳，岩波文庫，2003。）

第Ⅲ部　資　　料

——, *The Ambassadors*. Harper & Brothers, 1903.（『大使たち』青木次生訳，岩波文庫，2007。）

［2次文献］
海老根静江『総体としてのヘンリー・ジェイムズ——ジェイムズの小説とモダニティ』彩流社，2012。
里見繁美・中村善雄・難波江仁美編著『ヘンリー・ジェイムズ，いま——歿後百年記念論集』英宝社，2016。
別府恵子・里見繁美編著『ヘンリー・ジェイムズと華麗な仲間たち——ジェイムズの創作世界』英宝社，2004。
Leon Edel, *Henry James*. 5 vols., J. B. Lippincott, 1953-1972.
David McWhirter, editor, *Henry James in Context*. Cambridge UP, 2010.
John Carlos Rowe, editor, *Henry James Today*. Cambridge Scholars, 2014.
Greg W. Zacharias, editor, *A Companion to Henry James*. Wiley-Blackwell, 2008.

▶ 2-(5), (6)
［1次文献］
George Washington Cable, *The Grandissimes: A Story of Creole Life*. Charles Scribner's Sons, 1880.（ジョージ・ワシントン・ケイブル『グランディシム一族——クレオールたちのアメリカ南部』杉山直人・里内克巳訳，彩流社，1999。）
Kate Chopin, *The Awakening*. Herbert S. Stone, 1899.（ケイト・ショパン『目覚め』瀧田佳子訳，荒地出版社，1995。）
Mary Eleanor Wilkins Freeman, *A New England Nun and Other Stories*. Harper & Brothers, 1891.
Hamlin Garland, *Main-Travelled Roads*. Arena Publishing, 1891.
Joel Chandler Harris, *Uncle Remus, His Songs and His Sayings: The Folk-Lore of the Old Plantation*. D. Appleton, 1881.（ジョエル・チャンドラー・ハリス『リーマス爺や彼の歌と彼の発言——「懐かしい農園の伝説」』市川紀男訳，三恵社，2009。）
Bret Harte, "The Luck of Roaring Camp." *Overland Monthly*, 1868.
Sarah Orne Jewett, *The Country of the Pointed Firs*. Houghton Mifflin, 1896.（セアラ・オーン・ジュエット『とんがりモミの木の郷 他五篇』河島弘美訳，岩波文庫，2019。）

［2次文献］
押谷善一郎『ハムリン・ガーランドの人生と文学』大阪教育図書，1993。
杉山直人『トウェインとケイブルのアメリカ南部——近代化と解放民のゆくえ』彩流社，2007。
野口啓子・山口ヨシ子編著『アメリカ文学にみる女性改革者たち』彩流社，2010。
Judith Fetterley and Marjorie Pryse, *Writing out of Place: Regionalism, Women, and American Literary Culture*. U of Illinois P, 2003.

▶ 2-(7)
［1次文献］
Abraham Cahan, *Yekl: A Tale of the New York Ghetto*. D. Appleton, 1896.
——, *The Rise of David Levinsky*. Harper & Brothers, 1917.
Charles W. Chesnutt, *The Conjure Woman*. Houghton Mifflin, 1899.
——, *The Marrow of Tradition*. Houghton Mifflin, 1901.
Paul Laurence Dunbar, *Folks from Dixie*. Dodd, Mead, 1898.
——, *Selected Poems*. Edited by Herbert Woodward Martin, Penguin, 2004.
Sui Sin Far, *Mrs. Spring Fragrance*. A. C. McClurg, 1912.

Frances E. W. Harper *Iola Leroy, or Shadows Uplifted*. James H. Earle, 1892.

Pauline Hopkins, *Contending Forces: A Romance Illustrative of Negro Life North and South*. The Colored Co-operative Publishing, 1900.

Zitkala-Ša, *American Indian Stories*. Hayworth Publishing House, 1921.

［2次文献］

市川紀男『再建期後の南部作家像——黒人ナレーターに託されたメッセージ』英宝社，2001。

里内克巳『多文化アメリカの萌芽——19〜20世紀転換期文学における人種・性・階級』彩流社，2017。

山本秀行・麻生享志・古木圭子・牧野理英編著『アジア系トランスボーダー文学——アジア系アメリカ文学研究の新地平』小鳥遊書房，2021。

余田真也『アメリカ・インディアン・文学地図——赤と白と黒の遠近法』彩流社，2012。

▶ 3-(1)

［1次文献］

島崎藤村『破戒』1906。岩波文庫，2002。

田山花袋『蒲団・一兵卒』1908。岩波文庫，2002。

Charles Darwin, *On the Origin of Species*. John Murray, 1859.（チャールズ・ダーウィン『種の起源』八杉龍一訳, 全2巻, 岩波文庫, 1990。）

Émile Zola, "Le Roman experimental." Charpentier, 1880.（エミール・ゾラ『実験小説論』古賀照一訳, ＊『ゾラ』, 新潮世界文学21, 新潮社, 1970。）

［2次文献］

大井浩二『アメリカ自然主義文学論』研究社，1973。

大浦暁生監修，アメリカ自然主義文学研究会編『いま読み直すアメリカ自然主義文学——視線と探究』中央大学出版部，2014。

折島正司『機械の停止——アメリカ自然主義小説の運動/時間/知覚』松柏社，2000。

Jennifer L. Fleissner, *Women, Compulsion, Modernity: The Moment of American Naturalism*. U of Chicago P, 2004.

Walter Benn Michaels, *The Gold Standard and the Logic of Naturalism: American Literature at the Turn of the Century*. U of California P, 1987.

Mark Seltzer, *Bodies and Machines*. Routledge, 1992.

▶ 3-(2)

［1次文献］

Frank Norris, *McTeague: A Story of San Francisco*. Doubleday & McClure, 1899.（フランク・ノリス『マクティーグ——サンフランシスコの物語』高野泰志訳, 幻戯書房, 2019。）

——, *The Octopus: A Story of California*. Doubleday, Page, 1901.

——, *The Pit: A Story of Chicago*. Doubleday, Page, 1903.

——, *The Responsibilities of the Novelist, and Other Literary Essays*. Doubleday, Page, 1903.

［2次文献］

有馬健一『フランク・ノリスとサンフランシスコ——アメリカ自然主義小説論』桐原書店，1996。

高取清『フランク・ノリス——作品と評論』彩流社，2003。

Barbara Hochman, *The Art of Frank Norris, Storyteller*. U of Missouri P, 1988.

Joseph R. McElrath, Jr. and Jesse S. Crisler, *Frank Norris: A Life*. U of Illinois P, 2006.

第Ⅲ部　資　　料

▶３-(3)
[１次文献]
＊アンブローズ・ビアス『ビアス短篇集』大津栄一郎編訳，岩波文庫，2000。
Ambrose Bierce, *Tales of Soldiers and Civilians*. E. L. G. Steele, 1891.
Stephen Crane, *Maggie: A Girl of the Streets*. 1893. D. Appleton, 1896.（＊スティーヴン・クレイン『マギー・街の女／オープン・ボート／スティーヴン・クレインの手記』大坪精治訳，大阪教育図書，1985。）
――, *The Red Badge of Courage*. D. Appleton, 1895.（『勇気の赤い勲章』藤井光訳，光文社古典新訳文庫，2019。）

[２次文献]
Linda H. Davis, *Badge of Courage: The Life of Stephen Crane*. Houghton Mifflin, 1998.
Paul Sorrentino, *Stephen Crane: A Life of Fire*. Belknap P of Harvard UP, 2014.

▶３-(4)
[１次文献]
Jack London, *The People of the Abyss*. Macmillan, 1903.（ジャック・ロンドン『どん底の人びと――ロンドン1902』行方昭夫訳，岩波文庫，1995。）
――, *The Call of the Wild*. Macmillan, 1903.（『野生の呼び声』柴田元幸訳，＊『犬物語』，スイッチ・パブリッシング，2017。）
――, "To Build a Fire." *Century Magazine*, 1908.（『火を熾す』柴田元幸訳，スイッチ・パブリッシング，2008。）
――, *Martin Eden*. Macmillan, 1909.（『マーティン・イーデン』辻井栄滋訳，白水Ｕブックス，2022。）

[２次文献]
辻井栄滋監修『ジャック・ロンドン――百年の時を超えて』明文書房，2015。
深沢広助『ジャック・ロンドン――人・文学・冒険』北星堂書店，2001。
James L. Haley, *Wolf: The Lives of Jack London*. Basic Books, 2010.
Alex Kershaw, *Jack London: A Life*. St. Martin's P, 1998.
Earle Labor, *Jack London: An American Life*. Farrar, Straus and Giroux, 2013.

▶３-(5)
[１次文献]
Theodore Dreiser, *Sister Carrie*. Doubleday, Page, 1900.（セオドア・ドライサー『シスター・キャリー』村山淳彦訳，全２巻，岩波文庫，1997。）
――, *An American Tragedy*. Boni & Liveright, 1925.（『アメリカの悲劇』村山淳彦訳，全２巻，花伝社，2024。）

[２次文献]
岩元巌『シオドア＝ドライサー』清水書院，2002。
大浦暁生監修，中央大学ドライサー研究会編『『アメリカの悲劇』の現在――新たな読みの探究』中央大学出版部，2002。
村山淳彦『ドライサーを読み返せ――甦るアメリカ文学の巨人』花伝社，2022。
Rachel Bowlby, *Just Looking: Consumer Culture in Dreiser, Gissing and Zola*. Methuen, 1985.（レイチェル・ボウルビー『ちょっと見るだけ――世紀末消費文化と文学テクスト』高山宏訳，ありな書房，1989。）
Leonard Cassuto and Clare Virginia Eby, editors, *The Cambridge Companion to Theodore Dreiser*. Cambridge UP, 2004.
Keith Newlin, editor, *A Theodore Dreiser Encyclopedia*. Greenwood, 2003.（キース・ニュー

リン編『セオドア・ドライサー事典』村山淳彦訳、雄松堂出版、2007。)

▶ 3-(6)
[1次文献]

Edith Wharton, *The House of Mirth*. Charles Scribner's Sons, 1905.（イーディス・ウォートン『歓楽の家』佐々木みよ子・山口ヨシ子訳、荒地出版社、1995。）

——, *Ethan Frome*. Charles Scribner's Sons, 1911.（『イーサン・フロム』宮澤優樹訳、白水Uブックス、2024。）

——, *Summer*. Charles Scribner's Sons, 1917.（『夏』山口ヨシ子・石井幸子訳、彩流社、2022。）

——, *The Age of Innocence*. D. Appleton, 1920.（『無垢の時代』河島弘美訳、岩波文庫、2023。）

[2次文献]

別府恵子編著『イーディス・ウォートンの世界』鷹書房弓プレス、1997。

Carol J. Singley, editor. *Edith Wharton's* The House of Mirth: *A Casebook*. Oxford UP, 2003.

▶ 3-(7)
[1次文献]

アメリカ古典大衆小説コレクション。松柏社、2003-。

Horatio Alger, *Ragged Dick*. A. K. Loring, 1868.（ホレイショ・アルジャー『ぼろ着のディック』畔柳和代訳、角川文庫、2024。）

——, *Ben, the Luggage Boy*. A. K. Loring, 1870.

Edward S. Ellis, *Seth Jones; or, The Captives of the Frontier*. Beadle, 1860.

Ann S. Stephens, *Malaeska; The Indian Wife of the White Hunter*. Irwin P. Beadle, 1860.

[2次文献]

亀井俊介『サーカスが来た！アメリカ大衆文化覚書』1976。平凡社ライブラリー、2013。

山口ヨシ子『ダイムノヴェルのアメリカ——大衆小説の文化史』彩流社、2013。

Michael Denning, *Mechanic Accents: Dime Novels and Working-Class Culture in America*. Verso, 1987.

● 第4章 ▶ 1-(1)
[1次文献]

Frederick Lewis Allen, *Only Yesterday: An Informal History of the 1920s*. Harper & Brothers, 1931.（F・L・アレン『オンリー・イエスタデイ——1920年代・アメリカ』藤久ミネ訳、ちくま文庫、1993。）

F. Scott Fitzgerald, "Echoes of the Jazz Age." *Scribner's Magazine*, 1931.

▶ 1-(2)
[1次文献]

Katherine Anne Porter, *Pale Horse, Pale Rider: Three Short Novels*. Harcourt, Brace, 1939.（キャサリン・A・ポーター『蒼ざめた馬、蒼ざめた騎手——キャサリン・A・ポーター物語集』小林田鶴子訳、あぽろん社、1993。）

[2次文献]

Alfred W. Crosby, *America's Forgotten Pandemic: The Influenza of 1918*. Cambridge UP, 1989.（アルフレッド・W・クロスビー『史上最悪のインフルエンザ——忘れられたパンデミック』新装版、西村秀一訳、みすず書房、2009。）

Keith Gandal, *The Gun and the Pen: Hemingway, Fitzgerald, Faulkner, and the Fiction*

第Ⅲ部 資　　料

of Mobilization. Oxford UP, 2008.

Elizabeth Outka, *Viral Modernism: The Influenza Pandemic and Interwar Literature*. Columbia UP, 2019.

▶ 1 - (3)

［1次文献］

Robert S. Lynd and Helen Merrell Lynd, *Middletown: A Study in Contemporary American Culture*. Harcourt, Brace, 1929.（R・S・リンド，H・M・リンド『ミドゥルタウン』中村八朗訳，青木書店，1990。）

Thorstein Veblen, *The Theory of the Leisure Class: An Economic Study of Institutions*. Macmillan, 1899.（ソースタイン・ヴェブレン『有閑階級の理論 新版』村井章子訳，ちくま学芸文庫，2016。）

［2次文献］

君塚淳一監修，英米文化学会編『アメリカ1920年代――ローリング・トウェンティーズの光と影』金星堂，2004。

Ann Douglas, *Terrible Honesty: Mongrel Manhattan in the 1920s*. Farrar, Straus and Giroux, 1995.

Warren Susman, *Culture as History: The Transformation of American Society in the Twentieth Century*. Pantheon Books, 1984.

▶ 1 - (4)

［1次文献］

Anita Loos, *Gentlemen Prefer Blondes: The Illuminating Diary of a Professional Lady*. Boni & Liveright, 1925.（アニタ・ルース『紳士は金髪がお好き』常盤新平訳，大和書房，1982。）

［2次文献］

George Chauncey, *Gay New York: Gender, Urban Culture, and the Making of the Gay Male World, 1890-1940*. Basic Books, 1994.

Lillian Faderman, *Odd Girls and Twilight Lovers: A History of Lesbian Life in Twentieth-Century America*. Columbia UP, 1991.

▶ 1 - (5)

［1次文献］

Madison Grant, *The Passing of the Great Race: or, The Racial Basis of European History*. Charles Scribner's Sons, 1916.

Lothrop Stoddard, *The Rising Tide of Color: The Threat against White World-Supremacy*. Charles Scribner's Sons, 1920.

［2次文献］

岡本勝『アメリカ禁酒運動の軌跡――植民地時代から全国禁酒法まで』ミネルヴァ書房，1994。

浜本隆三『クー・クラックス・クラン――白人至上主義結社KKKの正体』平凡社新書，2016。

同『アメリカの排外主義――トランプ時代の源流を探る』平凡社新書，2019。

Walter Benn Michaels, *Our America: Nativism, Modernism and Pluralism*. Duke UP, 1995.

Mae M. Ngai, *Impossible Subjects: Illegal Aliens and the Making of Modern America*. Princeton UP, 2004.

▶ 1 – (6)
[2次文献]
林敏彦『大恐慌のアメリカ』岩波新書，1988。
Eric Rauchway, *The Great Depression and the New Deal: A Very Short Introduction*. Oxford UP, 2008.
▶ 1 – (7)
[2次文献]
牧野理英『抵抗と日系文学——日系収容と日本の敗北をめぐって』三修社，2022。
▶ 2 – (1)
[2次文献]
阿部公彦『モダンの近似値——スティーヴンズ・大江・アヴァンギャルド』松柏社，2001。
舌津智之『抒情するアメリカ——モダニズム文学の明滅』研究社，2009。
巽孝之『モダニズムの惑星——英米文学思想史の修辞学』岩波書店，2013。
藤野功一編著『アメリカン・モダニズムと大衆文学——時代の欲望／表象をとらえた作家たち』金星堂，2019。
宮本陽一郎『モダンの黄昏——帝国主義の改体とポストモダニズムの生成』研究社，2002。
同『モダニズムの文学と文化』放送大学教育振興会，2021。
Fredric Jameson, *The Modernist Papers*. Verso, 2007.
Hugh Kenner, *A Homemade World: The American Modernist Writers*. Knopf, 1974.
Michael North, *The Dialect of Modernism: Race, Language, and Twentieth-Century Literature*. Oxford UP, 1994.
▶ 2 – (2)
[1次文献]
江崎聡子『エドワード・ホッパー作品集』東京美術，2022。
Alfred Stieglitz, *Camera Work, The Complete Illustrations 1903-1917*. Edited by Pam Roberts, Taschen, 1997.
[2次文献]
青木保『エドワード・ホッパー——静寂と距離』青土社，2019。
＊クレメント・グリーンバーグ『グリーンバーグ批評選集』藤枝晃雄編訳，勁草書房，2005。
高村峰生『触れることのモダニティ——ロレンス，スティーグリッツ，ベンヤミン，メルロ＝ポンティ』以文社，2017。
田野勲『祝祭都市ニューヨーク——1910年代アメリカ文化論』彩流社，2009。
Christopher Butler, *Early Modernism: Literature, Music, and Painting in Europe, 1900-1916*. Clarendon P, 1994.
Peter Nicholls, *Modernisms: A Literary Guide*. U of California P, 1995.
▶ 2 – (3), (4)
[1次文献]
＊ロバート・フロスト『対訳フロスト詩集』川本皓嗣編訳，アメリカ詩人選4，岩波文庫，2018。
Robert Frost, *Collected Poems, Prose, and Plays*. Edited by Richard Poirier, and Mark Richardson, Library of America, 1995.
[2次文献]
藤本雅樹『フロストの『西に流れる川』の世界——新たな抒情を求めて』国文社，2003。
Robert Faggen, editor, *The Cambridge Companion to Robert Frost*. Cambridge UP, 2001.
——, *The Cambridge Introduction to Robert Frost*. Cambridge UP, 2008.

第Ⅲ部　資　料

Walter Kalaidjian, editor, *The Cambridge Companion to Modern American Poetry*. Cambridge UP, 2015.
▶ 2-(5), (6)
［1次文献］
William Carlos Williams, *Selected Poems*. Edited by Charles Tomlinson, New Directions, 1985.
Ezra Pound, *Poems 1918-21*. Boni & Liveright, 1921.
T. S. Eliot, "The Waste Land." *The Criterion*, 1922.（T・S・エリオット『荒地』岩崎宗治訳，岩波文庫，2010。）
―, *Old Possum's Book of Practical Cats*. Faber and Faber, 1939.（『キャッツ』池田雅之訳，ちくま文庫，1995。）
―, *Four Quartets*. Harcourt, Brace, 1943.（『四つの四重奏』岩崎宗治訳，岩波文庫，2011。）
―, *The Complete Poems and Plays of T. S. Eliot*. Faber and Faber, 1969.
―, *Selected Prose of T. S. Eliot*. Edited by Frank Kermode, Harcourt Brace Jovanovich, 1975.（『文芸批評論』矢本貞幹訳，岩波文庫，1998。）
［2次文献］
越沢浩『T. S. エリオット『荒地』を読む』勁草書房，1992。
佐藤亨・平野順雄・松本真治編『四月はいちばん残酷な月―― T. S. エリオット『荒地』発表100周年記念論集』水声社，2022。
土岐恒二・児玉実英監修『記憶の宿る場所――エズラ・パウンドと20世紀の詩』思潮社，2005。
富山英俊編『アメリカン・モダニズム』せりか書房，2002。
Hugh Kenner, *The Pound Era*. U of California P, 1971.
Gabrielle McIntire, editor, *The Cambridge Companion to* The Waste Land. Cambridge UP, 2015.
A. David Moody, editor, *The Cambridge Companion to T. S. Eliot*. Cambridge UP. 1994.
Michael North, *Reading 1922: A Return to the Scene of the Modern*. Oxford UP, 1999.（マイケル・ノース『一九二二年を読む――モダンの現場に戻って』中村亨訳，水声社，2021。）
Aya Yoshida, *American Measure: William Carlos Williams's Vision of Free Verse*. 春風社，2021。
▶ 3-(1)
［1次文献］
Malcolm Cowley, *Exile's Return: A Literary Odyssey of the 1920s*. Viking, 1951.（マルカム・カウリー『ロスト・ジェネレーション――異郷からの帰還』吉田朋正・笠原一郎・坂下健太郎訳，みすず書房，2008。）
Ernest Hemingway, *A Moveable Feast*. Charles Scribner's Sons, 1964.（アーネスト・ヘミングウェイ『移動祝祭日』高見浩訳，新潮文庫，2009。）
［2次文献］
Linda Wagner-Martin, *The Routledge Introduction to American Modernism*. Routledge, 2016.
▶ 3-(2)
［1次文献］
Willa Cather, *O Pioneers!* Houghton Mifflin, 1913.（『おお開拓者よ！』小林健治訳，＊『現代

アメリカ文学全集2　死を迎える大司教　おお開拓者よ！　迷える夫人　ポールの反逆　他』刈田元司ほか編訳，荒地出版社，1957。)
―――, *My Ántonia*. Houghton Mifflin, 1918.（『マイ・アントニーア』新装版，佐藤宏子訳，みすず書房，2017。）
―――, *A Lost Lady*. Knopf, 1923.（『迷える夫人』桝田隆宏訳，大阪教育図書，1998。）
―――, *The Professor's House*. Knopf, 1925.（『教授の家』安藤正瑛訳，英宝社，1974。）
―――, *Death Comes for the Archbishop*. Knopf, 1927.（『大司教に死来る』須賀敦子訳，河出書房新社，2018。）

［2次文献］
小鹿原昭夫『キャザーの小説の系譜――現実的な女と浮遊する男』成美堂，1995。
桝田隆宏『ウィラ・キャザー――時の重荷に捉われた作家』大阪教育図書，1995。
Hermione Lee, *Willa Cather: Double Lives*. Pantheon, 1989.
Sharon O'Brien, *Willa Cather: The Emerging Voice*. Oxford UP, 1987.
James Woodress, *Willa Cather: A Literary Life*. U of Nebraska P, 1987.

▶ 3-(3)
［1次文献］
Djuna Barnes, *Nightwood*. Faber and Faber, 1936.（デューナ・バーンズ『夜の森』新装版，野島秀勝訳，国書刊行会，1989。）
Gertrude Stein, *Three Lives*. Grafton P, 1909.（ガートルード・スタイン『三人の女』富岡多恵子訳，筑摩書房，1969。）
―――, *Tender Buttons*. Claire Marie, 1914.（『やさしい釦』金関寿夫訳，書肆山田，1984。）
―――, *The Autobiography of Alice B. Toklas*. Harcourt, Brace, 1933.（『アリス・B・トクラスの自伝――わたしがパリで会った天才たち』金関寿夫訳，筑摩書房，1981。）

［2次文献］
ウィルソン夏子『ガートルード・スタイン――20世紀文学の母』未來社，2001。
金関寿夫『現代芸術のエポック・エロイク――パリのガートルード・スタイン』青土社，1991。
Shari Benstock, *Women of the Left Bank: Paris 1900-1940*. U of Texas P, 1986.

▶ 3-(4)
［1次文献］
Sherwood Anderson, *Winesburg, Ohio*. B. W. Huebsch, 1919.（シャーウッド・アンダーソン『ワインズバーグ，オハイオ』上岡伸雄訳，新潮文庫，2018。）
―――, *The Triumph of the Egg*. B. W. Huebsch, 1921.
Sinclair Lewis, *Main Street*. Harcourt, Brace, 1920.（シンクレア・ルイス『本町通り』斎藤忠利訳，全3巻，岩波文庫，1970-73。）
―――, *Babbitt*. Harcourt, Brace, 1922.

［2次文献］
高田賢一・森岡裕一編著『シャーウッド・アンダソンの文学――現代アメリカ小説の原点』ミネルヴァ書房，1999。
白岩英樹『シャーウッド・アンダーソン論――他者関係を見つめつづけた作家』作品社，2012。

▶ 3-(5)
［1次文献］
F. Scott Fitzgerald, *This Side of Paradise*. Charles Scribne's Sons, 1920.（F・スコット・フィッツジェラルド『楽園のこちら側』高村勝治訳，＊『現代アメリカ文学全集3　楽園の

第Ⅲ部　資　　料

――, *The Great Gatsby*. Charles Scribner's Sons, 1925.（『グレート・ギャッビー』野崎孝訳，新潮文庫，1974。／村上春樹訳，村上春樹翻訳ライブラリー，中央公論新社，2006。）

――, *Tender Is the Night*. Charles Scribner's Sons, 1934.（『夜はやさし』森慎一郎訳，作品社，2014。）

――, *The Last Tycoon*. Charles Scribner's Sons, 1941.（『最後の大君』村上春樹訳，中央公論新社，2022。）

［2次文献］

野間正二『『グレート・ギャッビー』の読み方』創元社，2008。

長瀬恵美『『グレート・ギャッビー』の言語とスタイル』大阪教育図書，2012。

宮脇俊文『『グレート・ギャッビー』の世界――ダークブルーの夢』青土社，2013。

藤谷聖和『フィッツジェラルドと短編小説』彩流社，2016。

内田勉『学ぶこと，伝えることの難しさ――自撰論文集』英宝社，2021。

Matthew J. Bruccoli, *Some Sort of Epic Grandeur: The Life of F. Scott Fitzgerald*. Harcourt Brace Jovanovich, 1981.

John T. Irwin, *F. Scott Fitzgerald's Fiction: "An Almost Theatrical Innocence."* Johns Hopkins UP, 2014.

▶ 3-(6)

［1次文献］

Ernest Hemingway, *In Our Time*. Boni & Liveright, 1925.（＊『われらの時代・男だけの世界――ヘミングウェイ全短編1』高見浩訳，新潮文庫，1995。）

――, *The Sun Also Rises*. Charles Scribner's Sons, 1926.（『日はまた昇る』高見浩訳，新潮文庫，2003。）

――, *A Farewell to Arms*. Charles Scribner's Sons, 1929.（『武器よさらば』高見浩訳，新潮文庫，2006。）

――, *Winner Takes Nothing*. Charles Scribner's Sons, 1933.（＊『勝者に報酬はない・キリマンジャロの雪――ヘミングウェイ全短編2』高見浩訳，新潮文庫，1996。）

――, *The Old Man and the Sea*. Charles Scribner's Sons, 1952.（『新訳 老人と海』今村楯夫，左右社，2022。）

［2次文献］

小笠原亜衣『アヴァンギャルド・ヘミングウェイ――パリ前衛の刻印』小鳥遊書房，2021。

高野泰志『引き裂かれた身体――ゆらぎの中のヘミングウェイ文学』松籟社，2008。

日本ヘミングウェイ協会編『ヘミングウェイ批評――三〇年の航跡』小鳥遊書房，2022。

前田一平『若きヘミングウェイ――生と性の模索』南雲堂，2009。

Nancy R. Comley and Robert Scholes, *Hemingway's Genders: Rereading the Hemingway Text*. Yale UP, 1994.（N・R・カムリー，R・スコールズ『ヘミングウェイのジェンダー――ヘミングウェイ・テクスト再読』日下洋右監訳，英宝社，2001。）

Debra A. Moddelmog and Suzanne del Gizzo, editors, *Ernest Hemingway in Context*. Cambridge UP, 2013.

Michael S. Reynolds, *Hemingway's First War: The Making of* A Farewell to Arms. Princeton UP, 1976.（マイケル・レノルズ『ヘミングウェイの方法――『武器よさらば』をめぐって』日下洋右・青木健訳，彩流社，1991。）

▶ 3-(7)

［1次文献］

William Faulkner, *The Sound and the Fury*. Cape and Smith, 1929.（ウィリアム・フォー

クナー『響きと怒り』平石貴樹・新納卓也訳，全 2 巻，岩波文庫，2007。）
——, *Light in August*. Smith and Haas, 1932.（『八月の光』諏訪部浩一訳，全 2 巻，岩波文庫，2016。）
——, *Absalom, Absalom!* Random House, 1936.（『アブサロム，アブサロム！』藤平育子訳，全 2 巻，岩波文庫，2011-12。）
——, *The Portable Faulkner*. Edited by Malcolm Cowley, Viking, 1946.（マルカム・カウリー編『ポータブル・フォークナー』池澤夏樹・小野正嗣・桐山大介・柴田元幸訳，河出書房新社，2022。）

［2 次文献］
諏訪部浩一『ウィリアム・フォークナーの詩学──1930-1936』松柏社，2008。
同・日本ウィリアム・フォークナー協会編『フォークナーと日本文学』松柏社，2019。
日本ウィリアム・フォークナー協会編『フォークナー事典』松柏社，2008。
John T. Matthews, editor, *The New Cambridge Companion to William Faulkner*. Cambridge UP, 2015.
Theresa M. Towner, *The Cambridge Introduction to William Faulkner*. Cambridge UP, 2008.
Joel Williamson, *William Faulkner and Southern History*. Oxford UP, 1993.（ジョエル・ウィリアムソン『評伝ウィリアム・フォークナー』金澤哲・相田洋明・森有礼監訳，水声社，2020。）

▶ 4-(1)
［1 次文献］
W. E. B. Du Bois, *The Souls of Black Folk*. A. C. McClurg, 1903.（W・E・B・デュボイス『黒人のたましい』木島始・鮫島重俊訳，岩波文庫，1992。）
Langston Hughes, *The Weary Blues*. Knopf, 1926.（ラングストン・ヒューズ『ニグロと河──ラングストン・ヒューズ詩集』斎藤忠利訳，国文社，1984。）
Zora Neale Hurston, *Mules and Men*. J. B. Lippincott, 1935.（ゾラ・ニール・ハーストン『騾馬とひと』中村輝子訳，平凡社ライブラリー，1997。）
——, *Their Eyes Were Watching God*. J. B. Lippincott, 1937.（『彼らの目は神を見ていた』松本昇訳，新宿書房，1995。）
James Weldon Johnson, *The Autobiography of an Ex-Colored Man*. Sherman, French, 1912.
Nella Larsen, *Quicksand*. Knopf, 1928.（＊ネラ・ラーセン『パッシング／流砂にのまれて』鵜殿えりか訳，みすず書房，2022。）
——, *Passing*. Knopf, 1929.（＊『パッシング／流砂にのまれて』鵜殿えりか訳，みすず書房，2022。）
Alain Locke, editor, *The New Negro: An Interpretation*. Albert and Charles Boni, 1925.
Jean Toomer, *Cane*. Boni & Liveright, 1923.（ジーン・トゥーマー『砂糖きび』木島始訳，早川書房，1961。）

［2 次文献］
松本昇監修，深瀬有希子・常山菜穂子・中垣恒太郎編著『ハーレム・ルネサンス──〈ニュー・ニグロ〉の文化社会批評』明石書店，2021。
Houston A. Baker, Jr., *Modernism and the Harlem Renaissance*. U of Chicago P, 1987.（ヒューストン・A・ベイカー・ジュニア『モダニズムとハーレム・ルネッサンス──黒人文化とアメリカ』小林憲二訳，未來社，2006。）
Nathan Irvin Huggins, *Harlem Renaissance*. Oxford UP, 1971.

第Ⅲ部　資　料

George Hutchinson, *The Harlem Renaissance in Black and White*. Belknap P of Harvard UP, 1995.

▶ 4 - (2)
［1次文献］
Raymond Chandler, *The Big Sleep*. Knopf, 1939.（レイモンド・チャンドラー『大いなる眠り』村上春樹訳，ハヤカワ・ミステリ文庫，2014。）
John Dos Passos, *U. S. A.* Modern Library, 1937.（ジョン・ドス・パソス『U. S. A』並河亮訳，全6巻，新潮文庫，1957-59。）
Michael Gold, *Jews without Money*. Horace Liveright, 1930.（マイケル・ゴールド『金のないユダヤ人』坂本肇訳，三友社出版，1992。）
Dashiell Hammett, *The Maltese Falcon*. Knopf, 1930.（ダシール・ハメット『マルタの鷹 改訳決定版』小鷹信光訳，ハヤカワ・ミステリ文庫，2012。）
Henry Roth, *Call It Sleep*. Ballou, 1934.
John Steinbeck, *The Grapes of Wrath*. Viking, 1939.（ジョン・スタインベック『怒りの葡萄』黒原敏行訳，全2巻，ハヤカワepi文庫，2014。）
Nathanael West, *Miss Lonelyhearts*. Liveright, 1933.（ナサニエル・ウェスト『孤独な娘』丸谷才一訳，岩波文庫，2013。）
―. *The Day of the Locust*. Random House, 1939.（＊ナサニエル・ウエスト『いなごの日／クール・ミリオン――ナサニエル・ウエスト傑作選』柴田元幸訳，新潮文庫，2017。）
Anzia Yezierska, *Bread Givers*. Doubleday, Page, 1925.
［2次文献］
今井夏彦『アメリカ1930年代の光と影――ナサニエル・ウェスト論』荒地出版社，2008。
大橋健三郎『危機の文学――アメリカ30年代の小説』南雲堂，1957。
上優二『スタインベックの物語世界――生と死と再生と』彩流社，2017。
諏訪部浩一『『マルタの鷹』講義』研究社，2012。
廣瀬英一『ジョン・ドス・パソスを読む』三重大学出版会，2007。
Michael Denning, *The Cultural Front: The Laboring of American Culture in the Twentieth Century*. Verso, 1997.

▶ 4 - (3)
［1次文献］
James Agee and Walker Evans, *Let Us Now Praise Famous Men*. Houghton Mifflin, 1941.
Erskine Caldwell, *Tobacco Road*. Charles Scribner's Sons, 1932.（アースキン・コールドウェル『タバコ・ロード』杉木喬訳，岩波文庫，1958。）
Ellen Glasgow, *Barren Ground*. Doubleday, Page, 1925.（エレン・グラスゴウ『不毛の大地』板橋好枝・藤野早苗・羽澄直子訳，荒地出版社，1995。）
Margaret Mitchell, *Gone with the Wind*. Macmillan, 1936.（マーガレット・ミッチェル『風と共に去りぬ』鴻巣友季子訳，全5巻，新潮文庫，2015。）
Twelve Southerners, *I'll Take My Stand: The South and the Agrarian Tradition*. Harper & Brothers, 1930.
Thomas Wolfe, *Look Homeward, Angel*. Charles Scribner's Sons, 1929.（トマス・ウルフ『天使よ故郷を見よ』大沢衛訳，全2巻，講談社文芸文庫，2017。）
［2次文献］
相本資子『エレン・グラスゴーの小説群――神話としてのアメリカ南部世界』英宝社，2005。
荒このみ『風と共に去りぬ――アメリカン・サーガの光と影』岩波書店，2021。
岡本正明『アルタモント，天使の詩――トマス・ウルフを知るための10章』英宝社，2019。

越智博美『モダニズムの南部的瞬間――アメリカ南部詩人と冷戦』研究社，2012。
後藤和彦『敗北と文学――アメリカ南部と近代日本』松柏社，2005。

▶ 4 -(4)
［1次文献］
Eugene O'Neill, *Desire under the Elms*. 1924. Boni & Liveright, 1925.（ユージーン・オニール『楡の木陰の欲望』井上宗次訳，岩波文庫，1974。）
――, *Mourning Becomes Electra*. Horace Liveright, 1931.（『喪服の似合うエレクトラ』清野暢一郎訳，岩波文庫，1952。）
――, *Long Day's Journey into Night*. Yale UP, 1956.（『夜への長い旅路』沼澤洽治訳，＊『オニール名作集』喜志哲雄ほか編訳，白水社，1975。）
［2次文献］
【アメリカ演劇全般】
一ノ瀬和夫・外岡尚美編著『たのしく読める英米演劇』ミネルヴァ書房，2001。
同・同編著『境界を越えるアメリカ演劇――オールタナティヴな演劇の理解』ミネルヴァ書房，2001。
伊藤章『アメリカ演劇とその伝統』英宝社，2017。
内野儀『メロドラマからパフォーマンスへ――20世紀アメリカ演劇論』東京大学出版会，2001。
長田光展『アメリカ演劇と「再生」』中央大学出版部，2004。
貴志雅之『アメリカ演劇，劇作家たちのポリティクス――他者との遭遇とその行方』金星堂，2020。
小池美佐子『NY発演劇リポート――アメリカの市民社会と多文化主義』慶應義塾大学出版会，2002。
斎藤偕子『19世紀アメリカのポピュラー・シアター――国民的アイデンティティの形成』論創社，2010。
Brenda Murphy and Julia Listengarten, series editors, *Decades of Modern American Drama: Playwrighting from the 1930s to 2009*. Bloomsbury, 2018.
【劇作家論】
Kurt Eisen, *The Theatre of Eugene O'Neill: American Modernism on the World Stage*. Bloomsbury, 2017.

● 第5章　▶ 1 -(1), (2), (3), (4), (5)
［1次文献］
Martin Luther King, Jr., *A Call to Conscience: The Landmark Speeches of Dr. Martin Luther King, Jr.* Edited by Clayborne Carson and Kris Shepard, Warner Books, 2001.（M・L・キング『私には夢がある―― M・L・キング説教・講演集』梶原寿監訳，新教出版社，2003。）
［2次文献］
貴志俊彦・土屋由香編『文化冷戦の時代――アメリカとアジア』国際書院，2009。
貴堂嘉之『移民国家アメリカの歴史』岩波書店，2018。
笹田直人・野田研一・山里勝己編著『アメリカ文化55のキーワード』ミネルヴァ書房，2013。
中野耕太郎『20世紀アメリカの夢――世紀転換期から1970年代』岩波書店，2019。
藤田文子『アメリカ文化外交と日本――冷戦期の文化と人の交流』東京大学出版会，2015。
Theodore Martin, *Contemporary Drift: Genre, Historicism, and the Problem of the Present*. Columbia UP, 2017.

253

第Ⅲ部　資　　料

▶ 2 - ⑴
［1次文献］
J. D. Salinger, *The Catcher in the Rye*. Little, Brown, 1951.（J・D・サリンジャー『ライ麦畑でつかまえて』野崎孝訳，白水Uブックス，1984．／『キャッチャー・イン・ザ・ライ』村上春樹訳，白水社，2006．）
――. *Nine Stories*. Little, Brown, 1953.（『ナイン・ストーリーズ』柴田元幸訳，河出書房新社，2024．）

▶ 2 - ⑵
［1次文献］
William S. Burroughs, *Naked Lunch*. Grove P, 1959.（ウィリアム・バロウズ『裸のランチ』鮎川信夫訳，河出書房新社，2003．）
Allen Ginsberg, *Howl and Other Poems*. City Lights Books, 1956.（アレン・ギンズバーグ『吠える その他の詩』柴田元幸訳，スイッチ・パブリッシング，2020．）
Jack Kerouac, *On the Road*. Viking, 1957.（ジャック・ケルアック『オン・ザ・ロード』青山南訳，河出書房新社，2007．）
［2次文献］
Steven Belletto, editor, *The Cambridge Companion to the Beats*. Cambridge UP, 2017.

▶ 2 - ⑶
［1次文献］
Saul Bellow, *The Adventures of Augie March*. Viking, 1953.（ソール・ベロー『オーギー・マーチの冒険』渋谷雄三郎訳，早川書房，1981．）
――, *Herzog*. Viking, 1964.（『ハーツォグ』宇野利泰訳，早川書房，1981．）
Norman Mailer, *The Naked and the Dead*. Rinehart, 1948.（ノーマン・メイラー『裸者と死者』山西英一訳，全2巻，新潮文庫，1966．）
Bernard Malamud, *The Assistant*. Farrar, Straus and Giroux, 1957.（バーナード・マラマッド『店員』加島祥造訳，文遊社，2013．）
――, *The Fixer*. Farrar, Straus and Giroux, 1966.（『修理屋』橋本福夫訳，早川書房，1969．）
Philip Roth, *Goodbye, Columbus*. Houghton Mifflin, 1959.（フィリップ・ロス『グッバイ，コロンバス』中川五郎訳，朝日出版社，2021．）
――, *Portnoy's Complaint*. Random House, 1969.（『ポートノイの不満』宮本陽吉訳，集英社，1971．）
J. D. Salinger, *Franny and Zooey*. Little, Brown, 1961.（J・D・サリンジャー『フラニーとゾーイー』村上春樹訳，新潮文庫，2014．）
Isaac Bashevis Singer, *The Penitent*. Farrar, Straus and Giroux, 1983.（アイザック・バシェヴィス・シンガー『悔悟者』大崎ふみ子訳，吉夏社，2003．）
［2次文献］
大崎ふみ子『アイザック・B・シンガー研究――二つの世界の狭間で』吉夏社，2010．
坂野明子『フィリップ・ロス研究――ヤムルカと星条旗』彩流社，2021．
杉澤伶維子『フィリップ・ロスとアメリカ――後期作品論』彩流社，2018．
鈴木元子『ソール・ベローと「階級」――ユダヤ系主人公の階級上昇と意識の揺らぎ』彩流社，2014．
竹内康浩，朴舜起『謎ときサリンジャー――「自殺」したのは誰なのか』新潮社，2021．
日本ソール・ベロー協会編『ユダヤ系アメリカ文学のすべて――十九世紀から二十一世紀』小鳥遊書房，2023．

Kenneth Slawenski, *J. D. Salinger: A Life*. Random House, 2011.（ケネス・スラウェンスキー『サリンジャー——生涯91年の真実』田中啓史訳，晶文社，2013。）

▶ 2-(4)
[1次文献]
Vladimir Nabokov, *Lolita*. Olympia P, 1955.（ウラジーミル・ナボコフ『ロリータ』若島正訳，新潮文庫，2006。）
――, *Pnin*. Doubleday, 1957.（『プニン』大橋吉之輔訳，文遊社，2012。）
――, *Pale Fire*. G. P. Putnam's Sons, 1962.（『淡い焔』森慎一郎訳，作品社，2018。）
――, *Speak, Memory: An Autobiography Revisited*. G. P. Putnam's Sons, 1967.（『記憶よ，語れ——自伝再訪』若島正訳，作品社，2015。）
――, *Ada, or Ardor: A Family Chronicle*. McGrow Hill, 1969.（『アーダ』若島正訳，全2巻，早川書房，2017。）

[2次文献]
秋草俊一郎『ナボコフ 訳すのは「私」——自己翻訳がひらくテクスト』東京大学出版会，2011。
同『アメリカのナボコフ——塗りかえられた自画像』慶應義塾大学出版会，2018。
若島正『ロリータ，ロリータ，ロリータ』作品社，2007。
David M. Bethea and Siggy Frank, editors, *Vladimir Nabokov in Context*. Cambridge UP, 2018.
Brian Boyd, *Vladimir Nabokov: The Russian Years*. Princeton UP, 1990.（ブライアン・ボイド『ナボコフ伝——ロシア時代』諫早勇一訳，全2巻，みすず書房，2003。）
――, *Vladimir Nabokov: The American Years*. Princeton UP, 1991.
Will Norman, *Nabokov, History and the Texture of Time*. Routledge, 2012.

▶ 2-(5)
[1次文献]
James Baldwin, *Go Tell It on the Mountain*. Knopf, 1953.（ジェームズ・ボールドウィン『山にのぼりて告げよ』齋藤数衛訳，早川書房，1960。）
――, *Another Country*. Dial P, 1962.（『もう一つの国』野崎孝訳，集英社文庫，1977。）
――, *If Beele Street Could Talk*. Dial P, 1974.（『ビール・ストリートの恋人たち』川副智子訳，早川書房，2019。）
Ralph Ellison, *Invisible Man*. Random House, 1952.（ラルフ・エリスン『見えない人間』松本昇訳，全2巻，白水Uブックス，2020。）
Richard Wright, *Native Son*. Harper & Brothers, 1940.（リチャード・ライト『ネイティヴ・サン アメリカの息子』上岡伸雄訳，新潮文庫，2022。）
――, *The Outsider*. Harper & Brothers, 1953.（『アウトサイダー』橋本福夫訳，新潮社，1972。）

[2次文献]
大内義一・鈴木三喜男『リチャード・ライトの世界』評論社，1981。
田中久美子『ジェームズ・ボールドウィンを読み解く』英宝社，2011。
Marc C. Connor and Lucas E. Morel, editors, *The New Territory: Ralph Ellison and the Twenty-First Century*. U of Mississippi P, 2016.

▶ 2-(6)
[1次文献]
Truman Capote, *Other Voices, Other Rooms*. Random House, 1948.（トルーマン・カポーティ『遠い声，遠い部屋』村上春樹訳，新潮社，2023。）

第Ⅲ部　資　　料

―, *The Grass Harp*. Random House, 1951.（『草の竪琴』大沢薫訳，新潮文庫，1993。）
―, *Breakfast at Tiffany's*. Random House, 1958.（『ティファニーで朝食を』村上春樹訳，新潮文庫，2008。）
―, *In Cold Blood*. Random House, 1966.（『冷血』佐々田雅子訳，新潮文庫，2006。）
Flannery O'Connor, *Wise Blood*. Harcourt, Brace, 1952.（フラナリー・オコナー『賢い血』須山静夫訳，ちくま文庫，1999。）
―, *The Violent Bear It Away*. Farrar, Straus and Giroux, 1960.（『烈しく攻むる者はこれを奪う』佐伯彰一訳，文遊社，2012。）
Eudora Welty, *A Curtain of Green*. Doubleday, Doran, 1941.
―, *Delta Wedding*. Harcourt, Brace, 1946.（ユードラ・ウェルティ『デルタ・ウェディング』本村浩二訳，論創社，2024。）
―, *The Golden Apple*. Harcourt, Brace, 1949.（『黄金の林檎』杉山直人訳，晶文社，1990。）
[2 次文献]
大園弘『カポーティ小説の詩的特質――音と文彩』春風社，2016。
中村紘一『アメリカ南部小説を旅する――ユードラ・ウェルティを訪ねて』京都大学出版会，2008。
野口肇『フラナリー・オコナーの南部』文化書房博文社，2005。
山辺省太『フラナリー・オコナーの受動性と暴力――文学と神学の狭間で』彩流社，2019。
吉岡葉子『南部女性作家論――ウェルティとマッカラーズ』旺史社，1999。
Sharon Monteith, editor, *The Cambridge Companion to the Literature of the American South*. Cambridge UP, 2013.

▶ 2 -(7)
[1 次文献]
Arthur Miller, *All My Sons*. Reynal & Hitchcock, 1947.（＊アーサー・ミラー『みんな我が子／橋からのながめ』倉橋健訳，ハヤカワ演劇文庫，2017。）
―, *Death of a Salesman*. Viking, 1949.（『セールスマンの死』倉橋健訳，ハヤカワ演劇文庫，2006。）
―, *The Crucible*. Viking, 1953.（『るつぼ』倉橋健訳，ハヤカワ演劇文庫，2008。）
Tennessee Williams, *The Glass Menagerie*. Random House, 1945.（テネシー・ウィリアムズ『ガラスの動物園』小田島雄志訳，新潮文庫，1988。）
―, *A Streetcar Named Desire*. New Directions, 1947.（『欲望という名の電車』小田島雄志訳，新潮文庫，1988。）
―, *Cat on a Hot Tin Roof*. New Directions, 1955.（『やけたトタン屋根の猫』小田島雄志訳，新潮文庫，1999。）
[2 次文献]
【アメリカ演劇全般】（⇒第 4 章　4 -(4)）
【劇作家論】
有泉学宙『人と文学――アーサー・ミラー』勉誠出版，2005。
Brenda Murphy, *The Theatre of Tennessee Williams*. Bloomsbury, 2014.

▶ 2 -(8)
[1 次文献]
Robert Lowell, *Life Studies*. Farrar, Straus and Giroux, 1959.
Sylvia Plath, *The Colossus and Other Poems*. Heinemann, 1960.
―, *The Bell Jar*. Heinemann, 1963.（シルヴィア・プラス『ベル・ジャー』青柳祐美子訳，

河出書房新社，2004。）

——, *Ariel*. Faber and Faber, 1965.（『エアリアル』徳永暢三訳，構造社，1971。）

——, *The Collected Poems*. Edited by Ted Hughes, Harper & Row, 1981.（『シルヴィア・プラス詩集』吉原幸子，皆見昭訳，土曜社，2023。）

Anne Sexton, *Transformations*. Houghton Mifflin, 1972.

［2次文献］

井上章子『シルヴィア・プラスの愛と死』南雲堂，2004。

木村慧子『シルヴィア・プラス——父の娘，母の娘』水声社，2005。

徳永暢三『ロバート・ロウエル——放浪と叛逆のボストニアン』研究社，1981。

Susan R. Van Dyne, *Revising Life: Sylvia Plath's Ariel Poems*. U of North Caroline P, 1994.

Jacqueline Rose, *The Haunting of Sylvia Plath*. Virago, 1991.

Linda W. Wagner, editor, *Critical Essays on Sylvia Plath*. Twayne, 1984.

●第6章　▶ 1 -(1),(2)

［2次文献］

竹林修一『カウンターカルチャーのアメリカ——希望と失望の1960年代』大学教育出版，2019。

中山悟視編著『ヒッピー世代の先覚者たち——対抗文化とアメリカの伝統』小鳥遊書房，2019。

Thomas Frank, *The Conquest of Cool: Business Culture, Counterculture, and the Rise of Hip Consumerism*. U of Chicago P, 1997.

Christopher Gair, *The American Counterculture*. Edinburgh UP, 2007.

▶ 1 -(3)

［1次文献］

Betty Friedan, *Feminine Mystique*. Norton, 1963.（ベティ・フリーダン『新しい女性の創造』三浦冨美子訳，大和書房，1965。）

［2次文献］

Estelle Freedman, *No Turning Back: The History of Feminism and the Future of Women*. Ballantine Books, 2002.（エステル・フリードマン『フェミニズムの歴史と女性の未来——後戻りさせない』安川悦子・西山惠美訳，明石書店，2005。）

▶ 1 -(4)

［2次文献］

古矢旬『グローバル時代のアメリカ——冷戦時代から21世紀』岩波書店，2020。

▶ 1 -(5)

［2次文献］

Allan Bloom, *The Closing of the American Mind*. Simon & Schuster, 1987.（アラン・ブルーム『アメリカン・マインドの終焉——文化と教育の危機』菅野盾樹訳，みすず書房，1988。）

Thomas Carothers, *In the Name of Democracy: U. S. Policy toward Latin America in the Reagan Years*. U of California P, 1991.

Paul D. Erickson, *Reagan Speaks: The Making of an American Myth*. New York UP, 1985.

Susan Jeffords, *Hard Bodies: Hollywood Masculinity in the Reagan Era*. Rutgers UP, 1994.

第Ⅲ部　資　　料

▶ 1 - (6)
［1次文献］
Francis Fukuyama, "The End of History ?" *The National Interest*, 1989.
▶ 2 - (1)
［2次文献］
Jacques Derrida, *De la grammatologie*. Les Éditions de Minuit, 1967.（ジャック・デリダ『グラマトロジーについて――根源の彼方に』足立和浩訳, 全2巻, 現代思潮社, 1984。）
Jean-François Lyotard, *La condition postmoderne: rapport sur le savoir*. Les Éditions de Minuit, 1979.（ジャン＝フランソワ・リオタール『ポストモダンの条件』小林康夫訳, 水声社, 1986。）
Edward Said, *Orientalism*. Pantheon Books, 1978.（エドワード・サイード『オリエンタリズム』今沢紀子訳, 全2巻, 平凡社ライブラリー, 1986。）
▶ 2 - (2)
［2次文献］
Paula Geyh, editor, *The Cambridge Companion to Postmodern American Fiction*. Cambridge UP, 2017.
Linda Hutcheon, *A Poetics of Postmodernism: History, Theory, Fiction*. Routledge, 1988.
Brian McHale, *Postmodernist Fiction*. Routledge, 1987.
▶ 2 - (3)
［1次文献］
Joseph Heller, *Catch-22*. Simon & Schuster, 1961.（ジョーゼフ・ヘラー『キャッチ＝22』飛田茂雄訳, 全2巻, ハヤカワepi文庫, 2016。）
▶ 2 - (4)
［1次文献］
John Barth, *The Sot-Weed Factor*. Doubleday, 1960.（ジョン・バース『酔いどれ草の仲買人』野崎孝訳, 全2巻, 集英社, 1979。）
――, *Giles Goat-Boy*. Doubleday, 1966.（『やぎ少年ジャイルズ』渋谷雄三郎, 上村宗平訳, 全2巻, 国書刊行会, 1992。）
Donald Barthelme, *Come Back, Dr. Caligari*. Little, Brown, 1964.（ドナルド・バーセルミ『帰れ, カリガリ博士』志村正雄訳, 国書刊行会, 1989。）
――, *The Dead Father*. Farrar, Straus and Giroux, 1975.（『死父』柳瀬尚紀訳, 集英社, 1990。）
Richard Brautigan, *Trout Fishing in America*. Four Seasons Foundation, 1967.（リチャード・ブローティガン『アメリカの鱒釣り』藤本和子訳, 晶文社, 1975。）
Robert Coover, *The Universal Baseball Association, Inc., J. Henry Waugh, Prop*. Random House, 1968.（ロバート・クーヴァー『ユニヴァーサル野球協会』越川芳明訳, 白水Uブックス, 2014。）
Ishmael Reed, *Mumbo Jumbo*. Doubleday, 1972.（イシュメール・リード『マンボ・ジャンボ』上岡伸雄訳, 国書刊行会, 1997。）
［2次文献］
邵丹『翻訳を産む文学, 文学を産む翻訳――藤本和子, 村上春樹, SF小説家と複数の訳者たち』松柏社, 2022。
三浦玲一『ポストモダン・バーセルミ――「小説」というものの魔法について』彩流社, 2005。

▶ 2-(5)
[1次文献]
Kurt Vonnegut, *Player Piano*. Charles Scribner's Sons, 1952.（カート・ヴォネガット・ジュニア『プレイヤー・ピアノ』浅倉久志訳，ハヤカワ文庫，2005。）
———, *Slaughterhouse-Five*. Delacorte, 1969.（『スローターハウス5』伊藤典夫訳，ハヤカワ文庫，1978。）
[2次文献]
諏訪部浩一『カート・ヴォネガット――トラウマの詩学』アメリカ文学との邂逅，三修社，2019。

▶ 2-(6)
[1次文献]
Thomas Pynchon, *V*. J. B. Lippincott, 1963.（トマス・ピンチョン『V.』小山太一・佐藤良明訳，新潮社，2011。）
———, *The Crying of Lot 49*. J. B. Lippincott, 1966.（『競売ナンバー49の叫び』志村正雄訳，ちくま文庫，2010。）
———, *Gravity's Rainbow*. Viking, 1973.（『重力の虹』佐藤良明訳，新潮社，2014。）
———, *Vineland*. Little, Brown, 1990.（『ヴァインランド』佐藤良明訳，新潮社，2011。）
———, *Mason & Dixon*. Henry Holt, 1997.（『メイスン&ディクスン』柴田元幸訳，新潮社，2010。）
———, *Against the Day*. Penguin, 2006.（『逆光』木原善彦訳，新潮社，2010。）
———, *Bleeding Edge*. Penguin, 2013.（『ブリーディング・エッジ』佐藤良明，栩木玲子訳，新潮社，2021。）
[2次文献]
麻生享志・木原善彦編著『トマス・ピンチョン』現代作家ガイド7，彩流社，2014。
Inger H. Dalsgaard, Luc Herman, and Brian McHale, *The Cambridge Companion to Thomas Pynchon*. Cambridge UP, 2012.
Steven Weisenburger, *A Gravity's Rainbow Companion: Sources and Contexts for Pynchon's Novel*. 1988. 2nd ed., U of Georgia P, 2006.

▶ 2-(7)
[1次文献]
Tim O'Brien, *Going after Cacciato*. Delacorte, 1978.（ティム・オブライエン『カチアートを追跡して』生井英孝訳，国書刊行会，1992。）
———, *The Things They Carried*. Houghton Mifflin, 1990.（『本当の戦争の話をしよう』村上春樹訳，文春文庫，1998。）
[2次文献]
野村幸輝『ティム・オブライエン――ベトナム戦争・トラウマ・平和文学』英宝社，2021。

▶ 2-(8)
[1次文献]
Joyce Carol Oates, "Where Are You Going, Where Have You Been?" 1966.（ジョイス・キャロル・オーツ「どこへ行くの，どこ行ってたの？」，＊柴田元幸編訳『どこにもない国――現代アメリカ幻想小説集』松柏社，2006。）
Cormac McCarthy, *The Orchard Keeper*. Random House, 1965.（コーマック・マッカーシー『果樹園の守り手』山口和彦訳，春風社，2022。）
———, *Blood Meridian; or, the Evening Red in the West*. Random House, 1985.（『ブラッド・メリディアン あるいは西部の夕陽の赤』黒原敏行訳，ハヤカワepi文庫，2018。）

第Ⅲ部　資　　料

―――, *The Road*. Knopf, 2006.（『ザ・ロード』黒原敏行訳，ハヤカワ epi 文庫，2010。）
［2次文献］
山口和彦『コーマック・マッカーシー――錯綜する暴力と倫理』アメリカ文学との邂逅，三修社，2020。

▶ 2-(9)
［1次文献］
Raymond Carver, *Will You Please Be Quiet, Please ?* McGraw-Hill, 1976.（レイモンド・カーヴァー『頼むから静かにしてくれ』村上春樹訳，村上春樹翻訳ライブラリー，全2巻，中央公論新社，2006。）
―――, *What We Talk about When We Talk about Love*. Knopf, 1981.（『愛について語るときに我々の語ること』村上春樹訳，村上春樹翻訳ライブラリー，中央公論新社，2006。）
―――, *Cathedral*. Knopf, 1983.（『大聖堂』村上春樹訳，村上春樹翻訳ライブラリー，中央公論新社，2007。）
［2次文献］
平石貴樹，宮脇俊文編著『レイ，ぼくらと話そう――レイモンド・カーヴァー論集』南雲堂，2004。
Alfred Bendixen and James Nagel, editors, *A Companion to the American Short Story*. Wiley-Blackwell, 2010.

▶ 2-(10)
［1次文献］
Toni Morrison, *The Bluest Eye*. Holt, Rinehart and Winston, 1970.（トニ・モリスン『青い眼がほしい』大社淑子訳，ハヤカワ epi 文庫，2001。）
―――, *Sula*. Knopf, 1973.（『スーラ』大社淑子訳，ハヤカワ epi 文庫，2009。）
―――, *Song of Solomon*. Knopf, 1977.（『ソロモンの歌』金田眞澄訳，ハヤカワ epi 文庫，2009。）
―――, *Beloved*. Knopf, 1987.（『ビラヴド』吉田廸子訳，ハヤカワ epi 文庫，2009。）
―――, *Jazz*. Knopf, 1992.（『ジャズ』大社淑子訳，ハヤカワ epi 文庫，2010。）
［2次文献］
鵜殿えりか『トニ・モリスンの小説』彩流社，2015。
大社淑子『トニ・モリスン――創造と解放の文学』平凡社，1996。
加藤恒彦『トニ・モリスンの世界――語られざる，語り得ぬものを求めて』世界思想社，1997。
木内徹・森あおい編著『トニ・モリスン』現代作家ガイド4，彩流社，2000。
藤平育子『カーニヴァル色のパッチワーク・キルト――トニ・モリスンの文学』學藝書林，1996。
風呂本惇子・松本昇・鵜殿えりか・森あおい編著『新たなるトニ・モリスン――その小説世界を拓く』金星堂，2017。
Stephanie Li, *Toni Morrison: A Biography*. Greenwood, 2010.
Evelyn Jaffe Schreiber, *Race, Trauma, and Home in the Novels of Toni Morrison*. Louisiana State UP, 2010.
Valerie Smith, *Toni Morrison: Writing the Moral Imagination*. Wiley-Blackwell, 2012.（ヴァレリー・スミス『トニ・モリスン――寓意と想像の文学』木内徹・西本あづさ・森あおい訳，彩流社，2015。）
Jean Wyatt, *Love and Narrative Form in Toni Morrison's Later Novels*. U of Georgia P, 2017.

▶ 2 − (11)
[1 次文献]

Louise Erdrich, *Love Medicine*. Holt, Rinehart and Winston, 1984.（ルイーズ・アードリック『ラブ・メディシン』望月佳重子訳，筑摩書房，1990。）

Maxine Hong Kingston, *The Woman Warrior: Memoirs of a Girlhood among Ghosts*. Knopf, 1976.（マキシーン・ホン・キングストン『チャイナタウンの女武者』藤本和子訳，晶文社，1978。）

Ursula K. Le Guin, *The Left Hand of Darkness*. Ace Books, 1969.（アーシュラ・K・ル・グウィン『闇の左手』小尾芙佐訳，ハヤカワ文庫，1978。）

Leslie Marmon Silko, *Ceremony*. Viking, 1977.（レスリー・マーモン・シルコウ『儀式』荒このみ訳，講談社文芸文庫，1998。）

[2 次文献]
松永京子『北米先住民文学と〈核文学〉――アポカリプスからサバイバンスへ』英宝社，2019。

▶ 2 − (12)
[1 次文献]

Paul Auster, *City of Glass*. Faber and Faber, 1985.（ポール・オースター『ガラスの街』柴田元幸訳，新潮文庫，2013。）

――, *Moon Palace*. Viking, 1989.（『ムーン・パレス』柴田元幸訳，新潮文庫，1997。）

Don DeLillo, *White Noise*. Viking, 1985.（ドン・デリーロ『ホワイト・ノイズ』都甲幸治・日吉信貴訳，水声社，2022。）

――, *Underworld*. Charles Scribner's Sons, 1997.（『アンダーワールド』上岡伸雄・高吉一郎訳，全 2 巻，新潮社，2002。）

――, *Falling Man*. Charles Scribner's Sons, 2007.（『墜ちてゆく男』上岡伸雄訳，新潮社，2009。）

Richard Powers, *Three Farmers on Their Way to Dance*. William Morrow, 1985.（リチャード・パワーズ『舞踏会へ向かう三人の農夫』柴田元幸訳，河出文庫，2018。）

――, *Prisoner's Dilemma*. Beech Tree Books, 1988.（『囚人のジレンマ』柴田元幸・前山佳朱彦訳，みすず書房，2007。）

――, *The Gold Bug Variations*. William Morrow, 1991.（『黄金虫変奏曲』森慎一郎・若島正訳，みすず書房，2022。）

[2 次文献]
飯野友幸編著『ポール・オースター』増補改訂版，現代作家ガイド 1，彩流社，2013。
渡邉克昭『楽園に死す――アメリカ的想像力と〈死〉のアポリア』大阪大学出版会，2016。

▶ 2 − (13)
[1 次文献]

Adrienne Rich, *Diving into the Wreck: Poems 1971-1972*. Norton, 1973.

――, *Of Woman Born: Motherhood as Experience and Institution*. Norton, 1976.（アドリエンヌ・リッチ『女から生まれる』高橋茅香子訳，晶文社，1990。）

Gary Snyder, *Turtle Island*. New Directions, 1974.（ゲイリー・スナイダー『亀の島』ななおさかき訳，山口書店，1991。）

[2 次文献]
高橋綾子『ゲーリー・スナイダーを読む――場所・神話・生態』思潮社，2018。

第Ⅲ部　資　料

●第7章　▶ 1 -(1), (2)
[1次文献]
Don DeLillo, *Mao II*. Penguin, 1991.（ドン・デリーロ『マオⅡ』渡邊克昭訳, 本の友社, 2000。）
Jonathan Franzen, *The Corrections*. Farrar, Straus and Giroux, 2001.（ジョナサン・フランゼン『コレクションズ』黒原敏行訳, ハヤカワ epi 文庫, 全2巻, 2011。）
――, *Freedom*. Farrar, Straus and Giroux, 2010.（ジョナサン・フランゼン『フリーダム』森慎一郎訳, 早川書房, 2012。）
Colson Whitehead, *The Underground Railroad*. Doubleday, 2016.（コルソン・ホワイトヘッド『地下鉄道』谷崎由依訳, ハヤカワ epi 文庫, 2020。）

[2次文献]
Wendy Brown, *Undoing the Demos: Neoliberalism's Stealth Revolution*. Zone Books, 2015.（ウェンディ・ブラウン『いかにして民主主義は失われていくのか――新自由主義の見えざる攻撃』中井亜佐子訳, みすず書房, 2017。）
Michael Hardt and Antonio Negri, *Empire*. Harvard UP, 2001.（マイケル・ハート, アントニオ・ネグリ『〈帝国〉――グローバル化の世界秩序とマルチチュードの可能性』水嶋一憲・酒井隆史・浜邦彦・吉田俊実訳, 以文社, 2004。）

▶ 2 -(1), (2), (3)
[1次文献]
村上春樹『ねじまき鳥クロニクル』1994-95。全3巻, 新潮文庫, 1997。
Chimamanda Ngozi Adichie, *Americanah*. Knopf, 2013.（チママンダ・ンゴズィ・アディーチェ『アメリカーナ』くぼたのぞみ訳, 河出書房新社, 2016。）
Roberto Bolaño, *2666*. Editorial Anagrama, 2004.（ロベルト・ボラーニョ『2666』野谷文昭・内田兆史・久野量一訳, 白水社, 2012。）
Junot Diaz, *Drown*. Riverhead, 1996.（ジュノ・ディアズ『ハイウェイとゴミ溜め』江口研一訳, 新潮社, 1998。）
――, *The Brief Wondrous Life of Oscar Wao*. Riverhead, 2007.（『オスカー・ワオの短く凄まじい人生』都甲幸治・久保尚美訳, 新潮社, 2011。）
Jhumpa Lahiri, *Interpreter of Maladies*. Houghton Mifflin, 1999.（ジュンパ・ラヒリ『停電の夜に』小川高義訳, 新潮文庫, 2003。）
W. G. Sebald, *Austerlitz*. C. Hanser, 2001.（W・G・ゼーバルト『アウステルリッツ』鈴木仁子訳, 白水社, 2003。）

[2次文献]
Caren Irr, *Toward the Geopolitical Novel: U. S. Fiction in the Twenty-First Century*. Columbia UP, 2014.
Mark McGurl, *The Program Era: Postwar Fiction and the Rise of Creative Writing*. Harvard UP, 2009.
Rebecca L. Walkowitz, *Born Translated: The Contemporary Novel in an Age of World Literature*. Columbia UP, 2015.

関係年表

(太字はアメリカ関連)

西暦	アメリカ文学	世界文学・日本文学	アメリカ史・世界史
1000頃			北欧武装船団ヴァイキング，北米大陸到達，ヴィンランドと命名
1439頃			グーテンベルク，活版印刷技術改良（独）
1492			コロンブス，西インド諸島到達
1499			アメリゴ・ヴェスプッチ，南米探険（-1500）
1507			ヴァルトゼーミュラー，リングマン『宇宙誌入門』（独）
1516		モア『ユートピア』（英）	
1517			ルター「95カ条の論題」（独）
1534			イングランド国教会（英）
1536			カルヴァン『キリスト教綱要』（仏）
1549			イエズス会ザビエル，薩摩到着（日）
1585			ロアノーク植民地（「失われた植民地」）／英西戦争（-1604）
1600		シェイクスピア『ハムレット』（-1601?，英）	
1605		セルバンテス『ドン・キホーテ』（-1615，スペイン）	
1607			ジェイムズタウン植民地
1611		シェイクスピア『テンペスト』（英）	『欽定訳聖書』（英）
1619			バージニアに黒人奴隷20名導入
1620			メイフラワー誓約，プリマス植民地
1623		カンパネッラ『太陽の都』（伊）	

263

1624	スミス『バージニア, ニューイングランド, サマー諸島総史』		オランダ, フォート・オレンジ建設
1625			オランダ, ニューアムステルダム建設
1627		F・ベーコン『ニュー・アトランティス』(没後出版, 英)	
1630	ウィンスロップ「キリスト教的慈愛の模範」		マサチューセッツ湾植民地
1633			ガリレオ宗教裁判(伊)
1637			ピークォト戦争
1639			鎖国体制(-1854, 日)
1640	『賛美歌集』		
1642			ピューリタン革命(イングランド内戦)(-1649, 英)
1650	ブラッドストリート『アメリカに最近現れた10番目の詩神』		推定人口5万人(うち黒人1600人)
1651	ブラッドフォード『プリマス植民地について』		
1660			王政復古(英)
1662	ウィグルズワース『最後の審判の日』		マサチューセッツ教会会議,「半途契約」採択
1664			イギリス, オランダ領フォート・オレンジおよびニューアムステルダムを占領, それぞれオールバニー, ニューヨークに改称
1667		ミルトン『失楽園』(英)	
1675			フィリップ王戦争(-1676)
1678	ブラッドストリート『いくつかの詩』(没後出版)	バニヤン『天路歴程』(-1684, 英)	
1682	ローランソン『ミセス・メアリー・ローランソンの捕虜ならびに帰還の記録』	井原西鶴『好色一代男』(日)	
1688			名誉革命(英)
1692			セイラム魔女裁判

関係年表

年			
1700			推定人口25万人（うち黒人2万8000人）
1702	C・マザー『アメリカにおけるキリストの大いなる御業』	松尾芭蕉『おくのほそ道』（日）	
1707	J・ウィリアムズ『救われし捕虜』		グレート・ブリテン連合王国
1719		デフォー『ロビンソン・クルーソー』（英）	
1726		スウィフト『ガリヴァー旅行記』（英）	
1732	フランクリン『貧しきリチャードの暦』(-1757)		
1734			この頃から第1次大覚醒（-1750頃）
1740		リチャードソン『パミラ』（英）	
1741	エドワーズ「怒れる神の御手にある罪びと」		
1749		フィールディング『トム・ジョウンズ』（英）	
1750			推定人口117万人（うち黒人23万人）
1751		ディドロ，ダランベール他『百科全書』(-1772, 仏)	
1754	エドワーズ『自由意志論』		フレンチ・インディアン戦争（-1763）
1756			7年戦争（-1763）
1759		スターン『トリストラム・シャンディ』(-1767, 英)	
1760			推定人口159万人
1764		ウォルポール『オトラント城奇譚』（英）	
1765		マクファーソン『オシアン詩集』（英）	印紙法（英）
1767			タウンゼンド諸法（英）
1768		スターン『センチメンタル・ジャーニー』（英）	ボストン派兵（英）
1770			推定人口214万人（うち黒人46万人）

265

第Ⅲ部　資　料

年			
1773			ボストン茶会事件
1774		ゲーテ『若きウェルテルの悩み』(独)	第1次大陸会議
1775			革命戦争（独立戦争）(-1783)／第2次大陸会議(-1781)
1776	ペイン『コモン・センス』		独立宣言
1780			推定人口278万人（うち黒人57万人）
1782	クレヴクール『アメリカ農夫の手紙』(英語版)	ラクロ『危険な関係』(仏)	
1783			パリ条約。独立戦争終結
1784	ジェファソン『バージニア覚書』(-1785)		ニューヨーク臨時首都(-1790)
1785			カートライト，力織機発明(英)
1787	タイラー『コントラスト』		
1789	W・H・ブラウン『共感力』		ジョージ・ワシントン初代大統領／フランス革命。人権宣言（仏）
1790		本居宣長『古事記伝』(-1822，日)	フィラデルフィアに首都移転(-1800)／初の国勢調査。人口392万人（うち自由黒人5万人，奴隷黒人69万人）
1791	ローソン『シャーロット・テンプル』		
1793			この頃から第2次大覚醒(-1840年代)／逃亡奴隷法／イーライ・ホイットニー，綿繰り機発明／恐怖政治(-1794，仏)
1794		ゴドウィン『ケイレブ・ウィリアムズ』(英)／ラドクリフ『ユードルフォの謎』(英)／ブレイク『無垢と経験の歌』(英)	
1797	H・W・フォスター『コケット』	サド『悪徳の栄え』(-1801，仏)	ジョン・アダムズ第2代大統領

1798	C・B・ブラウン『ウィーランド』／ダンラップ『アンドレ』	ワーズワース，コールリッジ『抒情民謡集（リリカル・バラッズ）』（英）	ナポレオン，エジプト遠征（-1799，仏）／ナイルの海戦（アブキール湾の戦い）（英／仏）
1800		スタール『文学論』（仏）	ワシントンD.C.に首都移転／人口530万人（うち自由黒人10万人，奴隷黒人89万人）
1801			トマス・ジェファソン第3代大統領／グレート・ブリテンおよびアイルランド連合王国
1802		ノヴァーリス『青い花』（没後出版，独）	
1803			フランスからルイジアナ購入
1808		ゲーテ『ファウスト』（-1832，独）	連邦議会，奴隷貿易を禁止／フェートン号事件（日／英）
1809			ジェイムズ・マディソン第4代大統領
1810		スコット『湖上の美人』（英）	人口723万人（うち自由黒人18万人，奴隷黒人119万人）
1811		オースティン『分別と多感』（英）	
1812		バイロン『チャイルド・ハロルドの遍歴』（-1818，英）	米英戦争（1812年戦争）（-1814）
1814		スコット『ウェイヴァリー』（英）	ガン条約。米英戦争終結／ウィーン会議（-1815）
1816		コールリッジ『クブラ・カーン』（英）	アメリカ植民協会
1817	W・C・ブライアント「タナトプシス」		ジェイムズ・モンロー第5代大統領
1818	フランクリン『フランクリン自伝』（英語版，-1819，没後出版）	M・シェリー『フランケンシュタイン』（英）	
1819	W・アーヴィング『スケッチ・ブック』	スコット『アイヴァンホー』（英）	スペインからフロリダ購入
1820	W・E・チャニング「反カルヴィニズム道徳論」	P・B・シェリー『鎖を解かれたプロメテウス』（英）	ミズーリ協定／人口963万人（うち自由黒人23万人，奴隷黒人153万人）

1823	クーパー『開拓者たち』		モンロー・ドクトリン
1824	チャイルド『ホボモク』		
1825		鶴屋南北『東海道四谷怪談』(日)	エリー運河竣工／異国船打払令(日)
1826	クーパー『モヒカン族の最後』		
1827	C・M・セジウィック『ホープ・レスリー』		アイルランドおよびドイツから移民増加(-1838)
1828	ウェブスター『アメリカ英語辞典』		「ジム・クロウ」人気を博す
1829	エイプス『森の息子』		アンドリュー・ジャクソン第7代大統領
1830		スタンダール『赤と黒』(仏)	インディアン強制移住法／人口1286万人(うち自由黒人32万人，奴隷黒人200万人)
1831	ターナー『ナット・ターナーの告白』(没後出版)	ユーゴー『ノートルダム・ド・パリ』(仏)	ナット・ターナーの反乱
1833			アメリカ奴隷制反対協会
1835	シムズ『イェマシー族の最後』	バルザック『ゴリオ爺さん』(仏)	
1836	エマソン『自然』	バルザック『谷間の百合』(仏)	テキサス共和国，メキシコから独立(-1845)
1837	エマソン「アメリカの学者」	ディケンズ『ピクウィック・クラブ』(英)	マーティン・ヴァン・ビューレン第8代大統領／金融危機(-1844)／ヴィクトリア女王(-1901, 英)
1838	ポー『アーサー・ゴードン・ピムの冒険』		チェロキー族強制移住，「涙の旅路」／人民憲章(英)
1839	ポー「アッシャー家の崩壊」	ダーウィン『ビーグル号航海記』(英)	
1840	『ダイアル』(-1844)	P・B・シェリー『詩の擁護』(英)	人口1706万人(うち自由黒人38万人，奴隷黒人248万人)／阿片戦争(-1842, 英／中[清])
1841	ポー「モルグ街の殺人」	カーライル『英雄と英雄崇拝』(英)	ウィリアム・ハリソン第9代大統領。1ヵ月後病死。ジョン・タイラー第10代大統領

1842		ゴーゴリ「外套」(露)	「バーナムのアメリカ博物館」開業
1844	フラー『五大湖の夏』／リッパード『クエーカー・シティ』	アレクサンドル・デュマ『モンテ・クリスト伯』(-1846, 仏)	
1845	ダグラス『自伝』／フラー『19世紀の女性』／ポー「大鴉」		ジェイムズ・ポーク第11代大統領／テキサス併合／ジャガイモ飢饉(英[愛], -1849)
1846	メルヴィル『タイピー』／ポー「詩作の哲学」		米墨戦争(アメリカ・メキシコ戦争)(-1848)／オレゴン協定
1847	ロングフェロー「エヴァンジェリン」	C・ブロンテ『ジェーン・エア』(英)／E・ブロンテ『嵐が丘』(英)	
1848		マルクス，エンゲルス『共産党宣言』(独)	カリフォルニア金鉱発見／セネカ・フォールズ女性参政権会議
1849	ソロー「市民の反抗」	サンド『愛の妖精』(仏)	ザカリー・テイラー第12代大統領
1850	ホーソーン『緋文字』／エマソン『代表的人間』／ウォーナー『広い，広い世界』	ディケンズ『デイヴィッド・コパフィールド』(英)	ミラード・フィルモア第13代大統領／1850年協定(1850年の妥協)／人口2319万人(うち自由黒人43万人，奴隷黒人320万人)
1851	メルヴィル『白鯨』		第1回万国博覧会，ロンドンで開催
1852	ホーソーン『ブライズデイル・ロマンス』／ストウ『アンクル・トムの小屋』	ツルゲーネフ『猟人日記』(露)	
1853	メルヴィル「バートルビー」		フランクリン・ピアス第14代大統領／土着主義が顕著になる／黒船来航(日／米)
1854	ソロー『ウォールデン』	ネルヴァル『火の娘たち』(仏)	カンザス・ネブラスカ法／日米和親条約(神奈川条約)，鎖国体制終焉(日)
1855	ホイットマン『草の葉』(初版)／ロングフェロー「ハイアワサの歌」		
1856			アロー戦争(第2次阿片戦争)(-1860, 英，仏／中[清])

年			
1857		ボードレール『悪の華』（仏）／フローベール『ボヴァリー夫人』（仏）	ジェイムズ・ブキャナン第15代大統領
1858	ホームズ『朝食テーブルの独裁者』		日米修好通商条約
1859		ダーウィン『種の起源』（英）	ジョン・ブラウンの反乱
1860	ソロー「ジョン・ブラウン大尉を弁護して」／ビードル社、ダイム・ノヴェル刊行／エリス『セス・ジョーンズ』	ツルゲーネフ『初恋』（露）	人口3144万人（うち自由黒人48万人、奴隷黒人395万人。この年から同化先住民人口を算入）
1861	ジェイコブズ『ある奴隷少女に起こった出来事』／デイヴィス「製鉄工場の生活」	ディケンズ『大いなる遺産』（英）／G・エリオット『サイラス・マーナー』（英）	エイブラハム・リンカーン第16代大統領／南北戦争（-1865）
1862		ユーゴー『レ・ミゼラブル』（仏）／ツルゲーネフ『父と子』（露）	ホームステッド法（自営農地法）
1863	L・M・オルコット『病院のスケッチ』		奴隷解放宣言／ゲティスバーグの戦い
1864		ドストエフスキー『地下室の手記』（露）／ヴェルヌ『地底旅行』（仏）	
1865	L・M・オルコット「仮面の陰で」	キャロル『不思議の国のアリス』（英）／トルストイ『戦争と平和』（-1869、露）	南北戦争終結／リンカーン暗殺／アンドリュー・ジョンソン第17代大統領
1866		ドストエフスキー『罪と罰』（露）／福沢諭吉『西洋事情』（-1870、日）	全米労働組合設立（-1873）
1867	チャイルド『共和国のロマンス』	イプセン『ペール・ギュント』（ノルウェー）	ロシアからアラスカ購入／大政奉還、王政復古の大号令（日）
1868（明治元）	L・M・オルコット『若草物語』（-1869）／アルジャー『ぼろ着のディック』／ハート「ロアリング・キャンプのラック」	モリス『地上の楽園』（-1870、英）／ドストエフスキー『白痴』（露）	戊辰戦争（-1869）／明治維新（日）
1869	トウェイン『イノセンツ・アブロード』	フローベール『感情教育』（仏）／ボードレール『パリの憂鬱』（没後出版、仏）	ユリシーズ・グラント第18代大統領／最初の大陸横断鉄道開通
1870	アルジャー『荷物運びのベン』	ヴェルヌ『海底二万里』（仏）	黒人参政権認められる／人口3981万人

1871	ホイットマン『民主主義の展望』		岩倉使節団（-1873, 日）
1873	トウェイン, ウォーナー『金メッキ時代』	ランボー『地獄の季節』（仏）	明六社（-1875, 日）
1874		ロートレアモン伯爵『マルドロールの歌』（没後出版, 仏）	自由民権運動始まる（日）
1876	トウェイン『トム・ソーヤーの冒険』／メルヴィル『クラレル』	マラルメ『半獣神の午後』（仏）／昭憲皇太后「弗蘭克林十二徳の歌」（日）	
1877		ゾラ『居酒屋』（仏）	ラザフォード・ヘイズ第19代大統領／リコンストラクション（南部再建）終了
1878		トルストイ『アンナ・カレーニナ』（露）	
1879	H・ジェイムズ『デイジー・ミラー』	イプセン『人形の家』（ノルウェー）	
1880	ケイブル『グランディシム一族』	ドストエフスキー『カラマーゾフの兄弟』（露）／ゾラ『実験小説論』（仏）	人口5018万人
1881	H・ジェイムズ『ある婦人の肖像』／トウェイン『王子と乞食』		ジェイムズ・ガーフィード第20代大統領。6ヵ月後暗殺。チェスター・アーサー第21代大統領
1882	ホイットマン『見本の日々（自選日記）』／ハウエルズ『近ごろよくあること』		中国人排斥法（-1943）
1883		スティーヴンソン『宝島』（英）／モーパッサン『女の一生』（仏）	鹿鳴館（-1940, 日）
1884		『オックスフォード英語辞典』（-1928, 英）	
1885	トウェイン『ハックルベリー・フィンの冒険』／ハウエルズ『サイラス・ラパムの向上』	坪内逍遥『小説神髄』（-1886, 日）	グローヴァ・クリーヴランド第22代大統領
1886		リラダン『未来のイヴ』（仏）	ヘイマーケット事件／アメリカ労働総同盟（AFL）
1887	フリーマン「ニューイングランドの尼僧」	ドイル『緋色の研究』（英）／二葉亭四迷『浮雲』（-1891, 日）	ドーズ法

271

1888	ベラミー『かえりみれば』		
1889	トウェイン『アーサー王宮廷のコネチカット・ヤンキー』／ガーランド「獅子にふまれて」		ベンジャミン・ハリソン第23代大統領／大日本帝国憲法公布
1890	ディキンソン『エミリー・ディキンソン詩集』（没後出版）／ビアス「アウルクリーク橋の出来事」	ドイル『四つの署名』（英）／モリス『ユートピアだより』（英）／森鷗外『舞姫』（日）	フロンティア消滅／ウーンデッド・ニーの虐殺／人口6294万人（この年から日系人口が調査項目になる）／教育勅語（日）
1891		ハーディ『ダーバヴィル家のテス』（英）	国際著作権法調印
1892	ギルマン「黄色い壁紙」／ハーパー『アイオラ・リロイ』		
1893	S・クレイン『街の女マギー』	ワイルド『サロメ』（英）	グローヴァ・クリーヴランド第24代大統領／ハワイ王国滅亡／シカゴ万国博覧会
1894			日清戦争（-1895）。
1895	S・クレイン『勇気の赤い勲章』	ウェルズ『タイムマシーン』（英）	三国干渉（日／露，独，仏）／ノーベル賞創設
1896	ジュエット『とんがりモミの木の郷』／カーハン『イェクル』	チェーホフ『かもめ』（露）／ヴァレリー『テスト氏との一夜』（仏）	プレッシー対ファーガソン裁判／アラスカ金鉱発見／第1回オリンピック，アテネで開催（ギリシャ）
1897		ストーカー『ドラキュラ』（英）／樋口一葉『たけくらべ』（日）	ウィリアム・マッキンリー第25代大統領
1898		国木田独歩『武蔵野』（日）	米西戦争／ハワイ併合
1899	ショパン『目覚め』／ノリス『マクティーグ』	コンラッド『闇の奥』（英）／フロイト『夢判断』（墺）	米比戦争（フィリピン・アメリカ戦争）（-1902）
1900	ドライサー『シスター・キャリー』／ボーム『オズの魔法使い』	コンラッド『ロード・ジム』（英）／泉鏡花「高野聖」（日）	人口7621万人（うち黒人880万人）／パリ万国博覧会（仏）
1901	ノリス『オクトパス』／B・T・ワシントン『奴隷より身を起こして』／チェスナット『伝統の真髄』	チェーホフ『三人姉妹』（露）／与謝野晶子『みだれ髪』（日）／黒岩涙香『巌窟王』（-1902，日）	マッキンリー暗殺。セオドア・ローズヴェルト第26代大統領
1902	H・ジェイムズ『鳩の翼』	ゴーリキー『どん底』（露）	日英同盟（-1921）

関係年表

年			
1903	W・E・B・デュボイス『黒人のたましい』／ロンドン『野生の呼び声』／H・ジェイムズ『使者たち』	ショー『人と超人』(英)	ライト兄弟，世界初の有人動力飛行
1904	H・ジェイムズ『黄金の盃』	チェーホフ『桜の園』(露)／ロラン『ジャン・クリストフ』(-1912, 仏)／ハーン(小泉八雲)『怪談』(日)	ローズヴェルト・コロラリー(ローズヴェルトの系論)／セントルイス万国博覧会／日露戦争(-1905)
1905	ウォートン『歓楽の家』	夏目漱石『吾輩は猫である』(日)	
1906	ビアス『冷笑派用語集(悪魔の辞典)』／シンクレア『ジャングル』	ヘッセ『車輪の下』(スイス)／島崎藤村『破戒』(日)	サンフランシスコ大地震
1907	H・アダムズ『ヘンリー・アダムズの教育』(私家版)	田山花袋『蒲団』(日)	年間移民数ピーク
1908			フォード・モデルT発売
1909	スタイン『三人の女』／ロンドン『マーティン・イーデン』	ジッド『狭き門』(仏)	ウィリアム・タフト第27代大統領／全国有色人地位向上協会(NAACP)
1910		フォースター『ハワーズ・エンド』(英)	人口9222万人／韓国併合(日／韓)／大逆事件(日)
1911	ウォートン『イーサン・フロム』／ドライサー『ジェニー・ゲアハート』	フローベール『紋切型辞典』(没後出版, 仏)	アメリカ・インディアン協会／改正日米通商航海条約(日)／平塚らいてう，青鞜社結成(-1916, 日)
1912 (大正元)	J・W・ジョンソン『元黒人の自伝』	フランス『神々は渇く』(仏)	溥儀退位。清王朝滅亡。中華民国(中)
1913	キャザー『おお開拓者よ！』／ウォートン『お国の風習』	プルースト『スワン家のほうへ』(『失われた時を求めて』第1篇, -1927, 仏)	ウッドロー・ウィルソン第28代大統領
1914	フロスト『ボストンの北』／スタイン『優しい釦』	夏目漱石『こゝろ』(日)	南部黒人の北部産業都市移住が加速／第1次世界大戦(-1918)／パナマ運河開通
1915	マスターズ『スプーンリバー詩集』	カフカ『変身』(チェコ)／芥川龍之介「羅生門」(日)	
1916	サンドバーグ『シカゴ詩集』	ジョイス『若き芸術家の肖像』(英[愛])	
1917			第1次世界大戦参戦
1918	キャザー『マイ・アントニーア』	魯迅『狂人日記』(中)	スペイン風邪パンデミック／第1次世界大戦終結

第Ⅲ部　資　料

年			
1919	アンダーソン『ワインズバーグ，オハイオ』	モーム『月と六ペンス』（英）／サスーン『戦争詩集』（英）	新婦人協会（-1922，日）／ガンジー，非暴力・不服従運動（-1934，印／英）
1920	ウォートン『無垢の時代』／ルイス『本町通り』／フィッツジェラルド『楽園のこちら側』		禁酒法（-1933）／女性参政権／ウィルソン大統領，ノーベル平和賞／国際連盟不参加／人口1億602万人
1921	アンダーソン『卵の勝利』／ガーランド『中部辺境の娘』	魯迅『阿Q正伝』（-1922，中）／野口米次郎『二重国籍者の詩』（日）	ウォレン・ハーディング第29代大統領／ひざ丈スカート大流行
1922	T・S・エリオット『荒地』／ルイス『バビット』／『フュージティヴ』（-1925）	ジョイス『ユリシーズ』（愛）／ロラン『魅せられたる魂』（-1933，仏）／パステルナーク『わが妹人生』（ソ連）	ワシントン会議／ソヴィエト社会主義共和国連邦（ソヴィエト連邦）／アイルランド自由国
1923	トゥーマー『砂糖きび』／W・スティーヴンズ『足踏みオルガン』／キャザー『迷える夫人』	リルケ『ドゥイノの悲歌』（墺）／ロレンス『アメリカ古典文学研究』（英）／ラディゲ『肉体の悪魔』（仏）	ハーディング没。カルヴィン・クーリッジ第30代大統領／関東大震災（日）／ムッソリーニ首相（-1943，伊）
1924	メルヴィル『ビリー・バッド』（没後出版）／オニール『楡の木陰の欲望』	トーマス・マン『魔の山』（独）／アンドレ・ブルトン『シュルレアリスム宣言』（仏）／谷崎潤一郎『痴人の愛』（日）	1928年移民法（ジョンソン＝リード法。日本での通称「排日移民法」）／レーニン没。スターリン最高指導者（ソ連）
1925	フィッツジェラルド『グレート・ギャツビー』／キャザー『教授の家』／ロック編『ニュー・ニグロ』／ドライサー『アメリカの悲劇』	カフカ『審判』（没後出版，チェコ）／V・ウルフ『ダロウェイ夫人』（英）／江戸川乱歩『D坂の殺人事件』（日）	スコープス裁判／治安維持法，普通選挙法（日）／日ソ基本条約
1926（昭和元）	ヘミングウェイ『日はまた昇る』	カフカ『城』（没後出版，チェコ）	中国国民党，北伐開始（-1928）
1927	キャザー『大司教に死来る』	カフカ『アメリカ（失踪者）』（没後出版，チェコ）／V・ウルフ『灯台へ』（英）	リンドバーグ，大西洋単独無着陸飛行／大西洋横断無線電話開通
1928	マッケイ『ハーレムへの帰還』／フォーセット『プラム・バン』	ロレンス『チャタレー夫人の恋人』／イェイツ『塔』（愛）／ブレヒト『三文オペラ』（独）	治安維持法改正（日）

関係年表

1929	フォークナー『響きと怒り』／ラーセン『パッシング』／ヘミングウェイ『武器よさらば』	コクトー『恐るべき子供たち』（仏）／小林多喜二『蟹工船』（日）	ハーバート・フーヴァー第31代大統領／世界恐慌
1930	ハメット『マルタの鷹』／フォークナー『死の床に横たわりて』／ドス・パソス『北緯四十二度線』（『U. S. A.』第1部, -1936）／H・クレイン『橋』／シンクレア・ルイス，ノーベル文学賞	ムージル『特性のない男』（-1938, 墺）	ネーション・オブ・イスラム（ブラック・ムスリム, NOI）／人口1億2277万人／昭和恐慌（日）
1931	バック『大地』／オニール『喪服の似合うエレクトラ』	サン＝テグジュペリ『夜間飛行』（仏）	「星条旗」国歌採用／満州事変（日／中）
1932	コールドウェル『タバコ・ロード』／フォークナー『八月の光』	ハクスリー『すばらしい新世界』（英）／セリーヌ『夜の果てへの旅』（仏）	5・15事件（日）
1933	スタイン『アリス・B・トクラスの自伝』／ウエスト『孤独な娘』	マルロー『人間の条件』（仏）	フランクリン・デラノ・ローズヴェルト第32代大統領／ニューディール政策（-1938）／国内失業者1300万人／日本およびドイツ，国際連盟脱退
1934	フィッツジェラルド『夜はやさし』／H・ロス『それを眠りと呼べ』	ウォー『一握の塵』（英）	ヒトラー総統（独）
1935	T・S・エリオット『寺院の殺人』		公共事業促進局（WPA）（-1943）／全国労働関係法（ワグナー法）
1936	フォークナー『アブサロム，アブサロム！』／ミッチェル『風と共に去りぬ』／バーンズ『夜の森』／ユージン・オニール，ノーベル文学賞	老舎『駱駝祥子』（中）	2・26事件（日）／フランコの反乱。スペイン内戦（-1939）／ベルリン・オリンピック（独）
1937	ハーストン『彼らの目は神を見ていた』	川端康成『雪国』（-1948, 日）／永井荷風『濹東綺譚』（日）	日中戦争（-1945）
1938	ワイルダー『わが町』／パール・バック，ノーベル文学賞	サルトル『嘔吐』（仏）／ユルスナール『東方綺譚』（仏）	下院非米活動委員会（-1975）／国家総動員法（日）

第Ⅲ部　資　料

年			
1939	チャンドラー『大いなる眠り』／ポーター『蒼ざめた馬，蒼ざめた騎手』／スタインベック『怒りの葡萄』／ウエスト『いなごの日』	ジョイス『フィネガンズ・ウェイク』(愛)／D・トマス『愛の地図』(英)	ノモンハン事件(日／ソ連)／独ソ不可侵条約／第2次世界大戦(-1945)
1940	ライト『アメリカの息子』／ヘミングウェイ『誰がために鐘は鳴る』／マッカラーズ『心は孤独な狩人』	織田作之助『夫婦善哉』(日)	人口1億3216万人／大政翼賛会(-1945, 日)／日独伊三国同盟／東京オリンピック中止
1941	エヴァンズ，エイジー『名高き人々をいざ讃えん』	ボルヘス『伝奇集』(-1956, アルゼンチン)／カロッサ『美しき惑いの年』(独)／高村光太郎『智恵子抄』(日)	レンド＝リース法(武器貸与法)／日本，ハワイ真珠湾攻撃／枢軸国に宣戦布告／レジスタンス組織国民戦線(仏)
1942	フォークナー『行け，モーセ』／L・ヒューズ『黒人街のシェイクスピア』	カミュ『異邦人』(仏)／中島敦『光と風と夢』(日)	マンハッタン計画／ユダヤ人の強制収容所集団移送始まる(独)
1943	T・S・エリオット『四つの四重奏』	サン＝テグジュペリ『星の王子さま』(仏)	イタリア，無条件降伏
1944		コレット『ジジ』(仏)	D＝デー(ノルマンディー上陸作戦，6月6日)
1945	T・ウィリアムズ『ガラスの動物園』／カポーティ「ミリアム」	オーウェル『動物農場』(英)／レマルク『凱旋門』(独)／ブロッホ『ウェルギリウスの死』(墺)	ローズヴェルト没。ハリー・S・トルーマン第33代大統領／広島，長崎に原子爆弾投下／ドイツ，無条件降伏／日本，ポツダム宣言受諾／第2次世界大戦終結／国際連合
1946	ウェルティ『デルタの結婚式』／マッカラーズ『結婚式のメンバー』／W・C・ウィリアムズ『パターソン』(-1958)	D・トマス『死と入口』(英)／カザンザキス『その男ゾルバ』(ギリシャ)／坂口安吾『堕落論』(日)	日本国憲法公布
1947	T・ウィリアムズ『欲望という名の電車』	カミュ『ペスト』(仏)／フランク『アンネの日記』(独)	マーシャル・プラン／トルーマン・ドクトリン／インドとパキスタン，分離独立
1948	メイラー『裸者と死者』／カポーティ『遠い声，遠い部屋』／T・S・エリオット，ノーベル文学賞	ウォー『愛されたもの』(英)／ブランショ『死の宣告』(仏)／太宰治『人間失格』(日)	ガンディー暗殺(印)／ソ連，西ベルリン経済封鎖／イスラエル建国／アパルトヘイト政策(-1994, 南ア)

関係年表

年			
1949	ウェルティ『黄金の林檎』／ミラー『セールスマンの死』／ウィリアム・フォークナー, ノーベル文学賞	オーウェル『一九八四年』（英）／ジュネ『泥棒日記』（仏）／三島由紀夫『仮面の告白』（日）	中華人民共和国／北大西洋条約機構（NATO）／東西ドイツ分裂（-1990）／アイルランド共和国
1950	アシモフ『われはロボット』		マッカーシズム（赤狩り）旋風（-1954）／人口1億5069万人／朝鮮戦争（-1953, 北朝鮮, 中, ソ連／韓, 米）
1951	サリンジャー『ライ麦畑でつかまえて』／マッカラーズ『悲しき酒場の唄』／スタイロン『闇の中に横たわりて』	ユルスナール『ハドリアヌス帝の回想』（仏）／安部公房『壁』（日）	サンフランシスコ平和条約／（旧）日米安全保障条約
1952	オコナー『賢い血』／ヘミングウェイ『老人と海』／エリスン『見えない人間』／ヴォネガット『プレイヤー・ピアノ』	ベケット『ゴドーを待ちながら』（愛）／野間宏『真空地帯』（日）／大岡昇平『野火』（日）／谷川俊太郎『二十億光年の孤独』（日）	水素爆弾実験／日本, 主権回復
1953	サリンジャー『ナイン・ストーリーズ』／チャンドラー『長いお別れ』／A・ミラー『るつぼ』／ボールドウィン『山にのぼりて告げよ』／オルソン『マクシマス詩篇』（-1956）	クラーク『幼年期の終り』（英）／ロブ=グリエ『消しゴム』（仏）	ドワイト・アイゼンハワー第34代大統領／スターリン没。フルシチョフ最高指導者（ソ連）
1954	クリーリー『金山抗夫』／ヘクト『石の招き』／アーネスト・ヘミングウェイ, ノーベル文学賞	ゴールディング『蠅の王』（英）／K・エイミス『ラッキー・ジム』（英）／トールキン『指輪物語』（英）	ブラウン対教育委員会裁判／第5福竜丸被爆事件（日／米）
1955	ナボコフ『ロリータ』／オコナー『善人はなかなかいない』／T・ウィリアムズ『やけたトタン屋根の猫』	ラーキン『騙されることの少ない人』（英）／ブランショ『文学空間』（仏）	モンゴメリー・バスボイコット事件／ワルシャワ条約機構（-1991）／万国著作権条約
1956	ボールドウィン『ジョヴァンニの部屋』／ビショップ『冷たい春』／ギンズバーグ『吠える』	カミュ『転落』（仏）／コルタサル『遊戯の終り』（アルゼンチン）／石原慎太郎『太陽の季節』（日）	連邦最高裁判所, 公共交通機関における人種差別に違憲判決／アラバマ大学に初の黒人学生入学／日本, 国際連合加盟／中ソ対立（-1989）

第Ⅲ部　資　料

年			
1957	マラマッド『アシスタント』／ケルアック『オン・ザ・ロード』／チーヴァー『ワップショット家の人びと』／ナボコフ『プニン』	ダレル『アレクサンドリア四重奏』（-1960, 英）／パステルナーク『ドクトル・ジバゴ』（ソ連）／カルヴィーノ『木のぼり男爵』（伊）	リトルロック高校事件／無人人工衛星スプートニク1号（ソ連）
1958	カポーティ『ティファニーで朝食を』	ボーヴォワール『娘時代ある女の回想』（仏）	エクスプローラー1号
1959	バロウズ『裸のランチ』／P・ロス『グッバイ, コロンバス』／R・ローウェル『人生研究』	グラス『ブリキの太鼓』（独）／カルヴィーノ『不在の騎士』（伊）／ナイポール『ミゲル・ストリート』（トリニダード［英］）／アチェベ『崩れゆく絆』（ナイジェリア）	キューバ革命
1960	オコナー『烈しく攻むる者はこれを奪う』／バース『酔いどれ草の仲買人』／J・アップダイク『走れウサギ』／リー『アラバマ物語』	ゴーディマ『フライデーの足跡』（南ア）	シット・イン拡大／人口1億7932万人（この年からアラスカ州, ハワイ州人口を算入）／(新)日米安全保障条約／OPEC（石油輸出国機構）／アフリカで17ヵ国独立,「アフリカの年」
1961	サリンジャー『フラニーとズーイ』／ヘラー『キャッチ＝22』／マーシャル『魂よ, 手をたたけ, 歌え』	アクショーノフ『星の切符』（ソ連）／レム『ソラリス』（ポーランド）	J・F・ケネディ第35代大統領／アポロ計画（-1972）／核戦争の恐怖広まる／ベルリンの壁（-1989, 東西ドイツ）
1962	ナボコフ『淡い焔』／ボールドウィン『もう一つの国』／キージー『カッコーの巣の上で』	バージェス『時計じかけのオレンジ』（英）／安部公房『砂の女』（日）／高橋和巳『悲の器』（日）	キューバ危機
1963	ピンチョン『V.』／プラス『ベル・ジャー』（没後出版）／フリーダン『新しい女性の創造（女らしさの神話）』	ロブ＝グリエ『新しい小説のために』（仏）／コルタサル『石蹴り遊び』（アルゼンチン）	ケネディ暗殺。リンドン・ジョンソン第36代大統領／キング牧師「私には夢がある」演説
1964	D・バーセルミ『帰れ, カリガリ博士』／ダンカン『根と枝』	大江健三郎『個人的な体験』（日）	トンキン湾事件。ベトナム戦争に本格介入／公民権法／キング牧師, ノーベル平和賞／東海道新幹線開通, 東京オリンピック開催（日）

関係年表

年			
1965	カポーティ『冷血』／プラス『エアリアル』（没後出版）	ドラブル『碾臼』（英）／小島信夫『抱擁家族』（日）	ワッツ暴動／マルコムX暗殺／出身国割当制限撤廃
1966	ピンチョン『競売ナンバー49の叫び』／マラマッド『修理屋』／オーツ「どこへ行くの，どこ行ってたの？」／メリル『夜と昼』	リース『サルガッソーの広い海』（ドミニカ［英］）／バルガス＝リョサ『緑の家』（ペルー）／アレナス『めくるめく世界』（キューバ）／遠藤周作『沈黙』（日）	全米女性機構（NOW）／ブラックパンサー党（-1982）／文化大革命（-1976, 中）
1967	ブローティガン『アメリカの鱒釣り』／ブライ『体のまわりの光』／スウェンソン『半ば太陽半ば眠り』	ガルシア＝マルケス『百年の孤独』（コロンビア）／野坂昭如『火垂るの墓』（日）	欧州共同体（EC）
1968	クーヴァー『ユニヴァーサル野球協会』／グリュック『第一子』	クラーク『2001年宇宙の旅』（英）／ユルスナール『黒の過程』（仏）／川端康成，ノーベル文学賞（日）	アメリカ・インディアン運動（AIM）／ベトナムでソンミ村虐殺事件／プラハの春（チェコスロバキア）
1969	ヴォネガット『スローターハウス5』／オーツ『かれら』／ル・グウィン『闇の左手』	ファウルズ『フランス軍中尉の女』（英）／デュラス『破壊しに，と彼女は言う』（仏）／庄司薫『赤頭巾ちゃん気をつけて』（日）	リチャード・ニクソン第37代大統領／アポロ11号月面着陸／アルカトラズ島占拠事件（-1971）
1970	モリスン『青い眼がほしい』／マーウィン『梯子を運ぶ者たち』	ドノソ『夜のみだらな鳥』（チリ）／石牟礼道子『苦界浄土』（日）／古井由吉『杳子』（日）	人口2億330万人／日本万国博覧会，大阪で開催／核拡散防止条約（米, 仏, 英, 中, 露）
1971	ブローティガン『芝生の復讐』／ガードナー『グレンデル』／セクストン『変身』	ナイポール『自由の国で』（トリニダード［英］）／レム『完全な真空』（ポーランド）	『ニューヨーク・タイムズ』，「ペンタゴン・ペーパーズ」スクープ／18歳以上に選挙権認められる
1972	リード『マンボ・ジャンボ』／アモンズ『全詩集1951年-1971年』	カルヴィーノ『見えない都市』（伊）	沖縄復帰（日）
1973	ピンチョン『重力の虹』／P・ロス『素晴らしいアメリカ野球』／リッチ『廃墟への跳躍』	ソルジェニーツィン『収容所群島』（-1975, ソ連）／小松左京『日本沈没』（日）	ウォーターゲート事件／パリ和平協定。「名誉ある撤退」完了／ロー対ウェイド裁判／ウーンデッド・ニー占拠
1974	スナイダー『亀の島』		ニクソン辞任。ジェラルド・フォード第38代大統領／世界的インフレーション

279

1975	ギャディス『JR』／ドクトロウ『ラグタイム』	クンデラ『笑いと忘却の書』（チェコスロバキア［仏］）	サイゴン陥落。ベトナム戦争終結
1976	ヘイリー『ルーツ』／ウォーカー『メリディアン』／ソール・ベロー，ノーベル文学賞	プイグ『蜘蛛女のキス』（アルゼンチン）／村上龍『限りなく透明に近いブルー』（日）	バイキング1号火星着陸／ロッキード事件（日）
1977	シルコウ『儀式』／クーヴァー『公開火刑』	島尾敏雄『死の棘』（日）／中上健次『枯木灘』（日）	ジミー・カーター第39代大統領
1978	オブライエン『カチアートを追跡して』／J・アーヴィング『ガープの世界』／シンガー『ショーシャ』	マキューアン『セメント・ガーデン』（英）／ペレック『人生使用法』（仏）／大西巨人『神聖喜劇』（-1980, 日）	日中平和友好条約
1979	スタイロン『ソフィーの選択』／リッチ『嘘，秘密，沈黙。』	エンデ『はてしない物語』（独）／カーター『血染めの部屋』（英）	スリーマイル島原子力発電所事故／アメリカ大使館人質事件（イラン）／アフガニスタン軍事侵攻（ソ連）
1980	ダヴ『角の黄色い家』	エーコ『薔薇の名前』（伊）／ペレック『エリス島物語』（仏）	ジョン・レノン暗殺／人口2億2654万人
1981	カーヴァー『愛について語るときに我々の語ること』	ドノソ『隣りの庭』（チリ）／ラシュディ『真夜中の子供たち』（印［英］）	ロナルド・レーガン第40代大統領／スペースシャトル・コロンビア号初飛行
1982	オースター『孤独の発明』／ウォーカー『カラーパープル』／ビーティ『燃える家』／ウチダ『荒野に追われた人々』	アジェンデ『精霊たちの家』（チリ）／ペソア『不安の書』（没後出版，葡）／小島信夫『別れる理由』（日）	フォークランド紛争（英／アルゼンチン）
1983	カーヴァー『大聖堂』／マーシャル『ある讃歌』	イェリネク『ピアニスト』（墺）	戦略防衛構想（SDI，スター・ウォーズ計画）
1984	バース『金曜日の本』／トバイアス・ウルフ『兵舎泥棒』／アードリック『ラブ・メディシン』	バラード『太陽の帝国』（英）／クンデラ『存在の耐えられない軽さ』（チェコスロバキア［仏］）	
1985	オースター『ガラスの街』／ギャディス『カーペンターズ・ゴシック』／マッカーシー『ブラッド・メリディアン』／パワーズ『舞踏会へ向かう三人の農夫』	アトウッド『侍女の物語』（加）／ケアリー『イリワッカー』（豪）／村上春樹『世界の終りとハードボイルド・ワンダーランド』（日）	ゴルバチョフ最高指導者（ソ連）

年			
1986	ビーティ『あなたが私を見つける所』	莫言『赤い高粱』(中)／クッツェー『敵あるいはフォー』(南ア)	スペースシャトル・チャレンジャー号爆発／イラン・コントラ事件／チェルノブイリ原子力発電所事故（ソ連）／ペレストロイカ（-1991, ソ連）
1987	モリスン『ビラヴド』／トム・ウルフ『虚栄の篝火』	バルガス＝リョサ『密林の語り部』(ペルー)／松浦理英子『ナチュラル・ウーマン』(日)	日米経済摩擦
1988	デリーロ『リブラ 時の秤』／パワーズ『囚人のジレンマ』／ヤマモト『十七文字』	ラシュディ『悪魔の詩』(印[英])／高橋源一郎『優雅で感傷的な日本野球』(日)	リクルート事件（日）／アフガニスタン撤退（-1989, ソ連）
1989 (平成元)	エリクソン『黒い時計の旅』／タン『ジョイ・ラック・クラブ』	イシグロ『日の名残り』(英)／イェリネク『したい気分』(墺)／高行健『霊山』(中[仏])	ジョージ・ブッシュ第41代大統領／マルタ会談／ベルリンの壁崩壊（独）／天安門事件（中）
1990	オブライエン『本当の戦争の話をしよう』／ミルハウザー『バーナム博物館』	バイアット『抱擁』(英)／ゼーバルト『目眩まし』(独)	人口2億4870万人／東西ドイツ統一／ゴルバチョフ, ノーベル平和賞
1991	パワーズ『黄金虫変奏曲』	カーター『ワイズ・チルドレン』(英)	第1次戦略兵器削減条約（START I）／湾岸戦争／ソ連崩壊／エリツィン, ロシア連邦初代大統領
1992	レヴィーン『仕事とは』／モリスン『暗闇に戯れて』	オンダーチェ『イギリス人の患者』(英)／リービ英雄『星条旗の聞こえない部屋』(日[米])	ロサンゼルス暴動／ブッシュとエリツィン, 公式に冷戦終結宣言
1993	エリクソン『Xのアーチ』／モリ『シズコズ・ドーター』／トニ・モリスン, ノーベル文学賞	多和田葉子『犬婿入り』(日)／奥泉光『ノヴァーリスの引用』(日)／笙野頼子『二百回忌』(日)	ウィリアム・クリントン第42代大統領／第2次戦略兵器削減条約（START II）／欧州連合（EU）
1994		アジェンデ『パウラ, 水泡なすもろき命』(チリ)／村上春樹『ねじまき鳥クロニクル』(-1995, 日)／大江健三郎, ノーベル文学賞	英仏海峡トンネル開通
1995	オーツ『生ける屍』	イェリネク『死者の子供たち』(墺)	ベトナム国交正常化／オクラホマシティ連邦政府ビル爆破事件／阪神・淡路大震災／地下鉄サリン事件（日）

1996	ウォレス『無限の道化』		
1997	アードリック『五人の妻を愛した男』		香港返還（中／英）
1998	カニンガム『めぐりあう時間たち』／ムーア『アメリカの鳥たち』	マキューアン『アムステルダム』（英）／カーソン『赤の自伝』（加）	アメリカ大使館爆破事件（ケニア，タンザニア）
1999	ラヒリ『停電の夜に』／ストランド『吹雪』	クッツェー『恥辱』（南ア）／高行健『ある男の聖書』（中［仏］）	
2000	ロス『ヒューマン・ステイン』／ダニエレブスキー『紙葉の家』	イシグロ『わたしたちが孤児だったころ』（英）／高行健，ノーベル文学賞（中［仏］）	人口2億8142万人／プーチン大統領（-2008, 露）
2001	フランゼン『コレクションズ』	マキューアン『贖罪』（英）／V・S・ナイポール，ノーベル文学賞（トリニダード［英］）	ジョージ・W・ブッシュ第43代大統領／アメリカ同時多発テロ事件（9/11）／米国愛国者法（-2015）
2002		パムク『雪』（トルコ）／水村美苗『本格小説』（日）	
2003	ジョーンズ『地図になかった世界』		イラク戦争（-2011）
2004	ロス『プロット・アゲンスト・アメリカ』	閻連科『愉楽』（中）／ボラーニョ『2666』（チリ）	
2005	マッカーシー『ノー・カントリー・フォー・オールド・メン』	イシグロ『わたしを離さないで』（英）／ウエルベック『ある島の可能性』（仏）	ハリケーン「カトリーナ」／ロンドン同時爆破事件（英）
2006	ピンチョン『逆光』／マッカーシー『ザ・ロード』／パワーズ『エコー・メイカー』	グラス『玉ねぎの皮をむきながら』（独）／ヒーニー『郊外線と環状線』（愛）	
2007	エリクソン『ゼロヴィル』／ディアス『オスカー・ワオの短く凄まじい人生』／ジョンソン『煙の樹』／デリーロ『墜ちてゆく男』	トカルチュク『逃亡派』（ポーランド）	
2008	マーウィン『シリウスの影』／モリスン『マーシィ』	パムク『無垢の博物館』（トルコ）／ハン『菜食主義者』（韓）	リーマン・ショック／メドヴェージェフ大統領（-2012, 露）
2009			バラク・オバマ第44代大統領。ノーベル平和賞

2010	フランゼン『フリーダム』／イーガン『ならずものがやってくる』	ウエルベック『地図と領土』（仏）／ビネ『HHhH（プラハ，1942年）』（仏）	人口3億874万人
2011			アラブの春／東日本大震災（日）
2012	ファウンテン『ビリー・リンの永遠の一日』／モリスン『ホーム』	莫言，ノーベル文学賞（中）	プーチン大統領（露）
2013	アディーチェ『アメリカーナ』（ナイジェリア）／ダンティカ『海の光のクレア』		イギリス，同性婚を合法化
2014		M・ジェイムズ『七つの殺人に関する簡潔な記録』（ジャマイカ）	
2015	グロフ『運命と復讐』／ウェン『シンパサイザー』	スミス『両方になる』（英）	オーバーグフェル対ホッジス裁判
2016	ホワイトヘッド『地下鉄道』	ドラブル『昏い水』（英）	オバマ，広島訪問／イギリス，EU離脱決定（ブレグジット）
2017	ソーンダーズ『リンカーンとさまよえる霊魂たち』／ウォード『歌え，葬られぬ者たちよ，歌え』／リー『パチンコ』		ドナルド・トランプ第45代大統領
2018	パワーズ『オーバーストーリー』		米中貿易摩擦（米中貿易戦争）
2019（令和元）		アトウッド『誓願』（加）	中距離核戦力全廃条約（INF条約）破棄
2020	ジャン『その丘が黄金ならば』／ルイーズ・グリュック，ノーベル文学賞		人口3億3144万人／新型コロナウイルス感染症パンデミック（-2023）／東京オリンピック延期
2021		サール『人類の深奥に秘められた記憶』（セネガル）	ジョセフ・バイデン第46代大統領／連邦議会議事堂襲撃事件／東京オリンピック開催
2022			ウクライナ軍事侵攻（露／ウクライナ）
2024		ハン・ガン，ノーベル文学賞（韓）	

第Ⅲ部　資　料

アメリカ合衆国

マンハッタン（ニューヨーク市）拡大図

関連地図

ヨーロッパ

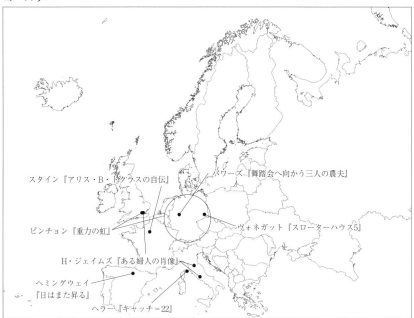

東南アジア

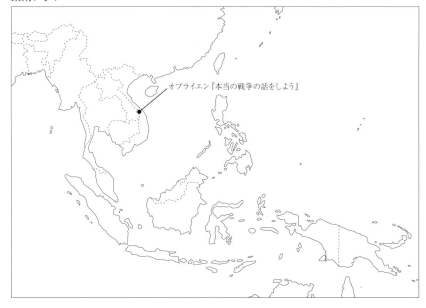

人名索引

あ行

アーヴィング，ジョン（John Irving） 151
アーヴィング，ワシントン（Washington Irving） 3, 44, 45, 49, 170
アードリック，ルイーズ（Louise Erdrich） 154
アインシュタイン，アルベルト（Albert Einstein） 96
アダムズ，サミュエル（Samuel Adams） 21
アダムズ，ジェーン（Jane Addams） 68
アダムズ，ヘンリー（Henry Adams） 65
アップダイク，ジョン（John Updike） 151
アディーチェ，チママンダ・ンゴズィ（Chimamanda Ngozi Adichie） 162
有島武郎 63
アルジャー，ホレイショ（Horatio Alger） 87, 88
アレクシエーヴィチ，スヴェトラーナ（Svetlana Alexievich） 163
アンジェロ，マヤ（Maya Angelou） 141
アンダーソン，シャーウッド（Sherwood Anderson） 5, 104, 105, 194
アンダーソン，マリアン（Marian Anderson） 121
イージアスカ，アンジア（Anzia Yezierska） 112
イプセン，ヘンリック（Henrik Ibsen） 133
ヴァン・ダイン，S・S（S. S. Van Dine） 113
ウィグルズワース，マイケル（Michael Wigglesworth） 28
ウィリアムズ，ウィリアム・カーロス（William Carlos Williams） 5, 100
ウィリアムズ，ジョン（John Williams） 25
ウィリアムズ，テネシー（Tennessee Williams） 132, 133
ウィリアムズ，ロジャー（Roger Williams） 18
ウィルソン，ウッドロー（Woodrow Wilson） 89
ウィルソン，エドマンド（Edmund Wilson） 107
ウィンスロップ，ジョン（John Winthrop） 17
ウェーバー，アンドルー・ロイド（Andrew Lloyd Webber） 101
ウェーバー，マックス（Max Weber） 168
ウエスト，ナサニエル（Nathanael West） 112
ウェストン，ジェシー・L（Jessie L. Weston） 196
ウェスリー，ジョン（John Wesley） 20
ヴェブレン，ソースティン（Thorstein Veblen） 90
ウェルズ，アイダ・B（Ida B. Wells-Barnett） 70
ウェルティ，ユードラ（Eudora Welty） 130
ウォートン，イーディス（Edith Wharton） 5, 85, 86, 192
ウォーナー，スーザン（Susan Warner） 50
ウォーナー，チャールズ・ダドレー（Charles Dudley Warner） 74
ウォーホル，アンディ（Andy Warhol） 144
ウォーレン，ロバート・ペン（Robert Penn Warren） 113, 114
ヴォズネセンスキー，アンドレイ（Andrei Voznesensky） 125
ヴォネガット，カート（Kurt Vonnegut） 2, 7, 35, 147, 148
ウォルポール，ホレス（Horace Walpole） 34
内村鑑三 63
ウルフ，ヴァージニア（Virginia Woolf） 95, 102
ウルフ，トマス（Thomas Wolfe） 90, 114
エイジー，ジェイムズ（James Agee） 114
エイゼンシュテイン，セルゲイ（Sergei Eisenstein） 98, 196
H. D.（Hilda Doolittle） 5
エイプス，ウィリアム（William Apess） 50
エヴァース，メドガー（Medgar Evers） 130
エヴァンズ，ウォーカー（Walker Evans） 114
江戸川乱歩 62
エドワーズ，ジョナサン（Jonathan Edwards） 20, 21, 27
エマソン，ラルフ・ウォルドー（Ralph Waldo Emerson） 3, 37, 40, 49, 52, 53, 55, 61, 62, 172, 181, 188
エリオット，T・S（T. S. Eliot） 5, 26, 95, 100, 101, 106, 196

287

エリオット，ジョージ（George Eliot）72
エリス，エドワード・S（Edward S. Ellis）87
エリスン，ラルフ（Ralph Ellison）7, 128
大江健三郎 110
大岡昇平 119
オースター，ポール（Paul Auster）155
オースティン，ジェーン（Jane Austen）72
オーツ，ジョイス・キャロル（Joyce Carol Oates）7, 151
オコナー，フラナリー（Flannery O'Connor）7, 130, 131, 208
オサリヴァン，ジョン（John L. O'Sullivan）39
オニール，ユージーン（Eugene O'Neill）6, 115, 116, 132
オバマ，バラク（Barack Obama）159
オブライエン，ティム（Tim O'Brien）150
オルコット，エイモス・ブロンソン（Amos Bronson Alcott）52
オルコット，ルイザ・メイ（Louisa May Alcott）3, 40, 50, 59-61

か 行

カー，ジョン・ディクスン（John Dixon Carr）113
カーヴァー，レイモンド（Raymond Carver）8, 152, 153, 218
ガーヴィー，マーカス（Marcus Garvey）93
ガーシュウィン，ジョージ（George Gershwin）91
カーター，ジミー（Jimmy Carter）139
ガードナー，E・S（Earle Stanley Gardner）113
カーハン，エイブラハム（Abraham Cahan）79
カーライル，トマス（Thomas Carlyle）40, 52, 55
ガーランド，ハムリン（Hamlin Garland）77
カザン，エリア（Elia Kazan）132-134
カフカ，フランツ（Franz Kafka）29, 102
カポーティ，トルーマン（Truman Capote）2, 7, 35, 131, 132
カルヴィーノ，イタロ（Italo Calvino）145
ガルシア＝マルケス，ガブリエル（Gabriel García Márquez）110
カレン，カウンティ（Countee Cullen）110
川端康成 119, 163
ガンジー，マハトマ（Mahatma Gandhi）54

カンパネラ，トマソ（Tommaso Campanella）12
キーツ，ジョン（John Keats）43, 204
北村透谷 44, 62
キャザー，ウィラ（Willa Cather）5, 102, 103, 106, 198
ギャリソン，ウィリアム・ロイド（William Lloyd Garrison）61
ギルマン，シャーロット・パーキンズ（Charlotte Perkins Gilman）68
キング，マーティン・ルーサー（Martin Luther King, Jr.）54, 121
キングストン，マキシーン・ホン（Maxine Hong Kingston）154
ギンズバーグ，アレン（Allen Ginsberg）6, 124, 156
クイーン，エラリー（Ellery Queen）113
クーヴァー，ロバート（Robert Coover）146
クーパー，ジェイムズ・フェニモア（James Fenimore Cooper）3, 46, 47, 49
クールベ，ギュスターヴ（Gustave Courbet）71
国木田独歩 31
グラスゴー，エレン（Ellen Glasgow）114
クリスティー，アガサ（Agatha Christie）174
クリステヴァ，ジュリア（Julia Kristeva）143
クリフ，ミシェル（Michelle Cliff）157
グリフィス，D・W（D. W. Griffith）92, 98
グリュック，ルイーズ（Louise Glück）163
クリントン，ビル（Bill Clinton）141
クレイン，スティーヴン（Stephen Crane）4, 73, 82, 83
クレイン，ハート（Hart Crane）91
クレヴクール，セント・ジョン・ド（J. Hector St. John de Crèvecœur）37
ケイブル，ジョージ・ワシントン（George Washington Cable）73, 77
ゲーテ，ヨハン・ヴォルフガング・フォン（Johann Wolfgang von Goethe）19, 33, 47
ケネディ，ジョン・F（John F. Kennedy）7, 121, 122, 227
ケルアック，ジャック（Jack Kerouac）6, 124, 156, 212
コウルリッジ，サミュエル・テイラー（Samuel Taylor Coleridge）40, 43, 52
ゴーギャン，ポール（Paul Gauguin）103

人名索引

コール，トマス（Thomas Cole）48
ゴールド，マイケル（Michael Gold）112
コールドウェル，アースキン（Erskine Caldwell）114
小泉八雲（ハーン，ラフカディオ）63
ゴドウィン，ウィリアム（William Godwin）34
コドマン，オグデン（Ogden Codman）86
ゴルバチョフ，ミハイル（Mikhail Gorbachev）140, 141
コンラッド，ジョゼフ（Joseph Conrad）47

さ 行

サイード，エドワード（Edward Said）143
サッチャー，マーガレット（Margaret Thatcher）140
佐藤春夫 62
サリンジャー，J・D（J. D. Salinger）6, 123, 126, 206
サルトル，ジャン＝ポール（Jean-Paul Sartre）128
サンガー，マーガレット（Margaret Sanger）91
ザンダー，アウグスト（August Sander）156
サンタヤーナ，ジョージ（George Santayana）48
サンドバーグ，カール（Carl Sandburg）98
シェイクスピア，ウィリアム（William Shakespeare）14, 51
ジェイコブズ，ハリエット・アン（Harriet Ann Jacobs）41, 50
ジェイムズ，ウィリアム（William James）70, 75, 95, 99, 103
ジェイムズ，ヘンリー（Henry James）2, 4, 35, 61, 64, 72, 73, 75, 76, 186
ジェファソン，トマス（Thomas Jefferson）22, 38
シェリー，パーシー・ビッシュ（Percy Bysshe Shelley）35, 43
シェリー，メアリ（Mary Shelley）35
ジッド，アンドレ（André Gide）102
ジトカラ＝シャ（Zitkala-Ša）79
島崎藤村 44, 81
シムズ，ウィリアム・ギルモア（William Gilmore Simms）50
シモン，ニーナ（Nina Simone）129
ジャクソン，アンドリュー（Andrew Jackson）38
ジャクソン，マイケル（Michael Jackson）140
ジャクソン，マヘリア（Mahalia Jackson）121
シャトーブリアン，フランソワ＝ルネ・ド（François-René de Chateaubriand）43
ジュエット，セアラ・オーン（Sarah Orne Jewett）4, 73, 77, 78
シュレーゲル，アウグスト・ヴィルヘルム・フォン（August Wilhelm von Schlegel）43
シュレーゲル，フリードリヒ（Friedrich Schlegel）42
ジョイス，ジェイムズ（James Joyce）95, 101, 102
昭憲皇太后 31
ジョップリン，ジャニス（Janis Joplin）137
ショパン，ケイト（Kate Chopin）68, 78
ジョンソン，ジェイムズ・ウェルドン（James Weldon Johnson）110
ジョンソン，トマス・H（Thoman H. Johnson）59
ジョンソン，リンドン（Lyndon Johnson）121, 136, 137
シラー，フリードリヒ・フォン（Friedrich von Schiller）19
白石かずこ 125
シルコウ，レスリー・マーモン（Leslie Marmon Silko）154
ジン，ハ（Ha Jin）162
シンガー，アイザック・バシェヴィス（Isaac Bashevis Singer）126
シンクレア，アプトン（Upton Sinclair）67
スイシンファー（Sui Sin Far）79
スコット，ウォルター（Walter Scott）43
スターリン，ヨシフ（Joseph Stalin）94, 95
スタール，アンヌ・ルイーズ・ジェルメーヌ・ド（Anne Louise Germaine de Staël）40, 43
スタイン，ガートルード（Gertrude Stein）5, 64, 103-105, 107
スタインベック，ジョン（John Steinbeck）6, 81, 112, 120
スタンダール（Stendhal）43
スタントン，エリザベス・ケイディ（Elizabeth Cady Stanton）61
スティーヴンス，アン・S（Ann S. Stephens）87
スティーヴンス，ウォレス（Wallace Stevens）98

289

スティーグリッツ，アルフレッド（Alfred Stieglitz）98
ストウ，ハリエット・ビーチャー（Harriet Beecher Stowe）3, 41, 50, 61
ストダード，ソロモン（Solomon Stoddard）20
ストリンドベリ，アウグスト（August Strindberg）115
スナイダー，ゲイリー（Gary Snyder）156
スペンサー，ハーバート（Herbert Spencer）80, 83, 85
スミス，ジョン（John Smith）14, 15
スミス，ベッシー（Bessie Smith）111
ゼーバルト，W・G（W. G. Sebald）163
セクストン，アン（Anne Sexton）134, 135
セザンヌ，ポール（Paul Cézanne）96, 103
セジウィック，キャサリン・マリア（Catharine Maria Sedgwick）50
ソシュール，フェルディナン・ド（Ferdinand de Saussure）143
ゾラ，エミール（Émile Zola）4, 75, 80, 81
ソロー，ヘンリー・デイヴィッド（Henry David Thoreau）3, 40, 49, 53-55, 61, 180, 188

た行

ダーウィン，チャールズ（Charles Darwin）80, 83, 85
ターナー，ナット（Nat Turner）40
ターナー，フレデリック・ジャクソン（Frederick Jackson Turner）39, 66, 70
タイラー，ロイヤル（Royall Tyler）115
高山樗牛 63
ダグラス，フレデリック（Frederick Douglass）3, 41, 50
谷崎潤一郎 44, 62, 163
田山花袋 81
ダン，ジョン（John Donne）26
ダンカン，イサドラ（Isadora Duncan）98
ダンテ・アリギエーリ（Dante Alighieri）196
ダンバー，ポール・ローレンス（Paul Laurence Dunbar）79
ダンラップ，ウィリアム（William Dunlap）115
チェーホフ，アントン（Anton Chekhov）152
チェスナット，チャールズ（Charles W. Chesnutt）73, 79
チャーチル，ウィンストン（Winston Churchill）95, 118
チャイルド，リディア・マリア（Lydia Maria Child）50, 61
チャニング，ウィリアム・エラリー（William Ellery Channing）39
チャンドラー，レイモンド（Raymond Chandler）113, 118
チョーサー，ジェフリー（Geoffrey Chaucer）196
坪内逍遙 43, 72
ツルゲーネフ，イワン（Ivan Turgenev）72, 75
ディ・プリマ，ダイアン（Diane di Prima）124
ディアス，ジュノ（Junot Díaz）8, 162
ティーク，ルートヴィヒ（Ludwig Tieck）42
ディーン，ジェームズ（James Dean）120
デイヴィス，マイルス（Miles Davis）129
デイヴィス，レベッカ・ハーディング（Rebecca Harding Davis）68
ディキンソン，エミリー（Emily Dickinson）3, 50, 58, 59, 184
ディクソン，トマス（Thomas Dixon）92
ディズニー，ウォルト（Walt Disney）119, 156
テイト，アレン（Allen Tate）113, 129
ディドロ，ドゥニ（Denis Diderot）43
テイラー，エドワード（Edward Taylor）1, 26, 27, 166
ディラン，ボブ（Bob Dylan）121, 163
デュシャン，マルセル（Marcel Duchamp）97, 104
デュボイス，W・E・B（W. E. B. Du Bois）69, 110
デュマ（・ペール），アレクサンドル（Alexandre Dumas père）115
デリーロ，ドン（Don DeLillo）8, 155, 160
デリダ，ジャック（Jacques Derrida）143
ドイル，アーサー・コナン（Arthur Conan Doyle）174
トゥーマー，ジーン（Jean Toomer）110, 114, 128
トウェイン，マーク（Mark Twain）4, 66, 70, 72-74, 76, 123, 188, 213
ドゥルーズ，ジル（Gilles Deleuze）143
徳富蘇峰 31
ドス・パソス，ジョン（John Dos Passos）102, 111, 112
トビーン，コルム（Colm Tóibín）76

人名索引

ドライサー, セオドア（Theodore Dreiser）4, 84, 85, 190
トランプ, ドナルド（Donald Trump）159, 160
トルーマン, ハリー・S（Harry S. Truman）95, 118, 119
トルストイ, レフ（Lev Tolstoy）72

な行

永井荷風　44
中上健次　110
夏目漱石（金之助）55, 62, 75
ナボコフ, ウラジミール（Vladimir Nabokov）126, 127, 144, 162
ニクソン, リチャード（Richard Nixon）138, 139
ノヴァーリス（Novalis）43
ノリス, フランク（Frank Norris）4, 73, 81, 82, 84

は行

パーカー, セオドア（Theodore Parker）61
パークス, ローザ（Rosa Parks）120
バース, ジョン（John Barth）7, 146
ハーストン, ゾラ・ニール（Zora Neale Hurston）6, 92, 111, 114, 128
バーセルミ, ドナルド（Donald Barthelme）146
ハート, ブレット（Bret Harte）73, 77
バーナード, A・M（A. M. Barnard）→オルコット, ルイザ・メイ
ハーパー, フランシス・E・W（Frances E. W. Harper）79
ハーバート, ジョージ（Gorge Herbert）26
ハーン, ラフカディオ（Lafcadio Hearn）→小泉八雲
バーンズ, ジュナ（Djuna Barnes）104
バイデン, ジョー（Joe Biden）160
バイロン, ジョージ・ゴードン（George Gordon Byron）43, 51
ハウエルズ, ウィリアム・ディーン（William Dean Howells）4, 70, 72–76, 80
パウンド, エズラ（Ezra Pound）5, 95, 100
バエズ, ジョーン（Joan Baez）121
ハッチンソン, アン（Anne Hutchinson）18
バッハ, ヨハン・ゼバスティアン（Johann Sebastian Bach）156
ハミルトン, アレグザンダー（Alexander Hamilton）22

ハメット, ダシール（Dashiell Hammett）113, 118
バラカ, アミリ（Amiri Baraka）124
ハリス, ジョエル・チャンドラー（Joel Chandler Harris）77
バルザック, オノレ・ド（Honoré de Balzac）43, 47, 71
バルト, ロラン（Roland Barthes）143
バロウズ, ウィリアム・S（William S. Burrows）124, 144
パワーズ, リチャード（Richard Powers）8, 156
ビアス, アンブローズ（Ambrose Bierce）83
ピアス, フランクリン（Franklin Pierce）56
ピーボディ, エリザベス（Elizabeth Peabody）40
ピーボディ, ソフィア（Sophia Peabody）56
ピカソ, パブロ（Pablo Picasso）96, 103, 104
ピカビア, フランシス（Francis Picabia）97
ヒューズ, テッド（Ted Hughes）135
ヒューズ, ラングストン（Langston Hughes）110, 128
ビューレン, マーティン・ヴァン（Martin Van Buren）54
ピンチョン, トマス（Thomas Pynchon）2, 7, 35, 148, 149, 216
ファレル, ジェイムズ・T（James T. Farrell）112
フィッツジェラルド, F・スコット（F. Scott Fitzgerald）5, 89, 92, 102–104, 106, 107, 198, 200
フィリップス, ウェンデル（Wendell Phillips）61
フーヴァー, ハーバート（Herbert Hoover）93
フーコー, ミシェル（Michel Foucault）143
フォークナー, ウィリアム（William Faulkner）2, 5, 35, 89, 92, 102, 105, 108–110, 114, 119, 129, 130, 144, 204
フォーセット, ジェシー（Jessie Fauset）111
フォード, フォード・マドックス（Ford Madox Ford）104
フォスター, ハナ・ウェブスター（Hannah Webster Foster）2, 33, 34
福沢諭吉　31
フクヤマ, フランシス（Francis Fukuyama）141
藤本和子　147

二葉亭四迷 72
ブッシュ, ジョージ（父）(George H. W. Bush) 141
ブッシュ, ジョージ・W（子）(George W. Bush) 158
フラー, マーガレット (Margaret Fuller) 3, 40, 50, 52, 61
ブライアント, ウィリアム・カレン (William Cullen Bryant) 44, 47-49
ブラウン, ウィリアム・ヒル (William Hill Brown) 2, 31
ブラウン, ジョン (John Brown) 41, 54, 61
ブラウン, スターリング (Sterling Brown) 111
ブラウン, チャールズ・ブロックデン (Charles Brockden Brown) 2, 34, 35
プラス, シルヴィア (Sylvia Plath) 134, 135, 214
ブラック, ジョルジュ (Georges Braque) 96
ブラッドストリート, アン (Anne Bradstreet) 1, 25, 26
ブラッドフォード, ウィリアム (William Bradford) 16, 24
ブラッドリー, フランシス・ハーバート (Francis Herbert Bradley) 101
フランクリン, ベンジャミン (Benjamin Franklin) 2, 29-31, 168
フランクリン, R・W (R. W. Franklin) 59
フランゼン, ジョナサン (Jonathan Franzen) 8, 161
フリーダン, ベティ (Betty Friedan) 137, 138
フリーマン, メアリー・ウィルキンズ (Mary E. Wilkins Freeman) 77
プルースト, マルセル (Marcel Proust) 102
ブルーム, アラン (Allan Bloom) 140
ブルーム, ハロルド (Harold Bloom) 126
ブルックス, クリアンス (Cleanth Brooks) 114
ブルックス, ジェラルディン (Geraldine Brooks) 60
ブレイク, ウィリアム (William Blake) 43
フレイザー, ジェイムズ (James Frazer) 196
プレスリー, エルヴィス (Elvis Presley) 120
フロイト, ジークムント (Sigmund Freud) 96
ブローティガン, リチャード (Richard Brautigan) 147

フローベール, ギュスターヴ (Gustave Flaubert) 71, 75
フロスト, ロバート (Robert Frost) 5, 99
ペイン, トマス (Thomas Paine) 22
ベーコン, フランシス (Francis Bacon) 12
ベケット, サミュエル (Samuel Beckett) 144
ヘッジ, フレデリック・ヘンリー (Frederic Henry Hedge) 40
ヘミングウェイ, アーネスト (Ernest Hemingway) 5, 102, 104, 105, 107, 108, 152, 188, 202
ヘラー, ジョーゼフ (Joseph Heller) 7, 145
ベラミー, エドワード (Edward Bellamy) 67
ベリー, チャック (Chuck Berry) 120
ベルクソン, アンリ (Henri Bergson) 96
ベルナール, クロード (Claude Bernard) 80
ベロー, ソール (Saul Bellow) 7, 125
ヘンドリックス, ジミ (Jimi Hendrix) 137
ホイッティア, ジョン・グリーンリーフ (John Greenleaf Whittier) 48
ホイットフィールド, ジョージ (George Whitefield) 20
ホイットマン, ウォルト (Walt Whitman) 3, 49, 54, 55, 62, 63, 182, 212
ポー, エドガー・アラン (Edgar Allan Poe) 2, 3, 35, 50, 51, 55, 62, 63, 174
ボーヴォワール, シモーヌ・ド (Simone de Beauvoir) 128
ホーソーン, ナサニエル (Nathaniel Hawthorne) 2, 3, 35, 49, 55-57, 61, 176
ポーター, キャサリン・アン (Katherine Anne Porter) 90, 114, 130
ポープ, アレキサンダー (Alexander Pope) 51
ボーム, L・フランク (L. Frank Baum) 67
ホームズ, オリヴァー・ウェンデル (Oliver Wendell Holmes) 37, 48, 52
ボールドウィン, ジェイムズ (James Baldwin) 7, 129, 210
ホッパー, エドワード (Edward Hopper) 97, 165
ホプキンズ, ポーリーン (Pauline E. Hopkins) 79
ホフマン, E・T・A (Ernst Theodor Amadeus Hoffmann) 43
ボラーニョ, ロベルト (Roberto Bolaño) 8, 163
ボルヘス, ホルヘ・ルイス (Jorge Luis

Borges) 58
ホワイトヘッド, コルソン (Colson Whitehead) 8, 161, 224

ま 行

マーウィン, W・S (W. S. Merwin) 157
マクファーソン, ジェイムズ (James Macpherson) 43
マザー, インクリース (Increase Mather) 28
マザー, コットン (Cotton Mather) 2, 17, 28
マザー, リチャード (Richard Mather) 27
マシーセン, F・O (F. O. Matthiessen) 49, 52
マスターズ, エドガー・リー (Edgar Lee Masters) 5, 99
マッカーシー, コーマック (Cormac McCarthy) 7, 151, 220
マッカーシー, ジョセフ (Joseph McCarthy) 119
マッカラーズ, カーソン (Carson McCullers) 130
マッキンリー, ウィリアム (William McKinley) 67
マッケイ, クロード (Claude McKay) 6, 111, 128
マティス, アンリ (Henri Matisse) 103
マドンナ (Madonna) 140
マラマッド, バーナード (Bernard Malamud) 7, 125
マルクス, カール (Karl Marx) 83
マルコム X (Malcom X) 121
マン, トーマス (Thomas Mann) 102
三島由紀夫 133, 163
ミッチェル, マーガレット (Margaret Mitchell) 114
宮沢賢治 157
ミラー, アーサー (Arthur Miller) 6, 132-134
ミラー, クリスタン (Cristanne Miller) 59
ミルトン, ジョン (John Milton) 51
ムア, トマス (Thomas Moore) 51
ムーア, マリアン (Marianne Moore) 5
村上春樹 8, 163, 207
メイラー, ノーマン (Norman Mailer) 122, 126
メルヴィル, ハーマン (Herman Melville) 2, 3, 35, 47, 49, 56, 57, 178
メンケン, H・L (H. L. Mencken) 113
モア, トマス (Thomas More) 12
モーム, サマセット (W. Somerset Maugham) 179
モット, ルクレチア (Lucretia Mott) 61
森鷗外 43, 62, 170
モリスン, スレイド (Slade Morrison) 154
モリスン, トニ (Toni Morrison) 8, 141, 153, 154, 222, 224
モンロー, ジェイムズ (James Monroe) 38
モンロー, ハリエット (Harriet Monroe) 98
モンロー, マリリン (Marilyn Monroe) 92, 134, 144

や 行

保田與重郎 44
ユゴー, ヴィクトル (Victor Hugo) 43
ユルスナール, マルグリット (Marguerite Yourcenar) 129
横光利一 62
与謝野晶子 44
与謝野鉄幹 44
吉本ばなな 163

ら 行

ラーセン, ネラ (Nella Larsen) 6, 92, 111, 128
ライト, フランク・ロイド (Frank Lloyd Wright) 97, 111
ライト, リチャード (Richard Wright) 7, 81, 114, 128
ラカン, ジャック (Jacques Lacan) 143
ラドクリフ, アン (Ann Radcliffe) 34
ラヒリ, ジュンパ (Jhumpa Lahiri) 162
ランサム, ジョン・クロウ (John Crowe Ransom) 113
ランドルフ, A・フィリップ (A. Philip Randolph) 94
リースマン, デイヴィッド (David Riesman) 120
リード, イシュメール (Ishmael Reed) 146
リオタール, ジャン=フランソワ (Jean-François Lyotard) 142
リチャード, リトル (Little Richard) 120
リチャードソン, サミュエル (Samuel Richardson) 30, 32
リッチ, アドリエンヌ (Adrienne Rich) 7, 157
リッパード, ジョージ (George Lippard) 50
リプリー, ジョージ (George Ripley) 40, 52
リンカーン, エイブラハム (Abraham

Lincoln) 41, 42
ル・グウィン, アーシュラ・K（Ursula K. Le Guin） 155
ルイス, シンクレア（Sinclair Lewis） 105
ルース, アニタ（Anita Loos） 92
ルソー, ジャン＝ジャック（Jean-Jacques Rousseau） 19, 43
レイ, マン（Man Ray） 97, 104
レーガン, ロナルド（Ronald Reagan） 119, 139, 140
レッシング, ゴットホルト・エフライム（Gotthold Ephraim Lessing） 19
ローウェル, ジェイムズ・ラッセル（James Russell Lowell） 48
ローウェル, ロバート（Robert Lowell） 134
ローズヴェルト, セオドア（Theodore Roosevelt） 67
ローズヴェルト, フランクリン・デラノ（Franklin Delano Roosevelt） 93-95, 118
ローソン, スザンナ（Susanna Rowson） 2, 33

ローランソン, メアリー（Mary Rowlandson） 24
ロス, フィリップ（Philip Roth） 7, 125, 126
ロス, ヘンリー（Henry Roth） 6, 112
ロック, アレイン（Alain Locke） 110
ロッジ, デイヴィッド（David Lodge） 76
ロルフ, ジョン（John Rolfe） 13
ロレンス, D・H（D. H. Lawrence） 179
ロングフェロー, ヘンリー・ワズワース（Henry Wadsworth Longfellow） 48, 56
ロンドン, ジャック（Jack London） 4, 82-84

わ 行

ワーズワス, ウィリアム（William Wordsworth） 43, 44, 49, 52
ワシントン, ジョージ（George Washington） 22
ワシントン, ブッカー・T（Booker T. Washington） 69

作品索引

あ行

『アーサー・ゴードン・ピムの冒険』(ポー) 51
『アーサー・マーヴィン』(ブラウン) 35
『アーサー王宮廷のコネチカット・ヤンキー』(トゥエイン) 74
『アーダ』(ナボコフ) 127
『アイオラ・リロイ』(ハーパー) 79
『愛について語るときに我々の語ること』(カーヴァー) 152, 218
『アヴィニョンの娘たち』(ピカソ)(絵画) 97
『アウトサイダー』(ライト) 128
「アウルクリーク橋の出来事」(ビアス) 83
『青い眼がほしい』(モリスン) 153
『蒼ざめた馬、蒼ざめた騎手』(ポーター) 90
『赤い海賊』(クーパー) 47
『悪魔の辞典』(ビアス) 83
『アシスタント』(マラマッド) 126
『新しい女の創造』(フリーダン) 137
「アッシャー家の崩壊」(ポー) 51
『アブサロム、アブサロム!』(フォークナー) 89, 109
『アメリカ』(カフカ) 29
『アメリカーナ』(アディーチェ) 162
『アメリカ史におけるフロンティアの意義』(ターナー) 70
『アメリカ人』(ジェイムズ) 75
『アメリカ人の成り立ち』(スタイン) 104
『アメリカにおけるキリストの大いなる御業』(マザー) 28
『アメリカに最近現れた十番目の詩神』(ブラッドストリート) 25
『アメリカ農夫の手紙』(クレヴクール) 37
「アメリカの学者」(エマソン) 52
『アメリカの悲劇』(ドライサー) 85
『アメリカの鱒釣り』(ブローティガン) 147
『アメリカの民主主義者』(クーパー) 47
『アメリカの息子』(ライト) 81, 128
『アメリカン・マインドの終焉』(ブルーム) 140
『アメリカン・ルネサンス』(マシーセン) 49
『アリス・B・トクラスの自伝』(スタイン) 104
『ある奴隷少女に起こった出来事』(ジェイコブズ) 41
『ある婦人の肖像』(ジェイムズ) 75, 186
『アレクサンダーの橋』(ギャザー) 103
『荒地』(エリオット) 101, 106, 196
『淡い焔』(ナボコフ) 127, 144
『アンクル・トムの子供たち』(ライト) 128
『アンクル・トムの小屋』(ストウ) 41
『アンダーワールド』(デリーロ) 155
『アンドレ』(ダンラップ) 115
『イーサン・フロム』(ウォートン) 86, 87
『イージー・ライダー』(映画) 137
『イーリアス』(ブライアント訳) 47
『イェクル』(カーハン) 79
『家の装飾』(ウォートン、ゴドマン) 86
『イェマシー族の最後』(シムズ) 50
『イカボド』(ホイッティア) 48
『怒りの葡萄』(スタインベック) 81, 112
「怒れる神の御手にある罪びと」(エドワーズ) 20
『いくつかの詩』(ブラッドストリート) 25
「行け、モーセ」(フォークナー) 109
『偉大な神ブラウン』(オニール) 116
『いなごの日』(ウエスト) 112
『イノセンツ・アブロード』(トゥエイン) 74
『イントレランス』(グリフィス)(映画) 98
『ヴァインランド』(ピンチョン) 149
『ウィーランド』(ブラウン) 35, 36
「ウィリアム・ウィルソン」(ポー) 51
『ウォールデン——森の生活』(ソロー) 49, 53, 180
『浮雲』(二葉亭四迷) 72
『失われた時を求めて』(プルースト) 102
『美しく呪われた人たち』(フィッツジェラルド) 106
『海の狼』(ロンドン) 84
『エアリアル』(プラス) 135, 214
「エヴァンジェリン」(ロングフェロー) 48
『エデンの東』(スタインベック) 120
『エドガー・ハントリー』(ブラウン) 35
『エドワード・テイラー詩選集』 26
『エマルソン』(北村透谷) 62
『エミリー・ディキンスン詩集』
 (ジョンソン編) 59
 (フランクリン編) 59
『エミリー・ディキンスンの詩——彼女が保管

295

した形のままで』(ミラー編) 59
『演劇芸術と文学に関する講義』(シュレーゲル) 43
「エントロピー」(ピンチョン) 148
『黄金の盃』(ジェイムズ) 76
『黄金の林檎』(ウェルティ) 130
『王子と乞食』(トゥエイン) 74
『大いなる眠り』(チャンドラー) 113
『おお開拓者よ！』(ギャザー) 103
「大鴉」(ポー) 51, 174
『オーギー・マーチの冒険』(ベロー) 125
『オーモンド』(ブラウン) 35
『オクトパス』(ノリス) 82
『お国の風習』(ウォートン) 86
『オシアン』(マクファーソン) 43
「惜みなく愛は奪ふ」(有島武郎) 63
『オスカー・ワオの短く凄まじい人生』(ディアス) 162
『オズの魔法使い』(ボーム) 67
『墜ちてゆく男』(デリーロ) 155
『オデュッセイア』(ブライアント訳) 47
『オトラント城奇譚』(ウォルポール) 34
『オムー』(メルヴィル) 57
『オルナンの埋葬』(クールベ)(絵画) 71
『俺たちに明日はない』(映画) 137
『終わりなき日々』(オニール) 116
『オン・ザ・ロード』(ケルアック) 124, 212
『女から生まれる』(リッチ) 157

か 行

『カーディフさして東へ』(オニール) 115
『ガイ・ドンヴィル』(ジェイムズ) 75
『回想録』(ウィリアムズ) 133
『開拓者たち』(クーパー) 46
『階段を降りる裸婦像, No. 2』(デュシャン)(絵画) 97
『かえりみれば』(ベラミー) 67
『帰れ、カリガリ博士』(バーセルミ) 146
『鍵のかかった部屋』(オースター) 156
『カクテル・パーティ』(エリオット) 101
『学問のすすめ』(福沢諭吉) 31
『カサマシマ侯爵夫人』(ジェイムズ) 75
『賢い血』(オコナー) 131, 208
『果樹園の守り手』(マッカーシー) 151, 220
『風と共に去りぬ』(ミッチェル) 114
『カチアートを追跡して』(オブライエン) 150
『金のないユダヤ人』(ゴールド) 112
『神の予定』(テイラー) 27
『亀の島』(スナイダー) 157

「仮面の陰に——あるいは女の力」(オルコット) 60
『ガラスの動物園』(ウィリアムズ) 132
『ガラスの街』(オースター) 156
『カラマス』(ホイットマン) 55
『かれら』(オーツ) 151
『彼らの目は神を見ていた』(ハーストン) 111
『カンタベリー物語』(チョーサー) 196
『歓楽の家』(ウォートン) 86, 192
「黄色い壁紙」(ギルマン) 68
『競いあう力』(ホプキンス) 79
『キッチン』(吉本ばなな) 163
『樹の果実』(ウォートン) 86
『気まぐれ』(オルコット) 61
『奇妙な幕間狂言』(オニール) 116
『逆光』(ピンチョン) 149
『キャッチ＝22』(ヘラー) 145, 146
『キャッツ』(ウェバー)(ミュージカル) 101
『共感力』(ブラウン) 31-33
『教授の家』(ギャザー) 103
『競売ナンバー49の叫び』(ピンチョン) 149
『共和国のロマンス』(チャイルド) 50
『巨匠』(トビーン) 76
『巨人』(ドライサー) 85
『巨象』(プラス) 135, 214
「キリスト教的慈愛の模範」(ウィンスロップ) 17
『金枝篇』(フレイザー) 196
『金メッキ時代』(ウォーナー, トウェイン) 74
『禁欲の人』(ドライサー) 85
『寓話』(フォークナー) 109
『クエーカー・シティ』(リッパード) 50
『草の竪琴』(カポーティ) 131
『草の葉』(ホイットマン) 49, 54, 55, 63, 182, 212
「口に出せない習慣, 奇妙な行為」(バーセルミ) 146
『グッバイ, コロンバス』(ロス) 126
『暗闇に戯れて——白さと文学的想像力』(モリスン) 154
「暗闇の囁き」(オルコット) 60
『クラレル』(メルヴィル) 58
『クランズマン』(ディクソン) 92
『グランディシム一族』(ケイブル) 77
『グレート・ギャツビー』(フィッツジェラルド) 93, 103, 106, 165, 198, 200
『軍鼓の響き』(ホイットマン) 55, 182
「形而上詩人」(エリオット) 26

作品索引

『現代のメフィストフェレス』(オルコット) 60
『公開火刑』(クーヴァー) 146
「黄金虫」(ポー) 50
『黄金虫変奏曲』(パワーズ) 156
『黒人のたましい』(デュボイス) 69
『國民の創世』(グリフィス) 92
『コケット』(フォスター) 33
『コズモポリス』(デリーロ) 155
『五大湖の夏』(フラー) 50
『孤独な娘』(ウエスト) 112
『孤独の発明』(オースター) 156
『コモン・センス』(ペイン) 22
『コレクションズ』(フランゼン) 161
『コンコード川とメリマック川の一週間』(ソロー) 53
『コントラスト』(タイラー) 115

さ　行

『ザ・ロード』(マッカーシー) 152
『最後の審判の日』(ウィグルズワース) 28
『最後のひとり』(シェリー) 35
『祭祀からロマンスへ』(ウェストン) 196
『サイラス・ラパムの向上』(ハウエルズ) 72
『詐欺師』(メルヴィル) 58
『作者を出せ!』(ロッジ) 76
「ささやかだけれど、役にたつこと」(カーヴァー) 218
『砂糖きび』(トゥーマー) 110
『サトウリー』(マッカーシー) 220
『三人の女』(スタイン) 104
『賛美歌集』 25
『寺院の殺人』(エリオット) 101
『J・アルフレッド・プルーロックの恋歌』(エリオット) 101
『ジェニー・ゲアハート』(ドライサー) 85
『鹿撃ち』(クーパー) 47
『地獄の黙示録』(映画) 150
『仕事——経験の物語』(オルコット) 61
「詩作の哲学」(ポー) 51
「獅子にふまれて」(ガーランド) 77
『使者たち』(ジェイムズ) 76
「詩人ワルト　ホヰットマン」(内村鑑三) 63
『シスター・キャリー』(ドライサー) 84, 190
『自然』(エマソン) 40, 52, 172
『七破風の屋敷』(ホーソーン) 56
『実験医学序説』(ベルナール) 80
『実験小説論』(ゾラ) 80
『失踪』(オブライエン) 150

『自伝』(トウェイン) 74
『自動車泥棒』(フォークナー) 109
『詩の理解』(ウォーレン、ブルックス) 114
『芝生の復讐』(ブローティガン) 147
『死父』(バーセルミ) 146
『資本家』(ドライサー) 85
『市民の反抗』(ソロー) 53
「ジム・スマイリーの跳び蛙」(トウェイン) 73
『シャーロット・テンプル』(ローソン) 33
『ジャズ』(モリスン) 154
「ジャズ・エイジのこだま」(フィッツジェラルド) 89
『ジャズ・シンガー』(映画) 91
『ジャングル』(シンクレア) 67
『自由意志論』(エドワーズ) 21
『19世紀の女性』(フラー) 50
『囚人のジレンマ』(パワーズ) 156
『修理屋』(マラマッド) 126
『重力の虹』(ピンチョン) 149, 216
『種の起源』(ダーウィン) 80
『準備のための瞑想』(テイラー) 27, 166
『ジョヴァンニの部屋』(ボールドウィン) 129
『小説神髄』(坪内逍遙) 43, 72
『鐘楼の悪魔』(ポー) 51
『ジョージ・ワシントンの生涯』(アーヴィング) 45
『ジョーズ』(映画) 140
『諸国物語』(森鷗外) 62
『抒情民謡集』(ワーズワス、コウルリッジ) 43
『女性と経済』(ギルマン) 68
『ジョン・ブラウン大尉を弁護して』(ソロー) 54
『神学部講演』(エマソン) 52
『新興階級の危機』(ハウエルズ) 73
『紳士は金髪がお好き』(ルース) 92
『人生研究』(ローウェル) 134
「人生讃歌」(ロングフェロー) 48
『審判』(カフカ) 102
『西瓜糖の日々』(ブローティガン) 147
『スケッチ・ブック』(アーヴィング) 45, 170
『スター・ウォーズ』(映画) 140
『スタッズ・ロニガン』(ファレル) 112
『スパイ』(クーパー) 46
『スプーンリバー詩集』(マスターズ) 99
『スプリング・フラグランス夫人』(スイシンファー) 79
『すべての幸運をつかんだ男』(ミラー) 133

297

「スリーピー・ホローの伝説」(アーヴィング) 45
『スローターハウス5』(ヴォネガット) 147, 148
「製鉄工場の生活」(デイヴィス) 68
「聖灰水曜日」(エリオット) 101
『西洋事情』(福沢諭吉) 31
『セールスマンの死』(ミラー) 133
『セス・ジョーンズ――辺境の捕虜たち』(エリス) 87
『戦艦ポチョムキン』(エイゼンシュタイン)(映画) 98
『戦争詩集』(メルヴィル) 58
『善人はなかなかいない』(オコナー) 131
『1601年』(トウェイン) 74
「その声はどこから?」(ウェルティ) 130
『それを眠りと呼べ』(ロス) 112

た 行

『大司教に死来る』(ギャザー) 103
『大聖堂』(カーヴァー) 153, 218
『大草原』(クーパー) 46
『タイタンの妖女』(ヴォネガット) 147
「大道の歌」(ホイットマン) 212
『タイピー』(メルヴィル) 57
『代表的人間』(エマソン) 49
『太陽の都』(カンパネッラ) 12
『大理石の牧神』(ホーソーン) 57
『誰がために鐘は鳴る』(ヘミングウェイ) 108
「タナトプシス(死への瞑想)」(ブライアント) 47
『頼むから静かにしてくれ』(カーヴァー) 152
『タバコ・ロード』(コールドウェル) 114
『タマレーンとその他の詩』(ポー) 51
『ダロウェイ夫人』(ウルフ) 86
「近ごろよくあること」(ハウエルズ) 73
『地下鉄道』(ホワイトヘッド) 161, 224
「地下鉄の駅にて」(パウンド) 100
『地平線の彼方』(オニール) 115
「朝食テーブルの独裁者」(ホームズ) 48
『直観主義者』(ホワイトヘッド) 161
『次は火だ』(ボールドウィン) 129
『ディア・ハンター』(映画) 150
『デイヴィッド・レヴィンスキーの向上』(カーハン) 79
『デイジー・ミラー』(ジェイムズ) 75, 186
『ティファニーで朝食を』(カポーティ) 131
『デルタの結婚式』(ウェルティ) 130
『天使の戦い』(ウィリアムズ) 132

『天使よ故郷を見よ』(ウルフ) 90, 114
「伝統と個人の才能」(エリオット) 101
『伝統の真髄』(チェスナット) 79
「転落の後に」(ミラー) 134
『童蒙をしへ草』(福沢諭吉訳) 31
『遠い声,遠い部屋』(カポーティ) 131
「どこへ行くの,どこ行ってたの?」(オーツ) 151
『富に至る道』(フランクリン) 30
『トム・ソーヤーの冒険』(トウェイン) 74
『奴隷より身を起こして』(ワシントン) 69
『トワイス・トールド・テールズ』(ホーソーン) 56
『とんがりモミの木の郷』(ジュエット) 77
『どん底の人びと』(ロンドン) 84

な 行

『ナイトホークス』(ホッパー)(絵画) 97
「内部生命論」(北村透谷) 62
『ナイン・ストーリーズ』(サリンジャー) 123
『名高き人々をいざ讃えん』(エイジー,エヴァンズ) 114
『夏』(ウォートン) 86
『名前』(デリーロ) 155
『難破船に潜る』(リッチ) 157
『贋金作り』(ジッド) 102
『尼僧への鎮魂歌』(フォークナー) 109
『ニッケル・ボーイズ』(ホワイトヘッド) 161
『荷物運びのベン』(アルジャー) 88
『ニュー・アトランティス』(ベーコン) 12
『ニュー・ニグロ』(ロック) 110
『ニューイングランド初等教本』 24
『ニューイングランドの尼僧』(フリーマン) 77
『ニュークリア・エイジ』(オブライエン) 150
『ニューヨーク史』(アーヴィング) 44
『楡の木蔭の欲望』(オニール) 116
『人間喜劇』(バルザック) 71
『人間とは何か?』(トウェイン) 74
『ねじの回転』(ジェイムズ) 75
『ねじまき鳥クロニクル』(村上春樹) 163

は 行

『バージニア,ニューイングランド,サマー諸島総史』(スミス) 14
『ハーツオグ』(ベロー) 125
『バートルビー』(メルヴィル) 58
『ハーレムへの帰還』(マッケイ) 111
『ハイアワサの歌』(ロングフェロー) 48

『ハイウェイとゴミ溜め』（ディアス）162
「蠅がうなるのが聞こえた――わたしが死んだとき――」（ディキンソン）59
『破戒』（島崎藤村）81
『白鯨』（メルヴィル）49, 57, 58, 178
『烈しく攻むるものはこれを奪う』（オコナー）131
『橋』（クレイン）91
『裸のランチ』（バロウズ）124, 144
『八月の光』（フォークナー）109, 204
『ハックルベリー・フィンの冒険』（トウェイン）74, 123, 188, 213
『パッシング』（ラーセン）111
『鳩の翼』（ジェイムズ）76
「『母』の反乱」（フリーマン）77
『バビット』（ルイス）105
『パミラ』（リチャードソン）30, 32, 33, 71
「ハムレットとその問題」（エリオット）101
『パンを与える人』（イージアスカ）112
『ビール・ストリートの恋人たち』（ボールドウィン）129
『ピエール』（メルヴィル）58
『秘儀と習俗』（オコナー）208
『ビッグロー・ペーパーズ』（ローウェル）48
『ピット』（ノリス）82
『陽のあたる場所』（ドライサー）85
『日はまた昇る』（ヘミングウェイ）107
『響きと怒り』（フォークナー）109
『緋文字』（ホーソーン）49, 56, 176, 200
『病院のスケッチ』（オルコット）61
『氷人来たる』（オニール）
『ビラヴド』（モリスン）154, 222
『ビリー・バッド』（メルヴィル）58
『広い、広い世界』（ウォーナー）50
『ファンショー』（ホーソーン）56
「V. V. あるいは策略には策略で」（オルコット）60
『V.』（ピンチョン）148, 149
『武器よさらば』（ヘミングウェイ）108, 202
「福沢翁の特性」（国木田独歩）31
『ブッカニア家の人びと』（ウォートン）87
『舞踏会へ向かう三人の農夫』（パワーズ）156
『蒲団』（田山花袋）81
『プニン』（ナボコフ）127
『不毛の大地』（グラスゴー）114
『ブライズデイル・ロマンス』（ホーソーン）56
『ブラック・ブック』（モリスン）222
『ブラッド・メリディアン あるいは西部の夕陽の赤』（マッカーシー）152, 220
『プラトーン』（映画）150
『フラニーとズーイ』（サリンジャー）123
『プラム・バン』（フォーセット）111
『フランクリン・ピアス伝』（ホーソーン）57
『フランクリン自伝』（フランクリン）29, 168
「弗蘭克林十二徳の歌」（昭憲皇太后）31
『フランクリンの少壮時代』（国木田独歩）31
『フランケンシュタイン』（シェリー）35
『フリーダム』（フランゼン）161
『ブリーディング・エッジ』（ピンチョン）149
『プリマス植民地について』（ブラッドフォード）24
「ブルックリン橋に」（クレイン）91
『プレイヤー・ピアノ』（ヴォネガット）147
『フレデリック・ダグラス自伝』41
『風呂』（カーヴァー）218
「文壇に於ける平等主義の代表者「ウオルト, ホイットマン」Walt Whitman の詩について」（夏目漱石）55, 62
『ベル・ジャー』（プラス）135
『変身』（セクストン）134
『ヘンリー・アダムズの教育』（アダムズ）65
『ボヴァリー夫人』（フローベール）71
「吠える」（ギンズバーグ）124
『ポートノイの不満』（ロス）126
『ホープ・レスリー』（セジウィック）50
『ポストモダンの条件』（リオタール）142
『ボストンの北』（フロスト）99
『ボストンの人々』（ジェイムズ）75
『墓地への侵入者』（フォークナー）109
『ポッサムおじさんの猫とつき合う法』（エリオット）101
『ホボモク』（チャイルド）50
『ぼろ着のディック』（アルジャー）87
『ホワイト・ノイズ』（デリーロ）155
『本当の戦争の話をしよう』（オブライエン）150
『本町通り』（ルイス）105

ま 行

『マーチ家の父』（ブルックス）60
『マーティン・イーデン』（ロンドン）84
『マイ・アントニーア』（キャザー）103
『舞姫』（森鷗外）43
『マオⅡ』（デリーロ）155
『マクティーグ』（ノリス）82
「マサチューセッツ州における奴隷制度」（ソロー）54

『貧しきリチャードの暦』（フランクリン）30
『街の女マギー』（クレイン）83
『魔の山』（マン）102
『迷える夫人』（キャザー）103, 106, 198, 200
『マラエスカ——白人猟師のインディアン妻』（スティーヴンズ）87
『マルタの鷹』（ハメット）113, 118
『見えざる世界の驚異』（マザー）28
『見えない男』（エリスン）128
『ミシシッピ川での生活』（トウェイン）74
「水鳥に寄せる」（ブライアント）47
『道を拓く者』（クーパー）46
『三つ数えろ』（チャンドラー）118
『緑のカーテン』（ウェルティ）130
『見本の日々』（ホイットマン）55
『民主主義の展望』（ホイットマン）55, 182
『みんな我が子』（ミラー）133
『ムーン・パレス』（オースター）156
『無垢の時代』（ウォートン）86, 87, 200
『メアリー・ローランソン夫人の捕囚と救済の物語』（ローランソン）24
『メイスン&ディクスン』（ピンチョン）149
『目覚め』（ショパン）68, 78
『もう一つの国』（ボールドウィン）129
『元黒人の自伝』（ジョンソン）110
『もの憂いブルース』（ヒューズ）110
『モヒカン族の最後』（クーパー）46
『喪服の似合うエレクトラ』（オニール）116
「森の聖歌」（ブライアント）47
『森の息子』（エイプス）50
『モルグ街の殺人』（ポー）51, 174
『モンテ・クリスト伯』（ペール）115

や 行

『やぎ少年ジャイルズ』（バース）146
『やけたトタン屋根の猫』（ウィリアムズ）133
『優しい釦』（スタイン）104
『野生の呼び声』（ロンドン）84
『山にのぼりて告げよ』（ボールドウィン）129, 210
『闇の左手』（ル・グウィン）155
「ヤング・グッドマン・ブラウン」（ホーソーン）56
『U.S.A.』（ドス・パソス）111
『有閑階級の理論』（ヴェブレン）90
『勇気の赤い勲章』（クレイン）83
『ユートピア』（モア）12
『幽霊たち』（オースター）156
『ユニヴァーサル野球協会』（クーヴァー）146

『ユリイカ』（ポー）62
『ユリシーズ』（ジョイス）95, 101
『酔いどれ草の仲買人』（バース）146
『用心』（クーパー）46
『欲望という名の電車』（ウィリアムズ）132
『四つの四重奏』（エリオット）101
『夜の森』（バーンズ）104
『夜はやさし』（フィッツジェラルド）106
『夜への長い旅路』（オニール）116

ら 行

『ライ麦畑でつかまえて』（サリンジャー）6, 123, 126, 206
『楽園のこちら側』（フィッツジェラルド）106
『裸者と死者』（メイラー）122, 126
『ラスト・タイクーン』（フィッツジェラルド）107
「リップ・ヴァン・ウィンクル」（アーヴィング）45, 170
『理由なき反抗』（映画）120
『ルージン・ディフェンス』（ナボコフ）126
『るつぼ』（ミラー）134
『冷血』（カポーティ）132
『レッドバーン』（メルヴィル）57
「ロアリング・キャンプのラック」（ハート）77
『老人と海』（ヘミングウェイ）108
『ロデリック・ハドソン』（ジェイムズ）75
『ロバート・フロスト全詩集1949』99
『ロビンソン・クルーソー』（デフォー）71
『ロリータ』（ナボコフ）127

わ 行

『ワインズバーグ、オハイオ』（アンダーソン）105, 194
『若きウェルテルの悩み』（ゲーテ）33, 43
『若草物語』（オルコット）59, 60, 188
『若者の心』（フロスト）99
「災いの日は近い」（マザー）28
『忘れないで——学校における人種統合への旅路』（モリスン）154
「わたしが「死」のために止まれなかったので——」（ディキンソン）59
『私の立場——南部と農本主義的伝統』（メンケン）113
「わたしは見ることが好き，それが何マイルも舐めていき——」（ディキンソン）184
「ワルト・ホイットマンを論ず」（高山樗牛）63

執筆者紹介（執筆順，＊は編著者）

*橋本安央（はしもとやすなか）　編者者紹介参照　はしがき，**序章 1・2**／**I-イントロダクション**，1-1～4，2-1，2-2，2-3-(1)(7)(10)／**II-1～3，7**

*藤井　光（ふじいひかる）　編者者紹介参照　はしがき，**序章 5～7**／**I-イントロダクション**，5-1，5-2-(1)(2)(5)(6)(8)，6-1，6-2-(1)～(5)(7)～(9)(11)～(13)，7-1～2／**II-21～25，27，28，30**

*坂根隆広（さかねたかひろ）　編者者紹介参照　はしがき，**序章 3・4**／**I-イントロダクション**，3-1，3-2-(1)(2)(5)～(7)，3-3-(1)～(4)，4-1，4-2-(1)(2)，4-3-(1)～(5)，4-4-(2)(3)／**II-15，17，18**

池末陽子（いけすえようこ）　龍谷大学文学部准教授　**I-2-3-(2)／II-5**

大川　淳（おおかわじゅん）　京都ノートルダム女子大学国際言語文化学部准教授　**I-2-3-(3)／II-4**

古井義昭（ふるいよしあき）　立教大学文学部教授　**I-2-3-(4)／II-8**

舌津智之（ぜっつともゆき）　立教大学文学部教授　**I-2-3-(5)／II-9**

稲冨百合子（いなどみゆりこ）　追手門学院大学共通教育機構准教授　**I-2-3-(6)／II-6**

小南　悠（こみなみゆう）　立教大学文学部助教　**I-2-3-(8)／II-10**

白川恵子（しらかわけいこ）　同志社大学文学部教授　**I-2-3-(9)**

石原　剛（いしはらつよし）　東京大学大学院総合文化研究科教授　**I-3-2-(3)／II-12**

中村善雄（なかむらよしお）　京都女子大学文学部教授　**I-3-2-(4)，5-2-(3)／II-11**

小林久美子（こばやしくみこ）　京都大学大学院文学研究科准教授　**I-3-3-(5)／II-13**

水口陽子（みずぐちようこ）　大阪大谷大学教育学部准教授　**I-3-3-(6)／II-14**

畔柳和代（くろやなぎかずよ）　東京科学大学リベラルアーツ研究教育院教授　**I-3-3-(7)**

金澤　哲（かなざわさとし）　京都女子大学文学部教授　**I-4-2-(3)(4)，4-3-(7)／II-20**

出口菜摘（でぐちなつみ）　京都府立大学文学部教授　**I-4-2-(5)(6)／II-16**

戸田　慧（とだけい）　広島女学院大学人文学部准教授　**I-4-3-(6)／II-19**

ハーン小路恭子（はーんしょうじきょうこ）　専修大学国際コミュニケーション学部教授　**I-4-4-(1)**

坂井　隆（さかいたかし）　福岡大学人文学部准教授　**I-4-4-(4)，5-2-(7)**

後藤　篤（ごとう あつし）　京都府立大学文学部准教授　Ⅰ-5-2-(4)
木原善彦（きはらよしひこ）　大阪大学大学院人文学研究科教授　Ⅰ-6-2-(6)／Ⅱ-26
西光希翔（にしみつきしょう）　広島修道大学人文学部准教授　Ⅰ-6-2-(10)／Ⅱ-29

《編著者紹介》

橋本安央（はしもと・やすなか）
　1967年　熊本県生まれ。
　　　　　アデルファイ大学大学院修士課程，（旧）東京都立大学大学院修士課程修了。
　現　在　関西学院大学文学部教授。
　著　書　『高橋和巳——棄子の風景』試論社，2007年。
　　　　　『痕跡と祈り——メルヴィルの小説世界』松柏社，2017年，など。

藤井　光（ふじい・ひかる）
　1980年　大阪府生まれ。
　　　　　北海道大学大学院文学研究科言語文学専攻博士課程修了。
　現　在　東京大学文学部准教授。
　著　書　*Outside, America: The Temporal Turn in Contemporary American Fiction*, Bloomsbury, 2013.
　　　　　『ターミナルから荒れ地へ——「アメリカ」なき時代のアメリカ文学』中央公論新社，2016年，など。

坂根隆広（さかね・たかひろ）
　1981年　京都府生まれ。
　　　　　東京大学大学院修士課程，カリフォルニア大学アーヴァイン校大学院博士課程修了。
　現　在　関西学院大学文学部教授。
　著　書　『チャールズ・ブコウスキー——スタイルとしての無防備』三修社，2019年。
　　　　　『フォークナー文学の水脈』共著，彩流社，2018年，など。

Horitsu Bunka Sha

アメリカ文学史への招待
──豊饒なる想像力

2025年3月15日　初版第1刷発行

編著者	橋本安央・藤井　光
	坂根隆広
発行者	畑　　光
発行所	株式会社 法律文化社

〒603-8053 京都市北区上賀茂岩ヶ垣内町71
電話 075(791)7131　FAX 075(721)8400
customer.h@hou-bun.co.jp
https://www.hou-bun.com/

印刷：共同印刷工業㈱／製本：㈱吉田三誠堂製本所
装幀：仁井谷伴子

ISBN 978-4-589-04392-4

© 2025 Y. Hashimoto, H. Fujii, T. Sakane
Printed in Japan

乱丁など不良本がありましたら、ご連絡下さい。送料小社負担にてお取り替えいたします。
本書についてのご意見・ご感想は、小社ウェブサイト、トップページの「読者カード」にてお聞かせ下さい。

JCOPY　〈出版者著作権管理機構　委託出版物〉

本書の無断複写は著作権法上での例外を除き禁じられています。複写される場合は、そのつど事前に、出版者著作権管理機構（電話 03-5244-5088、FAX 03-5244-5089、e-mail: info@jcopy.or.jp）の許諾を得て下さい。

南川文里著
アメリカ多文化社会論〔新版〕
―「多からなる一」の系譜と現在―
A 5 判・216頁・3190円

新たな多文化社会論の研究成果をふまえ，オバマ現象からトランプ現象への過程も含め変容する多文化主義の現代的課題を考察し，歴史的かつ構造的な変動を捉える視座を提供。アメリカ多文化社会の経験から日本への示唆も探る。

平尾 透著
日米比較文化論
―「統合主義」的理論化―
A 5 判・334頁・7480円

著者独自の社会哲学であり，倫理・歴史・政治の体系化を目指した「統合主義」を「文化」の領域に適用し，体系化を試みた著作。既存研究を渉猟しつつ，文化的に対照的な米国との比較によって独自の比較文化論を展開する。

関根政美・塩原良和・栗田梨津子・藤田智子編著
オーストラリア多文化社会論
―移民・難民・先住民族との共生をめざして―
A 5 判・318頁・3300円

多文化社会化する日本の今後も見据えながら，豪州が採用する多文化主義政策の理念・経験・影響等を論じる。先住民族と非先住民族，移民難民といった対立・分断を超えて，共生社会を作るため政策の見直しも含め検証する。

風間 孝・今野泰三編著
教養としてのジェンダーと平和 II
A 5 判・260頁・2420円

ジェンダーと平和の問題について，日々の生活の中での出来事や自分自身の行動を振り返りながら学び考え，他者と対話できるところまで誘う教科書。前著以降の社会の変化をふまえ，新しいトピックも取り上げ，内容を充実させた。

大貫恵佳・木村絵里子・田中大介
塚田修一・中西泰子編著
ガールズ・アーバン・スタディーズ
―「女子」たちの遊ぶ・つながる・生き抜く―
A 5 判・292頁・3300円

都市を生きる女性たちの「女性をする楽しさ」や「女性をさせられる苦しさ」に焦点を合わせることで，みえてくるものは何だろうか。「都市にいること／女性であること」を自覚的に捉えることで，従来とは異なる都市のリアリティを解明する。

近森高明・工藤保則編
無印都市の社会学
―どこにでもある日常空間をフィールドワークする―
A 5 判・288頁・2860円

どこにでもありそうな無印都市からフィールドワークを用いて，豊かな様相を描く。日常の「あるある」を記述しながら，その条件を分析することで，都市空間とその経験様式に対する社会学的反省の手がかりをえる。

―法律文化社―

表示価格は消費税10％を含んだ価格です